青海：新时代山乡巨变

——中青年作家读书班作品集

主　编　梅　卓

副主编　邢永贵　崔红霞

青海人民出版社

图书在版编目（CIP）数据

青海：新时代山乡巨变：中青年作家读书班作品集 /
梅卓主编. -- 西宁：青海人民出版社，2023.12
ISBN 978-7-225-06654-7

Ⅰ．①青… Ⅱ．①梅… Ⅲ．①中国文学 — 当代文学—
作品综合集 Ⅳ．①I217.1

中国国家版本馆 CIP 数据核字（2023）第215580号

青海：新时代山乡巨变

——中青年作家读书班作品集

梅卓　主编

出 版 人　樊原成
出版发行　青海人民出版社有限责任公司
　　　　　西宁市五四西路71号　邮政编码:810023　电话：（0971）6143426（总编室）
发行热线　（0971）6143516／6137730
网　　址　http://www.qhrmcbs.com
印　　刷　青海德隆文化创意有限责任公司
经　　销　新华书店
开　　本　787mm×1092mm　1/16
印　　张　20.25
字　　数　200 千
版　　次　2023 年 12 月第 1 版　2023 年 12 月第 1 次印刷
书　　号　ISBN 978-7-225-06654-7
定　　价　62.00 元

目　录

生活篇 且将新火试新茶

产业篇：昼出耘田夜绩麻

加桥村：走在兴青海的路上

梅 卓

　　加桥村位于玉树市上拉秀乡，从结古镇出发，向南朝着囊谦县和杂多县方向行驶，经过巴塘滩，西折奔向多拉藏科方向，大约 80 公里后，到达上拉秀乡地盘，这里也是前往杂多县和囊谦县的三岔路口，继续西向杂多方向十多公里，加桥村的青山绿水便尽收眼底了。

　　加桥村之所以引起我的格外兴趣，是他们近些年在脱贫攻坚、乡村振兴工作中取得了骄人成绩。他们是生态畜牧业合作社发展的探索者、先行者，在野血牦牛种畜繁育方面走在了全省前列，为青海绿色有机农畜产品输出地建设贡献了一份玉树力量。

达普涌见闻

　　抵达达普涌牧场的时候，是午后，太阳烈火般晒着，风却让我们不时裹紧衣裳。草原的气候变化无常，偶尔云朵翻滚处，就有雨点落下。这是八月底，终于又有机会来到海拔 4300 米的加桥村。

　　如约陪我前往的是原上拉秀乡乡长格扎，在达普涌等着我们的有村支书兼合作社理事长噶玛松保，合作社监事长仁增多杰，加桥村一社社长加参，三社社长阿多甫杰等人。我们都是相识七八年的老朋友了，这么多年，他们一直坚守在野血牦牛的繁育推广工作岗位上，着实令人敬佩。

达普涌牧场是加桥村生态畜牧业合作社四个牧场之一，也是盛名在外的千头野血牦牛种畜繁育基地。山坡上浩浩荡荡涌动而来的是两百多头野血牦牛，个头生猛粗壮，毛色油黑，自由自在地游走在绿色草地上。噶玛松保说，去年种畜大赛上获奖的三岁牦牛也在其中，它的经济价值已达三四万元。有一头牦牛格外引人注意，身形几乎是其他牛的一倍，浑身散发出来威风凛凛的气势，完全是一夫当关的模样。格扎脸上浮出微笑：这是真正的野牦牛，曲麻莱拉来的，三岁，正当年。达普涌牧场现在拥有四头纯种野牦牛，由它们繁衍而来的F1代和F2代，已被附近牧场闻讯抢购。所谓F1代F2代，是父系或母系是纯种野牦牛的子代和孙代，这些承袭了野性品质的后代也被称作野血牦牛。

我发现许多牦牛的牛角上染着红色，还有许多牦牛右耳上扎着耳标，一问，才知这些都是适龄母畜，大约有140头，正在度过发情期，已经完成配种，估计来年春天就会有许多牛宝宝降世了。此地高寒，发情期较其他地方稍晚，而且野牦牛生性霸道专横，不允许其他公牛接近母畜，因此母牦牛的受胎率会受影响，产仔的时间也相应延后。

我们站在坡下简易公路边上，隔着网围栏，目光随着牦牛们的移动而移动。放牧员是一对夫妇，正骑着摩托车把牛群往这边山坡赶，远远就能听见他俩发出"哧、哧、哧"的驱赶的声音，不一会儿，牛群慢慢聚拢过来，黑油油的一片。这对夫妇与牛群朝夕相处，相互之间已经有了相当的默契，牛群听从指挥，来到我们近前，一双双大眼睛不时抬起瞭一眼，又低头自管自吃草。随着牛群跟过来的又有三头与众不同的牦牛，看上去个个雄壮威武。格扎继续介绍：这几头你也认识，都是在拉嘎和色吾加家买的。

我想起多年前在色吾加家和拉嘎家与格扎碰过面。他说正是那次买到好牦牛的，当时返程时遇到下冰雹，路面打滑，连人带牛差点翻车。他指着其中一头牛让我看：这头就是在那次运输过程中挤掉了一支牛角，要不就会是最好看的野牦牛。

拉嘎和色吾加我都熟悉，他俩是曲麻莱县有名的野血牦牛养殖户，牧场在长江源头杂日嘎那山区，临近可可西里无人区，是野牦牛经常光顾的地方。前些年时任州农牧局局长的才仁扎西陪我去过多次，住过他们两家冬季牧场的简易板房，在那里数过近在咫尺的星星，观察过他们的生活，也亲眼见识到野牦牛群穿雪而过的壮观景象。

格扎告诉我，上拉秀是纯牧业乡，而家养牦牛的退化日益严重，经济基础薄弱，是国家级贫困村，畜牧生产能否提档升级直接影响着老百姓的生活。生态畜牧业合作社的最初工作还是非常艰难，首先是畜种问题，其次是草场问题，最根本的还是老百姓的观念问题。

当年他们奔波了好几天，实在找不上合适的草场，站在村主任的草场上现场办公时，格扎就要求村社干部要带头入股入社，嘎桑才仁村主任笑说你既然看上我的草场了，那我就服从组织入股。村党支部书记噶玛松保也当即表示他的草场和牲畜入社，其他干部跟着全都交出了草场和牲畜。有了牲畜却没有放牧员，就由嘎桑才仁的女儿和女婿牺牲自己的时间来放牧和管理，这才打下了合作社最初的基础。然后格扎带着干部们挨家挨户去摸底调查、征求意见，根据意愿锁定，动员大家入股。实际上加桥村的老百姓那时候在观念上还接受不了野牦牛，他们说从来"野狼成不了看家狗，野牦牛成不了家牦牛"。合作社的第一年就是在老百姓的犹豫观望中度过的。到了第二年情况有所好转，因为看到第二代野血牛犊比家养牛犊个头大、生长快，活蹦乱跳，不易生病，老百姓的思想观念上才有了转变。比如那年合作社给村民们分配了103头种畜，大家已经开始有意识地挑选野牦牛的后代了；再比如合作社的种畜不小心进入别人家草场，草场主人断不会像原先那样严厉驱赶，而会任由其啃食，甚至希望多多停留，好让自家母性牛来年也会诞下野血牛宝宝。加桥村就这样在党员干部率先入社入股的带头作用下，最终以草场整合、牲畜入股、集体养殖的股份制经营模式，完成种畜改良，帮助百姓持续增收致富，顺利实现了精准扶贫工作的全胜目标。

我尽量靠近围栏，想多看看它们。格扎时不时要提醒我一下，他担心我的羽绒服刮破在围栏的尖刺上。一眼望不到边的网围栏围住整个山坡，这片近三千亩的草场供应着眼前两百多头野血牦牛的食用，整个夏季它们都在这个围栏里生活。

格扎说建成野血牦牛繁育基地的每一个环节都充满了挑战。牛有了，草场有了，还得建网围栏，一般两米高的网围栏，完全能够圈住家养牦牛，但对于精力旺盛的野血牦牛来说，只是轻松一跃的事儿。他们最担心的就是怕好不容易得来的野牦牛跑掉，六七天时间里轮流值班喂水喂料，慢慢接近，让野性难驯的野牦牛渐渐熟悉环境，与人相处也稍显温和。在加高围栏的过程中，格扎和村社干部们带领老百姓吃了不少苦，由于山坡陡峭，带着三米长的围栏杆上去非常费劲，再加上有些地势石头多，不容易挖深坑，栽杆的条件有限，得费更多的工夫，所以劳务成本远远大于网围栏的成本，即便这样，还是在两个月的加班加点中得以完成。

格扎有着敢作为敢担当的个性，因奔赴在脱贫攻坚一线而以"放牧乡长"闻名，那时他脸庞黝黑、唇色青紫，带着他的移动办公车奔波在山坡牧场上，数月时间与加桥村牧民同吃住、同管护、同放牧，创建了繁育基地的基础，为玉树树立了生态畜牧业发展样板，他的做法也得到有关部门的认可，获得诸如青海省人民满意公务员、玉树州脱贫攻坚先进个人、玉树好人敬业奉献模范等许多褒奖，2018 年被省委组织部、省委宣传部选为"新时代新担当新作为"先进典型，2019 年还荣获全国"最美奋斗者"称号。

来到加沙塘

加沙塘是加桥村生态畜牧业合作社的第二个夏季牧场，也是带幼仔母畜的专用牧场。我们驱车赶到时，已有 200 多头牦牛绵绵延延铺满了山坡，正准备前往名为南却达的山谷。南却达的意思是弯鼻梁，意指此处连绵起伏的山脊就像一条扭弯的鼻梁。

合作社已经在长年经验中总结出自己的一套分群管理模式，种畜和适龄母畜为一个群体，带幼仔母畜为一个群体，另外两个是杂畜群和出栏群，养殖方法也各有不同。噶玛松保讲述了他的观点，分群管理在目前来讲是比较科学、合理的，分群办法虽然没有规范性，但在实践中已经摸索出可行可靠的体系。他的笔记本上记满了父畜、母畜、仔畜的分类，基本不会混群饲养，这样就有效避免了同系产仔，不会造成近亲繁殖，以免影响后代质量。

母畜们带着三岁以下的幼仔畜慢悠悠地移动着，这个牛群明显比上一个种畜群活泼了许多，小牛犊们没一个安分的，都要热情地跑过来瞅瞅来客，然后迅速撤回妈妈身边，欢叫蹦跳的声音此起彼伏，真是惹人怜爱。母亲们则时时看顾着它们，用一种只有它们听得懂的语言、只有它们看得懂的眼神在亲密交流。看来这种分群法也顾全了母子彼此依恋的情感，保护了母畜的精力，保证了它们的食草量，使母畜尽快恢复体力，仔畜身心健康地成长。

这片草山属于高山草甸草原，大约也有 3000 亩，牦牛们爱吃名为"钻姜"的软草。这种草汁液丰富，有营养。这里春天一直到秋天草势都好，牦牛就啃着吃；冬天的时候风大，干枯了的草都被吹刮到地势凹陷处，牦牛们就以舔食为主。冬天没有鲜草的时候，牦牛们才肯吃饲料，这时也是补饲的时候，颗粒饲料主要由秸秆、青稞皮、青稞渣滓、青草等混合而成，足够补充体力。

站在加沙塘松软的草地上，看得出噶玛松保和几位合作社成员还是很有成就感的。年前我们在西宁碰面的时候，他就反复强调过良种繁育的诸多好处，串换、改良、推广，不仅提高母畜和仔畜的生产性能，提高繁殖率，更能很大程度地降低生产成本和养殖成本。他从小双亲早亡，是通晓畜牧生产的舅舅带大的，也了解家里的生活用品全是牦牛身上的东西。舅舅常说：牦牛是个宝，生产生活离不了。牧人们爱护牛羊也像爱护家人一样，前年雪灾的时候，拉嘎还在牵挂着已经卖给他们的牛，天天来电话讯问草山怎么样了，牦牛怎么样了，如果大雪不停就把牛拉到他的草场上免费养，等雪灾过去再送回来。

噶玛松保还讲述了第一次买牛的经历，因为不会辨别野牦牛牛犊，就请才仁扎西局长帮他们选，但心里还是不踏实，"那么难看的牛犊"第二年长大才发现，真是最好的牛，还拿了比赛大奖。现在看来从州内牦牛品种最有优势的曲麻莱、治多县等地引进野血牦牛和优质种公牛和母牛的策略非常给力，才仁扎西局长是真正的牦牛专家，一直诚心实意为他们着想，提供了无私的支持。才仁扎西局长、格扎乡长、拉嘎和我们都有一个共同的目标，"骑在牦牛背上的民族，驮在牦牛背上的产业"，就是要把野血牦牛种畜基地做大做强，科学饲养，保持畜群年龄平衡，保持草畜平衡，增加老百姓收入，让生态畜牧业发展得健康，发展得长远。

噶玛松保深感生态畜牧业合作社建立后加桥村发生了天翻地覆的变化，天蓝了，牛壮了，老百姓的精神面貌不一样了。原来全村 298 户、1380 人中就有建档立卡户 124 户、609 人，现已实现"两不愁三保障"的目标，人均收入逾万元；合作社目前牦牛总数过千头，其中野血牦牛近半，品种改良前景看好；

近五年出栏 490 头，收入达到 480 万元，增收增效渠道日益拓宽；发挥"党建＋合作社"的积极作用，村两委班子带头践行全心全意为人民服务的宗旨，冲锋在前，加桥村的生产生活环境日新月异。如今振兴号角已响，美丽乡村在望，老百姓的日子越过越好，对未来也更有盼头。合作社模式得到了上级的充分肯定，省、州、市相关单位多次来到现场了解和调研，也先后承办了玉树州第四届种公牛评比观摩会和第五届中国农民丰收节暨第八届玉树牦牛文化节。

我记得当时盛况——玉树素有江河之源、名山之宗，歌舞之乡、牦牛之地的美誉，来自省内外的宾客们在欣赏圣洁玉树的同时，参与牦牛文化高峰论坛，体验玉树历史悠久的游牧民俗文化，感受生态畜牧业高质量发展的蓬勃生机。蓝天白云下，州内各地的优质牦牛齐聚达普涌牧场，要在良种牦牛评选上大展风采，牧人们都是盛装而来，对自家的牦牛充满信心。人们围在各个围栏外，对栏里的牦牛们评头品足，一时间热闹不已。工作人员们抽拉卷尺，紧盯地磅秤，把一头头参赛者的胸围、臀围、肩高、体长、重量等数据当场报出，省上专家锐利的眼神观察着牦牛的体型外貌，最终在综合研判中确定出等级评定。获得奖项的牦牛主人们立时兴高采烈，把数十条祝福的哈达挂到了获奖者的犄角上。

印象深刻的是几近淹没在哈达里的雄性牦牛神情淡定，对人们的围观和赞叹也处之泰然。身边技术员告知我，玉树牦牛因与野牦牛栖息地相邻，野牦牛遗传基因不断渗入，所以体型外貌多带有野牦牛的特征，毛色多为黑褐色，嘴唇、眼眶周围和背线处的短毛多为灰白色或污白色；头大、角粗、皮松厚；鬐甲高长宽，前肢短而端正，后肢呈刀状；体侧下部密生粗长毛，犹如穿着筒裙，尾短并生蓬松长毛。公牦牛头粗重，呈长方形，颈短、厚且深；母牦牛头长，眼大而圆，额宽，有角，颈长而薄。这些都是判断一头牦牛是否出类拔萃的等级评判标准，有经验的专家或牧人对此一目了然。

抬眼望去，对面名为达各浓和曲各浓的山冈上绿草如茵，映衬着远方的雪峰，蓝天下呈现出辽阔幽静的意境。青山和绿水之间，有这样一群基层工作者和牧人们在共同维护和坚持，实是幸事。

说到生态环境，噶玛松保充满了自豪。

加桥村在生态环境保护方面做出了有效成绩，是玉树市环境卫生示范点。老百姓生态意识越来越强，对野生动物、草原植被、河水泉水都非常爱惜，有泉水的地方就能看到熊、狼、雪豹、猞猁、白唇鹿、麝鹿、黑颈鹤、藏原羚、岩羊等好多动物。加桥村是三江源头众多水源地之一，日青曲、加桥曲等河流是澜沧江上游的支流，清波荡漾，无尘无染，静静地流向大河的怀抱。这里也有很多泉水，加桥泉、查青泉、查琼泉、勒加泉、勒述泉等，勒述泉边还有一株云杉，是方圆数十里仅有的一棵树，据说是100多年前当地一位智者栽种的，在人们的世代保护下，竟神奇地活到了现在。

除了保证村子日常干净整洁，这几年还专门成立管护员巡逻队，加桥村现有110位管护员，九人为一组，轮值每天沿着公路沿线分批去捡垃圾，一年365天没停过。就连老百姓上山采挖虫草的时候，都会把垃圾带下来，从来不乱丢，也会将草皮填平复原。原来就这一项卫生清理就要花费很多人力和物力，现在全村人都自觉行动起来，村里村外面貌焕然一新。加桥村近年是以合作社产业发展为主要的基础设施建设项目最多、生态环境保护力度最大、扶贫效果最好、人民生活水平提高最为迅速的时期，评为全国草地生态畜牧业试验单元，去年荣获全省乡村振兴示范村，今年成功入选农业农村部全国"一村一品"示范乡镇。

牦牛档案

就在准备离开加沙塘牧场时我们巧遇了阿保地。

阿保地是陪同玉树市农牧局科技班主任才仁卓嘎等人一同前来督查工作的。我们相见很高兴，早就知道阿保地是玉树市畜牧兽医站站长，全国"三农"人物，在本地是响当当的畜牧兽医专家，干了一辈子兽医工作，有许多一线实践，还获得国家农业农村部颁发的"全国最美农技研究推广员"的称号。我们站在草场上，热聊起兽医相关的话题。

玉树市兽医站一套人马挂四个牌子，畜牧兽医工作站、动物疫病预防控制中心、动物检疫站和农畜产品质量检测站。每年春季以后就开始诊断疾病、注射防疫疫苗工作，牛羊经过一冬消耗，一下子吃草量加大，容易引起肠胃疾病，因此"春防秋防"就很重要。现在由于牲畜调运频繁，牛羊的疫病种类也有多样，每年需要注射九种疫苗，其中有的疫苗药效仅能保持半年，还得分别在春季和秋季注射两次。涉及牛的就有 OA 型口蹄疫疫苗、小反刍兽疫疫苗、包虫病疫苗、布鲁氏菌活疫苗、牛出血性败血症疫苗、无毒炭疽疫苗、II 号炭疽疫苗、牛病毒性腹泻疫苗、牛结节性皮肤病疫苗，等等。其中腹泻是病毒引起的，死亡率比较高，目前还没有专用疫苗，只能暂时用猪瘟疫苗来防治。大部分疫病在牲畜之间传染，也有像炭疽病、包虫病、布氏杆菌病是人畜共患病，须特别注意防范。秋季时候主要是口蹄疫的疫苗注射工作，入冬前就要全力以赴完成屠宰场的冬肉检验。进入冬季后，主要精力就放在抗灾保畜和防疫宣传工作上。

我问这么大的工作量，那每年需要打多少针疫苗，有没有具体的数字。

阿保地笑道：传统观念上老百姓不愿意公布具体数字，因为牛羊是财富，担心来年有损失，所以有些忌讳，只愿意报概数；还有个原因是担心疫苗有副作用，比如布病疫苗有可能引起母畜流产，公畜患睾丸炎的概率提高，等等。我们最初工作难度大，数字不准确，配发的疫苗就不准确，不发病则好，发病的话，就得向省上申请疫苗后期追加，不过只要我们工作做的好，省上、州上都非常支持。现在不同了，乡亲们都有科学防疫意识了，配合得很积极，甚至希望多申请疫苗以备不时之需，这几年疫病的防范工作有了非常明显的效果。

阿保地还告诉我，随着科学进步和科学管理，基础性的数字化录入也正在学习掌握中。比如牲畜系谱档案的建立就是一项重大进步，系谱档案是记录动物及其父母、两到三代祖先的编号、名称及生产成绩等情况的一份基本资料，起到识别个体、确定血缘关系、避免近亲繁殖、分析遗传多样性等的积极作用，对品种改良、选留种畜、保种选育、制定发展规划等有重要应用意义，是现代育种实践中总结出来的科学手段。

我们眼前的这群牦牛都有自己的档案，会准确记录它的父亲是谁、母亲是谁，哪年哪月出生，还包括每年的疫苗记录、配种记录，甚至防疫员的名字等，每头牛都会有至少三年的系谱档案记录。从 2019 年开始，在政府的要求和支持下，全州正在逐步建立健全牛羊追溯体系，各个合作社和养畜大户们也正在落实系谱档案的规范管理。

我在阿保地的手机上了解到"牧运通"这样一款 App，这是一个针对动物卫生综合监管的在线应用软件，通过备案的形式，与省、州、市、县甚至全国达成统一平台，兽医等工作人员上传养殖动物的系谱档案及检疫信息，方便相关部门实时监控和监测、查询或统计，也为牲畜落地监管和动物检疫的跟踪监管提供了数据保障。

阿保地熟练地翻动着页面，介绍了相关链接，在"牧运通"上牧人可以随时对自己的养殖工作进行检查，目前玉树正在完善相关上传内容，像加桥村野血牦牛种畜基地的大部分牦牛已经上完"户口"，每头牦牛的耳标上都有四合一的二维码，只要用手机一扫码，父系母系是谁，出生地在哪里，保险上了没有，疫苗打了没有，是哪位防疫员打的，所有信息都会显示出来。今后它们无论走到任何地方，任何餐桌上，都可以追溯到这里的源头，从根本上保证了食品安全。

阿保地感慨道：中国这几年发展天翻地覆，手机普及率高，牧民们都在用。虽然对兽医站工作人员来说，刚开始学习会觉得烦琐，原来只手写开个检疫证就可以，现在必须在现场用"牧运通"专用拍照系统给牦牛拍照片，才能将所有信息输入进去。尽管增加了工作量，但运用熟练以后会很方便，因此也准备做培训班普及这款 APP 和牦牛系谱档案录入方法。牧民在畜牧业第一线，掌握了科技手段，就能提高工作效率，这是现代畜牧业管理必须掌握的技能。

熊及其他

在噶玛松保的邀请下，我们乘车到了加桥村村委会驻地。正如他介绍的那样，整个村庄房屋建设规划整齐，街道宽敞，道路两旁的路灯和电线杆排列有序，蓝色的路牌标识和红色的旗帜格外醒目。远远看到占地阔大的四座畜棚和一座储草棚。还有一座学校，一座足球场，安静地矗立在暮霭中。村子中央便是村委会了，院子正中旗杆上飘扬着国旗，旗杆前有一座鲜红色的雕塑牌，上面镌刻着党徽和两排大字：上拉秀乡加桥村蒙托那义党群服务中心。没错，这里即是 20 世纪八九十年代享誉省内外的蒙托那义的故土，他曾任上拉秀乡副乡长、民兵排长，先后赡养 11 位孤寡老人，抚养 4 位孤儿孤女，照料了 712 户贫困群众，一生做过许多有益于老百姓的好事，当时省委、省政府、省军区授予他"草原活雷锋"的荣誉称号，并做出《关于广泛开展学习蒙托那义活动的决定》。几十年过去，家乡人仍然以他为荣。

坐在洁净的"党群连心室"里，牛粪炉传来温暖的气息。聊天当口看到几人进进出出，神色凝重，低语着什么。一问，才知刚刚发生了熊害！村里一位牧人到冬窝子取东西，与已经在房里的熊狭路相逢，熊发起攻击，直接伸爪拍向牧人的额头，牧人转身夺门而逃，又被熊追上在后背上留下爪痕。这位牧人临危不惧，逃出屋子时顺手将屋门反锁，熊才暂时没能追出来，他得以保住性命。森林公安人员得知消息赶去牧人住屋，人家还在继续翻箱倒柜找食物呢，在人们的鞭炮驱赶声中它才从房中出来，从容离去。

　　看了传来的视频和图片，牧人的现状不忍目睹……

　　谈到熊，在座的都有话说。

　　我才知道，在玉树称呼熊，都不用本名，而是用外号称呼它，外号之一是"阿哈玛"，意思是"坏得很"，外号之二是"茨登麦"，意思是没有脚后跟。前者是性格特征，后者是生理特征。称呼本名似乎不吉利，有招徕、呼唤之意。因为鲜有人迹的高山牧场常有熊造访，而熊寻找食物时的怪异行为就是搞破坏，说有的熊进家后，把吃不完的食物堆放在屋子中央，中间挖个坑，在上面撒一泡尿后扬长而去；有的熊很喜欢吃酸奶，但却把吃不完的酸奶涂抹到墙上；还有的熊吃得少糟蹋得多，把肉啦面粉啦酸奶啦清油啦全部倒了一地，大有"我吃不完你们也别想吃"的气概。不过这家伙"聪明得很"，人们为避免损失，就把食物藏进来，但不管你藏得多仔细多严密，只要熊进家，那就没有它找不到的。

　　他们的描述中满是宽容。发生熊害的事近年时有耳闻，在自然生态环境日渐良好、野生动物的保护措施也日渐完善的今天，各种动物也越来越多地出现在人们的视野之中，玉树作为三江源核心区，更是常有雪豹、野牦牛、熊等大型动物进入人类生活场域，经常被发布在短视频里引起好奇者围观，雪豹或熊在村庄里与人对峙、野牦牛在牧场与汽车搏击等场面堪称惊心动魄。一般情况下人类与动物之间各有地界，通常相安无事，尤其熊不会贸然主动攻击人类，但是迎面相遇、无路可走的时候，熊就会本能地举爪来战，据说熊非常害怕人脸，所以第一掌定会直扑人的面门。

　　熊一般也不攻击牛羊，攻击牛羊的主要是狼。根据我的经验，狼捕羊的时候"坏得很"，它不是捕一只吃一只，而是咬死一只后立马咬下一只，逮着机会就能让整个羊圈的羊都"团灭"。立即就有同伴反驳我的观点：狼不是"坏"，它们是贡献者，藏族有谚语说"乌鸦的食物是自己的，狼的食物是大家的"，意思是狼不像乌鸦一样只顾自己吃独食，而是把绝大部分食物留给了其他动物们，兀鹫、鹰、乌鸦、狐狸，甚至是狗，都得仰仗它的捕食，所以从它们的角度来看，狼是为大家服务的"好人"。好一个与众不同的生物链观点。所有在这条生物链上的生物，无所谓好坏，你生则我生，顺应自然法则，尊重生命规律，自然万物共生共荣，才葆有了如今三江源区的生物多样性。

此时格扎拿出一张淡黄色的纸张，说起保险的重要性。他现任玉树市人大常委会副主任，这次来还有一个任务，就是调研畜牧业生产中受到野生动物伤害的保险制度。那是一张宣传单，写着"牦牛、藏系羊保险政策宣传"字样。有保费补贴比例、保险责任、理赔原则等内容，其中就有涉及野生动物伤害的也在理赔范围。就是说，如果牛羊受到熊或狼的袭击，保险公司都会给予不同程度的赔偿。同时，对人的伤害更是先后有《青海省重点保护陆生野生动物造成人身财产损失补偿办法》《青海省陆生野生动物造成人身财产损失保险赔偿试点方案》等政策的保障。眼下大家最关心的受伤牧人，将会有医疗机构和保险公司等相关单位跟进，给予及时治疗和赔付补偿。

工作中的歌谣

这时有数位身穿白大褂的工作人员鱼贯而入，是阿保的同事们。原来加桥村是他们进行野牦牛人工授精工作的试点单位。这是由省农业农村厅牵头，省、州、市、乡、村五级联动，选取数个有基础的村社作为试点，积累经验后预计于明年在全省覆盖推广的专项工作。玉树市有三个乡共 750 头母畜参与其中，由兽医站和各乡镇抽调相关人员组成工作组，逐村推进，今天正好是在加桥村的最后一天。

才仁卓嘎是位口齿伶俐的女干部，她很快让我明白了参与这项工作的人与事，工作组组长名为桑巴，大通牛场的技术指导专家是张国庆和乔元胜，还有十位年轻的组员，他们已在加桥村连续工作了一个多月。这项工作主要针对家畜品种退化，繁殖能力降低，同时由于草场海拔高寒，母牛无法同期发情、同期产犊，导致养殖成本提高的科学对策。现在种畜价格昂贵，购买或管理都非常不易，而人工授精能选取最好种畜，并能做到同期处置，大大减少了牧人的工作量，便于管理。目前老百姓接受这个理念还需要一个过程，最关键是要看明年的成效，她负责督导工作组成员在现场边培训边学习边实操的进展情况，同时看看还有什么困难就及时协调解决。她认为加桥村试点还是非常顺利，玉树虽没有冻精技术，但如果今年整体受孕率高、明年母畜产仔时的健康程度高的话，这项技术也会在玉树很快攻克难关，未来的发展趋势还是会非常好。

工作组成员们告诉我，这项工作非常耗费体力，尤其把牛赶到注射栏里就需要花费大量功夫，牛不听话，对注射栏有恐惧，拼命想挣脱控制，再加上注射栏是防疫专用，不大适合人工授精作业，所以基础设施建设还需要进一步完善。不过他们积极性很高，这是第一次进行这项工作的实操，虽然没经验，困难重重，但只要大家团结努力，劲往一处使，就能高效率完成任务。看得出他们迫切希望能学习到这门技术，增强业务能力，在下一步全州推广时可以运用得更加得心应手。

我想多了解一些情况，就问：有没有什么有趣的故事？

没有有趣的故事，只有委屈的故事。

是四位女组员之一的抢答。大家都笑起来，气氛轻松了不少。机智的女子名字叫益西措姆，36岁，是兽医站抽调来的组员。在我的追问下，她说：给牦牛注射的时候很费劲，我心里很难受，因为牛很受罪，我们也很累，所以有很大的委屈，大家不要笑，我是实话实说。

真是可敬可爱的基层工作者们。我决意陪他们完成今天最后的工作。

来到村委会后面的场地，三座阔大的蓝色塑钢牛棚依次排列，另有一座高出很多的储草棚，铝合金的墙皮很厚，能起到恒温恒湿的作用。才仁卓嘎拉开门让我看了一眼，顶棚是钢架结构，里面整整齐齐叠堆满了干草垛，这是牦牛们冬天的食料，一般情况下太阳好的时候，就把牦牛放到草滩去吃草，大雪时就得半舍饲了，这座大型储草棚也是按照千头牦牛养殖的标准建设的，看上去很气派。记得2019年初玉树因连续降雪造成雪灾，牧草被大雪覆盖，大量牲畜在饥寒交迫中死亡，各地伸出援助之手，调运饲草料才避免了更大损失。玉树自此更加重视储备冬季饲草料，许多地方广泛种植优质牧草，还看到报道已经在尝试使用无土栽培的方法。牛羊过冬有了充足的食物保障，很大程度从"夏强秋肥冬瘦春死"的传统循环中得以解困。

绕过储草棚，是一座小型的牛棚，棚前有网围栏和注射栏，组员们已经各就各位。

人工授精工作分为三个阶段，第一个阶段是为母牛放置孕酮栓，促进及时排卵。由市农牧局负责统一购买药品、相关设备和耗材。目前青海只有母羊使用的孕酮栓药品，还没有牦牛专用的，所以羊用孕酮栓放在牦牛身上，适配度如何还需要进行长期的观察，包括借助的工具、置放的位置等，都有严格要求，也会有后期效果的追踪研究；第二个阶段是撤栓，此时已达成药效，须从母牛身上取出孕酮栓，同时检查孕酮栓放置情况，因为有时候牦牛的运动量大，会有药物脱落的情况发生，这就需要再补充放置；第三个阶段就是人工授精了。

纯种野牦牛一般从四岁开始驯化采精，到六七岁时野牦牛体质最好，这时的精液质量也最好。采精后由专用的液氮设备保存为冻精，全程冷链运输。所有冻精来源的父系、年龄等信息都有严格标识。工作人员套上无菌手套，熟练操作起来，先用专用吸管吸取一定量的冻精，按照比例在一个大桶里用三十七八摄氏度的温水化开，然后装进撤去保护膜的输精枪管里。此时已是傍晚，气温骤降，他们早已冻红了脸，为了保持吸管的温度，我看到他们将输精枪揣进怀里，双臂环抱，耐心地等待着下一个环节。

另几位工作人员从网围栏里驱赶几头牛到注射栏内。母牛们低着头，使劲抵着栏杆试图蹦跳出栏，牛角撞得栏杆砰砰直响，牛鼻子里不断喷着气，低沉、浑浊，声音很大，能感觉到它们的不安和急躁。训练有素的人们配合默契，有人隔着围栏捉住牛角，有人马上就用横杆架起来，关上围栏和注射栏之间的铁门，使牦牛在狭长的空间里无法转身。技术员已经在长可及肘的手套上涂抹好润滑剂，招呼一声，输精枪就送到了手上。

远处的狗在叫着。没有人说话，他们十分专注。我也精神紧张，看到牦牛张皇失措的样子心下不安。也不知何时下起了雨，脚底下泥泞打滑，站也站不稳。

这期间益西措姆和其他三位女性，不断地抚摸牛背安抚情绪，关切地呼唤着它们的名字：哲毛……哲毛……母牛们在这充满爱的声音里渐渐平复下来。她们安抚母牛的背影是那么美丽，她们的声音是那么温柔动人，就像母亲安抚着孩儿，唱着世上最怜爱的歌谣，这样的爱里歌唱着生命的珍贵，质朴无华却撼人心魄，这样的爱生生不息。她们的恻隐之心和共情能力令人动容，也让这个寒冷的傍晚多了一份温暖。

金色乡愁

王海燕

听着你的名字，我的耳边总回响着钟鼓的奏鸣、云水的歌唱、草木的风吟……

金秋，你在微雨中等待，我又一次遇见了你——

湟中。

卡约的青铜器仍讲述悠久辉煌的故事，接续今秋山庄彩涛连云的花海、阳坡锤声叮当的日月、卡阳飘向云端的金色梯田、千紫缘来自太空育种的硕大南瓜、童梦乐园起舞碧波的海豚……数千年时光凝于一瞬。

中巴在西塔高速上疾驶，我想象中的湟中也在急速变幻，时而在隐秘的时光深处藏身，幽暗，朦胧，神奇，如云雾中的山峦，忽隐忽现；时而就在眼前，山间竹笋般的高楼，哈达般飘拂的公路，车水马龙的集市，鲜花盛开的村落……

铜声

湟中是有色彩的。

不论是梦里湟中，还是现实中的湟中，最初，我感受到的就是一种穿越时光的金属光泽，有铜的微暗，有金的耀眼，有火焰的热烈奔放，有土地的沉厚温籍……

波光潋滟的莲花湖畔，河湟历史文化博物馆和青海藏文化馆并肩趺坐，像发辫、衣裙和姿容各异的姊妹俩，庄重，沉稳，安详，叙说着各自绚烂多彩的传奇故事。

当我步入博物馆大门，就踏进了一段凝缩的历史河流，那些先民生活的遗存或者从史籍中走出的零碎片段，犹如遗落在河岸边的卵石和贝壳，承载着数千年时间的重量和生命的气息。

我想，远古洪荒，先民们是怎样踏上这一方土地的？筚路蓝缕，以启山林，开辟了它们最初的家园？在一些古代典籍中论及西羌时，总会出现羌中、湟中、湟中地的地名，如《史记·秦始皇本纪》记述秦代的疆域："西至临洮、羌中。"秦时临洮以西为羌族所居，故称之为"羌中"。《后汉书·西羌传》载："湟中月氏胡，其先大月氏之别也，旧在张掖、酒泉地。"《资治通鉴·汉纪十七》载："初，武帝开河西四郡，隔绝羌与匈奴相通之路，斥逐诸羌，不使居湟中地。"毫无疑问，今日湟中之名脱胎于这些古老的称谓中，只是古代文献中提的湟中地域更为广大。

河湟谷地，远古文明最初的星星之火已从荒蛮中诞生，在河岸、山林和川地闪闪烁烁，照亮了艰辛却生生不息的生活。在柳湾，明亮的窑火正烧制出一批批惊艳后世的精美彩陶；在喇家，洪亮的石磬声飘过黄河的时候，也许那位先民正在吃着那碗世界上最早的面条；在孙家寨、宗日，至今留影在舞蹈盆上的先民们也许正围着篝火，临水踏歌起舞；在沈那，古羌先民一家人正在地窖里围着火塘，享用狩猎或采集或畜牧得来的晚餐……

而远古文明的火光，一定照亮了湟中之地和生活在这里的古羌人。直到后来公元前 1000 年左右，生活在这里的先民终于铸造出了自己的青铜器，创造出了土生土长的文化——卡约文化。那是升起在河湟本土的又一缕鲜亮的文明曙光，是一份古老、遥远的乡愁记忆。

近现代考古发掘文物遗存和大量资料表明，卡约文化是青海古代各种文化遗址中数量最多、分布范围最广的一种本土文化。东起甘青交界处的黄河、湟水两岸，西至青海湖周围，北达祁连山麓，南至阿尼玛卿山以北的广大地区，发现和出土了大量遗存。而湟水中游遗址最为密集，显然是卡约先民活动的中心地带。其分布地域和时代，与古代文献记载羌人在河湟地区所居住的地域和时代十分吻合。由此，专家们得出结论，卡约文化即古代羌族的文化遗存。

遗憾的是我未能实地到达卡约村，去追寻、触摸那隔了数千年的文化乡愁，而只是从几幅老照片，裹着泥土的陶罐、骨器、石器，锈蚀的青铜器，以及墓葬的骸骨……那里，寻觅曾经的卡约。

关于卡约遗址的发现经过，我曾略有耳闻，也读过一些相关文字。20 世纪 20 年代初，瑞典考古学家安特生赴湟中云谷川卡约村考察，看到当地一些出土器物时震惊不已。他预感到这是继人类发现仰韶文化、新石器时代马家窑文化、齐家文化之后一个新的古代文化类型，是古羌人对人类文明的一大贡献，标志着那时河湟先民已进入青铜时代。从此，卡约即成为一个响亮的历史文化符号，与它的青铜器一道在时间深处幽幽闪光，吸引着人们寻访、叩问先人们走过的遥远岁月……

当我在揣摩那个夹砂陶罐曾汲取过哪眼山泉、哪条溪流里的水波？盛过什么样的山珍野味？甚至爱美的女人插过什么样的山花野草，蕲艾、香草、野菊、金露梅……还有哪个男人用那把石斧坎坎伐木，搭建窝棚，用那把石刀剁下了美丽的鹿角，用那枚青铜箭镞射猎了一只野兔？那枚骨针曾在哪位女子手中缝制日光月色，缝制御寒的衣物……

炊烟袅袅，篝火熊熊，笨拙的石器，青灰的陶器，骨器，铜器，一一闪现，接续日月。时光在我散乱的思绪中急速流逝，千年复千年……

卡约，青海的青铜时代。它久远、凝重、幽暗的辉光穿越苍茫时空，在今世的阳光下越发璀璨夺目。突然记起，大约 20 世纪七八十年代之交，我第一次去鲁沙尔，在莲花山上眺望过塔尔寺，那阳光下令人目眩的金色，至今想起来仍在闪烁。更使人不可忘怀的是，我在鲁沙尔一家铜匠铺子里，买了一把古铜酒壶、两只包银酒盏。那情景我还依稀记得，烟熏火燎的低矮的铺面，赭红色门扇上两只饰有蝙蝠形的黄铜泡儿，临窗一隅，炉火殷红，师傅和徒弟正在打制铜器。靠墙一排货架，摆满了各式铜器，酒壶，铜碗，火锅，铜灯……古色古香，好像把往昔风色和情怀都熔铸在那些器物里了。我流连再三，挑了那只酒壶。

后来，随着时代变革，日子越来越好，亲戚朋友来访，那只酒壶派上了用场。在酒壶炉膛里搛几粒炭火，酒一直温着，边喝边续，便利，温馨，情致，都有了。炭火熄灭时，客也将醉。记得那把酒壶底子上还镌刻着作坊的名号，具体已记不清了。如今，那只酒壶已不在了，尚存一只酒杯，虽已锈蚀，但擦擦，杯边精雕细刻的云龙纹还隐约可见。

后来，我还从一位湟中朋友的口中，听说了鲁沙尔一位著名铜匠的故事，大致是清朝咸丰年间，有个祖籍甘肃临夏的孩子在鲁沙尔出生了，名叫王守礼，后来成为铜匠里的翘楚，名震一方。据说除了制作经营铜器，他还护乡有功，得到过六品军功牌。但最驰名的还是他精湛的手艺，他制作的铜器由于工艺精绝，品质上佳，顾客盈门，求一器而难得。据说，他为塔尔寺铸造的一口饰有八宝图案的大铜锅流传至今，为人青睐，令人惊叹。

熠火不灭，精神永传。铜，带着千年金黄火红的底色与温和厚重的风度，在湟中的土地上缓缓流过，在一代代工匠手中承接转换，焕发青春。

这个秋天，银铜器又照亮了我的双眼。我遇见了一个叫阳坡的村落、一尊超级大暖锅和一位精明能干的工匠。

走进新兴的鲁沙尔民族手工业加工产业基地，走进琳琅满目、摄人魂魄的银铜器世界，零距离感受它别样的神采和魅力。这里，自古以来游牧民族与中原文化交融发展之地，产自这一地区的银铜器，融汉文化、藏文化元素于一身，具有多元艺术表现和丰富的文化内涵，形成了中国银铜器历史上的一朵奇葩。

在银铜器陈列馆前厅，赫然映入眼帘的是一幅银铜雕铸的巨型版画：匠心湟中，技藏银铜。不知是由谁创意、策划，多少工匠倾其心血和绝技，一锤一錾，雕琢而成。始于青铜，盛于银铜，漫长的历史浓缩、隐藏于一幅版画之中。一代代匠人秉承祖业，把一门古老的手艺流传至今。那些早先的艺人们，肩挑手推，栉风沐雨，带着锤子、錾子、炉具、坩埚、干粮……穿行于陌巷、僻壤、市廛、庙堂，那吆喝声，扁担的忽悠声，木轮车的吱扭声，隐约可闻；那炉火映红的沧桑脸庞，那一丝不苟、精于求精的执着眼神，那粗糙却灵巧的双手，渐渐消隐在岁月深处，而那些银铜器，一把铜壶，一枚铜鞋拔，一杆铜烟瓶，一只银碗，一副银坠子，一个铜经轮……仍在时光中闪耀、转动……

来自卡约的铜钺、多巴的汉鸟首流带柄三足铜壶、老幼堡的汉铜错金银盆……构织成一幅银铜器历史的灿烂唐卡。正如陈列馆前言中那段精彩说辞——

《周易·系辞上》云："形而上者谓之道，形而下者谓之器。"礼义，形而上；礼器，形而下。字载文史，筑以重器；火塑其形，金化万物；唯有交融并蓄才能奉光华庆，斯亿万年……

叮叮当当，带着金属的脆响，舒展或急促，丰盈或苍茫，在阳坡飘荡不绝，汇成一支动人的秋日之歌。一具具精美的银铜器从工匠手中脱胎而出，成为承载古老乡愁的器物，成为盛放文明的独特符号。

在阳坡，最令人震惊不已的是与一尊超级大暖锅的邂逅。小镇中央煌煌而立的暖锅，在秋阳里散发着铜沉稳敦厚的光气，身价不菲，来历非凡。据说，该暖锅完工于 2019 年，由十八作坊七十余名工匠历时九九八十一天精心雕琢而成，重约一点三吨，可同时烹制两头牛、八只羊和百只鸡。制造过程中采用了锤揲、錾刻、鎏金、错银、镶嵌、花丝、烤蓝、挂锡、折叠、焊接、抛光等十余种传统手工技艺，镶嵌了吉祥八宝、如意莲花等传统图案，融入了社会和谐、山河锦绣等新时代的美好寓意。这只大暖锅曾于 2020 年 11 月在北京展出。

据同行的湟中区文联主席李玉寿介绍，一天晚上，二十余人将这尊湟中银铜器制作暨鎏金技艺集大成的暖锅，经过三道门，抬进了北京恭王府博物馆嘉乐堂的院子，亮相于主题为"河湟遗韵·西陲安宁"的展览，随后即吸引了大量游人，团团围着大暖锅，摩挲，赞叹，评说，流连不去……

敦而煌之，藏吉纳福，水起云生。正可谓盛世大暖锅。有诗为证——

落日熔金月泻银，
一锤一錾铸精神。
停车坐等铜锅暖，
炉火殷殷四海春。

阳坡村距藏传佛教著名寺院塔尔寺一箭之遥。多年前，村里许多工匠艺人在塔尔寺前老街开手工作坊，制作银铜器。小到一枚戒指，大到几十米高的鎏金铜佛像，匠人的小锤子敲得叮叮当当，游人和客商熙熙攘攘。冬去春来，2019 年春天，阳坡村成立股份经济合作社，打造"艺河湟"品牌名片，逐步形成以银铜器加工为主的产业基地。形薄、光亮、轻柔、质纯，造型逼真、工艺精湛、光泽炫目的银铜器，谱写了阳坡百年春秋，烟火人生。银铜器工艺薪火相传，在这里诞生了一批又一批优秀工艺师，金维祖、李发龙、李友银、郑生宽、王富邦……

循着叮叮当当的锤声，走进王富邦的作坊，几个工匠正在埋头忙碌，一位女子聚精会神在一铜制茶盘上做掐丝工艺，细致的纹理中一条银龙正腾云而起；焊光闪闪，一个男人正在焊接什么，一只铜暖锅已具雏形……一面墙上，整齐地挂着数以百计的锤子、錾子及其他工具。敲敲打打，刻刻画画，那些冰凉的银铜中仿佛注入了生命的精魂和温度，泛出炫目的光泽，吸魂摄魄，栩栩如生。

王富邦，阳坡村人，聪慧能干，坚忍执着。少年时就跟着村里的老艺人学艺，至今已几十年过去了，敲打过无数寂寞岁月，终于在一银一铜中錾刻出自己亮丽的人生，成为银铜器工艺师。他指着一件自己创作打制的纯银丝巾果盘，有些得意地说，这件作品曾得到国家有关部门和大师的肯定和赞赏，是他自己精心构思，再一锤一錾打制成形。特别是那看上去仿佛随风飘拂的穗饰，不知是如何精雕细刻而成，曾使不少人为之叫绝。他说，做一件自己心仪的器物，是一个美好的过程，也是一个寂寞的过程，需要细心，更需要耐心。熔银、打胚、打样、錾刻、清洗、抛光……完成一件精美的银铜器须经千锤百炼，百折不回。

过去，银铜匠艺人地位不高，叫"浪铜匠"，王富邦说，都不认为这是一个体面活儿。这几年，随着文化产业的发展，要是说起谁是铜匠、银匠，人家会投来羡慕的目光。小锤叮当，今天，这已成为村里致富的歌声，追梦的足音……

村上银铜器加工户越来越多，在湟中全县即将占有半壁江山，产品远销泰国、尼泊尔、印度等国，在我国的北京、上海、四川、西藏、内蒙古等地区也占有一定的市场份额。阳坡在银铜器加工行业赢得"青海银铜器看湟中，湟中银铜器看阳坡"的美誉。

在广场那尊大暖锅前，从云翳中偶尔露面的秋阳，照亮了王富邦的脸膛，他对阳坡的未来充满了信心。

莲影

再回到莲花湖畔。天下起了小雨，莲花湖披上了朦胧的面纱。秋雨霏霏，更容易勾起人们心中千样万样的乡愁。漫步湖边，一方制作古朴的牌匾上，书写着四行富于诗意的文字，依然可见湟中银铜器的熠熠光环，令人心驰神往：一柄锤敲打着百年历史，一盆火燃烧着对文化的炽热，打一件古雅银器，铸一樽华美铜鼎。

从铍器的月色和铜鼎的烟火中走出，在这片莲花盛开的土地上还会有许许多多明亮辉煌的遇见，令你心醉神迷。湖边山坡上精心打造的那一道文化墙，像一卷徐徐打开的壁画，在眼前掠过——

月光般氤氲的银莲，莲子饱满的莲蓬，还有铜的荷叶，微雨中，擎着晶莹的露珠，流转，滚落，还有铜的鸟雀或飞翔，或栖息枝头，铜的游鱼仿佛在莲叶间嬉戏游弋……历代文人墨客诗书的流光遗韵也在铜壁上隐隐跳荡：溯洄湟水仰前贤，仁笃高风郭宪传。桥梓张门游凤美，珥貂源氏羡蝉联。进良渥荷宸章宠，国柱常攻大敌坚。最爱庭清芳雅庹，田园骑牸甚萧然。（清．李焕章《湟中怀古》）

缘于诗文，我想到了清末湟中一位历史文化名人——李焕章。他出生于云谷川刘家堡一个农家，被称为青海最后一位进士。由于家境困窘，在私塾上学时因"食品只有炒面而常虑不足"，他也被后人戏称为"炒面秀才"。后世关于他的文字记述很多。而我想，他从云谷川走出来，留下了一串深深浅浅的屐痕，那里有苦难的阴影，有追寻真知的阳光，最终哺育出一行行闪光的诗歌，一直闪耀在青海历史文化的灿烂星空，成为一方地域的记忆与骄傲。

有评家说，李焕章是一位卓有成就的现实主义诗人。他胸怀天下，忧国忧民，留下了大量的诗作，他的诗多以所处时代环境为背景，以自身所睹所感为基调，反映和揭露社会现实，对平民百姓的疾苦有着切肤的体验和深深的同情。时人评他的诗"不屑以嘲风月、弄花鸟见长"，而是"蒿目时艰，怆怀民隐"。他在《湟中杂咏》中揭露当朝向百姓催粮的弊政时写道：采买何年始，苍黎近代穷。营粮千廒裕，廪粟四乡空……诗人的诘问和忧患何其深沉，郁愤之情跃然纸上。

自然，他的很多诗形象生动、细致入微地表现了对故乡、对山水、对生活的热恋和赞颂，或狂放，或婉约，构思精巧，韵律工整，用典自然，风格方雅，读来如临其境，如闻其声。如前面所引的那首《湟中怀古》，歌咏追怀湟中地的先贤，有英勇御敌、皇帝恩宠的英雄，有名震乡里的达官显贵……而诗人最爱的是骑牛闲过田园、萧然世外的桃源客。敬仰之情高山仰止，而又表现出一种出世的隐逸情怀。

望着诗人远逝的背影，今天，我又看见一位湟中籍诗人追着他的后尘，在这片深植文化根脉的土地上，在微雨的莲花湖畔，拄着双拐摇摇晃晃走来了。诗人叫祁俊清。我还能说什么呢？他的诗在细语，在倾诉，在高歌，在呐喊……这里，只照录一首他的诗，名叫《铜号》——

生下我之后，接生婆婆对母亲说
你儿子手里握着一把铜号

母亲是个乡下的村妇，目不识丁
听不懂接生婆婆话里的弯弯绕

母亲把接生婆婆的话，说了又说
我把这句话也记得很牢很牢

顿悟是年过花甲才有的，是我
把父母吹出尘世，又将自己吹老

透过莲花的缕缕经脉，我的神思又穿越到很遥远的过去，触摸到那一段惊天地、泣鬼神的旷世乡愁。

这是600多年前的一个深秋，苍山负雪，大地烁金，湟水在谷地里蜿蜒流淌，收获过的田野疏朗、舒展、宽厚。这是一个不寻常的秋天，因为在这片叫鲁沙尔的山坳里，一个惊世的奇迹即将诞生。

传说中，这里有一条清澈的小溪，一片长满了真茅草、蕲艾、龙胆、香草、苦地蔓的坡地，还有一块歇脚石。村人们都在溪流中背水过活，累了，就靠着那块石头缓一会儿，看看小溪潺潺流出山外，看看山上的树林，山顶上趴着的云彩，还有不知什么时候盘旋在头顶的一只鹰。

这时，有位母亲就倚靠在那块石头上，一阵一阵剧烈地腹痛，汗水浸湿了脸庞、浸湿了发辫、浸湿了氇氌褐衫。她知道分娩的时刻到了，但她不知道这个孩子今后将成为一位辉耀雪域、恩泽宗喀的大圣者。一声响亮的啼哭回荡在鲁沙尔，天雨花，云呈祥，地发声，山花野草、飞鸟走兽、石头们都在相互传递着喜讯：一代大师，未来的宗喀巴诞生了！

这位母亲，名字叫香萨阿切。

在往后的传说中，神圣之光一再降临在这里。在宗喀巴脐血之地，据说第二年长出了一棵旃檀树，年年长高，根深叶茂。后来，聪慧的圣童在桑烟、祈祷、经卷、青灯的陪伴下，也一天天长大，然后离开香萨阿切、离开宗喀故乡鲁沙尔，穿过草地荒漠，翻越雪山，远赴拉萨继续完成神圣的使命。再往后，香萨阿切和故乡的人们为了寄托思念，冬去春来，年复一年，在宗喀巴降生地垒石成塔。一棵树，一座塔，一块石头，春绿，秋黄，多少春秋倏忽而逝，这里终于建成了一座金碧辉煌、气势恢宏的寺院——塔尔寺。

正如我省作家张翔在《旷世乡愁》中所言，先有塔，后有寺，此情绵绵无绝期。母亲牵挂儿子，儿子思念母亲，那旷世乡愁就熔铸在那块普通却神圣的石头——母亲石或乡愁石上，历经风雨沧桑，散发着信仰的光芒和温暖，传递着人间千秋大爱……

也许从香萨阿切最初点燃的那盏酥油灯和儿子赠与母亲的那幅神奇唐卡始，神圣艺术之光一丝一缕照进了这方土地和人们追求吉祥和谐的心灵。塔尔寺艺术三绝——酥油花、壁画和堆绣早已蜚声海内外，人们为之心驰神往。早年，在元宵灯节曾观赏过酥油花展，犹如来自天国的酥油花，光怪陆离，温润如玉，《释迦牟尼本生》《莲花生本生》《文成公主进藏》以及现代题材和装饰的作品，璀璨夺目，其表现手法丰富多彩，整个结构如同罗汉山，层层叠叠，一度惊艳了我。传说，酥油花源于宗喀巴大师的一个梦境，梦中的荆棘开出奇异无比的琼花，云朵幻作金乌玉兔，石头变作金光灿灿的佛身……于是，奇幻的梦变作瑰丽的现实，如梦如幻的酥油花诞生了。

艺术的诞生，的确与人类心中那个与生俱来的追求美的梦有关。今日湟中农民画和刺绣艺术中，我依然看到了那个古老的梦，并真切地感受到酥油花的芬芳、壁画的深沉和堆绣的丰盈，以及其一脉相承的深邃内涵、丰富的表现力和民族艺术魅力。

发轫于 20 世纪 70 年代，鼎盛于八九十年代的湟中农民画融民族文化、地方文化和民间绘画艺术于一体，以鲜明的地域色彩和强烈的民族特点为创作背景，取材广泛，内容丰富，突出表现高原风光及风土人情。那些总带着浓烈乡土气息、朴实生命情趣和秾丽生活色彩的画作，在我眼前闪过，成为挥之不去的一个时代的鲜明印记。

1988年3月，湟中农民画带着青藏高原的泥土芬芳登上了首都中国美术馆的艺术殿堂，开创了新中国成立以来青海省在中国美术馆举办绘画艺术展览之先河。同年，湟中被国家文化和旅游部授予"中国现代民间绘画画乡"称号。先后涌现许多优秀农民画家，大量作品在省内外展出、发表、出版、获奖和收藏。已故农民画家华生兰作品《鸡花图》曾获全国农民画展二等奖；孟鳌奎、张斌被文化和旅游部命名为中国现代民间绘画优秀画家。2006年，被列为第一批省级非物质文化遗产项目名录。

以下是早年国际在线记者的一段采访——

韩复兰和乔应菊是湟中农民画家中的一对姐妹花。韩复兰的六幅作品曾在中国美术馆展出，三幅作品被中国民间美术馆收藏。乔应菊被授予"青海省二级民间工艺师"。

记者与韩复兰的对话是从她的一幅作品开始的。

记者：韩老师，你的这幅画叫什么名字？

韩复兰：《赶牦牛》。

记者：牦牛应该是黑色的，你这幅画中为什么有红色的？

韩复兰：因为农民画的色彩、构图都比较夸张。它不限制用色，什么颜色都可以上，给人的感觉看起来热情奔放、很亮丽。不像现实生活中一样，必须要把牛画成牛本身的颜色。它的颜色也受藏族堆绣、壁画的影响，装饰味很浓，洋溢着浪漫的民间民俗情调……

湟中农民画，不啻是我国绘画艺术长廊里一支鲜艳的民间艺术奇葩。今天，我们可以从那构图大胆饱满、色彩绚丽繁复的画面中，感受新农村、新农民的生活状况、时代风貌和审美情趣，以及祖祖辈辈追求的那个关于幸福的梦想……

马莲花，静静地开放。在抱枕、披肩上做着幽蓝的梦，星星一样明亮；在针扎、荷包里孕育春风，吹过炊烟缭绕的故乡。

雨停了，阳光洒满李家山。这里有一家名叫马莲花的民间刺绣公司，曾被中国民间文艺家协会认定为"中国青绣传承保护基地"。它的主人叫陈玉秀，河湟刺绣传承人，十年前，就曾斩获有着中国民间工艺最高荣誉之称的"山花奖"。她还有很多闪光的头衔：中国文联文艺志愿者、青海民间文艺家协会副主席、青海省妇女手工协会会长、青海刺绣协会副会长。刺绣，这千年来养在深闺的指尖上的花，在陈玉秀这位绣娘手中争艳于越来越多的世人面前。正可谓，俏也不争春，只把春来报。待到山花烂漫时，她在丛中笑……

在基地展厅里，一万余件风格各异的枕顶绣品、几百双绣鞋及其他展品带着各自的故事，一起在这里亮相。这是千千万万乡间女子一针一线绣成的隐秘情愿、缤纷梦想、心灵之花。这里收集了不同时期的绣品，最早可追溯至清朝年间，而那竹兰梅菊、鱼鸟、瑞兽，透过时间阻隔，仿佛可闻其香，可闻其声。它们的绣娘早已隐入烟尘，只有那情那爱那怨仍萦绕在那细密、挽连不绝的针脚、彩线之中。

随后，我还听说了陈玉秀的很多创业故事，不由心生钦佩。她对刺绣的痴情与生俱来。去乡下，她总像一只探花的蜜蜂，哪里有好的绣品，总能找到那里。听说谁家藏有当年的绣枕，不舍山高水远，她也要设法前去探看一番。20多年过去，踏遍青海山山水水，广泛采集民间刺绣图样，收集保护有价值的民间刺绣品三万多件，恢复绣制了"外婆的绣样"为主题的作品300余幅。有人对其藏品赞赏不已，称誉她为青海民间刺绣的守望者。

据说，陈玉秀自幼喜欢绘画等艺术，是看着奶奶做针线活长大的。奶奶绣出的一花一草、一石一鸟，构图稚拙，色彩艳丽、针法丰富、活色生香，看着这一切，她进入了一个色彩斑斓、鸟语花香的世界。

腰肢何纤纤，惯向花底潜。勤劳成蜜后，辛苦为人甜。这是一首古人咏蜜蜂的诗。陈玉秀和千千万万绣娘不就是这样一只只勤劳的蜜蜂吗？陈玉秀心灵手巧，孜孜不倦。她用心挖掘民间刺绣的针法，向老一辈刺绣艺人学习，向民俗专家求教，守正创新，将唐卡与刺绣、传统技艺与现代艺术深度融合，丰富技艺，尝试创作了一系列全新的刺绣作品，并不断推进刺绣工艺品产业化和市场化，积极为农村留守妇女搭建"公司＋农户"的刺绣技能培训和产品订单制作模式，带领千余名绣娘过上了花儿一样的生活。系列抱枕、羊绒刺绣披肩、特色荷包、围巾、台布、桌旗等产品远销全国各地以及日、韩、美等国。

花香四野，鸟鸣春山。一朵幽蓝的马莲花正含笑迎来百花争艳的春天……

酒魂

走过拦隆口，汽车沿着弯弯曲曲的山路爬上金仓岭。遥见山坳里一面旗幡招展，上书：慕容古寨。

缘于古寨的传奇酩馏以及那一段红色记忆，我曾多次造访过这里。有一年冬夜，雪花飘落，灯笼摇红，几碗酩馏下肚，心潮澎湃，意绪飞扬，曾写过一首诗——

雪，落在慕家山上，落在
那株百年古榆上，落满空鹊巢
山坳里，一窗烛光，被雪压矮的
屋檐下，一位女子悦然伸出

一双手，接住来自北方的雪花
接住一个苍茫辽远的传说——
英雄策马西来。那酒坊的灶火
正点燃殷红的黎明。哦，吐谷浑

一饮而醉。唱一曲苍凉的阿干西
雪，落在草原王国的早晨
淹过营帐，淹过飞舞的旌幡
淹过血玉马鞍，淹过饮泣的刀弓……

此刻，正好温一壶老慕家酩馏
与尔围炉把盏，侧耳倾听
远去的马蹄，越过青海长云
窗外，只留下一盏守夜的灯笼……

慕容鲜卑的刀光剑影已在历史尘埃中暗淡，鼓角争鸣也已在岁月烟云中消散，但慕容鲜卑的英雄气概和文化精魂仍然穿越时空，在金仓岭上回荡。吐谷浑率众西迁的悲壮，慕容叶延建国的辉煌，慕容阿柴折箭教子的智慧……仍然令后来者崇敬和神往。尤其是慕容祖先留下的酩馏酒香，每天仍从这里飘起，榨油坊木槌的扎扎声，每天仍从这里响起，令无数游人醉在其中。

金仓岭上，慕容后人初心不渝，收藏一副血玉马鞍、一副慕容将士的铠甲、一件玉器、一只陶碗、一册珍贵史料，乃至一段被时间湮灭的传说故事，一直坚守着这一份久远历史的荣耀，这一份民族文化的遗产。

还守望着一泓清冽甘醇的酩馏之魂。400多年倏忽而逝，经有记载以来数代掌门人的薪火相传，到慕世基老人，已是酩馏酒的第八代传承人；现在由女掌柜慕兰当家，为第九代传承人。慕容古寨终于迎来千载难逢的盛世华年。

慕兰热情地接待了我们。在古寨院内凉棚下，说古论今，品尝酩馏的艰难往事与今日的兴盛。我仿佛又看见了那位老人的背影，走过慕容古寨。

那是十年前吧，首上金仓岭，给我留下了最初的印象，那是一段最珍贵的记忆，仿佛眼前——

这粗瓷碗里的纯情
需要岁月和耐心
在灶火前，静静地守候……

静静地守候，在灶火前。这一守候，就是四百年。在忽明忽暗的火光里，忽而少年亮眸，忽而长髯如雪，昨日春桃灼灼，今朝满园黄花……

当我怀着崇敬之情，轻轻翻开一个家族的谱系，眼前闪过如上情景。把这个普普通通的家族的历史残片拼在一起时，我眼前升腾起一缕明亮而温暖的灶火。

在漫长而又清淡的岁月里，这个家族在筚路蓝缕，耕种牧养，繁衍生息之余，就守候在灶火前，酿制着一个家族的百年传奇。把峥嵘岁月和瓦蓝青稞一起，把喜悦和忧愁一起，把温暖的灶火与清冽的泉水一起，酿造成一滴滴晶莹澄澈，醇香甘洌，沁心润肺，疏肝明目的佳酿——酩馏酒。

炉火不息，酒魂不灭。酩馏，经过这个家族数代人的惨淡经营，薪火相传，传承至今，历久弥香。

看慕家村的山势水相，乃一深藏山中的宝地。三面环山，一面临泉，南依金仓岭，北屏金娥山。据传，村里泉水和井水皆源于金娥，是圣洁的雪山净水，为酩馏魂；这里盛产蓝青稞黑大麦，为酩馏骨。再加之慕家的祖传酿制秘方和代代相传的工艺，传说其配方用 60 余种中藏药秘制而成。难怪慕家村的酩馏虽养在深闺，却诱惑越来越多的客人不避山高路远，慕名前往，一品其色香情韵。

到了山门前，见一尊奇石上勒刻着慕家酩馏山庄字样。门庭古朴简约，两边篱笆护栏上悬了两只古旧的大车木轮，仿佛悬示着岁月的沧桑。进门三院，依山势而建。到处摆放着贴了酩馏红纸签的酒缸酒坛。阳光明媚，酒香氤氲。低处是旧宅老作坊，居中是办公区和新作坊，一行飘着酒旗的石阶上面，是新建的客栈和酒舍。

在山庄里，我遇到了慕家第九代酩馏酿造传人。但酩馏山庄的创始人、名声远播的慕家酩馏第八代传人慕世继，却久久难得谋面。对于慕家以及慕家的世传酩馏来说，慕世继是个十分关键的人物。他是这个家族的一座桥梁，起着承上启下的作用，一头连着历史，一头连着未来。历史的风云变幻，演绎到一个家族头上就是悲欢离合。慕家酩馏的灶火在 20 世纪上半叶也因故一度熄灭。从重新点火到兴旺发达，慕世继是守望者、亲历者和见证者。

后晌时分，我们终于在慕家老宅里见到了慕世继。年近八旬的慕老先生，长髯灰白，戴一顶旧礼帽，石头镜后面风雨磨洗的双目，仍透露出一丝精明和疏朗。这是一位有见地的老者。

他把我们带进了一个家族的历史。院子西墙根一棵粗壮的李树下，是一口凿于清末的百年老井，是慕世继的父辈开凿的。在老人的印象中，这口井水酿出的酩馏格外味长，就连井沿上那株李子树上的李子也口味独鲜。那时，村里烧酩馏的人家有好几家，但都比不上他家。就是因为这水，还有祖上秘传的方子。至今，慕家依然汲取这口井里的水酿制酩馏。老人半开玩笑地说，说这井水神奇，与王母娘娘有关哩！这水之源头在金娥山神泉。传说王母在金娥山摆蟠桃宴，铁拐李酒醉，打翻酒樽，把仙酒倒在神泉里了。你说这井水酿出的酩馏能不美吗！

走进慕家的老烧坊，梁上吊着盛酒曲、酒醅的草囤子，囤子是慕世继的父亲亲手编制的。几欲散架的老橱柜里，摆着一盏尘封的马灯，还有一口粗糙的砂瓶。墙角一只盛水的木筲，几只尘土掩盖的酒瓮。灶台上是百年前的酿酒的甑子、缸子、板子和筒子，灶膛里还留存着旧时的灰烬。

大约从明末清初肇源，慕家的祖先就守候在这灶火前。由于没有更早文字记载的族谱，清嘉庆年间以前的家族历史只是粗略地口传。据说慕家是慕容鲜卑传人。有紫云先生《慕容酩馏赋》赞曰：

湟中故地，沃野千里，自古羌汉中兴之地，胡马驰骋之原，乃丝绸辅道之重镇，唐蕃古道之通衢。鲜卑慕容，辽东龙种，兴于魏晋，名贯南北。其先祖以游牧为生，倚马称雄，后世迁徙甘凉，辗转河湟，历经兴衰，终成望族……

从嘉庆往后有名有姓的第一代传人算起，慕家酩馏至今已传至第九代传人了。灶火熏染过一代又一代古铜色面庞，青稞的蒸汽润湿了多少青丝白发。一滴滴清亮醇香的酩馏滴到今天，滴作一个家族一段解不开的情结，滴作一个家族醉心的回味和略带苦涩的记忆。

大约400年前，这是慕世继老人根据祖上口传的推测，慕氏先祖不知何因从甘肃平凉携家带口，沿着湟水，辗转迁徙到湟中慕家沟，在这里开辟新的家园。朝朝暮暮，炊烟在金仓岭上升起，慕家庄廓院里开始飘出淡淡的酩馏清香。不知从何时起，这里有了一个以慕姓命名的地名——慕家沟。

前面提及，在慕家老烧坊里有一只久经岁月的砂瓶。慕世继老人面对这只外形粗陋的砂瓶，心情就不禁有些激动。因为这只貌不惊人的砂瓶见证了老人父母在久远岁月里的一段真情故事。

现在，你到慕家村头，即可看见两棵粗可盈抱枝繁叶茂的百年古柳。那树在风中轻轻低絮，像在叙述一个古老的故事。

提起这两棵来历不凡的树，慕世继老人就会说，这树是我父母亲手栽植的。那时山上干旱，植树很难成活。有年春天，老人父母在村头空地栽了好多树苗。夫妻俩用砂瓶从井里汲水浇树，一天天过去，不知提了多少瓶水。可是，到了夏天，只有在一块不远的两棵树抽枝发叶，新绿耀目，其他的树苗都夭折了。

从此，夫妇俩对这两棵树倍加珍惜，每遇天旱，就提着那只砂瓶去浇水。两棵树被夫妻俩的真情所感，日见根深叶茂。

我望着这只形状古怪的砂瓶，被慕家第七代传人那种对生命的呵护，对生活的执着所感染。

慕世继老人还清楚记得，有年冬天，大雪封山，父亲为配制酿酩馏的秘方，踏雪到山外药铺去配药。因为那方子不能在一个药铺配齐，再说一个药铺药也不全。父亲跑到鲁沙尔，甚至去了湟源，才将方子配齐。回家时已是深夜，父亲满身雪泥，双脚也被冻坏了。

酩馏，成了这个家族生命和灵魂的一部分。前年，慕世继老人将他的一个酩馏品牌，命名注册为：酩馏魂。

慕氏家族这支酩馏咏叹调随着时光之轮，一路低吟而来。到了慕世继这代，那温暖的灶火曾一度寂灭。直到 20 世纪八九十年代之交，炊烟又起，清凌凌的酩馏又开始滴漏，唱起那古老的歌谣。慕家的酩馏又在人家的餐桌上淡淡生香。

也是在慕世继掌门之日，2000 年以来，曾一度藏在深闺人不识的酩馏声名大振，一路走红。它走出慕家村，翻越金藏岭，到县城，到省城，一路东去兰州、西安、齐鲁……

慕世继的确是有胆识有眼光的人。他将多年来搞养殖业攒起来的百万余元积蓄全部倾注在酩馏酒业上，并多方集资营建慕家村酩馏山庄，扩大作坊和酿造规模，筹建酩馏酒博物馆。是他实现了家族追求百年的光荣与梦想。慕世继是个敢于鼎新的人，同时也是一个恪守传统的人。新醪初出，第一碗敬神，第二碗敬祖先，再自己尝口味。

慕世继请我们去客栈正式品尝酩馏。家具是原木桌凳，酒器是黑瓷碗，竹提子，瓦罐。古朴，粗犷。敬酒三巡，已令人心旷神怡。望窗外，春雪消融，柳枝泛青，正合张九龄诗意：松叶堪为酒，春来酿几多？不辞山路远，踏雪也相过。

慕家村由于慕家的酩馏，已成为许多游客的目的地。到这里寻觅酩馏酒文化和品尝佳醪的名流、文人骚客和社会各界人士逐日增多。

一年夏季，远在广州的酒家吴基老先生从西宁得知慕家村产佳酿，翻山越岭，专程来到酩馏山庄。当他品过慕世继敬上的酩馏后，赞叹不已，说太神奇了！当即挥毫写下四个大字：青海茅台。作为对慕世继的最高奖赏。

最温暖人心的还是蒙古族诗人阿古拉泰。诗人一行到酩馏山庄。主人盛情接待，席间，由民间艺人演奏三弦、二胡。诗人饮着山里美酒，听着河湟曲儿，诗情勃发，当即吟诗一首，题为《酩馏魂》——

一滴酩馏轻轻滴落
从雪山的高处
滴落在我的心头
滴作荡胸涤怀的暖流
滴作绕梁三日的
青海散弦

这粗瓷碗里的纯情
需要岁月和耐心
在灶火前
静静地守候

其实生活非常简单
简单得像雪山上的雪
太阳一照
就滴作滚烫的泪……

每逢阴历二月初二，这里都会举行盛大的酩馏酒文化旅游节。这一天，慕容古寨的第一滴新醅滴落到瓷碗中，这要敬献给酒神。祭"酒神"古朴而隆重的仪式，寄托了人们对新一年美好愿望和期盼，传递着祖祖辈辈对酩馏酒的特殊情感。期间，酩馏传承人会点香烛、酿新酒、敬美酒。游客们则可随意一品刚刚出锅的新酒，感受酒文化的精髓……

传统文化的血脉，在酿造酩馏酒的灶火中一路流传下来，历久弥新。成为一种永久的守望，不变的家风。

十年过去了，慕世继老人也离开了他朝斯夕斯，念兹在兹的灶火。

在这个秋日黄昏，直到离开慕容古寨时，我的心幕上仍在闪烁着这样的情景——

静静地守候，在灶火前。这一守候，就是400年。在忽明忽暗的火光里，守候。慕家家族死死守候的不仅是一种令人愉悦的手艺和涓涓流淌的酩馏，是一个家族祖祖辈辈血脉流转的精魂和文化，更是一缕照彻记忆的金色乡愁，是阳光下滴落雪山的那颗滚烫的泪……

黑城村二题

贾文清

酩馏浅吟

在黑城村采访几天，我借住在村主任都成仓的家里，和年轻的都成仓两口子成了朋友，和他的妈妈也成了朋友。

都成仓的妈妈会酿青稞酒，家里有一座小酒坊，他们家是黑城村的特色户。

这位老嫂子说，她家酿酒的手艺是爷爷带过来的。她的爷爷是互助红崖子沟人。互助是青海的酒乡。民间传说，互助有一口独特的水井，井水甘甜清冽，沁人心脾。有一年，八仙中的张果老倒骑着毛驴云游到这里，口渴了，向一位老奶奶讨一碗水喝。老奶奶就从这口井里打上水来端给他。张果老喝了一口，顿觉神清气爽，通体舒泰，便认定这是一口神井。他趁老奶奶转身之际，解下腰间的酒葫芦，将酒倒入井中。

张果老离去后，井中就有酒香味飘散出来。人们很好奇，舀上来一喝，啊，井水变成了清香四溢的酒。从此，人们把这口井叫布曾昂确，意思是"神仙不落地"。用布曾昂确的水酿酒，酿出来的青稞酒甘美醇香，滋味绵长。互助也成了远近闻名的酒乡。

都成仓的太爷爷，名字叫都永寿，从互助红崖子沟来到黑城村的时间是民国三十四年，也就是 1945 年。空有一身酿酒的好本事，却没有安身立命的地方，来到黑城村后，租赁了一些明长城边上的荒地，就以种庄稼为生。

黑城村是所有人的福地。这里平坦坦的土地能生长出茂盛的庄稼，只要舍得下力气，土地就会以丰硕的果实回报给农人。都永寿是个勤快的庄稼人，在黑城村安下家后，他便一心扑在土地上，精心侍弄土地，打下的粮食一年比一年多。当粮食多到不仅能解决一家人的温饱，还有一些剩余时，都永寿又拾起了他的手艺，开始酿酒。黑城村有了自己酿造的青稞酒，而且这酒是古法酿造，品质高端，一出锅就不同凡响。

只是，那会儿生活困难，剩余的粮食有限，都永寿时断时续地酿一些酒，只供过年时招待亲戚朋友，再送给村里乡亲们品尝一下，根本没有形成规模。他只把自己的手艺传给了儿子，也就是都成仓的爷爷。

都成仓的爷爷继续种庄稼，只是偶尔酿一次酒，只为不把自己的手艺荒废掉。酿出来的酒也无处可卖，只有送给亲戚和乡邻，因而，人人都知道黑城村的都家有酿酒的好手艺，酿出来的青稞酒堪称一绝。只不过，酿酒的本事没有给他们带来多少的好处。和所有那个年代的农民一样，生活过得贫困潦倒，为解决温饱而苦苦劳作。到了1958年以后，都家的酒彻底停了。都成仓的爷爷又把手艺传给了自己的女儿，也就是都成仓的妈妈。作为一个手艺高超的酿酒师，他一生都没有机会展示自己的才华。

都成仓的妈妈叫都文兰，是都家的长女。像所有精明能干的当家女儿一样，她不但把父亲酿酒的工艺学到了手，还承担起了顶门立户的责任，把都家的酿酒古法发扬光大，并且传承下去。

20世纪八九十年代，农民的生活已经相当好了。都家有足够的青稞用来酿酒了。都文兰改造酿酒工艺，不但用青稞酿酒，还尝试着用大麦、燕麦酿酒，酿出来的酒一样甘美好喝。

只是，由于信息闭塞，都家的酒即便再好喝，也没有销路。都文兰之所以没有放弃酿酒，是十里八乡的乡亲们都知道她家的酒好喝，每逢有红白喜事，或者别的什么事情，都到她家来灌一些青稞酒，一个个喝得喜笑颜开，都说黑城村的酒好。只是，外面的人却不知道黑城村的都家有如此品质优良的纯粮食酒，酒香也怕巷子深，何况隐藏在偏僻幽静的百年古堡黑城村里，都文兰没有用武之地，每年也就酿几百斤酒。

到了2018年，情况就不一样了。这一年，黑城村被国家住房和城乡建设部评为"脱贫攻坚与美丽宜居乡村建设共同打造示范"的试点村,这座自南北朝时期就已建成、已经存在上千年历史的黑城村,在住建部的帮助下,旧貌换新颜,变成一座充满古朴风格又颇具现代化的社会主义新农村。

古村落要有自己的特色,都家酿酒坊作为"古城老酒"保留下来,都文兰的手艺这回真的有了展示的平台,并且得到发扬光大。

都成仓和父母商量,重新翻盖了房子,专门留出一间房子做酿酒作坊,让黑城村的青稞酒香传得更远。

都家的老酒坊是三间大房,一间做储藏室,存放青稞原料、酒糟及盛酒用具,酿好的酒也在这里储藏,一般要存放半年以上,才开坛销售。据说刚酿出来的新酒有一股糟子味儿,静置一段时间后,糟味儿就没有了,所以说酒越陈越好喝。

另外一间烧着暖气,温度很高,这是发酵室。一排排大缸整齐地靠墙而立,里面装满了拌上酒糟的青稞粒儿,上面用棉被覆盖着,在静静地等它们发酵成酒。

我问都文兰:"怎么知道酒快酿好了?"都文兰说:"酒牛儿唱歌的时候。"我问酒牛儿长什么样。都文兰说她也没见过酒牛儿长什么样,但它会唱歌。尤其夜深人静的时候,侧耳细听,哪个酒缸里发出"咕噜咕噜"的声音,那就是酒牛儿在唱歌了,这缸酒就要熟了。我们就是听酒牛儿的歌声来判断酒酿到什么程度了。

多么神奇的酒牛儿啊,为什么只有歌声而没有形状?你就是那些酒糟们变幻出来的小精灵吧?你在温暖又香甜的酒缸里唱歌,你的歌声该有多么甜蜜又美好啊?外面舞台上有红酒嗓,而我们的酒缸里,有酒牛儿发出的青稞嗓。

还有一间屋子,就是把酒牛儿唱歌的青稞酒和青稞一同舀出来,放在大锅里煮。蒸馏水凝结在锅盖上,再顺着锅盖流到一个早已准备好的小槽里,收集起来,就是醇香甘美的青稞酒了。此刻,大缸里的青稞都没有发酵好,锅灶是空的,没点火。在擦抹得干干净净的锅台上方,供奉灶王爷的地方,挂着一幅字,是西宁市文联主席张国云的墨宝:"酒是上品,适口为佳"。张国云 2008 年在黑城村下乡驻村,和这里的乡亲们很有感情,自然也喝过都家酒坊的青稞酒,这里清甜甘冽的美酒和淳朴厚道的民风,是他在岁月中绵长的记忆。

都家酒坊作为古城的特色重新绽放出光彩。都文兰兴致勃勃，她在酿酒的同时，也把自己的好手艺传给了儿子儿媳，希望他们把都家酿造青稞酒的技艺传承下去。

都成仓跟着母亲学会了酿酒技术，他却没有帮着母亲在酒坊里忙碌。他当了村委会主任，要为全村父老乡亲的事情操心忙碌。

都成仓除了会酿酒，他还会修理汽车，是个手艺不错的汽车修理工。此前，他在上新庄镇开了一间汽车修理部，由于技术好，收费合理，附近十里八乡的司机师傅都找他修车，收入很是不错。后来，上新庄镇进行新农村建设，都成仓的修理部只好关了。之后，他又买了一辆大卡车，在各个建筑工地上拉沙子、拉水泥，也拉别的建筑材料。跑运输辛苦是辛苦了点，但收入稳定，比以前开汽车修理部挣得还要多一点。都成仓很满意，他的家可谓幸福，父亲是石匠，60多岁了依然闲不住，村庄里谁家盖房子他都要跑去帮忙，主要是显示一下自己高超的石匠手艺。母亲在家酿酒，兼管着家里的几亩地。他的妻子在一家乳制品厂打工，工资待遇也不错。两个孩子一个上学，一个上幼儿园，活泼可爱，是全家人快乐的源泉。

2020年1月21日，是阴历的腊月二十七，黑城村的乡亲们正忙着准备年货，都成仓也和妻子一大早就出门，准备到岳父家商量过年的事情。他刚走出黑城村厚重的城墙口，就看见一大帮人踩着厚厚的积雪迤逦而来。都成仓以为是谁家城里的亲戚提前来拜年，没顾上多想，就离开了。

是李克强同志来到了黑城村，并且顺路就走到了他家。都成仓至今想起来都后悔不迭，要知道是李克强同志来到他们村庄，他说啥也不出去啊。

他的妈妈都文兰接待了李克强同志。李克强同志坐在他家的火炕上拉了一会儿家常，询问他们的生活来源，鼓励他们走出去，寻找就业机会脱贫致富。临走，还给他的大儿子发了一个红包，说是给孩子过年的压岁钱。

我问那位虎头虎脑的男孩："李爷爷给你的钱你咋花的？"他说："我买了一些文具和学习资料，别的都存起来了。以后这些钱就用在学习上。"他告诉我，李爷爷给他红包的时候，就鼓励他好好学习，将来做个对社会有用的人。他还告诉我，他以前贪玩，不爱学习。李爷爷来了以后，他就再不贪玩了，把心思都放在学习上。他的奶奶都文兰哈哈大笑，说他现在像换了个人一样，变得又懂事又勤快，学习还很努力。

春节过后，都成仓放弃外面的高薪工作，回到了黑城村。

都成仓觉得，自己身为党员，他不能只顾着自己发家致富，他要带着全村的乡亲们一起走向致富奔小康的路。2020年，他当选为村委会主任。当了村主任就不能开车跑运输，收入眼看着就降下来了，都成仓心里有些不甘。可是，村里也有一大摊子事情需要有人来管理，自己是高中生，有文化底子，而且是年轻党员中的中坚力量。最主要的，用乡亲们的话说，都成仓办事我们放心。

都成仓实实在在地管起了村中的事情。黑城村的综合治理；村民之间的矛盾纠纷；村里村外的土地普查、人口普查；都要他这个村主任出面解决。除此，村庄里的防火、防盗、防灾、禁毒、禁赌、河道管理、树木管理、道路管理，以及一切林林总总的事情都要他来管。都成仓拿着一个月不到2000元的工资，干得认真又执着，常常忙得一身土一头汗，一天到晚连水都喝不上一口。

都成仓本来可以帮着母亲酿青稞酒，把"古城老酒"的牌子打出去，也可以出去跑运输挣钱，可他偏偏选择留在村里为乡亲们服务。收入少了一大块，妻子在乳品厂打工挣的钱就成了家里的主要收入来源。

但都成仓不后悔回村当村主任，李克强同志冒着严寒风雪来到黑城村，坐在他家的炕上和群众聊天，关心群众的生活问题，这对他是多么大的鼓励啊，也是他值得自豪一辈子的事情。

他是一名党员，就应该带领乡亲们共同走向富裕的道路。他说："这是李克强同志的嘱托，也是我们的责任。"

藏毯开花

大南川的古道上，由于地势平坦，交通便利，村庄一个连着一个。

和黑城村毗邻的一个村庄，叫加牙。加牙是藏语，意思是"上面的青石滩"。现在的加牙人烟稠密，生活富足，是蜚声海内外的藏毯生产基地。家家都盖了楼房，再也看不见一片青石滩了。只有古老的麒麟河在新修的水泥河道里汩汩流淌，傍村而过。

其实，不只加牙的人会织藏毯，黑城村的人也会织藏毯。附近的村庄，水草沟、阳坡台、红牙合、上新庄等村的人都会织藏毯。这里有佛教圣地塔尔寺，寺院里需要大量的佛事用品，因而，周边的村庄有很多人在农闲时间帮寺院加工一些原材料。出现了大量的木刻艺人、雕塑艺人，铸造艺人，还有织藏毯的、画唐卡的、刻经版的、烫堆绣的、绣藏绣和皮绣的，几乎每个村庄都有为塔尔寺加工制作工艺品的民间工艺师。

黑城村和加牙紧邻，这里就形成了一个以织藏毯为主要的手工产业。要说起来，黑城村做藏毯的历史也非常悠久，很早以前，黑城村附近有一个藏族部落叫申中。申中部落鼎盛时期，曾给予塔尔寺很多的资助，据说塔尔寺的大喇让宫就是申中部落捐资修建的。所以，塔尔寺和申中部落以及周边村庄的关系非常好。明清时期塔尔寺从一座白塔逐渐发展成一片寺庙建筑群，需要大批的建筑工匠和装饰艺人。申中部落的人大多会木雕手艺，他们就承担了塔尔寺建筑群的木工建造及装饰。加牙因为从宁夏来了两位会织毯子的工匠，大家都跟着学会了织毛毯的手艺，用羊毛织毯子。这种羊毛毯子又厚实又保暖，非常适合青藏高原上寒冷的气候，一经问世，便广受欢迎。不仅塔尔寺的喇嘛们喜欢，整个农牧区所有的农牧民都喜欢。

后来，加牙织藏毯的技艺日趋成熟，他们改良工艺，织出了符合青藏高原上农牧民审美心理的特色藏毯，并冠上村庄的名字，叫加牙藏毯，也算是一个品牌。加牙的邻庄黑城村当然也要学会这项赖以生存的手艺。自从有了塔尔寺，就有藏毯源源不断地编织出来。加牙、黑城以及周边很多村庄的人都会用毛线编织藏毯。

黑城村支部书记徐金盛的爷爷就是个手艺不错的毯子匠。徐支书告诉我们，他小时候，黑城村家家户户都在编织藏毯，他的爷爷更是专注，长年累月在织架前挥舞着剁刀砍绒线。编织藏毯是一项劳心劳力，既繁琐又辛苦的工作。首先要选羊毛，最好是品质优良的西宁大白毛，生存在寒冷气候下的青藏高原藏系绵羊刚好满足了这一条件，剪下来的羊毛又长又有韧性，还散发着悠悠光泽。羊毛选好后，还要经过洗毛、梳毛、撕毛、捻线、染色等等漫长又复杂的工序，才能用来编织藏毯。徐金盛记得小时候除了上学，就是帮大人撕羊毛。撕羊毛需要耐心，要把凝结成团的羊毛轻轻地撕松散，羊毛纤维还不能扯断。要把羊毛撕得像天上的白云一样柔软飘逸时，才算合格。而他的母亲和奶奶则忙着捻线、染线。在蒸汽弥漫的大锅台前，母亲和奶奶把青盐和染料一同倒进染锅里，再把一绺一绺的毛线放进去煮。染好后，捞出来控干水分。家里的染料有好几十种，大多是爷爷从鲁沙尔的街道上买回来的，有的是奶奶从中药铺买回来的。实在没有的，妈妈就到田野中去寻找，挖来茜草的根当红色染料，摘来洋姜的花当黄色染料。而海娜花染出来的毛线，则是明艳亮丽的杏红色，要多好看有多好看。

爸爸的工作最辛苦，他要在地里劳动，还要负责给染锅里挑水，把染好的毛线搭到房檐下晾干。藏毯织好后，他还要和爷爷一起，背着沉甸甸的毯子，翻山越岭走到塔尔寺，卖给寺里的喇嘛或鲁沙尔街上的店铺。

爷爷负责最后一项工序，也是最重要的程序——织藏毯。在织机架子上绷好毛线的经线和纬线，爷爷就开始操作了。他的身边摆满了五颜六色的线团，根据毯子花纹的设计，他不断地拿起不同颜色的线搭在织架上，快速地编进图案中。在经线上绕出"8"字扣，在毛线打结的地方，拿起剁刀将线砍断，如此反复。每编好一行线，他要拿起像梳子一样带齿的工具，把线压瓷实，这样织出来的藏毯才结实、厚重。然后，再拿起剁刀将线砍断，线头就成了毛茸茸的毯子面。

传统的藏毯有 80 道、90 道、120 道。不管多少道线，徐金盛的爷爷，以及所有手工艺人织出来的藏毯，都是又精美又厚实，让人忍不住赞叹。那些花纹美丽质地细密一把攥不透的藏毯铺在炕上，大概上百年都不会磨损。

当然，织藏毯的人大概不知道这么千辛万苦织出来藏毯在外面的人眼里，是罕见的奇珍异宝，他们只是一代又一代地把织藏毯的手艺传承下去。靠种庄稼能填饱肚子，织藏毯则能换回一些零用钱，以维持一家大小日常的开销。徐金盛始终记得一件事，在他 20 岁的时候，他特别渴望拥有一辆摩托车。这样，再到塔尔寺卖藏毯的时候，就不用徒步走路了。十几里的山路，肩上扛着沉重的藏毯，走一趟能把人累死。徐金盛想办法挣钱给自己买一辆摩托车。刚好到了虫草季节，徐金盛跟着村里的大人们到遥远的果洛草原去挖虫草。可是，虫草哪有那么好挖的？第一次出门，被人家欺负不说，还差一点回不了家。徐金盛只好把手里挖虫草的工具卖了，求一位卡车司机带他和同伴们回村。爷爷没有责怪他，反倒说男孩子就应该出去闯荡闯荡，经一下世事。爷爷拿出自己织藏毯挣的钱，帮他买了一辆建设牌摩托车，满足了他的心愿。这让我想起作家刘震云的姥姥，也是拿出自己省吃俭用存下来的全部积蓄，帮刘震云买了一辆自行车，就是为了让他在人前头活得有体面。

加牙藏毯闻名遐迩。像徐金盛的爷爷这样技艺精湛的匠人手工织出来的纯毛藏毯，和波斯地毯、土耳其地毯并称为世界三大名毯。加牙的杨永良被评为国家级的非物质文化遗产项目加牙藏族织毯技艺的传承人。加牙藏毯不仅是安多地区的瑰宝，它更成了青藏高原的一张金名片。加牙藏毯不仅卖到塔尔寺，更是销往全国各地直至远渡重洋销往海外了。

而且，织藏毯的工艺也有了极大的改善，现在大多采用机器编织，规模化生产，藏毯做得又快又好。当然，也保留了一部分像杨永良这样用纯手工编织的工艺大师，为的是把古老的藏毯编织技艺传承下去。加牙藏毯就像草原上的水晶晶花一样遍地开放。

黑城村的人也继承了这项古老的编织工艺。加牙成了编织藏毯专业村，与黑城紧邻的上新庄成立了藏毯厂，规模化生产藏毯。黑城村的妇女就到上新庄藏毯厂去打工，既可以挣一些钱贴补家用，又可以照顾好老人和孩子，织藏毯的工作使她们在家门口就把钱挣了。那些工艺精美、图案别致的藏毯大多是黑城村的人编织出来的，她们按照订单编织出一批批的地毯、炕毯、挂毯、拜毯、卡垫、马褥子等等，看着客户将她们编织出来的藏毯拉走，夸赞她们的手艺高超，质量过硬。再从老板的手里接过酬金，她们脸上露出幸福的笑容。她们的笑脸就如藏毯上的花儿一样艳丽。

老靳家飞出的金凤凰

朱嘉华

1

时序轮回，金秋煌煌。

次第间，青山层林尽染，大地硕果累累，人心也缀满心事，一切都恰到好处。

在这样五彩斑斓的日子里，想念一个人，想念一个村庄，想念一些往事，这种想念很熨帖，很抚慰人心。午后便拨通了占芳的电话，这时候的她有空歇一下。占芳说，今年农家院生意很好，年初冷落了20来天，她心想，今年又完了，挣不到钱了，没想到随着三年疫情的结束，农家院的生意异常火爆，除去一切开销，今年前三季的纯收入已达十七八万元，还有一个季度，年纯收入冲破二十四五万不在话下。

占芳口气中充满了自信，但也略带遗憾。她说，今年失去了好几次学习培训的机会，因为她是大厨，一旦离开，农家院就得停业，开朗的占芳说，过日子就是这样，有得有失生活才有滋味，值得开心的是女儿已经大学毕业，准备考个好工作，未来可期，他们两口子非常满意。今年，他们的农家院又被"大通县绣美乡村计划"评为"青绣人家"，为乡村振兴助一臂之力。放下电话，思绪已经飞向占芳所在的美丽的小山村。

2

走进风景如画的东峡峡谷，105省道两旁，是清一色的红墙灰瓦民居，阔门深院里两层小楼拔地而起，这些河湟风格的建筑全部是建立在自家院落的农家乐小院和商铺。传统农耕文化元素的雕塑散布在每一户农家院周围，有摇辘轳的水井、加工粮食的风车、磨盘、喂鸡的老奶奶、下棋的老爷爷和嬉戏的孩童，还有用簸箕簸粮食的妇女等等，这些逐渐淡出视野的场景再现，不知激活了多少人残存的故乡记忆，而村口的一座花岗岩日晷与二十四节气谚语石碑昭示着中华民族悠久的农耕文明，也宣示着河湟文化灿烂的精髓。

这里是东峡镇多隆村，东峡河从侯家阳坡前潺潺流过。对面的山坳叫作银湾，森林葳蕤，植被繁茂，苍松翠柏掩映着山脚下长势喜人的庄稼。村容村貌干净整洁，硬化路铺设到家家门前，一派欣欣向荣的新时代新农村风貌。夕阳西下，炊烟袅袅，伴着叮当作响的清脆铜铃声，蜿蜒的深巷里走来暮归的老牛与它的主人，一派田园风光与人间烟火晕染交织的画面尽收眼底，民俗一条街如清明上河图赏心悦目，百看不厌，不由生出许多故园情愫，让人眷恋。

田占芳两口子经营的"占智农家院"就坐落在这些建筑群中。四十出头的占芳中等个头，皮肤紧致白皙，额头光洁，柔顺的头发扎成高高的马尾束在脑后，一双聪慧的大眼睛透露出干练与智慧，笑起来很美，两颗小虎牙平添几分羞涩的神情，具有一种无法抗拒的亲和力。虽已人到中年，却浑身散发着青春的活力，她秀美的脸庞与矫健的体魄展示着劳动妇女的健康美。她干活麻利，做事干练，集老板、大厨、服务员于一身。丈夫靳占智，只比妻子大一岁，棱角分明的脸庞，深凹的眼窝，高耸的鼻梁，具有显著的北方汉子特点，但他性格腼腆，不善言辞，举止温文尔雅，很难想象他操刀宰杀活物的场景。夫妻俩性格互补，有商有量，妇唱夫随，家庭气氛甚是和谐。

当清晨第一缕阳光洒落在屋顶上时，占芳两口子已经忙碌了好半天。占智负责采购、宰杀鸡、在切骨机上切排骨，顺手把眼见的活儿都给干了，占芳一路小跑着打扫卫生、准备早饭。自从购买了小轿车，占智每天清晨开车到桥头镇或东峡镇采购一天的食材，新鲜排骨、猪肚、面粉、清油等塞满后备箱满载而归。当占智采购回来，往厨房搬东西的时候，送蘑菇的、送鸡冠菜的、送活鸡的、送馍馍的乡邻们你来我往，两口子忙得不亦乐乎，占芳一边过秤一边招呼乡亲们，一边开着玩笑，小院里顿时热闹了起来。

占芳长期雇佣两名女帮工，其中一位大高个是占芳的亲姐姐，一直在后厨工作。小小农家院，蕴含大能量，村里17家农家院与周边馍馍铺、面铺、养殖户建立了长期合作关系，形成良性循环，带动了多隆村经济的发展，昔日贫困村蝶变为今日新农村。

匆匆忙忙吃过早饭，雇佣的帮工也都到了。于是，大家按部就班开始准备一天的食材，她们熟练地进行着各自的工作，占芳的姐姐将妹夫采购回来的新鲜蔬菜择干净放在水龙头下用流水冲洗三次，洗干净的菜放在篮子里控水，然后由占芳亲自操刀切菜，青红辣椒、菜瓜、蒜薹、生姜、大蒜、香菜逐一按照需要改刀切好放置于盆子里，以备客人喊上菜时瞬间炒好上桌。

另一位帮工姐妹在大门外的水龙头下冲洗一篮子洋芋，她用力晃动柳条提篮，泥土被冲洗得干干净净，然后拿进厨房在水池里逐个用手搓洗，最后再用流水冲洗一遍，洗好的洋芋一半装在塑料袋子里保存，一半由占芳切成滚刀块作为大盘鸡的辅料。

经营了九年农家院，占芳早已摸透了规律，一般周一周二客人很少，周三工作餐比较多，周四周五生意一般，周六周日便是一个星期里最忙碌的日子，十几个房间客人爆满，一般到晚上十点左右才会人尽席散，两口子辛苦并快乐着。

3

1999 年，21 岁的田占芳嫁到多隆村老靳家。靳老汉老两口有三个儿子，尽管上过小学的靳老汉头脑灵活，在改革开放初期就开始做小生意，靠贩卖洋芋、油菜籽等农产品取得一些收入，在村里还算家底殷实，但贫瘠的土地难以让这个五口之家脱离贫困，三个儿子陆续成家，颇有头脑的靳老汉果断给三个儿子分了家。田占芳是老二媳妇，老汉给盖的五间新房也只有外表看起来是座房子，里面空空如也，分得的一个木制墙角柜至今还在她家后厨墙角发挥着余热。

分了家，一切都得靠自己。而靳老汉有个偏执的理念，不但自己从来不给别人打工，也不赞同儿子们给别人打工，他认为做小买卖自由，不受别人的气，就让占芳与同样也是初中毕业的丈夫做起了贩卖生意。夫妻二人买卖不好的时候也给别人打过短工，但微薄的收入难以支撑生活。2000 年女儿降生，四年后儿子又降临在这个虽然贫穷，但恩爱和睦的家庭中。随着孩子们的降临，他们还是觉得做小生意比较自由，便借贷凑足了两万元买了一辆农用车，靠收购洋芋、麦子进行贩卖，有时候一天能挣一百元，两个人得高兴好一阵子，劳累一天的他们可以奢侈一下，在饭馆里吃一碗面片再回家，给孩子们买点小零食，塞给五角、一元的零花钱，孩子们会高兴地蹦起来。

占芳说，那时候一年挣一两万，怎么也不够家用，2013 年开始，村上和镇上都动员我们在家里开办农家院，当时大家思想上有抵触情绪，好好的家改造成饭馆像什么样子？

占芳姐姐说，男孩性格的占芳从小最不爱做饭，在娘家有姐姐们呵护，她坚决不学茶饭，母亲和姐姐们责骂她，她宁愿哭鼻子也不愿和一次面，做一次饭。嫁过来后才开始学习做寸寸面、蒸馍馍，现在让她开饭馆，这不是为难人吗！

经不住村镇干部一再做工作，最终在政策扶持下农家院开张了。占芳说，政府不但替我们购置了桌椅板凳，还置办锅碗瓢盆，厨房设施一应俱全，就这样跌跌撞撞开启了创业之路。说实话，一开始也没抱什么希望，心想，坐在家里还能挣个钱吗？这么偏僻的山沟沟里谁来吃饭？后来，县旅游局拉来客人，定了价位，镇上又多次带领我们外出观摩学习，才了解了一些做餐饮的知识，但因为房屋少，接待能力有限，再加上几乎没有什么厨艺，只会做简单的农家饭，头两年没有多少客源，也没挣到什么钱。

为了提升档次留住客源，政府又帮我们修建了厨房，墙面贴了瓷砖；全村翻修大门，每户补助 1 万元；后院里修建了旱厕；后来又给安装了抽水马桶，开通了上下水等，所有这些投资，政府全部包揽，个人没掏一分钱，干部们把事情办到这个份上，我们打心眼里感谢党、感谢政府、感谢基层干部，他们苦口婆心劝说我们，腿快跑断了，为了谁啊？还不是为了我们老百姓能过上好日子吗？我们还有什么理由不好好干，撂挑子呢！说到这里，占芳眼角噙满了晶莹的泪光……

占芳回忆道：2015 年、2016 年两年经过村里和镇政府的几次集中培训，我们的厨艺有了非常大的提高，除了家常饭菜，还能炒十几种特色菜，比如大盘鸡、生炒排骨、酸辣里脊、青海三烧、各色凉菜，再加上我们大通特有的传统美食萱麻口袋、狗浇尿油饼、搅团、豆面饭块、洋芋酿皮、洋芋筋筋、焐洋芋，还有鸡冠菜、野蘑菇、鹿角菜等山珍野味，足可以撑起一桌真正意义上的农家餐，从这时起就开始挣钱了，一年能挣三四万，我们的兴头也越来越大。

经过两口子几年的苦心经营，不仅在县城买了楼房，还在小院原有的基础上加盖了二层小楼，修建了一栋新房，每年不断投资一点，提升一点，稳固一点。张汶高速公路的开通使得西宁的部分客人流失，好在她这里百分之八十为回头客，对生意影响不是很大。目前十余个房间全部用于经营餐桌。后院的菜园子生机勃勃，洋芋、萝卜、大白菜、生菜、菜瓜、菜花、葱、蒜、香菜应有尽有，鸡笼已经空了，好在一个电话，就有养鸡专业户把活鸡送到厨房。

我们采访的时候是星期天，所有餐桌都已订出去，这天客人将会爆满，人手不够，占芳又打电话请来一位姐妹帮厨。占芳接到一个又一个电话，有要打包大盘鸡的，有要打包萱麻口袋的，还有要打包狗浇尿油饼的，不一而足。刹那间，厨房里忙乱起来，一个人起锅烧水烫面，一个人开始做萱麻拌汤。但见案板前的帮工麻利地将烫面擀开，抹上清油、撒上香豆粉，卷面、拧面、压平、擀饼，宣纸一样薄的面饼在她手中顺时针旋转几下就成型，擀好的一摞面坯在锅台前的占芳手里像魔术师手中的道具，她朝烧热的铁锅里浇上清油，飞快地抓饼、甩饼、旋转、翻面、出锅，整个动作行云流水，足见农家面食功底。不一会儿工夫，一大摞软糯香甜、金色诱人的油饼码放在案板上，她顺手将磨好的蒜蓉端下来，每张饼抹上一调羹蒜蓉，再舀起一勺碧绿可人的萱麻拌汤摊在饼子上，将饼子两边朝里折叠，卷好的饼子整齐地码放在案板上静候客人来取。

农家院对面山坳的原始森林中有数不清的野生菌类，加之雨水充沛，这里的客人每天吃到的都是新鲜杂菌，现宰的鸡肉，农家饲养的土猪肉。占智农家院后厨大大小小的水缸里腌着酸菜，撇开上面的白醭，只见白嫩嫩脆生生的大白菜被石头压在浆水中，一股青海农家特有的酸菜香味扑鼻而来，引得人馋涎欲滴。这是人尽皆爱的酸菜炒粉条原料，以前是冬季的应季菜，现在成了最受欢迎的反季节菜。当地的洋芋粉条与自家腌制的酸菜再加上切成大片的五花肉爆炒出来，鲜香酸爽，肥而不腻，酸菜是这道菜的灵魂，一盘最寻常的农家菜却是客人的最爱，是必点菜之一，因此，占芳家的酸菜常腌常新。

5

由于占智农家院在占芳两口子的勤劳打理下取得突出成绩，2014 年，田占芳家庭被青海省妇联评为 2013 年度青海省和谐文明家庭标兵；2016 年，田占芳被县妇联评为"巾帼创业示范带头人"，光荣当选为大通县第十三次妇代会代表、西宁市第十六届人民代表大会代表；2017 年，占芳光荣地加入了中国共产党，成为这个优秀组织中的一员。从此，她更加严格要求自己，守法守信，保质保量，小心呵护自己一手打拼出来的这片天地。同年，占智农家院被市妇联授予"西宁市巾帼示范农家乐"；2018 年被省妇联授予"青海省巾帼示范农家乐"；2020 年被大通县文明委、县市场监督管理局、县消费者协会授予"放心消费示范单位"。

2018 年 9 月，占芳来到北京，参加了为期五天的"清华大学——西宁市人大代表及机关干部专题培训班"，对于一个走出大山的青海高原农家女来说，清华园是梦寐以求而高不可攀的天堂，假如自己的孩子们能在这里读书该有多好啊！坐在课堂上听讲座的占芳思绪早已飞驰到老爷山下的故乡，她下定决心一定不辜负党的教导和组织的培养，在自己的农家院干出一番成绩，给父老乡亲带个好头，给共产党员的形象增光添彩。

每天早晨，做完所有的准备工作，占芳总是站在伙房门口，用毛巾仔细擦拭鲜红的"共产党员经营户"招牌，上面的镰刀铁锤坚定有力，呼之欲出，下面是党员承诺：依法经营，诚实守信，货真价实，公平交易……

6

餐饮服务看似单纯，但锅碗瓢盆、人间百态，要想人人满意，必须在服务质量、饭菜品质上下功夫。占智农家院与坐落在公路两边的占春、占得等农家院相毗邻，凡是带占字的都是靳家本家的兄弟们。在振兴乡村经济的政策支持下，新农村建设风生水起，得益于鹞子沟景区与广惠寺得天独厚的地理位置，东峡镇火热的旅游经济发挥了大作用。多隆村十七八户农家院鲜有关门歇业的，而占智农家院由于经营有道，是多隆村旅游经济专业户中的佼佼者。

说起占芳的能干，没有人不竖起大拇指。在左邻右舍眼里，占芳泼辣干练，在同样培训过的厨师中，她的厨艺特别出众，尤其是大盘鸡炒得格外香，而且分量足，168元一份的大盘鸡是整只大公鸡炒出来的，真正做到了货真价实、童叟无欺；在丈夫眼里，妻子美丽聪慧，热情大方，对做菜有着很高的天赋，一学就会，还爱钻研，研发新菜品，自己甘愿做妻子背后坚强的后盾，支持她的事业，两口子齐心协力共创美好未来；在靳老汉眼里，老二媳妇能干、贤惠、上进，不仅是老靳家的骄傲，也是东峡、多隆的骄傲；在妯娌口中，占芳聪明能干，性格开朗，为人实诚，很好相处；在孩子们眼中，占芳勤劳，宽厚，坚韧不拔，给他们树立了人生的榜样。占芳的女儿也考上了大名鼎鼎的大通二中读高中，毕业后考入青海大学金融专业；儿子也顺利考上高中。

在占芳两口子身上没有人到中年的颓废，反而是一种虽然满足却要不懈努力的劲头。占芳说，现在啥都好，靠着党的惠民政策，我们富起来了，现在一年挣个一二十万根本不在话下，而且家里老人目前身体还好，孩子们也大了，不用多操心，我们两口子还正值年富力强、能干活的时候，生意做到这个份上，生活已经很满足了，趁着还能干得动，再好好干上几年，干不动了再说。说完，她爽朗地笑了起来，笑容灿烂，神情坚定。

7

走进靳老汉家，发现他家家风很好，三兄弟之间兄恭弟谦，互助友爱；妯娌们温良贤淑，和睦相处，二十多年来从没红过脸。可谓兄弟同心，其利断金。三兄弟的六个孩子，出了三个大学生，三个在读高中，而且每家都是一儿一女，靳老汉骄傲地说："这是我们忠厚传家积的阴德。我们祖祖辈辈老实做人，踏实做事，不害人、不骗人，所以老天特别眷顾。"这位祖上出过读书人的老汉就爱认死理儿，他说："上粮纳草不怕官，孝顺父母不怕天。"朴素的语言蕴含深刻的哲理。他当着我们的面嘱咐种植专业户老大："把粮食种好，中国这么大、人口这么多，国际形势不好，粮食安全最为重要。"我突然感觉到老汉把党的一号文件精神都吃透了，可见，东峡镇、多隆村对宣传党的方针政策所下的功夫，不由得升起一股崇敬之情。

对于老两口的养老问题，兄弟们并没有分摊费用或者明确责任。看病就医都是谁挨到谁出，从来没算过账。老两口平常与老三住在一起，有时候住在县城的楼房，有时候回村住回老屋。想做饭自己做着吃，不想做饭的时候给任何一个儿媳妇打电话告诉她们，今天上你家吃饭，多做点。儿媳妇们总是想方设法做些可口的、老人爱吃的饭给公婆吃。父慈子孝，儿孙上进，真是应了那句老话：不是一家人，不进一家门。我想，在新农村建设进程中，这样突出的精神文明户应该大力弘扬，让他们成为身边的活教材，成为更多人的榜样。

对于提升经营，占芳两口子也有很多想法，但受各种因素制约，目前局限于保守经营，梦想与现实在平衡之间需要找到一个契合点，他们都期盼党的惠民政策向西部有更多倾斜，助力西部乡村经济的提升与可持续发展，期盼孩子们大学毕业能找到一份好工作，期盼党的二十大描绘的巨制蓝图让国家更加繁荣昌盛，人民安居乐业……

去年夏末的田野里，只见麦子亭亭玉立在田垄里等待着成熟；油菜花已然凋零，靠近村庄的花田已经结上了饱满的籽荚；一望无际的洋芋地里还开着紫色、白色、粉紫、淡黄色的花儿；当归长势旺盛，妇女们正在除草和铲除抽薹的当归株苗，田野里偶尔看到抓瞎（ha）老鼠的夹子，有小旗子插在上面，以免误伤干活的人，乡亲们说瞎老鼠最爱吃当归，而不吃有臭味的赤芍。庄稼正铆足劲吸吮着大地的养分和温煦的阳光，这架势，注定是一个丰收年。

今秋十月，收获完蔬菜和药材后平整的种植基地敞开胸怀接受着阳光的洗礼，耸立在麦田向大地致意的麦捆和满山满坡欢快跳跃的洋芋合奏出一支秋天的神曲，将又一个丰收的喜讯报告给大地母亲……

秋天，是上天对乡村的馈赠；秋天，只属于占芳一样勤劳的人们！

溢彩流光的金土地

李海姿

　　时光之指针有条不紊地指向了仲春，大地已经从冬的梦里醒来，山桃花将花瓣洒向大地，枝丫间坐成了绿豆大的山杏儿；榆叶梅正当时，艳丽的花儿一簇一簇地赶着花事，丁香已经迫不及待地在枝头招摇，有些已经掩饰不住其腹内的馨香溢了出来，使空气里飘浮着馥郁的丁香味儿，在湟中区的小南川，一个极有诗意的农业科技博览园正如这芬芳的丁香一样在湟中区田家寨镇田家寨村扎根并散发出勃勃生机。它就是"青海千紫缘园区农业科技博览园"。千紫缘的寓意：涉及千家万户，动用千军万马，打造万紫千红，紫气腾升，因缘而相聚，聚气生财，生财脱贫。千紫缘园区是田家寨人创造的奇迹，而带领大家创造奇迹的则是田家寨村前书记、青海千紫缘园区农业科技博览园董事长蔡有鹏。

　　蔡有鹏，中上等个儿，黄皮肤，国字脸，是田家寨村村民，曾任过7年村党支部书记，青海省优秀共产党员。"民亦劳止，汔可小康。惠此中国，以绥四方。"这句出自2000多年前的诗句深刻表达了华夏先祖在生产和生活过程中渴求美好的深切愿望。民以食为天，老百姓的吃饭问题比天大。自古至今皆如此，贫困是一个世界性问题，古老而沉重。

　　看到家乡父老依然住着破旧的土坯房子，而且好多人家的房屋均已成危房。十年过去，家乡不但没有发展，反而更加颓圮，蔡有鹏内心非常难过。为改变家乡父老困顿的生活现状，他决定要将自己在外十年淘来的这桶金用在家乡的土地上。通过一年多的精心考察后，他筹建了"黏土砖厂"，20多年来，他一直坚持回收建筑垃圾将其制成多孔砖再销售，既做到废物利用又做到了环保。

"为富一方，造福乡邻。"是蔡有鹏笃定的信条。他先后在田家寨修建3个综合市场，再次解决了240户农户外出打工的难处。

自从2011年当上村干部后，他不辞辛苦，四处联系，为村里争取资金扶持，克服重重困难给村里盖起了21间办公室；为村里修建村文化广场和文化大舞台；为村子里安装了660盏太阳能路灯，使家家户户门前都亮了起来，不但确保了村庄的治安，也极大地方便了晚上补课的学生娃们。他利用集资款、易地搬迁款，在村子上面一块脏乱差的空地上规划修建了一栋二层楼的综合市场。资金不够，物资匮乏，他毅然挪用了自己厂里的建材。综合市场建成后，他采用招投标方式招进两个商家入住，签订了15年合同，为村子挣得一笔稳定的收入。正是这笔收入款使田家寨村成为湟中区第一个生活饮用水、牲畜饮水和灌溉用水费全免村。

每次站在龙头山上深情回眸，董事长蔡有鹏总是感慨万千：五六年前的河西滩，曾是一片盐碱荒地，收成稀薄，毫无生机；如今的千紫缘园区，在村民们的共同努力下，已经变成一片收获希望的金土地。

饮茶带来发展机遇

那是2015年的一次偶然的机遇，蔡有鹏在宁夏的朋友家里喝到了一杯唇齿清香的枸杞芽茶。令人意想不到的是，这杯茶竟成为改变田家寨镇所有村民命运的一次茶饮，也同时改变了青藏高原不产茶的历史。"青海也盛产枸杞，但没听说谁搞过枸杞芽茶。"从这一次再平常不过的饮茶，蔡有鹏敏锐地捕捉到了商机，带着改变未来的决心，他决定在青海省开垦出第一个枸杞芽茶种植基地。

河西滩，曾是湟中区田家寨镇田家寨村的一片撂荒地，虽有部分是农民的耕地，但也是种得多收得少。面对贫瘠的滩地，农民一年到头实在是看不到什么指望。世代生活在这里的蔡有鹏，从小在这片土地上刨食，他深深知道"土地对于农民的重要，就像空气之于人的重要一样"。鲁迅先生说过："土壤就像黄金一样，你肯去开拓，总会有收获的。"

盐碱地种不成庄稼，这是祖上几辈子都没有解决的大难题，而今，终于得知盐碱地适合栽种枸杞芽茶，作为村党支部书记，无论前路如何艰难困苦，蔡有鹏都决心带头一搏！

于是，他与宁夏中卫种植枸杞芽茶的老板林华商量，希望他能到田家寨河西滩来种植枸杞芽茶，这样既可以改良荒滩地的土壤，又可以种出收获希望的枸杞芽茶，改善农民贫困的现状。原本协商好以每亩地一年租金700元的高价流转给林华。但是，当投资人林华来到河西滩一看，非常失望："哎呀，我把钱投到你这个地方，哪会有收入呀？"林华不干了。但是，通过蔡有鹏多次做思想工作，当时村民已经同意将土地流转，面对这样的困境，为了将家乡的土地盘活，也为了给村民找一条可以有收入的路子，蔡有鹏在村两委会上提出来干脆自己种植、自己经营的设想，但却遭到村干部以及村民们异常激烈的反对。"你是书记，是一个有钱人，你干呗。"面对这样的困境，蔡有鹏决定将那些撂荒地流转过来，自己带头干，他决心要让枸杞芽茶安家青海、落户田家寨镇！当时给林华流转土地时，每亩地700元，到他流转这些土地时，他说："我是书记，就以每亩750元价格流转这些土地。"看似一亩地增加50元不多，但是1300多亩可就是惊人的大数字。为帮扶乡亲们脱贫致富，他无怨无悔地在做。

终于，2016年2月2日，蔡有鹏注册成立"青海千紫缘园区种植园"。3月18日，他带人从宁夏中卫将枸杞芽茶树苗拉回来，并聘请林华为技术指导。在林华的指导下，千紫缘园区的员工们一边施菌肥改良土壤，一边细心地栽种茶树苗。当时工作量非常大，他们还积极发动了中学生们一起参加栽苗，进行义务劳动。到六七月份时，枸杞芽茶的长势已经非常喜人，绿油油的，一派欣欣向荣。干劲十足的员工们在林华的指导下开始按照标准采摘芽茶，"两叶一心"为最佳采摘时机。当时，将茶叶采摘好后，他们自己没有条件加工炒茶，只好将采摘的茶叶运到宁夏中卫林华的枸杞芽茶基地去加工，并派蔡有鹏的爱人和另外几位员工到那里去学习炒茶技术。五斤鲜茶芽才能炒出一斤茶，蔡有鹏他们第一次只采摘了几十斤茶叶。晚上，已经凌晨1点多钟，千紫缘区党支部书记赵隆顺的手机不停地响起来。他打开手机一看，是董事长蔡有鹏给自己发来的微信："赵书记你看，我们的枸杞芽茶炒出来了，特别好看！"同时，蔡有鹏还发了很多芽茶的照片。赵书记一看："哎呀，这真是太好了！"虽然隔着屏幕，赵书记却真切地感受到了远在宁夏的蔡有鹏发自内心的无法掩饰的喜悦。那一夜，这两位七尺男儿，铮铮铁骨的汉子为了一杯清茶，远隔千里，手握寸屏，兴奋地聊了很久，聊了很多关于枸杞芽茶的种种前景。

当夜，赵隆顺书记立刻在手机上写了一篇工作简报《127的奇迹》。为什么叫127呢？即从3月18日种上茶树苗到蔡有鹏给他发微信那天正好是127天；为什么说是奇迹呢？因为青海历史上就从来没有种过茶，通过千紫缘园区枸杞芽茶的成功种植，填补了青海无茶的空白。简报写好后，赵书记立刻将其发到千紫缘园区的微信群里，看到大家干出来的成果时，全体员工无不感动与震撼！

两天以后，蔡有鹏他们从宁夏归来，与全体员工一起坐在临时帐篷里品茶，品着自己付出汗水与辛苦种出的新茶，大伙纷纷赞叹："这个好呀，这就是我们的成果、我们自己的产品呀！"实在难掩当时内心的激动与高兴，赵书记又写了第二篇简报《129的成果》。这两篇简报至今被珍藏在党支部，随时可以找到。"这就是千紫缘园区发展的前奏与最初的规模。"接受我采访的赵隆顺书记动情地讲道。

高科技助力振兴梦

2016年6月，蔡有鹏有幸初识航天育种高科技专家，在交流过程中，他听郭锐教授介绍说："航天育种俗称'太空育种'，就是利用载人飞船、返回式卫星、空间实验室、空间站等航天器，将植物种子带出大气层、带到数百千米高的天上，利用太空环境中同时存在、地面上难以同时模拟的那些特殊条件，诱发种子基因发生变异。"听懂了教授的讲解，他大胆地决定引进航天育种种植技术，因为他明白，发展农业没有科技的支撑，未来的路会越走越窄。为此，他曾经好几次到西安去找郭锐教授学习、求经。2017年8月，蔡有鹏请郭教授到田家寨镇的河西滩进行实地考察。当时园区尚在建设中，还没有路，到处都是坑坑洼洼的沙土地、撂荒地。从上面走到千紫缘园区，需步行1.9公里，那天郭教授来的时候，他们本来想让教授坐车参观，但是，郭教授说："不行，我要亲自看看。"于是，他们就陪着郭教授从最下面一直走到了最上面，来回走了 3.8 公里，一边走，他们一边向郭教授汇报千紫缘园区的未来规划。当郭锐教授看到他们种植的枸杞芽茶时，发自内心说："我看到的企业很多，你们是真正的实干家。我不用再回去研究了，就把'太空植物博览园'授权给你们。"这个千载难逢的机遇的到来，为千紫缘园区的发展插上了一双腾飞的翅膀。也因此，蔡有鹏将"青海千紫缘园区种植园"改名为"青海千紫缘园区农业科技博览园"，并建成青海唯一一个太空植物博览园。同年，蔡有鹏又成立了"青海千紫缘园区农牧科技开发有限公司"。秉承"立足乡土，转型创新、发展实业，扶贫济困"的发展理念，千紫缘园区农业科技博览园在自身快速发展的同时，不忘初心、牢记使命，紧紧围绕精准扶贫工作大局，发挥产业扶贫带动优势，为湟中区脱贫攻坚注入一股强大动力。 28 个采摘温室大棚为前来旅游的游客提供了享受田园采摘乐趣的好去处，草莓棚、西红柿棚、彩椒棚、花卉棚以及樱桃、车厘子等高档水果棚，已成为游客必到的乐园之一。"去年仅旅游门票就有 460 多万，"董事长蔡有鹏说。千紫缘园区从发展到壮大，逐渐形成了"党支部＋园区＋公司（青海千紫缘园区农牧科技开发有限公司、鹏瀚商贸有限公司、青海龙头山绿化有限公司）＋专业合作社（有鹏专业合作社、特殊种植专业合作社）＋农户"的"5+"发展模式。

将精准扶贫做到实处

在精准扶贫方面，千紫缘园区党支部主要从"三帮扶，四转变"做起，将精准扶贫工作做到了实处。"三帮扶"即贫困帮扶、教育帮扶、大病帮扶。

那是 2017 年，有一个贫困户家里很困难，但他就是不同意将产业扶持资金投到千紫缘园区，拒不签字。千紫缘园区党支部派一位党员专门负责做这项工作。那个贫困户家里养了一条大藏狗，特厉害，特凶猛，谁都不敢靠近。但通过定点到他家做工作的那位党员坚持不懈地努力沟通后，终于同意签署脱贫协议。令赵书记惊讶的是那位党员竟然可以用手在那只藏狗的头上随便摸：赵隆顺说："狗咋把你认成主人了？""说实话，那一刻，我特别感动。你说他得往那户人家跑多少次啊，做了多长时间工作啊。"赵书记非常感动地说道。

千紫缘园区的领导对贫困村民不仅仅从产业上进行帮扶，还从教育上进行帮扶。拉尕村有个学生叫王香福，父亲去世，母亲由于过度悲伤，精神受到打击，正在上高中的孩子面临失学，当他们知道这件事情以后，在拉尕村第一书记于忠峰的协助下，到孩子家里去了解情况，他们家里确实特别困难，蔡有鹏便慷慨对他进行帮助，每个月按时发 500 元生活费，并对他承诺："你好好念书，从现在起，我们一直供帮你，直到你大学毕业，如果有工作，你就去工作，我们不干涉，如果没有工作的话，就到千紫缘园区里来，我们给你好好安排个岗位。"这么一来，孩子高高兴兴地继续上学，今年已经高三，六月份参加高考。有王香福这个学生做例子，拉尕村凡是考上高中的、职校的学生，蔡有鹏竭力帮扶他们。2016 年，该村考上高中和大学的仅四五个孩子，通过千紫缘园区领导的帮扶与奖励，他们受到激发与鼓励，明白"教育促进成功，知识改变命运"的道理了，个个都开始发愤读书，好好学习。2018 年，拉尕村考上了 12 个学生。通过潜移默化，慢慢渗透，去年已经考上了 19 人。通过学生们的成功，群众的积极性也被调动起来了，不管怎么样都要供孩子读书。他们已经认识到知识改变命运，教育助力成功的重要性。湟中区工商联、西宁市工商联的领导，给他们引荐了西宁大泽供应链有限公司，为非常贫穷的 7 名大学生（有孤儿、单亲家庭等）每月资助 500 元生活费。通过蔡有鹏他们的多方努力，帮扶的氛围已经逐渐兴起。

2017 年，田家寨村有个学生叫王吉秀，得了骨髓炎，就为她生这个病，父母离婚了，母亲艰难地带着她到西宁打工，一边打工一边给孩子治病。知道这个情况以后，赵书记他们就发起了水滴筹，董事长蔡有鹏捐资好几万块钱，他们还发动多个企业的老板、员工以及周围人捐款，共筹集了 13.8 万元。当他们把这些钱交到孩子母亲手里的时候，王吉秀感动得哭了。经过治疗，现在她已经拄着拐杖站起来了。2018 年，她绣了一面锦旗送到千紫缘园区，表达自己心中的感谢。

老话说"授人以鱼，不如授人以渔"。千紫缘园区平台有"四转变"：第一，从单一的农业种植向一二三产业融合发展的转变；第二，贫困人员向管理人员的转变；第三，管理人员向老板的转变（就像高永亮，党员，2016 年，他来到这里后，管理基建工作，打硬化路、修水渠、修建温棚底座等，一年以后，他掌握了基建技术，便独立成立基建公司，自己当老板，到处揽工程，做的很不错。还有一个叫山重财，2016 到 2017 年，他在这里做了两年餐饮，后来自己开了农家乐，自己养鸡，经营得也非常好。现在还买了装载机，到处揽活儿干，也做得挺好）；第四，荒山荒坡向绿水青山的转变。在千紫缘园区这个平台上，你挣多少钱不重要，更重要的是你肯去学。

苍山褪却旧时颜

自古以来，家乡的龙头山上都没有一棵树，为啥呢？干旱无水，种不活。几辈子人谁也没有想过为它栽种一棵树，作为一位老党员，蔡有鹏以"淳美田家寨，多彩千紫缘园区"为蓝图，精心打造千紫缘园区乡村旅游品牌。2016 年，蔡有鹏就开始投资对龙头山进行绿化，往山上修栈道、修建蓄水池、修喷水管道等，到目前在龙头山上已经修建了 5 座 200 立方米的蓄水池，在山下修建了二级泵水站，将水泵上去储存在蓄水池内，再用蓄水池里的水浇灌树木。栽种了油松、花灌木、杨树等，共 18 万株，绿化面积达 1300 亩，成活率 98% 以上，当年仅绿化就投资了 300 多万。以后每年都陆续在投资绿化，目前，已投入绿化 460 万元巨资，虽然，从山下看不明显，如果站在山上看，那效果就不一样了，整个山头绿葱葱的，非常漂亮。昔日的龙头山已大改容颜，一座绿伞似的青山以俊美的姿态昂首在家乡深情的大地上。蔡有鹏在带领千紫缘园区的员工们搞绿化的同时，还配套对园区以及周边位置进行了环境整治、污水治理、河堤加固、道路硬化等基础设施建设，依托生态资源优势和休闲观光农业特色资源，将青山绿水的优美生态环境融入乡村文化旅游产业。

文旅相融　乡村振兴

千紫缘园区，于 2016 年 6 月 20 日成立党支部，五年来，由成立之初的 6 位党员到如今已发展了 13 位。党支部的成立，使企业拥有了扬帆远航的"压舱石"与"定盘星"。几年来，千紫缘园区一直坚持"党员引领园区发展，做好精准扶贫工作"的正确方向，将园区发展成为一家集"现代农业、文化旅游、科研应用"于一体的综合性实业企业，累计投资 1.14 亿元，逐步发展成为占地 440 公顷、拥有员工 309 名的大型现代产业园区。配套建设成观光采摘大棚、徒步木栈道、休闲游乐场等基础设施。研发推出"枸杞芽茶、火焰参茶、山野菜"等 38 个品种的特色农产品。先后被全国工商联和国家乡村振兴局评为"'万企帮万村'精准扶贫行动先进民营企业",被农业农村部评为"千紫缘园区枸杞芽茶一村一品特色种植示范村",被青海省政府评为"脱贫攻坚社会扶贫先进单位",被青海省农业农村厅评为"青海省休闲农牧业与乡村旅游示范点"。

2016 年,精准扶贫开始,田家寨的 28 个贫困村,721 户,2203 人的产业扶持资金都投资到千紫缘园区,每年老百姓可以拿到 10% 的分红。从 2016 年开始,千紫缘园区每年在 8 月 2 日举办采茶艺术节,至今已经举办过 5 届,在每一届采茶艺术节上,最为隆重的就是蔡有鹏董事长为群众发分红利。

2017 年,时任青海省政协主席多杰热旦在千紫缘园区调研精准扶贫工作时曾说过:"你们做的很好,真的不错呀!"蔡有鹏他们做到了"从原来的大水漫灌,到现在的精准滴灌"。2018 年 11 月 23 日,千紫缘园区成立中心党委,由赵隆顺担任中心党委书记。他们在精准扶贫这方面也开始迈开大步,实行了一家一户去做工作,打造"一村一品"的特殊种植,做到每个村的种植都不一样,同时也引进了火焰参的种植。比如让永丰村种植香豆,拉加村种植蒲公英,下洛麻村种植枸杞芽茶,每个村不重复,这样收购与销售就不存在问题,并做到了产品遍地开花。农民只需付出劳动,就可挣到收入,将农民的风险降低为零,使他们没有后顾之忧。几年来,千紫缘园区研发推出了 3 个系列 38 个品种:枸杞、枸杞芽茶、枸杞芽菜、蒲公英茶、防风茶、文冠果茶、火焰参茶,等等。有几个靠近垴山的村子,没有条件种植这些植物,便就地取材,采挖山野菜蕨菜、萱麻等。村民只需采好送过来,由千紫缘园区收购。

千紫缘园区在发展旅游带动 28 个贫困村致富同时,也积极带动 11 个非贫困村向前发展,吸纳他们的产业发展资金 501.65 万元,每年可拿到 6% 的分红。他们的加工车间是南京栖霞区帮扶的项目,项目资金 350 万,修建了加工车间,960 平方米,千紫缘园区每年拿出项目收入的 5% 对 28 个贫困村进行分红,鼓励他们勤劳致富。

为了使每一户村民都脱贫致富,大卡阳村、小卡阳村、马昌沟村等三个村进行易地搬迁,从垴山上搬到田家寨镇,为发展好搬迁贫困户后续产业,湟中区乡村振兴局下拨帮扶项目资金 1110 万元，在青海千紫缘园区农业科技博览园新建 1 栋生态餐饮区，建筑面积 2400 平方米，共 28 个包间，每一个包间代表一个村，门号以数字代替，中央大厅命名为："乡村振兴厅"。千紫缘园区每年拿出项目总投资的 6% 对其进行分红，使 3 个易地搬迁村村民不出家门就可挣钱。

　　未来，千紫缘园区将继续走发展旅游、振兴乡村之路，他们以"创新农业科技，助力乡村振兴"为设想，主要从四个方面抓：第一，产业兴旺，就是村里要有产业，产业如何搞？赵书记已经在好几个村子里讲过党课，主要谈乡村要如何振兴？产业要开发当地的，比如下营二村，他就鼓励老干部、村干部去挖掘，把千紫缘园区的乡村旅游发展成小南川旅游示范带，以一条带子的形式拓展发展。西营二村有两座山一条沟。实话漂亮，每年到秋天的时候，第一座山开满黄花，其实就是当地人叫的鞭麻花，学名金露梅；山对面就是满山的白花，银露梅。赵书记说："这里两山中间夹一沟，顺着沟走上去，就有一挂自然形成的瀑布，你们就以金银命名，金银湾，不好吗？游客来了以后看啥？就看你的金银湾。这不就是一个游山玩水的好景观吗？还是纯天然的，不需你们花一分钱。到了冬天，它还是一个天然的滑雪场。你们赶紧把它打造出来吧。"村民说："赵书记，你不说，我们没有想到啊。"群塔村村里有个岩岗寺，追溯历史，据说那儿是塔尔寺的前身，宗喀巴的母亲曾在岩岗寺居住过。可以把这个村的岩岗寺开发出来，形成一个小南川旅游示范带，把游客引过来，先游岩岗寺，再徒步上山庄花海，再到千紫缘园区，再到金银湾。徒步，自驾，组团均可。游客遛上一圈，下来到千紫缘园区住上一晚，第二天再看看其他地方。乡村旅游的"吃住行游购娱"全套都有了。"吃得放心，玩得开心，住得舒心，看得乐心，购得娱心"能够做到"五个心"，乡村旅游就发展起来了。第二生态宜居，第三乡风文明，第四环境优美。千紫缘园区将依照这四个依据，围绕国家政策核心进行打造，助力乡村振兴。赵书记满怀信心地憧憬着。

　　善待土地就是善待自己，拯救土地就是拯救未来。但存方寸地，留与子孙耕。如今，千紫缘园区里的员工们的生活就像这个园区里的蔬菜和鲜花一样充满生机，蓬勃而向上。千紫缘园区也像农民的生活一样，仅仅几年的工夫，发生了巨大变化，一大片撂荒地被改良成一片能够生产出各种瓜果蔬菜以及茶叶、花卉的金土地。范仲淹有诗曰："一派青山景色幽，前人田地后人收。后人收得休欢喜，还有后人在后头。"多年来，通过蔡有鹏董事长与员工们的不懈努力，家乡父老乡亲的生活像芝麻开花节节高。蔡有鹏董事长、赵隆顺书记及员工们所做的正是"留与子孙耕"的事业，善莫大于此焉。同时，他们也将自己的一腔赤子情怀无私地奉献给了家乡的这片金土地。

在执着中书写人生的绚丽

王　华

　　从西宁 40 多分钟的路程之后，出东峡收费站不久，映入眼帘的是一座修建了栈道的看上去并不高大的山。在通往我们此行要去的目的地——田家沟村的路两旁，各式各样的茶园、农家乐颇多，有许多不同型号的轿车、越野车停在四周，乡村旅游在这里看上去很是红火和热闹。此时正值阳历 7 月中旬，金黄的油菜花开得正绚烂，这是青藏高原一年中最美的季节，风景宜人，气候宜人，空气宜人。

　　那座修了栈道的山，当地人称之为尕阴山，山体被郁郁苍苍的绿植厚厚地覆盖着，沿尕阴山两侧山脚居住的，是有着二百来户人家的田家沟村。在村中一大片枝繁叶茂的林子间，隐约可见数个古朴的小木屋，木屋四周草色青青，野花烂漫，优雅安静清爽的环境让人不觉平添喜悦。这便是当地颇有名气的茶园——忠义山庄。忠义山庄的主人名叫雷忠义，今年 45 岁，是土生土长的田家沟村人。见到他的时候，他正用对讲机在指挥着茶园服务员招呼刚刚抵达的一批客人。雷忠义个头中等，身材微胖，黑色短袖衬衫束进裤腰里，显得十分利索和干练。

　　忠义山庄有生态小木屋 16 座，蒙古包 1 顶，每到周末，这里总是会客人爆满，如果不是提前预订，来了也只能抱憾而归。相比于来田家沟村之前看到的那些高速路附近的茶园，忠义山庄的位置不算十分"占便宜"，加之村中正在进行的污水改造工程导致路面有些不平整，但为何客人却依然趋之若鹜，这不禁让我十分好奇。而在与雷忠义的短暂接触和深入交谈后，这个问题的答案也渐渐变得明晰起来。

1

出生在田家沟村的雷忠义，1992年高中毕业后，接替父亲进入东峡镇供销社工作，参加工作之初，他就牢牢记着父亲的叮嘱：无论什么时候，都要记得以诚待人，以诚做事。他也暗暗下决心，要好好珍惜这份工作，既然干，就要干出个样来。父亲的这句话，不仅让他干起工作来兢兢业业，还成为他日后人生道路中始终自觉遵循的准则之一。

在工作中，他踏实肯干，处处向商业系统的先进人物学习，严守各项规章制度，热心为各族群众服务，入职不久，他便赢得了同事们的一致好评。2000年，他因为优异的工作业绩和出色的表现光荣地加入了中国共产党。从那以后，他便更加严格要求自己，将工作标准更是提高了一档。在他的心中，作为一名共产党员，就要在基层工作中发挥模范作用，"共产党员"不仅是一种荣誉、一种身份，也是一杆做人做事的标尺。

2009年，由于供销系统改制，雷忠义和同是供销社职工的妻子一起下岗了，无奈之下，他买断了工龄。何去何从？这对于习惯了朝九晚五上班下班、习惯了固定收入的雷忠义来说，眼前面临的最大问题就是未来的饭碗问题。

思来想去，在经过一番农村消费市场的调查，凭借十来年的工作经验带来的自信，在亲朋好友的不理解中，他毅然贷款20万元，又拿出自己的全部积蓄，承包了东峡供销社生产门市部。经营之初，面对过去积压较多、不好卖的库存，他一方面积极想办法进行处理，一方面走乡串户了解周围村民所需，扩大经营范围和种类，从农户需要的农机具、小家电、小百货开始，尽最大可能地做到货品全面、价格低廉、质量保证。他的这些举措很快收到了成效，营业利润出现可喜的势头。

为了更好地吸引客源，提高服务质量，在资金十分困难的情况下，雷忠义借款买了一辆双排座的小货车，只要客户有需求，他就送货上门。在经营中，他始终坚信"以诚待人、以诚做事"的原则，坚持做到诚信、诚实。这种做法，也给他带来了越来越多的消费者。对于农机具的销售，他更是坚持送到田间地头，不但现场安装，还现场手把手教，包学包会。就这样，没多久，他的门市部便因价廉物美、货品齐全、服务优质在当地赢得了良好的口碑，也给他带来了前所未有的创业自信。

就在他信心满满地勾画未来如何扩大经营的时候，一天晚上，他借钱买来的只用了半年多的双排座小货车就被偷走了。这让正处于"拉车爬坡"阶段的雷忠义深受打击，经营的门市部虽然已经在盈利，可因为还处于还款阶段，实际上，他依然"一贫如洗"。怎么办？门市部已经打开了局面，必须要咬牙坚持下去，不管发生什么，至少它能算个"立根之本"。为了尽快还清欠款，雷忠义经过深思熟虑，决定另辟出路。这次，他不得不又向亲朋好友张口，借钱买了大通至东峡的班车线开始跑班车，想以此来填补之前的"窟窿"。

一切都开始朝好的方面发展，可是谁能想到，半年后，一场意外的大火打破了他美好的憧憬，车和车库一起化为了一片灰烬，他重新又变得一无所有。债务依然缠身，是进是退？那个时候，他真的有种叫天天不灵，叫地地不应的无力、无助感。

回忆起那些难忘的时刻,雷忠义说:"当时真的很灰心,也想放弃,可是一想,不行,人生在世,不能这么不负责,不说自己挣钱不挣钱,最主要的我必须要把那些欠款还上,人家能给借钱是信任我,再苦再累,我也绝不能没有信誉。要不,我一辈子都会良心不安。"就这样,面对困难,他再次鼓足勇气四处求借。听人说西南二手车便宜,为了省钱,他背上干粮坐上了去西南的火车。

那一次的买车经历让雷忠义刻骨铭心。他说:"到了地方,干粮吃完了,一碗一块二的面都吃不起。我这人自尊心强,不愿意找人张口要,就那么饿着回来了。说心里话,从小到大都没有饿过肚子,就那次。"说到这里,他的眼中隐约闪着泪花。

买车回来，他痛定思痛，将主要精力都投入门市部，在原来销售的基础上，他敏锐地捕捉到了当地市场需求的信息——随着生活越来越好，人们的消费能力也大大提高，尤其是对于大品牌电器类的需求。看到这一商机，雷忠义立刻着手开始联系一些品牌电器的供货商，依靠诚信，和他们建立良好的供销关系，将销售方向改为主营电器，在销售产品中，他始终都将服务质量和售后服务放在第一位。他说："尽管我的商品是在乡镇销售，但质量和售后服务一定要和大城市销售一样可靠、可信。到我这里绝对是微笑服务，诚信待人，童叟无欺，到我这里也绝对找不到假冒伪劣产品。我始终相信，要想长期生存，就必须把好质量关和服务关。"正是凭着这样的坚持，十几年下来，他不但还清了欠款，还成了当地的经营大户。2015 年至 2019 年，连续几年获得当地"个体诚信户"和"消费者满意单位"荣誉称号。

腰包鼓起来的雷忠义，始终没有忘记自己是一名共产党员，他始终将为人民服务装在心里，为当地老百姓提供便利。他主动承担起了社会责任，不但自己积极主动依法纳税，还协助当地税务部门义务宣传国家的税收法规和政策，他本人也多次被评为"诚信纳税人"。2013 年、2014 年连续两年，雷忠义为大通县向化乡上滩村农民文化艺术活动捐助价值 1.6 万元的物资。2016 至 2017 年在承揽的 GEF 项目中，作为诚信招标商，他为农户提供价值 16.3 万元的 70 台电灶、生物专用油灶、消毒柜等服务，为了让大家安心顺利使用，他挨家挨户地进行安装，讲解使用事项，手把手教他们。就是这样，他在一点一滴的日常中，用自己的一言一行践行着作为一名共产党员的初心。

2

随着近些年外出打工，在大城市、县城买房的人越来越多，留在乡村的人越来越少，农村的消费市场也渐渐开始萎缩，面对这种形势，生于斯长于斯的雷忠义心中有一种说不上的痛，他热爱家乡，他眷恋田家沟的山山水水，他不愿意看着自己熟悉的村庄就这样慢慢地没落。在他的心中，一个梦想也渐渐浮出头脑，那就是要通过自己的努力，为家乡做点什么，带动乡亲们一起走致富的道路。

而此时，乡村旅游悄然兴起，敏感的雷忠义立刻注意到了这个市场的潜力。如何成功迈出第一步，在很长的时间里，成为非常困扰他的问题。经过一番考察和深思熟虑，雷忠义注册成立大通县旅游开发有限公司，他本人出任公司的董事长。公司的经营范围包括旅游业务、餐饮、演出等。尽管成立了公司，可怎样依托当地自然资源，走出一条属于自己的路，一度困扰着雷忠义。在公司成立后不久，党的十九大报告中明确提出了乡村振兴战略的部署，这给他犹如注入了一剂兴奋剂。他决定以生态茶园打开一条依靠自然资源、走乡村振兴的道路。

生态茶园对于很多人来说，并不陌生，对于现在生活节奏越来越快的都市人来说，在节假日走出家门、走出户外，在辽阔的天地之间，在空旷的田野之上，远离钢筋水泥与车马喧嚣充塞的空间，去呼吸新鲜的空气，去品尝那带着无数美好回忆的儿时美味，不仅能放松时时绷紧的神经，也极大地愉悦了身心。

田家沟村背靠尕阴山，风景秀丽，依山傍水，交通便利，与大通有名的风景区鹞子沟、广惠寺距离不远，来这里休闲度假的人也越来越多。"绿水青山就是金山银山"，正是看中这片市场美好的前景，2019 年，雷忠义承包了村集体所建造的、有着 12 座生态小木屋的茶园，并用自己的名字为它命名——忠义山庄。

没有任何这方面的经营经验，他就到已经开了十几年茶园的朋友那里去取经。从餐厅到厨房的各种设施，从服务员到厨师的素质和配备，他都认真学习，仔细考量。慢慢地，他琢磨出了一条从事餐饮行业的"硬道理"，那就是和经营门市部一样的、必须遵循的原则——诚信。有着多年售卖商品的经验，对于如何经营茶园，他脑子里的思路很快就清晰了起来。

"打铁还需自身硬。"在青海，茶园一年到头的生意其实只有 4 个月，就是 5 月到 9 月份。如何在这如同黄金一样的 4 个月打出名气，闯出牌子，不仅关系着茶园的生意，还关系着公司今后的发展。在厨房、餐厅设施设备方面，他买来最好的。在采买肉菜米面等食材中，他从来都是自己亲自检验。他深知，要奸的生意长久不了，诚信才可以带来回头客，保质保量在门市部的经营上让他尝到了甜头，他同样把这一看似说起来简单、落实起来困难的"秘诀"也用到了茶园上面。在人员方面，他把服务员送出去进行礼仪培训，对于厨师，他明确提出要能做出让人吃了就会勾起关于乡村回忆的农家饭。由于周边茶园、农家乐打的都是"农家饭"的牌，菜品都差不多，那么如何在众多的农家饭里脱颖而出，雷忠义的要求极为苛刻，那就是不仅要做地道，还要做精道，要做出亮点，做出特色。在研究菜品中，他常常和厨师一起探讨，有时候甚至自己动手，在不断尝试中，忠义山庄的菜品渐渐形成了自己独有的特色。

谈到如何吸引消费者，雷忠义说："不管什么时候，我都坚持一点，那就是味美价廉，让人家来一次还想再来第二次。"

茶园是个需要不断投入和更新的生意，头一年用过的东西和一些设施，经过长达 8 个月的封存，到第二年时就需要重新添置。开茶园第一年，他投入了 60 多万元，配齐餐厅、厨房设施，对小木屋四周的环境进行了修整。承包之初，木屋四周基本在石头滩上，为了让游客真正体验到忠义山庄打出的"环境静谧优雅"的牌子名副其实，雷忠义投入资金专门补种草皮，让小木屋四周绿意盎然，野花烂漫。一个经营季下来，雷忠义的体重整整掉了20斤，一算账，除去给村集体上交的12万元，他不仅没有赚，还赔进去不少。即便如此，他也没有灰心，他坚信自己走的路子是正确的，只要自己在经营中扎扎实实做到诚信，就一定能够守得"云开日出"。就这样，他始终坚持自己经营理念，忠义山庄的名声也渐渐起来了。

如今，在已经有了三四年茶园经营经验的雷忠义又扩大了经营，他自建了四座生态小木屋和一顶蒙古包，根据自带食材游客的需求，将其中的四座小木屋划为自助的，还开辟了鱼塘，开设了垂钓的娱乐项目。他知道，来玩的游客不仅要有的吃，还得有的玩，作为一个旅游品牌，必须具备丰富性和多样性才可以。他经营的餐饮因为实惠、绿色、有特色，吸引了越来越多的游客，其中的特色菜烤全羊、散养土鸡、鹞子沟野生蘑菇、蕨菜，以及背口袋（荨麻饼）、焪洋芋、豆面散饭等在众多的食客中拥有着极好的口碑，特别是他的饭菜色香味俱全，经济实惠，回头客与口口相传而来的游客也越来越多。正是这种精益求精的劲头不减，2023年，在大通县第三届职工职业技能大赛暨西宁市乡村旅游行业职工职业技能大赛中，忠义山庄的厨艺技能在众多的参赛选手中脱颖而出，一举夺得大赛的一等奖，并获得了"技术状元＋大通工匠"的荣誉称号。

现在，每到茶园的开业季，忠义山庄能为村民提供稳定的20个人的就业岗位，这些从前在外打工的人如今在家门口就能挣钱。在忠义山庄的厨房门口，一位坐在小板凳上正削土豆皮的中年女子告诉我说，雷忠义待人好，给的工资也比别的地方高点，在这里上班，不仅能照顾家中的老人孩子，种庄稼也不耽误。说话间，有两个十八九岁的服务生端着菜出来，一问，原来都是今年刚刚参加完高考的学生，利用假期在这里打工锻炼。

茶园所处的树林有许多树木已经渐渐老化，也有一些可能患上了锈病，慢慢开始变黑、枯死。雷忠义告诉我，为了忠义山庄长久发展，也为了更好地保护生态，每年春天，他都会投入一部分资金补种碧桃、丁香等树木。他说："只要我在这里，就会一直补种下去，只有生态搞好了，才会有发展。"他是这样说的，也是这样做的，2023年，他投入资金将忠义山庄之前因为种种原因而流失的草坪进行补植，这一项在别人看来大可不必的举措不仅美化了环境，也得到了游客们的大加赞誉。山庄进入深秋的休眠期后，雷忠义也没闲下来，在当地政府和林业部门的支持下，他又开始忙着在这片他钟爱的林子里栽种松树了。

早在2020年，他的忠义山庄就加入了东峡镇旅游党建联盟，他也成了党员经营的示范户。在他的倡导下，东峡镇成立了餐饮行业工会，当地乡村旅游行业也就此开启了抱团发展的模式。他认为，作为一名党员，就应该着眼长远，致力于发展家乡的旅游餐饮事业，这样，路子才能越走越宽，越走越广。

3

在田家沟村，上百年来，每到过年，就一直流传着一种民间社火——老羊歌，这种社火表演者反穿皮袄、头戴独角帽，扮成一只神羊。无论从表演形式，还是所要表现的内容，都与青海其他地方的社火不一样。据说从前在东峡地区没有社火这种说法，人们叫它羊歌儿。我猜这里的先民原来从游牧民族而来，不知是否有道理。不过通过查取相关资料，我了解到，老羊歌，实际上应该是一种傩舞，与驱邪驱疫和祭祀有关。随着社会的发展和历史的变迁，它慢慢失去了原有的功能，而纯粹变成了一种娱乐的形式，由于这里处于脑山地区，经济不发达，相对比较封闭，受外来因素影响较小，人们的思想意识也比较保守，正是因为这样，这种古老的表演形式中的传统文化因素保留得反而比较多。

从小生长在这里的雷忠义对老羊歌有着深厚的感情，从少年时代开始他就加入到这种表演的队伍中。近些年，经历过无数风风雨雨、走过许多地方的他，越来越意识到老羊歌这种传统文化项目的可贵。每年到过年，他都全身心投入到组织这一活动中去。由于现在许多年轻人对老羊歌缺乏了解，参与的积极性和热情度也不高，他便苦口婆心劝说他们加入。

他说："流传了上百年的文化，我不能眼看着它在我们的手中消失。"即使被人白眼或者冷嘲热讽，他也毫不在乎，在他的心里，老祖宗留下的这些可贵的文化遗产无论如何都要加倍珍惜，他想让更多的年轻人加入进来，想让更多的小孩子了解老羊歌，记住曾经那些不易的日子，更加珍惜现在的美好生活。

在雷忠义的大力倡导下，田家沟村的老羊歌在保留传统文化元素的基础上，也融入了其他地方社火的一些特点，目前内容以老羊歌为龙头和主打，表演项目包括狮子舞、跑龙船、罗汉扫地、钱棍、扇子舞、百人花篮走狮门藏族舞、民族舞等。在当地，老羊歌已经渐渐形成了一种独具特色和魅力的文化活动。而雷忠义组织的老羊歌表演队，也渐渐声名鹊起，每到过年，他们走乡串户进行表演，不仅丰富当地百姓的节日文化生活，还为这支队伍继续发展赢得了不错的收入。

雷忠义向我展示了他们这支队伍过年时节的收入账目，他的神情中满是自豪和骄傲。他说，无论什么时候，都要将这份文化遗产传承下去，能为老羊歌尽点力，能让更多的人知道它，自己的努力就没有白费。他告诉我，目前，老羊歌已经申请了非物质文化遗产。他的梦想，就是让这个古老的表演形式，在这片土地上重新焕发出新的活力。他说："发展乡村旅游，我们不仅要给游客展示我们的青山绿水，还要展示我们的文化底蕴，用传统文化搭台，旅游唱戏，依托这些，我们可以有更多的发展思路，路子才会越走越宽，只有这样，乡村振兴才能有持续发展的动力。"

2023 年，善于动脑筋思考又有创新精神的雷忠义把祖祖辈辈流传下来的老羊歌以一种崭新的形式带到了他的忠义山庄：投入资金购入了一百套演出老羊歌所必须的服装，以及要用到的道具、音响等，并聘请了几名有经验的老鼓手，在旅游旺季，为游客提供全新的老羊歌体验。在他的手机里，存了好多游客们穿上老羊歌表演服装、兴奋地在草地上转圈舞动的照片，这样的方式让忠义山庄更加与众不同，也让他的生意再次火热起来。也是在这一年，他当选为大通县东峡镇餐饮党支部的支部书记。在他的心里，这也意味着肩头更多了一份要为乡村振兴而努力付出的责任。

对于未来，雷忠义心中已经勾画了一张蓝图，鉴于茶园的季节性，他准备着手向"农家乐"进发。尽管村里已经有了不少的"农家乐"，但对他来说，还是想做一番尝试。至于将来自己的"农家乐"会以什么样的农家体验来吸引更多的人，雷忠义笑而不答，我们也便拭目以待。

志不求易者成，事不避难者进。在雷忠义走来的这一路，我们有理由相信，只要他身上那股"咬定青山不放松、不破楼兰终不还"的劲儿在，迎接他的必将是鲜花满径，尽管，他面对的，一定还会有荆棘和泥泞。

勇当脱贫致富带头人

清　香

在湟中区土门关乡有一个叫贾尔藏的古村落，这里山清水秀、景色如画、民风淳朴。长满青苔的百年民居依然矗立在那里述说着岁月沧桑，常年吱吱呀呀转个不停的水磨吟唱着古老的歌谣。

世外桃源般的贾尔藏，文化遗存丰富，有被称为"青海九寨沟"的香沟峡谷，被称为"小塔尔寺"的百年古刹，还有青海独具一格的藏族服饰，贾尔藏村的秦腔在省内一直享有盛誉。

村中有雪山和占地面积 130 多公顷的原始森林。这片令贾尔藏人引以为傲的森林，被贾尔藏人亲切地称为占林。占林中有着丰富的野生植物资源，而我最喜欢山林里酸甜爽口的野草莓（当地人称为瓢儿）。更为神奇的是这片占林里有四棵高大的云杉，像守卫着这片宝地的士兵，远远地望见就让人心生敬畏。

2016 年，贾尔藏被认定为第四批中国传统村落。

春花孕育了秋果，溪水汇聚成海洋。钟灵毓秀、人杰地灵的贾尔藏孕育了像桑积德这样优秀且极具光芒的人，凭着自尊和坚强的生活信念，用自己的实际行动诠释着生命的意义。

桑积德，青海省湟中区土门关乡贾尔藏村人，肢体二级残疾。现为湟中以勒养殖合作社理事长，湟中区肢残人协会主席。

人生昧履，砥砺而行

桑积德，汉族，1979 年出生在湟中土门关乡贾尔藏村。虽然他出生在一个贫困家庭，父母都是老实本分的农民。但他的童年和所有的孩子一样是在无忧无虑中度过的。儿时的他比较调皮，村南的占林成了他和小伙伴们玩捉迷藏游戏乐此不疲的场地。

他非常喜欢学习，梦想着将来成为一名教师，能够教书育人，海人不倦。不幸的是，在小学五年级下学期的时候得了骨髓炎，为了治病从此离开了心爱的学校。在以后的三四年时间里，他一直在医院里进行治疗。

他先后在青海武警医院、西宁市第一人民医院、山西省稷山县骨髓炎专科医院做了三次引流手术。每次手术后，绝望和无助紧紧地包裹着他，让他痛不欲生。很多时候，濒临崩溃边缘的他对生活完全失去了信心，他的家也因为他的这场病而陷入贫病交加的困苦中。

但病魔还是不肯放过这个可怜的孩子。因病情恶化不得已在湟中区医院做了截肢手术，最终失去整条右腿而落下了终身残疾。本应是花季少年的他经历了一次又一次的绝望和无助，他甚至没有勇气"走"出家门，没有勇气面对和自己一起长大的小伙伴。他时常蜷缩家中土炕的一角暗自流泪。无能为力的父母也只能是看在眼里，疼在心上。

在之后的许多年里，万念俱灰的他一直在痛苦中打发时光。望着渐渐老去的父母，他的心里也非常自责和痛苦。在 25 岁的那一年，他在一个爱心基金会的资助下装上了假肢。

但由于心理障碍，身心俱疲的他还是没有勇气走出家门。父亲望着整日闷闷不乐的他，就给他买了一部收音机给他解闷，也正因为这部收音机让桑积德重拾了对生活的信心。

一个偶然的机会，他在收音机里听到省经济广播电台的《残疾人之友》节目。节目中有许多身体比他更为严重的残疾人，他们却依然能够笑着面对人生的不幸。他们身残志坚，艰苦奋斗的故事深深启发了桑积德。也被他们乐观向上的精神感动得热血沸腾，让他有了宁可为了理想而撞得头破血流，也不能成为家人和国家的负担警醒。

于是，他试着打开了关闭了已久的心扉。通过网络他交了很多笔友，他们相互鼓励，彼此支持。心胸逐渐开阔的他，开始思考自己的未来。

一个要自己创业的念头浮现在脑海中，他对自己的生活、人生、未来重新认识、规划。

2001年，桑积德开启了他的创业之路。

经过细致考察后，他发现在新农村建设中，逐渐富裕起来的许多农民盖了新房后要添置一些新的家电，所以家电的生意特别好。他觉得这是一个好时机，他租好了铺面，买好了柜台。没想到银行的贷款迟迟批不下来，无奈中，他只有用1000元的贷款在土门关乡开了一个电话亭，开始了他的谋生之路。等积累了一点资金以后，他买了一辆残疾人三轮车先后在西宁、西藏等地靠载客挣钱，早出晚归坚持了多年。

等他筹措到资金购买铺面开了一家家电门市部。但因错失了最佳时机，生意没有期望得那么好，加上进货和送货都要靠他自己搬运，他的身体不允许他搬运大件家电，也只好关了门。

在之后的创业中，他突然明白，残疾人创业一定要做自己身体力行的事情，不能好高骛远。

也就在这时候，他认识了一位善良的好姑娘。桑积德自强、开朗和热爱生活的精神感动了她。在相处了2年以后，善良的姑娘冲破了重重阻拦终于和他走到了一起。

结婚后的他们一起开始了艰难的创业。他俩开了一间卖手机的铺子，顺带做一点摄影摄像，出售农药等多方面经营，善良能干的妻子把家庭和商铺打理得井井有条。虽然每天很辛苦，她却没有一句怨言，总是默默地和他一起分担着家里的一切。

婚后的第三年，一个可爱的小生命来到了这个家庭，给这个苦难的家庭带来了更多的欢声笑语。现在他们的儿子已经14岁了，他也从爸爸的身上感受到了父亲的坚强和乐于助人的精神。儿子常常跟他说长大以后也要像爸爸一样，成为一个坚强并且乐于帮助人的人，现在他们的家庭也成为左邻右舍的榜样。

在他经营小家电门市部的这段时间里，他经常采购、送货，走遍了小南川地区的山山水水，也饱尝了人间的酸甜苦辣。随着阅历的增加，他的经营理念也在不断深化，他也坚信："别人能做到的，我也一定能行，我不比别人差！"就这样，倔强的他拖着残缺疲惫的身躯奔波在创业的征程上，有了基础，就扩大经营范围，从卖家电到卖手机，开展打字复印、照相、录像等多种经营，克服种种困难，靠着自己坚强的毅力再次支撑起整个家。

艰苦创业，惠泽乡里

贾尔藏村地处脑山地区，远离城市污染。村中地势宽阔，残疾人家庭的院前屋后、院子闲余的地方都可以进行小规模的土鸡养殖。2016 年 11 月，桑积德组织身边的四位朋友共筹资金联合注册了"湟中以勒种养殖合作社"。主要从事土鸡养殖及养殖技能培训，现有社员 50 户，均为残疾人，其中残疾人建档立卡户 24 户。

2017 年合作社成为西宁市残疾人就业创业示范基地。

合作社结合农村的实际情况坚持"民办、民管、民益"的宗旨和"入社自愿、退社自由、利益共享、风险共担、民主管理、自我发展"的原则运作，实行"合作社＋残疾人农户分户养殖"的规模化养殖、经营、销售，旨在为养殖土鸡的残疾人搭建平台，进行抱团发展，风险共担、互利共赢，带动周边残疾人家庭自主创业就业，增加收入。

2017 年初，他拿着湟中以勒种养殖合作社的申请找到湟中区残联的负责人。希望得到县残联的支持。经过县残联的下乡入户调查湟中以勒种养殖合作社被纳入了 2017 年的扶持项目，对湟中以勒种养殖合作社发放了将近 4000 只的鸡苗，并且配发了每只鸡 1 公斤的鸡饲料。

经过 2017 年的发展，合作社深受养殖户的青睐。2018 年他积极向省残联汇报并寻求支持，合作社争取到了省残联的帮扶资金。省残联还对合作社的成员进行了专业的养殖技术培训，而且对家庭经济比较困难的社员出资修建了 5 座鸡舍。2019 年，合作社通过了县残联对上年发展项目的验收，持续纳入了县残联的帮扶项目。

2017 年，合作社多方筹措资金并在县残联的大力帮助下，因地制宜以残疾人家庭及个人能力确定了养殖数量。分别在土门关乡，田家寨镇共 30 户残疾人家庭投入 2000 多只 0.4 公斤左右的土鸡鸡苗，以每户 50-100 只土鸡进行了试点养殖并获得成功，每户残疾人家庭经济收益在 3000-5000 元，取得了非常好的经济效益。

在养殖户的喂养饲料上，合作社有着得天独厚的优势。养殖户用家庭剩余的秕麦子，麦麸，麻渣，青草，院子里种的蔬菜，再买一点苞谷基本就能养殖出栏。加上鸡的饲养周期较长，活动量大，富含丰富的营养物质，肉质紧实，口味鲜美，能让你吃出来在我们小时候吃过的味道。母鸡产出的鸡蛋，品质自然也好，在市场上出现了供不应求的现象。

通过这两年的摸索，他们逐渐形成了适合残疾人发展的模式，实行分散养殖合作社。做到统一管理，统一销路，统一疾病防治。一户最多养 200 只左右，鸡的数量少了，疾病也就少了，鸡肉的品质也大大提高，鸡苗的成活率在 95% 以上，2017—2018 年销售额分别达到了 19 万余元，纯利润达到了 9 万余元。2019 年每户残疾人家庭收入更是达到了 3500-12000 元。

2017 年合作社组织 50 多人举办了养殖技术培训和心理疏导讲座，让更多的残疾人尤其是贫困残疾人树立了对生活、人生、正确的价值观。

合作社还在逢年过节看望残疾人贫困户，让贫困残疾人感受到社会的温暖和幸福。在养殖户中有几户比较典型的贫困户，通过养殖增加收入后，在精神面貌上都发生了可喜的改变：吴淑兰是湟中区土门关乡红岭村的建档立卡户，家庭人口 4 人，丈夫王发华为精神 1 级和肢体重度残疾人，劳动能力完全丧失，一个儿子在读初中。在没加入合作社前家庭没有固定的经济收入，生活特别困难，全靠吴淑兰一个人在照顾重度残疾丈夫的同时，就近打一点零工来补贴家用，家里时常是入不敷出，给她和孩子在生活上和精神上造成了很大的压力，产生了严重的自卑心理。

在合作社带动帮助吴淑兰家的这几年，随着经济收入的增加和合作社生活上的关心帮助以及心理上的辅导，2018 合作社积极争取到省残联的助残金为吴淑兰家庭修建养殖鸡舍并修建两堵倒塌的院墙。2019 合作社又积极联系争取到某公益组织为吴淑兰儿子资助每学期 1000 元的助学金，经过这几年合作社持续的帮助，在带动吴淑兰家庭生活状态改变的同时，家人的精气面貌也发生了很大的改变。一家人也从自卑变为乐观，从一度的没有目标到重新找到增收的出路。

建档立卡户严发荣、史君辉等残疾人家庭也在合作社的带动下和自己的努力下，仅仅 6 个月时间养殖土鸡的产业中增收 5000-12000 元。从最初的怀疑和担心，通过合作社几年的带动下，养殖土鸡有了很好的收益。大家通过养殖土鸡尝到了甜头，从最初的被动变为今天的积极主动，其中最大的原因就是通过养殖土鸡真正能给贫困残疾人带来很好的经济收入，从而增长了努力生活的勇气。

2018 年合作社争取到省残联和县残联鸡舍改建项目资金，为部分建档立卡户进行了鸡舍改建。合作社发展方向也通过点带面的模式进行到分户分散规模养殖，从而把周边的残疾人家庭，尤其是建档立卡户家庭带动了起来。

随着国家环保查处力度的加大，水源地、林地大型养殖场的关闭及农村土鸡存栏数量的下降。绿色环保的农村家庭小规模养殖土鸡就会带来持续稳定的经济收入。2019 年，合作社计划扩大养殖规模并带动 50 户残疾人家庭进行土鸡养殖，实现自主灵活就业，使之成为小南川农村残疾人自助灵活就业的示范点，带领农村的残疾人通过养殖土鸡摆脱贫困，实现共同富裕。

从 2017 年带动的 20 户残疾人家庭，到 2019 年的 50 户，这也充分证明，湟中以勒合作社在农村采取分行，分散居家养殖创收，是一条残疾人产业增收的幸福路。

2020 年 6 月 1 日，我在桑积德的陪同下来到了土门关乡红岭村建档立卡户严发荣家。严发荣在多年前因脊柱肿瘤致残，只能拄着双拐行走，不仅失去了劳动能力，还要长期服药。只有妻子用柔弱的肩膀撑起一个摇摇欲坠的家，家境十分贫困。几年前他的儿子考上了大学，虽然在亲朋好友的帮助下凑齐学费上了大学，但每个月的生活费让这个家庭犯了难。四年前，桑积德得知严发荣家的情况后，立即把他纳入建档立卡户，从县残联争取了 50 只鸡苗，帮助他养殖土鸡。

我们到严发荣家时，他的妻子去地里拔草了，养在家里的 100 只土鸡已经快要出栏了，还有 4 头百十来斤的大猪和 6 只小猪。严发荣说去年他家的纯收入 3 万，今年他的收入肯定要超过去年，他为此对生活充满了信心。说到这里，他说既然你们来了，那就帮我把猪喂一下，猪食我已经拌好了，和我同去的爱人立即起身帮他喂了猪。

接着他说道，现在儿子大学毕业已经参加工作了，还有一个月女儿就要参加高考，女儿就读于重点高中，如今的日子越来越好，他再也不用发愁女儿上大学的费用。他说这一切要感谢党和政府的好政策，感谢桑积德这个领路人。在严发荣洋溢着幸福的笑脸上，我看到了脱贫后的幸福感。

同样是土门关乡红岭村建档立卡户的吴淑兰家庭是让人潸然泪下的一户人家。吴淑兰的丈夫王发华在 16 年前突发精神病，虽然四处求医问药，但收效甚微，逐渐把这个贫困的家庭推向绝境。疾病缠身的丈夫、褓褓中嗷嗷待哺的儿子，这个家庭的担子一下子全落在了淳厚善良的吴淑兰肩上。她忍着巨大的悲痛，既要照顾两个孩子，还要照顾时常发病的丈夫，像个"陀螺"似的旋转在家里、打零工的工地以及田间地头，日子过得十分艰难。

谁知，在 5 年前，丈夫的身体不仅没有好转，反而因为类风湿关节炎瘫痪在床，大小便失禁，生活完全无法自理。每天的吃喝拉撒，喝水喂饭，每 2 小时翻身一次，还要经常擦洗身子，这些全落到了她的身上。更让她痛苦的是，懂事、学习成绩优秀的儿子面临失学。生活的压力，经济的负担一度使她万念俱灰，她的精神濒临崩溃的边缘。

在桑积德帮助下，她加入了湟中以勒种养殖合作社。去年她家的土鸡养殖收入 1 万多元，今年的收入可以达到 3 万元。我们到她家时，鸡圈里的 50 只土鸡已经长成了大鸡，今年她又养了一只母猪。42 岁的吴淑兰和我们说话时也露出了朴实而满足的笑容。她说：如今日子好了，虽然日子苦了一些，但她的心里知足的。学习成绩优秀的儿子马上就要中考了，有这么多热心的人帮助他们一家，免去了她的后顾之忧，她一定把丈夫照顾好，让儿子顺顺利利地考上大学。

盛开在院子里的荷包牡丹和干柴牡丹，仿佛要用尽全身的力气，为这个家庭鼓掌加油。望着吴淑兰这个既贤惠又能干的好女人，我百感交集，流下了辛酸的泪水。幸亏她有个未来可期的儿子，幸亏有了国家精准扶贫的好政策，幸亏在桑积德的帮助下，让这个家庭摆脱了因贫困产生的自卑心理，树立了生活的信心。

"我现在能过上这样的日子，全靠桑积德和好心人的帮助。"说起如今的生活变化，吴淑兰感慨万分。

而吴淑兰无怨无悔、不离不弃地照顾丈夫，敬老扶幼。十六年如一日地操持着这个家，用爱与担当撑起了一个温暖的家，在当地传为一段美谈。

土门关乡关跃村的建档立卡户杨永萍是一位肢体残疾人，4年前，她参加湟中以勒种养殖合作社时，因为家庭贫困，没有购买鸡苗的资金而焦急万分。桑积德在得知这一情况后，立即把他的周转资金借给杨永萍购买了鸡苗。

经过近4年的养殖土鸡，现在杨永萍的家里养了3头牛，100只土鸡。她家的鸡就养在门前的一块空地上，我问她家养了多少只鸡时，她6岁的女儿喜笑颜开地抢先回答道：100只。

杨永萍家住在山上，从她家出来后，我的轮椅要从陡峭的山上下来有些难度，也让我这个恐高的人惴惴不安。让我没想到的是，杨永萍6岁的小女儿对推着轮椅的爱人提醒道：你慢慢推，小心点。然后一直跟在我们的身后寸步不离，这让我的心头一热。受到他人关爱的人，在潜移默化中也会把这种爱及时回馈给他人，哪怕，她只是一个6岁的孩子。

这些努力上进、善良可爱的孩子，让脱贫致富具有了更加深远的意义，这是最值得欣慰的。

守身如执玉，积德胜遗金。正如他的名字一样，他用坚韧不拔的毅力打拼下一个属于自己的事业，用自己博爱之心赢得了人们的广泛赞誉。在桑积德的身上，始终保持着农村人的朴实无华；在他的身上，似乎有一种永不停息的蓬勃朝气和活力。

为了做一名称职的脱贫致富的带头人，他每天跋涉在山路上，残肢经常会磨破了皮。天热时，残肢被假肢捂得汗水淋漓，溽热难忍。天冷时，残肢被冰冷的假肢包裹得冰凉如铁。即便这样，每个养殖户的从鸡苗——养殖——出售的每一个环节都要他操心。

只有一条腿的桑积德每天都是在忙忙碌碌中度过的。他的人品好也是出了名的，他语气淡定而谦和地说："作为一名残疾人致富的带头人，我要责无旁贷的带动周边残疾人共同致富。为了让更多的残疾人走上致富路，大大提高残疾人的生活质量，让我们有尊严地活在这个世上，我觉得所有的辛苦都是值得的。"

桑积德是这样描绘合作社接下来的蓝图的：首先我们期望通过我们全体养殖户的努力，严把养殖品质关，用品质和口碑赢得市场，创立我们自己的品牌。更要在我们农村残疾人居家就业事业方面，建立差异化的特色产业发展，在进行产业带动的同时，积极树立自立，自信，自强的精神面貌。在带动扶贫产业的同时，先把志气带动起来，使之起到农村残疾人居家就业的示范带头作用，抱团发展，共同致富，勇做新时代的奋斗者和追梦人。

　　湟中以勒种养殖合作社正以崭新的面貌和姿态展示着新时代残疾人的美好形象。相信在桑积德的带领下，湟中以勒种养殖合作社在不断发展壮大中，贯彻落实习近平总书记"全面建成小康社会，残疾人一个也不能少"的重要讲话精神，一同谱写新时代残疾人脱贫致富的新篇章。

耕梦牧场

何秀姞

第一眼看见戴一副半框镜架近视眼镜、温文尔雅的马金山时，你一定不会把他与"放羊娃"这个词连在一起。

但就是这位目若朗星、文质彬彬的青年，这位把梦想耕植在牧场的地地道道的"放羊娃"，把自己的企业做到了以牛羊养殖、繁育、收购、深度加工及销售为主的产业链，从而成为刚察县乃至海北州为数不多的三产融合的综合型企业的领跑者。

一

1988 年，马金山出生在刚察县泉吉乡年乃索麻村，这是一个生活着藏族、汉族和回族等少数民族，坐落在美丽的青海湖鸟岛的村落。马金山的童年就是在草原的帐篷中度过的，牧场里的牦牛、藏羊是他最好的玩伴。等他到了入学年纪，由于家人忙于放牧，无法让年龄尚小的马金山去远在乡政府所在地的寄宿学校上学。那时候，年乃索麻村大杂居小聚居的分布特点决定了少数民族之间、少数民族与汉族之间的思想意识相互作用、影响和渗透，当时已经有崇尚知识精神的马金山父母先后让马金山在刚察县城、西宁、贵德等地辗转于亲戚家就读。俗话说"穷人的孩子早当家"，少年时就自强自立的马金山从此养成了遇事沉着冷静、勇于担当的性格特点。

小学毕业后，马金山到西宁打工，当时因为年龄小、学历低，他只能到饭店打杂。在饭店后厨的操作间工作时，聪慧的他干得多，说得少，一下赢得了同事们的喜欢。时间一长，脑子活，能吃苦的马金山开始默默留意起后厨的操作流程，厨师长也乐于教授这个聪明机灵的小伙子。三年下来，他从打杂开始到后厨掌勺，起早摸黑的打工生涯让马金山积累了不少餐饮经验和饭店的管理技巧。渐渐地，小小年纪的他不再满足于仰人鼻息，于是便有了回乡创业的想法。

他首先看准了泉吉乡街道北侧一处比较繁华的地段，他观察了几天，发现这处地段往来人员众多、过路车辆频繁，最关键的是周围没有一家像样的饭店。于是他毫不犹豫地高价盘下了这个店。然后全身心投入烦琐的起步工作当中：铺面租金、装修，食品采购、厨具购买，员工工资及健康检查。事必躬亲，事无巨细。饭店开业时他自己掌勺，父母亲帮忙，一家人都把精力投注到这个店中，一年之后生意有了起色，他开始聘请厨师，雇佣服务员，自己专心跑采购，他想从源头上抓饭店的特色。

"曾经想着经营好这家店就是我的最终目的，却怎么也没想到，随着时间的推移，生意的蒸蒸日上，自己又有了对经营的饭店扩大规模再发展的想法。"马金山笑着说。

"用心经营的饭店生意好了，野心也就大了，不满足于现状了。"我调侃道。

"可以说，这是我人生的转折点。"马金山笑起来时，脸上还透着一股稚气。

"在饭店后厨整整干了9年，从打杂开始，到自己掌勺，再到自己经营，昼日昼夜，忙忙碌碌，这对于当时才二十出头的我来说，真的是不容易啊。"

说这句话时，他语气迟缓了一下，思绪抛锚了片刻。"当和我一样年龄的小伙伴们骑着摩托车风驰电掣地在街上闲逛时，我的创业之路迈开了艰难的第一步。"

正是凭着这份吃苦耐劳、全力以赴的努力，在泉吉乡，马金山积累到了人生的第一桶金。

二

2013年底，为确保农牧业经济健康快速发展，刚察县围绕构建现代农牧业产业化发展体系，开始调整优化产业结构。首先全力推进高原现代生态畜牧业循环经济区建设。第一步投资 3087 万元建成畜产品加工（扶贫）产业园，后面投资 6285.35 万元建成草产业、绿色畜产基地、良种繁育基地。现代化畜牧业转型发展的"春风"有了主基调的稳步推进，让嗅觉灵敏的马金山眼前一亮：属于自己创业的时机就在眼前。

泉吉乡的饭店正在走向正轨，他还是义无反顾地盘出去了。敏而好学的马金山坚信，眼前的机遇一旦错过，可能就永远不会再来了。

2014 年初，马金山带着全部家当，加上向亲戚朋友借的 60 万资金，带领年乃索麻村 12 户自愿入股的村民，投资成立了以他的名字命名的"金山生态畜牧业专业合作社"。

对重新回到村里干起自己老本行——放羊，马金山是这么说的："这次回归牧场，放牧不再重复我童年印象中的那种传统模式，虽然当时对科学技术引导的高效养殖一知半解，但看到其他村的养殖大户一个个摩拳擦掌，崇尚知识的我也想闯一闯。"

突然想起是谁说过，回族都有经商的天赋和赚钱的财商头脑，真是眼见为实啊。多年的闯荡经验已让他看见的不仅是商机，还有自己多年梦寐以求的梦想。

合作社要把愿意入股的牧民组织起来，土地流转是关键。马金山走家串户宣传土地流转集约化经营的好处，与牧民们一道计算在村里的季节性务工，比外出找活儿干能增加多少收入；村内就业能解决老人孩子无人照顾的问题，等等。

政策交了底，道理讲明白，想入股的牧民立刻懂了。很快，750 亩草场的流转手续办下来了，还租赁 2000 亩草场，修建了 6 幢暖棚，当年整合牛羊 6500 多头。

一个以牛羊养殖、繁育、收购及销售为主的产业链的雏形初现在年乃索麻村辽阔的牧场上。

"当时遇到的最大困难是什么？"

"没文化。"马金山不假思索脱口而出。"有限的知识限制了我的想象，世界很大，外面的人挣钱的办法多着呢！那会儿，我除了一腔热情和使不完的蛮力，就是鼠目寸光的自大和无知。"说起过去的经历，他有点沉闷，语气居然还略带羞涩。

经营这样一个初具规模的合作社，马金山不得不起得比太阳还早，他深感自己肩上的担子不轻。

"那时候对高效养殖毫无经验可谈，就想秉承父辈留给我的以诚待人这一良好家风，带领乡亲们共同致富。所以迫切需要消化掌握的东西很多，当时最后悔的就是读书太少、见识太浅，对科学、高效养殖没有概念，但又想急于求成，尽快立足社会。说是创业，其实就是凭着对草原、牛羊与生俱来的热爱，在传统的放牧模式下机械地干合作社的事。"他顿了顿："我们牧民就是吃的没文化的亏。"

寒暄至此，我对这个认识很久、没有多少文化却目光远大，沉稳、憨厚的放羊娃投去"士别三日"的一瞥。

话题一转到牛羊上，骨子里透着干练与精明的放羊娃马金山特别健谈："以前，肉质鲜嫩的刚察草原的牛羊肉，都让二道贩子赚走了利润，当地群众一家人一年辛苦养殖牛羊，能卖出换钱的收入微薄，我看在眼里，急在心上。"他办合作社的初衷简单又质朴："我就想以自产自销的模式，不仅给人们提供绿色有机的健康牛羊肉，还想让乡亲们尝到高效养殖的甜头。"

能不能让牛羊肉从牧民手中直接送到消费者手里？马金山有了新想法。

三

2015 年，马金山在努力经营合作社的同时把眼光投向县城，通过他的综合考察，他成立了以经营中餐、农家菜及特色牛羊肉等风味为主的刚察县迎宾餐饮园。俗话说："人勤地不懒，人懒地不勤"，刚察草原肉质鲜嫩的牛羊肉加上马金山忠厚笃实、诚实守信的品质，很快，餐饮园受到市场的认可，一时，他的迎宾餐饮遥遥领先刚察的餐饮市场。马金山又趁热打铁，迎宾楼火锅城也相继开业了，齿颊生香的牦牛肉特色、全新的服务方式以及用心地维护与顾客的关系立刻赢得当地群众和外地游客的喜爱。

2016 年以来，刚察县为实现以草定畜，草畜平衡的全国草地生态畜牧业试验区，优化发展路线，加大对种养大户、家庭农场、专业合作社等经营主体的培育扶持力度，并提供强有力的资金支持。当时马金山获得了一笔 20 万元的扶持资金。

万事俱备只欠东风。他抓住这一时机，及时吸收泉吉乡宁夏村和迎宾园附近的沙柳河镇潘保村等地村民通过入股、收购牛羊、岗位就业等方式，扩大合作社规模。"真正让我们合作社有了长足发展的是科技的支持，才换来了合作社今日的好局面。"马金山的言谈中，流露出深切的感恩之情。"现在的政策就是好，县上和乡里干部三天两头给我们理论和实践的支持，他们像兄弟一样耐心地讲解国家政策，指导高效养殖技术，我总得做点啥吧？我就想让更多的牧民加入我们的合作社，让更多的贫困户富裕起来，这样就减轻了国家负担。"

聊到这儿，马金山笑着说："还有，餐饮园、火锅城里打工的年轻姑娘小伙儿谈恋爱的有好几对儿呢。"

我发现我所认识的那个略显羞涩的马金山不仅能说会道，还热情洋溢："已经结婚的就有五对儿了。"他有点自豪。

"你充当了媒婆的角色吧？"我表示惊讶。

"可不是吗！这是好事呀，两口子在一起上下班，既能干好工作，还能照顾老人和孩子。"看着沐浴在阳光下，狡黠的目光看向羊群的马金山一副得意的神色，我也忍不住笑了。

合作社成立以来，沙柳河镇潘保村、泉吉乡宁夏村等地村民通过入股、收购牛羊、岗位就业等方式，个人收入和村集体经济都实现了增长。"目前，仅合作社就吸纳了周边村子 60 多人就业，在餐饮园和火锅城里实现就业的村民有 150 人左右。"马金山说，原本靠天吃饭、靠放牧为生的村民通过放牧员、饲养员、服务员、厨师等岗位，实现了"月月有收入、生活有保障"的态势。

宁夏村 60 岁的才旦扎西是贫困户，马金山在收购羔羊时了解到才旦扎西的孩子因家庭条件原因被迫辍学的事后，讲解了自己的合作社发展及经营模式，他希望才旦扎西能加入到他的合作社当中，以合作社的优势，助力带动他共同发展。才旦扎西在合作社打工期间，学习掌握了羔羊养殖、繁育、收购及销售的方法。2021 年才旦扎西的小女儿考上了大学，他感激地对马金山说："合作社就是好啊，能够带着我们一起挣钱，我的孩子才有机会上大学。"

沙柳河镇恩乃村村民扎布拉夫妇以前是少畜户，家庭无收入来源，经济困难，现在是合作社的放牧员，两口子每天操心着牧场里的牛羊，说起现在的生活，他俩乐呵呵地说："在合作社里我俩每月有 5000 元的工资，比起以前靠政府救济的日子，我们靠劳动吃饭，心里别提多高兴了。"

泽本太是金山生态畜牧业专业合作社的一名放牧员，为牧场里数百头牛羊添加饲草和打扫牛棚卫生是他冬季时每天必做的功课。现在他每月有了 4000 多元的收入，"放羊娃"蜕变"打工人"，泽本太黝黑的脸上全是笑意。

合作才能形成合力，有了合力才能共同富裕。马金山说，高效养殖能让牧民最大程度地摆脱传统牧业生产模式，为合作社的社员们提供了致富的保障。现如今，通过迎宾中餐和火锅店，不少省外的游客品尝到了青海湖北岸绿色有机藏羊肉和高原牦牛肉。今年受疫情影响，市场略显萧条，可来合作社抢购乳羔肉的浙江、北京、上海、宁夏等省、市、区的游客以及通过微信和网络"线上"购买的商贩依然络绎不绝。

四

刚察紧邻青海湖，冬季时刮到脸上的风又冷又硬，非常寒冷。搭建挡风遮雪、保温避害的牲畜越冬暖棚，是现代草原畜牧养殖的方式。它不仅因地制宜地降低了冬春牲畜掉膘和死亡率，提高了养畜经济效益，还有效保障牧民增收。

"现在有了大棚，在寒冷季节或遇恶劣天气，牛羊可以回到暖棚食用营养均衡的饲料，成活率都达到 95% 了，与户外放牧相比，我们的饲养方式能够给予牛羊充分的食物，出栏率可提高 60%，死亡率降低 50%。"马金山一副行家里手的气度。"引进的高效养殖技术，完全改变了我们传统的放牧模式，二月龄羔羊断奶补饲后，六月龄羔羊即可出栏，以前想都不敢想啊。'两年三胎'这一技术，不仅提高了羔羊以及母畜的生产性能，还大大缩短了母羊和羔羊在天然草场的采食时间，母羊日均采食时间缩短了 3 至 4 个小时，羔羊 6 个月出栏，缩短了 4 至 6 个月的放牧时间，共可节省 30% 至 40% 的草场，使天然草场植被得到更好的保护。"

俨然畜牧专家的马金山，让我再次看到了洋溢在他身上的笃定和自信。

"我们把马上要出栏和产羔的母畜以及小羊羔会挑出来圈养在牧场大棚里，这些牛羊 70% 吃的是青贮燕麦草和山草、麦草，配比 30% 的玉米和豆粕，都是纯天然无添加的饲料。"

"现在的牛羊都享受如此高规格的待遇了。"我不由感慨。

马金山自豪地说："生产母羊'两年三胎'产羔技术加上不同阶段的合理补饲，藏羊的生产潜能被充分挖掘出来了，我从小就放羊，才发觉白放了。"

往常一只羊羔至少要培育到 6 月龄，才能对外售卖。"乳羔开始吃草到 6 月龄售卖，期间每只羊最少要投入 200 多元的饲料费用，还要承担死亡的风险。"精明的马金山算了一笔账，他直接从牧民手里收购乳羔，就可以帮大家节省这笔费用。怪不得他购乳羔的做法，在当地很受牧民的喜欢。

宁夏村牧民桑德加出售 160 多只乳羔，每只收购价是 800 元。"我们牧民繁育好羊羔就有收入了！"拿着这笔钱的桑德加，好几天都是眉开眼笑的，逢人就说养乳羔的好处。

从 2020 年夏季开始，马金山盘算着要打造乳羔和牛肉的品牌。"品牌响了，就能带动产业的进一步发展，也可以带动更多的人富裕起来。"干练的马金山再次发现致富的商机。

他将目光转向肉质鲜美的小月龄乳羔，于是，"雪域乳羔"品牌应运而生，乳羔以其优质鲜嫩的品质在市场上越来越受青睐，成了名副其实的抢手货。

善于观察，勤于动脑，发现商机并付诸行动，这就是马金山致富的秘诀。

这几年，马金山像一个陀螺，不停地转，不停地忙，顾不上家，顾不上他自己。马金山还是一位富有爱心的人士，2022 年来，马金山放下手头的活，为县城内设置的 5 个核酸检测采样点送"爱心餐"300 份，他说："能让核酸检测点上的医护人员和工作人员吃上一口热饭，感到很开心！"

泉吉乡金山生态畜牧业专业合作社成立以来，助力泉吉乡宁夏村集体经济（收购羔羊）增收 100 余万元，其中以入股、流转草场和聘请放牧员等形式吸纳脱贫户 17 人。合作社积极探索"原产地直供 + 村集体经济 + 就业"的发展模式，形成了多渠道、多元化助力发展壮大村级集体经济的新格局。

禁牧不禁养，减畜不减收，草原有多大承载能力，只能有多少牲畜。"高效养殖就是要在保护生态的基础上发展绿色有机的畜牧业，我们给牛羊吃好草，牛羊肉才能有好的品质，品质好了才能让更多的人认可，我们这些放羊娃的腰包才能鼓起来。"马金山信心满满地说。

五

在平坦的环湖西路上行驶，湛蓝的青海湖像窗帘一样把自己拉开。远方半山腰的沙陀寺，桑烟缭绕，经幡飘扬，带来吉祥的祝福。一排排整洁的游牧民定居点及青砖围城的庭院，醒目地在年乃索麻草原上整齐有序地布局，这时候，你会猛然惊醒：有着最美的风景，也有最深的寂寞的刚察草原上，一条既符合实际又能开拓未来的康庄大道正徐徐铺开。

生态篇：青山着意化为桥

上山庄花篮子

祁建青

"花篮的花儿香"，土门关的浩繁花事，上山庄连年搞得风生水起，竟已有六七载了。

山门前，一通《上山庄花海》碑刻有记："行逐一水斜，桥畔有人家；帘卷绿化树，窗合红色花；河风才收麦，山雨又摘瓜；鸟啼小庭院，炉器正煮茶"，落款"丁酉之夏"。是两位学者张进京、谢佐的撰诗书题合作，字里行间，景转物移，处处拾趣，自得风雅。

"丁酉"上推，乃2017年。转眼功夫，花海长成了半大"小小少年"。曾经担心，土壤土质、温度湿度、以及雨水气候环境等等，引进的花卉新品种，扛得住扛不住？

勤劳科学种田，同样勤劳科学种花。只是这种花，水平层次似乎略胜一筹。似乎种粮简单粗放，种花细腻温柔，其实还不是一样。不同在，花朵袒露着美，其引发的视觉条件反射太愉悦，人的脑回路记忆太强烈。说白了，种花这事儿，成功率就在一个美。由美而美传递健康快乐，由美而审美，美美那个与共。艺术含量一上去，技术含量怎低得了？所以一开始就高标准、严要求，土壤改良一应综合治理改造，桩桩件件一一推行。

把花卉种植立为产业做，上山庄超前不止一点点。种花的规模效应美誉度，一定赛过种蔬菜、种瓜果、种粮食，搞大盘活一年一进步，愈见精彩出息。上山庄悠久的农耕史，花海一夜换了人间，他们都说，这辈子把花种美了！

青海庄户舍院，家家老早就有一小花园。青海人"宁可食无肉，不可居无花"，也纯属小打小闹。触类旁通，大面积种花，庄户人念头亦有一闪过。阔阔气气种到田地里，大大方方痛快一把，花卷残云，梦想成真，别说都没想到。

人们爱花，爱养花，深知生活这样才比较好。花儿开，养得好，家里差不了。这也是湟中县乡镇村落的夏天模式：乡道和村里，房前与院角，鸟是飞起的花朵，而花是落下来的雀鸟。花十分不简单啊，是各村各庄的标志符号，指路引路的箭头，庄户网格的解码。大门一扇开，花给你一个拥抱。留意一下，他们的花的品种和数量，比城里人家多十倍百倍，充盈了院子的半边天。

现在，这些拼命种庄稼的人，又热衷侍弄起花卉。本就是他们的强项，由面朝黄土种庄稼，到仰望蓝天种花花草草，世世代代的土地与农民，保持和变迁的今日，漂亮的守正和创新，不刮目，何相看。传说中的护花使者一准就是你们了。现实版的天女散花，一口气不歇种到了山坡顶，不由分说，就是全部的花喧喧攘攘开到了天上，天空才显那么蓝。

种花与种庄稼，二者形似雷同，实有云泥之别。花为仙子，天降人间——

花是美的先锋、善的先驱，是派来抚慰和滋养人心的。历来是花，最解人意，人与花心仪何其持久。表明花是多么爱这个世界，这个世界多么值得花来爱；表明，花是多么瞧得起我们，我们这些俗人，活在世上有多值。人和花之间的语言信息传递，是隐秘而尚待破译的一个现实存在。花担负着使命，花来帮助配合，齐心又协力，任劳又任怨，花不会也不可能白白地开（自然，种花种粮，各还是各。轻粮重花顾此失彼，了无此意。种粮事大，粮食永远是人类的祖宗和爷，这个不言而喻）。

在土门关乡，乡亲们舍得拿出土地，仅占比很小一部分土地，来做花卉文章，来做一篇大的花卉文章，花也可以当庄稼种，当食材用生意做，上山庄是赚了，赚大发了。

同样不言而喻，人类生活，有花这样的形式义无反顾，有花这样的同伴依恋不舍，应该是多么奢侈幸运而幸福爆棚。显然，种花与绣花有一拼，更需浪漫之心力与锦绣之巧功。

每年一回合，土地上，按时按点，鲜花盛开。这项劳作，说句并非不好听的话：心心念念就是为了一个好看。目的明确，经营色彩，生产艳丽，制造芬芳。

就是彻底以俊以俏为准绳，相当严苛，几近挑剔，拒绝平庸，推崇高雅，圣洁之极！人们心花怒放，人心情也要一次次地开花，要的就是这种效果。

闹半天，土地花田忙活不停，是陷于美事喜事，而不得脱身。实时解读1、惊艳的流水线，惊艳旷日持久，流水作业动力充足；解读2：美色的加工厂，美色喷涌如云，黄金白银纤尘不染；解读3：花海晨昏，日出是结缘的迎娶时，日落是欢喜的洞房夜……

粗放与精作，一系列环节不能省略：育苗、出苗、保苗，花农师傅，魂牵梦绕，望眼欲穿，喜也有，忧也有；间苗、除草，松土、培土，花妹子、花阿哥，眼到手到，嘴巴跟着也到：对着秧苗，有叮咛，还叹息；分蘖、打苞，开蕾，浇水止渴，施肥增壮，打药防疫，轮班作业，顶风冒雨，花会争气！花一开，就全都放心了？不啊，提心吊胆，得紧盯住。倘若大面积倒伏，或大面积生病、生虫，头发现，就晚矣！生气了，不放心，唠叨不罢，那是花阿爷与花阿奶。

探究这一成绩的取得，有赖于决策细致大胆。人会惊讶，这是一个相当智慧的决策：选择上山庄，亦即山上之庄，而不是下山庄，即山下之庄。偏要在如此高原上的高处，开荒种花用心良苦。既保住低处的耕地良田，又利用起山脊薄地，两利周全，办得高明。

土门关上山庄，不远近驰名才怪。游客每每如织，扶老的、携幼的，抬头指的、低头看的，都特写入镜，无不迷恋来劲。愈发地教人眼热，有些羡慕嫉妒！数据显示，村里近一半农户从事乡村旅游业，景区收入前年已达到700万元，村集体收入40万元，村民人均2万元。去年上山庄花海打造"康养民宿"，力推景区服务升级，延长花海经济链。

鲜花家族，蔬菜瓜果之一伙，庄稼泥土之芳邻，农业农村之闺蜜。城市的梦中恋人，乡亲的心头之爱。花海经济，铺出一条鲜花道；花海模块，拼接安装致富图；花海效应，引来金凤凰；花海情结，网络海内外，涵养人精神。

实事求是说，花开时候，全无声息，何曾喧嚣，悄悄的；即使一阵风刮过，仍旧一动不动，静静的。花原本是想要低调的，总以为花张扬得不行，以为多么踌躇满志，那是人类视觉对于色彩的经验放大。

正当观花饮茶。前述文人墨客的诗文，情景预设可以回放。这些天的庭院屋内，老汉熬茶，花海归来，一壶慢炖。曾经"锄禾日当午"，然后"汗滴禾下土"，而今种花赏赏花，与熬茶饮饮茶配套，生活有时也可以在迷恋与陶冶中度过——从春天出苗、入夏花开，一直到深秋，观花期结束，寒冬腊月，花影已不寻，回味可无穷。

认识需要大步增进，山乡怎么巨变的，土地上功课扎实。传统的农耕脱颖破茧，上山庄打出自己的模式。

花卉是一种更高级的经济作物。将其当作又一种庄稼来种，成为农业一袖珍，成为环境一抹靓。农区有汗流浃背的辛苦，农民有舒心惬意的休闲。柔情妩媚的花，俘获的是同级别心甘情愿的人类知己，掏得是他们心理和情绪的腰包，购买并换取的，是治愈疗理，以及安抚安慰。

花与药同。花海近年又通过引进和自我繁育，种植几十种药材花卉，与200亩常规花卉品种，形成一条"花药谷"。花开花粉即持续吐溢，孢子携带香分子，既醒脑又怡情的花药剂，纯自然的，大弥漫式。

不经意时，花文化传播，多角度赏花模式体验，沉浸复沉浸。花掌故，花轶事，过去的花传说，分说说：A.有一个花迷，醉卧花丛。有一个花痴，荷锄葬花。红楼中梦一梦，约来了湘云、黛玉，美女美，花羞花；B.还有花妖一对，香玉绛雪，是红牡丹白牡丹。还有花仙一双，姚黄魏紫，亦是牡丹，一紫一黄，传世极品。聊斋杂记里聊一聊，遇见了儿郎都姓黄，黄生、黄喜，后生好，好书生。

花美学，花知识，而今的花故事，鲜鲜活活宽宽展展。绣花布走线，银铜器鎏金，酒窖吴铭记，笑脸都灿烂。有说法，娃娃们长得比以前心疼，老人们比以前寿长，没有辜负花。

种花观花，一走过程看完了事，那怎么行。莫忘了种子，这才是花开的必要与花败的理由。它指向年景的结尾，令我们关注花朵故事的末端。

末端往往意味着拐点呈现。如果无有一粒籽种，空喜一场，浪费心血，花容很难看。又给了我们一个倒推思维路径，与过去和未来，与四季二十四节气，相通一致。由之，花卉实现了永续。

请稍等，花香精、花青素、花蛋白混合，老汉家的熬茶香喷喷。莫急呀，茶余饭后，还有暖酒一壶。

客服中心，摆放很长一排花种售卖专柜。一溜儿种子产品，据不同颜色粗略一数，有 16 种，都是代表作。花海营生，有了结果与下文。植物学时尚用语，这叫"种质库"，已通过筛查鉴定，具有质量可信度及行业权威性；在生命胚胎学，则称之为"受精卵"，基因载荷完全，正处在存放休眠的保管期，尽可放宽心。

千亩花海，籽种丰产。美轮美奂的花去哪儿了？都在这儿呢，这些花的女儿，明年花的姆妈。小小籽粒，凝结着大大的尊贵尊严尊崇，不容小觑。花事至此，万事大吉。是的，这不叫结束，这叫又回到了原点，花们重归起跑线。

取下一袋，商标标明"上山庄花海"；品名"冰岛虞美人"；等级一级；售价 5 元。简介告知，种子为"肾状长圆形，长约一毫米，花果期 3-8 月。"注意事项一栏，技术指导提示温馨，如"1、播种时，覆土厚度为种子直径的 1-2 倍"。1-2 倍，即才 2-4 毫米，是 1 毫米不是 1 厘米，1 厘米的五分之一二。薄之又薄，微乎其微，毫厘之间，如何操作？这手底下，到时候多么小心翼翼，甚至战战兢兢。

上山庄花海梳理的观花要则，记下来，免得再赏花还那么盲目：五月赏郁金香，六月赏鲁冰花，七月赏百合花，八月赏向日葵，金秋赏菊。同时，几乎全程陪伴你，赏虞美人，赏金鱼草，赏鼠尾草，赏薰衣草。都是流程节点，但所有意义并非仅此而已，越说越明白了，答案在你心里。

干脆报个花名吧，湟中方言版的，抱歉不一定很齐全：

"芜荽梅儿、金盏子、金丝莲、海纳花、青海土菊、大福祺，荷包牡丹、大丁香、倒挂金钟、连翘，小丁香、满天星、沙葱，蝴蝶兰、草玉梅、桃儿七，角盘兰、柳兰、苜蓿、萱草、老鹳草、干柴牡丹、大芍药，曼陀罗、天仙子、杏花、梨花、李子花、桃花、樱花、沙枣花、红豆草、山丹丹、打炮花、珠芽蓼、头花蓼、黄刺玫儿、红刺玫儿、野豌豆花、马莲花、鸢尾花，狼毒、毒芹、萱麻、荆芥、艾草、甘草、绥草、灯心草、蜜罐罐儿花、喇叭儿花、蒲公英，海棠、报春、向日葵……"蒲公英、向日葵，也可以吗？当然。

这些个花花草草，有园育的，家养盆植不少，更多野生（其中最难觅，莫过绥草、灯心草，分别是国家一二级保护植物）。有的能食用，珍馐是也。有的剧毒，可入药。不少园子里头没有的，园子外面肯定有。这山里没有的，那山里必有。

"从前默默无闻上山庄是山上庄，于今赫赫有名头回客成回头客。"后来得知，张进京还有这一联对，在"马路两旁，各立一个水泥水泥柱子，上面题刻对联，有点山野之气"（进京语），应该还在？下次找找看看。

"时间煮茶，岁月缝花"。一茶一花，穿针引线，既漫不经心，也全神贯注。一门心思熬炖、伺弄，把光阴消磨滋润，把日子打理光鲜舒坦。在这方面，人们愈显能耐，节奏悄然加快。

读过一篇《颜色的密码》，文章结尾论及色彩："从生物学和物理学的角度讲，世上本没有颜色。光射到不同的物体上会有不同的颜色。其中一部分反射进我们的眼睛，世间这才有了色彩，这是神的恩赐。地球上有些动物是色盲，有些动物只是色彩的围观者，唯有人类能以颜色"通情达理"，这让我们感受到自己的智慧，也感受到人类这一族对这世界更多的责任。"很欣赏最后几句。人们敬重这个敬重那个，花这一席之地，万万少不得的。

可不可以说，上山庄花海，代表西宁花海，象征青海花海？资格成立。只因为，它们盛开在海拔颇高的脑山山脑上，不是平处低地，或河谷山脚。占据着一定高度的花海，就不是一般的普通的花海。不信你来，眼见为实。

人养花，也是花养人。把花照看好，观花的人，请您也不忘夸一夸咱的花。对的，花怎么能听不见。花的条件反射肌理，大概只能从光中寻找。有人经过实验证实，花是有感觉知情的生命。而且，花特别喜欢表扬赞美，面对面一遍遍，花有接受转换处理信息的能力，据说特灵。

上山庄人说得好："给花心气一分，花还心气十倍。"好好赏花，花在养你的眼，在润你的心。花海产业，自带福气，前程似锦。花带财运，多多益善。今年开了败了，来年继续年年种，不种白不种！君瞧，花开的多么谦虚谨慎，十分矜持娇羞。还不是因为，花知道，知道自己多美丽多娇贵。自知之明的花儿们，给她一个辽阔，她能给人间以万般奇迹！人和花心照不宣，说是辛辛苦苦劳而有获，结果美美滋滋便宜占尽。花有语言，在我心里。花的笑容，在你脸上。

相对于粮袋子、钱袋子、菜篮子，这就是我们要好好端住的花篮子。

牧场与荒野的变迁

耿占坤

　　时至今日，说起"三江源"，无须再注明"黄河、长江、澜沧江"，就已经能够普遍被人理解了。特别是以此命名的国家公园，几乎成为一座与雪山等高的里程碑。三江源生态环境保护持续多年，在经常出入这一地区的人看来，显而易见的变化，当属草原植被的恢复、水土流失的控制，尤其网围栏和家养牲畜的减少与野生动物的增加。这个牧场退缩与荒野回归的现象，是人类生态文明的极大成就。

　　面对野牛沟的远古岩画，我曾充满幻想地如此写道：轻轻触摸着岩石，这些粗粝的轮廓、凹陷或凸起的线条，就通过我的指尖微微颤动起来。我甚至能预感到，这些不灭的灵魂正在等待一个时刻。等待某个燥热的午夜，惊雷滚过天空，闪电劈向山崖，岩石迸裂之处，这些动物与人，将从他们的桎梏中挣脱而出，如一群自由美丽的精灵，在酣畅淋漓的月光下奔驰。越过河流，翻过山岭，奔向亘古的荒原，与它们的祖先一起归来。也许，那正是岩画刻绘者当初所领悟的神秘启示，是他们所期待的、所深信不疑的某个伟大时刻。

　　我知道这个时刻只是作为幻想，它终将遥遥无期。人类千百年的牧猎历史，对荒原产生了巨大的影响，在三江源地区，特别是近几十年的过度放牧、外来势力的猎杀和矿物资源开采、生态失衡之后的鼠害与草原病害，又给本来就脆弱的荒野生态造成致命创伤。其悲惨景象令人痛惜绝望。

　　高寒大地，土壤与植被的蓄养是一个漫长而艰难的过程。在寒风和砂粒乱石之间，草芥这个低等族群留住浮尘和流水，根须相连，匍匐而生，它们又通过自己的生长、死亡、糜烂、沉积，让贫薄的泥土日益增厚。让鼠兔、羚羊、狼和雪豹以及空中的鹰鹫参与猎食和生息繁衍。其实，猎人和牧者，是最后进入荒野的生物，当他们被允许捕杀以及驯化某些生灵，荒野才开始计时。曾经，游牧者创造了灿烂的人文历史故事，在山水之间，有爱情、眼泪、歌唱和记忆。这些超越季节的种子，生长为故事；是孩子们口中呼喊的事物：帐房、奶酪、母亲、羔羊、黑夜火光，使荒原成为牧场，成为家。人类对自然的敬畏与适应，可歌可泣。然而，这样的牧歌时代一度陷入绝唱。我们看到的是水泊与溪流枯竭，草原荒漠化，野生动物大量减少甚至绝迹。

2022 年秋天，我再次进入三江源核心区域。根据经验，我预料途中可以看到几匹藏野驴；一两只机警的藏狐或者藏羚，在远处眺望；寥寥数只水禽在水中谋生。却未曾有更多的奢望。然而让我倍感惊喜的是，我居然能够连续看见两三百匹聚集的庞大藏野驴群，甚至看见行动笨拙的棕熊、姿态高雅的黑颈鹤，它们在穿过草原的溪水边徜徉，悠闲自得。甚至还能遇见一个狼群，五六匹之多，它们不去狩猎，而是在山坡追逐阳光。一头公马鹿高扬着犄角站在山岩上，我猜想它并非表面展示的这般孤独或者放松，在那长着灰白色巨型牙齿的岩石后面，一定藏着雪豹的眼睛。最令我欣慰的是，当我们停下来观察，这些动物并没有感到害怕或者惊慌逃窜，而是以主人的姿态欣赏着我们这些路人。

人类曾把消灭野兽、开拓荒原视为文明的征服，然而我们最终意识到，真正的文明，是承认并尊重荒野存在的地位和价值。

回望大自然的历史，我们无法消除这样的悲观：原始意义的荒野已经一去不返。或者说，我们已经无法令荒野回归。因为我们习惯了"文明社会"。我们的城市距离地面越来越高；我们的居所和生活，距离生态多样性越来越远；我们的衣着和面孔，也都过度装饰；我们的语言由此变得更加雕琢，精美光亮，却失去意义。而在人类语言的文化定义中，荒野，不仅需要一个自然生态的环境，还需要一种人类的心灵共鸣和伦理支撑。

杰克·伦敦在小说《野性的呼唤》中，讲述了一只雪橇犬在完成与人类的契约之后，应着野性的呼唤，回归祖先的领地，重新成为一匹狼的故事。那是一种生命野性与自然野性相互吸引、完美融合的结果。人类的内在生命中也存在着某种野性，只是在漫长的文明化过程中，它已经变得过于隐蔽、过于纤弱。但它并没有消亡。

我们向往洪荒之力，为了屈服，为了仰慕，为了惊悚，也为了宁静。原野，高山，大河，或许我们可以在一个隐秘层面与它相遇：行走其中。这种行走并非儿戏，而是一种人与自然事物的相互欣赏。我们不只是满足于自己走进了自然，看到了美景，我们还要获得自然的欣赏。不是强行进入自然，而是让自己成为生态的一部分。我想，这是一门需要艰难探索的哲学和伦理学课程，需要付出巨大智慧。

荒野的回归意味着传统畜牧业和牛羊数量的退缩，意味着传统游牧生产生活方式的改变。为保护三江源核心区，一些牧民迁走了，只留下他们游牧的痕迹和记忆；网围栏大量拆除，一圈又一圈缩小，铁丝网的地平线之外便是荒野，为野生动物让出更大的空间；留下来的牧民也减少了牛羊数量，草原如释重负，我仿佛听到土地舒畅的呼吸。在牧羊女搬走的牧场上，在牧歌渐渐消失的原野，代之以空中飞鸟的啼唱、地上走兽的嘶鸣。那是另一番风景，野性蓬勃。棕熊，雪豹，天鹅，游隼，流水中的精灵，回到自由的王国，似乎雪山顶的念神，也从失落的创世传说中苏醒过来。

徘徊在牧场和荒原之间，我一边遗憾古老牧歌的消失，一边赞美更加古老时空的回归。我知道我无权评判猎豹与羔羊之间的恩怨得失，但是有一点令我欣慰：据我了解，留守三江源地区的牧民，并没有因为环境保护受到负面影响，牛羊数量减少之后，人们的生活水平不仅没有降低，反而有了极大提高。因为畜牧业的科学性进一步提升，在政府和有关机构的指导下，畜产品的商品加工、综合转化、销售渠道、价格价值，均得到保障；牧民通过补偿补助、加入国家公园生态管护，还能够得到一笔可观的收入，从而显著提升了人们的生活质量。

万物得以繁荣，人文得以延续。或许这正是那些古老岩画包含的真正寓意。

绿绒蒿的前世今生

龙仁青

  第一次见到绿绒蒿是什么时候？我已经记不太清楚了。只记得是在十几年前，我还是一名媒体记者的时候。那一年，到了冬虫夏草的采挖季节，我去果洛草原采访，在海拔 4000 多米的阿尼玛卿山下，第一次见到了绿绒蒿。我是从车窗里看到绿绒蒿的，当一抹金黄就像一颗流星，忽然划过车窗，我的目光急忙追随着流星划出的弧线向后看去。当我的头随着目光转了四十五度角，我的上身也随之倾斜过去时，我看到那一抹金黄的弧线幻化成了一朵小小的花朵，与我们的汽车相向而去，迅速消失了。而就在它消失了的荒野左右，出现了更多金黄的花朵，它们就像是紧紧跟随在我第一次看到的那朵金黄花朵的后面，同样迅速地向后划去，就像是奔赴着同一个目标——也许是去奔赴春天的盛宴吧。当车窗外再次出现金黄花朵，我急忙喊司机师傅停下了车。就在我们的车就要停下时，在路的左边，一朵迎面而来的金黄花朵也减慢了速度，缓缓停了下来。我拉开车门，径直奔向了那朵花儿。

  此刻，这朵花儿就在我的面前，她低垂着她金黄色的头颅，显得安静而又羞涩，面对我满眼的惊奇，她却若无其事，一副见惯不怪的样子。我蹲下身来，开始仔细地打量起这朵花儿：正是高原五月初，草原还一片荒芜，"草色遥看近却无"的样子。这朵金黄色的花儿就站在这片荒芜之中，被细小柔嫩的茎叶托举着，茎叶上满是纤细的绒毛，整个花儿显得孤傲又谦卑。刚刚下过一场阵雨，一粒晶莹的雨珠挂在花瓣上，这让她看上去像是刚刚哭过一样，显出几分楚楚动人的柔弱来。我从她的身上抬起目光举目看去，便看到草原上四处散落着这样的花儿，那灼灼的金黄色，就像一盏盏酥油灯，点亮了整个荒野，耀眼而夺目。让这刚刚走出漫漫寒冬，满眼枯黄，色彩单一的高寒草原，有了几分金灿灿的生气。

那时候，我并不知道这金黄色的花儿叫全缘叶绿绒蒿，但与她初次相见，她带给我的惊奇却永远留在了我的心底。她就那样轻而易举地打破了我心中一个固执的认知——我的家乡在青海湖畔的铁卜加草原，那里的海拔 3500 米左右，比果洛草原低了四五百米，但同样已经过了"树线"：除了在河岸、低洼以及背风的山麓偶尔有一些灌木丛之外，四野看不到一棵树，大片的牧草逶迤着伸向远方，在目光所及的远处，便是连绵的山脉，山脉间最高的山峰高昂着孤傲的头颅，终年不化的积雪是他洁白的银冠。那时候我固执地认为，海拔越高的地方，生物的物种就会越稀少，这几乎是一种自然规律，所以，果洛草原上的花草树木，一定会在我的认知范围之内，果洛草原上有的，我的家乡一定也有，而我的家乡有的，果洛草原上就不一定有。可是，我错了，这朵金黄色的花儿就盛开在这里，我在我的家乡从来没有见过她。也就是说，这种花儿完全颠覆了我的认知，不动声色地就让我把藏着掖着的无知自个儿袒露了出来……她居然生长在了比之我的家乡海拔更高，气候更严酷的地方！她们为什么要盛开在这么高的地方呢？似乎就是从那时候起，这样一个海明威似的质问就盘踞在了我的脑际。

时过境迁，这个问题至今依然盘踞在我的脑际。虽然此后我曾查阅过一些资料，也向相关专家请教过，但这个问题依然扑朔迷离。有资料说，因为喜马拉雅山的隆起，冰川的出现和气候的骤冷，让她们不得不学会在高海拔地区生长。但这样的解释并没有解除我心中的疑惑，因为造山运动牵动着整个地球，她们在不断衍化、选择生境的过程中，为什么偏偏遗漏了我的家乡？依我的想象，她们因为太过美丽，鲜亮的颜色总是吸引人类和动物不断采摘、啃食她们，使得她们不得不放弃条件更好的生境，退居到一个人烟更加稀少的所在，使她们能够在相对安宁的地方开花结果，繁衍后代。就像原本遍及西藏、青海、内蒙古等地区的藏羚羊难以忍受人类和一些猛兽的杀戮，毅然决然地退居到高寒缺氧、植物稀少的可可西里荒野一样。

那次果洛之行，让我见识了采挖冬虫夏草的艰辛——那些远道而来的农民和当地的牧民，匍匐在海拔近5000米的高地上，肌肤紧贴在尚未解冻的泥土，在呼啸的寒风和不期而至的冷雪中，手持一把小镢头，目不转睛地紧盯着前方，希望从刚刚萌芽的青嫩牧草中辨识出一株冬虫夏草来。而在此时，一株冬虫夏草从众多牧草中闪现出自己的身影，让这些在苦寒中等待希望的人们眼前忽然一亮。这也几乎顺应着绿绒蒿们的用心——她们攀援到更高的高处，把她们的美丽，留给了空寂的天空与大地，谢绝了人们的欣赏和赞美。而愿意追逐她们的人们，则要历经路途艰辛，高寒缺氧，以及刺骨的风雪，才能够碰触到她们的美丽。

那次果洛之行的另一个收获，是知道了那种金黄色花儿的名字——全缘叶绿绒蒿，以及她的藏语名字——欧贝勒。已经不记得她的汉语名字是谁告诉我的，只记得他还告诉我了全缘绿绒蒿的一个秘密：她们之所以选择在草原一片芜芜的季节开放，让花瓣闪耀着酥油灯一样醒目的金黄色，就是想着让那些经过一场冬眠，与她们一起苏醒过来的昆虫们——那些熊蜂、蝇虫和蓟马能够在第一时间发现她们，给它们提供花蜜花粉，让它们辘辘饥肠得到温饱的同时，也帮助她们传粉。为了达到这个目的，她们也是煞费苦心，她们让太阳为她们帮忙，用强烈的紫外线照射她们，让她们个个有一张色彩鲜艳的容颜。

绿绒蒿的藏语名字，则是一位正在采挖虫草的牧民告诉我的。当时他刚刚采挖到一株虫草，满面欢喜，一边轻轻搓揉着粘在虫草上的泥土，一边指着不远处的一朵全缘叶绿绒蒿，用带有四川色达口音的藏语对我说："这是欧贝勒，是欧贝勒赛布，等到了夏天的时候，还有欧贝勒玛布、欧贝勒昂布盛开起来，太好看了！"我知道，置于欧贝勒后面的赛布、玛布、昂布是藏语黄色、红色、蓝色的意思。也就是他的这句话，促成了我在次年的六月中旬，再次来到了果洛草原。这一次，我专门带上了相机，也带上了我通过查找资料获得的知识，记事本里还夹着刚刚发行不久的一套特种邮票《绿绒蒿》。正如那位采挖虫草的牧民所说，我见到了开着红色花儿的红花绿绒蒿、略微泛紫的久治绿绒蒿。那是一种单纯的红，没有一丝杂质，恰如牧人身上佩戴着的珊瑚玛瑙，有一种坚定和果断的美，但她却又薄如蝉羽，阳光照射在花瓣上，瞬间变得通透，难以想象这样单薄的花瓣是如何抵御高原上的风雪的；也见到了开着蓝色花儿的多刺绿绒蒿、总状绿绒蒿。那是高原紫外线把蓝天融化之后，注入了她的花瓣，我也打开我想象力的阀门，想象她们是喜马拉雅古海洋遗落在草原上的宝蓝色浪花。而此时，金黄的全缘叶绿绒蒿正在退场，花瓣已经消散，花萼的地方结成了果实。显然，作为一朵花，她已经完成了她的使命。她们的颜色，也变成了她们刚刚开放时，围拢着她们的牧草枯黄的颜色，有一种功成名就之后，完全放弃了对盛名的执着的随意和轻松。我拿着相机不断对准一束束花儿，把那一抹抹红和一抹抹蓝都留在了我的相机里，也把干枯了的全缘叶绿绒蒿定格在了相纸上。

这一次，我还把"欧贝勒"这个名字记在了我的记事本上，也记下了她们各自不同的颜色。回到省城西宁，我开始按图索骥，查找资料，猛然发现，"欧贝勒"这个词来自梵语，也就是在汉译佛经典籍中时常提及的"优钵罗"（亦写作沤钵罗、乌钵罗等），也就是说，"优钵罗"是"欧贝勒"的汉语谐音写法！然而，在梵语里，"优钵罗"指的是睡莲，是一种水生草本植物，一般适于生长在热带或亚热带地区，在青藏高原高寒地带难见其踪。在汉译佛教典籍中，"优钵罗"也被译作青莲华、红莲华等——佛书认为"花华不二"，所以一般称花为华——那么，她在牧民的口中，怎么变成绿绒蒿了呢？绿绒蒿是罂粟科绿绒蒿属植物，与水生植物睡莲相去甚远。此前，绿绒蒿缘何选择了海拔更高的地方生长这个问题还没有明朗，这样一个问题又接踵而来。

一次，也是在果洛，与藏族母语诗人居·格桑闲聊，我便向他请教这个问题。他的一席话却让我豁然开朗。他提及了佛教从印度传入青藏高原的那个久远年代。

佛教传入西藏，大概是公元 5 世纪的事儿。先是一批佛典从天而降的传说，接着是在松赞干布时期，唐朝文成公主和尼泊尔赤尊公主分从两地远嫁吐蕃，两尊释迦牟尼佛像伴随她们的嫁妆进入西藏，西藏为此修建大昭寺和小昭寺，供奉两尊远道而来的佛像的历史。在同一时期，松赞干布选派大臣吞米·桑布扎前往印度学习梵文，这位聪慧的大臣，在印度经过七年的寒窗苦读，返回西藏后，仿照梵文创造发明了藏文——这也是在藏语藏文中大量存在梵语词汇的一个原因——并且把那批"从天而降"的佛典翻译成了藏文。接着又是从中原和印度迎请诸多传教士，开始佛经的翻译和传法，如此，佛教开始在青藏高原传播。

任何一种文化，当它从彼地进入此地，其实都会有一个本土化的过程，佛教也不例外。伴随着佛教传入西藏，那些"从天而降"的佛典落地的地方有了一座名叫桑耶寺的寺庙，几个刚刚改信佛教的藏族人便剃度出家，穿上了绛红色的袈裟，一些佛教仪轨仪式也被移植过来，诸如供花、供水、供灯等供奉仪轨也一并传入。其中，供水、供灯的仪轨通过一番本土化的改造，遗留在了青藏高原，而供花的仪轨却没有得到顺利传承。原因也显而易见：佛教的原产地印度气候温暖湿润，四季开花，特别是梵语叫"优钵罗"的睡莲，不分春夏秋冬都在开花，且色彩鲜艳，有红黄青紫等诸种颜色，佛前供花，对佛教诞生之地的印度来说轻而易举。然而，佛教到了西藏，气候高寒，在海拔四千米的地方，别说睡莲，开花的季节也只有短短两个月左右，剩下的十个月不见花卉。在这样的情形下，供花仪轨如何延续？

显然，为了传承供花仪轨，刚刚改信佛教的藏族信徒也是煞费苦心，做了一番努力。他们试图从青藏高原的野生花卉中找出一种可以与睡莲媲美的花儿，作为她的替代品，如此，与睡莲一样有着艳丽色彩的绿绒蒿便脱颖而出，他们赋予了她睡莲的名字——欧贝勒——优钵罗。

也就是说，伴随着佛教供花仪轨的传入，以睡莲作为主体的供花仪轨演变成了绿绒蒿，原本出现在佛经里的睡莲的名字"优钵罗"，也从经卷里走出来，走进了牧民们的口语里，高原野生花卉绿绒蒿自此更名换姓。如此，对青藏高原来说，睡莲，便成了绿绒蒿的前世，或者说，初传佛教的青藏高原借此完成了一次"借花献佛"。

那么，作为一种高原民族耳熟能详的常见高原花卉，如今被藏民族广泛叫作"欧贝勒"的绿绒蒿此前叫什么名字呢？出于好奇，我曾向被人们称为"鸟喇嘛"的扎西桑俄堪布请教。扎西桑俄先生稔熟高原生物，曾经参与编写《三江源生物多样性手册》汉藏文对照本。没想到，我的疑惑，也曾经是他的疑惑。几年前，他就曾通过实地和网络在西藏、青海、四川等有藏族聚居的地区进行探询和调查，得到了答案，他把他的调研结果发给了我。绿绒蒿"欧贝勒"果然曾有过她们美丽的名字：全缘叶绿绒蒿叫嘎玉金秀，红花绿绒蒿叫阿达喜达，蓝花绿绒蒿叫喜达昂波……

　　然而，高寒的青藏高原不可能在一年四季里持续满足供花的需求，即便以替代的方式解决了高原不生长睡莲的问题，但在漫长的冬季里，包括绿绒蒿在内的众花衰败，这一仪轨依然难以为继。

　　如何让供花的仪轨保留下来，让那些信奉佛教的信徒们在佛前表达虔诚之心呢？

　　多年以后，我去塔尔寺采访。春节刚过，元宵节就要来临，塔尔寺的两个花院——上花院和下花院正在马不停蹄地加紧制作酥油花，以便在正月十五月圆之夜，向游客和信徒展示他们的酥油花工艺，得到他们的观赏和瞻仰。我被特许进入了制作现场。

　　酥油花，最早起源于西藏苯教，一种叫"多玛"的祭祀品系用青稞糌粑捏制而成，其上粘贴着工艺简单的酥油贴花。因为只是用于祭祀，这种叫"多玛"的制品也是在很小的范围和场域存在，甚至在制作与使用时，有一些有意掩映的成分，所以并不为人所知。然而，它又是如何成为塔尔寺等各大寺院一种专门由艺僧制造，广为展陈的佛教艺术品的呢？

　　我曾想象，那应该是一个曾经制作过"多玛"的艺僧，改信佛教后，他对佛教虔诚有加，经常奉行着供灯、供水的仪轨，但也对高原隆冬季节不能在佛前供花耿耿于怀。一日，应该是清晨，这位艺僧起床诵经，接着便开始用早餐，那天他吃的是用酥油和炒青稞粉拌制的糌粑，当他从糌粑木箱里拿出一块酥油，就要放入碗中时，早年制作"多玛"的技艺在他的指尖复活，他随手就捏制出了一朵酥油做的花朵。看着在指尖上忽然盛开出一朵金黄的花朵，这位艺僧忽然想到了什么。"梅朵乔巴！"艺僧忽然叫了一声，放下了还没有吃完的早餐，便出了僧舍，径直朝着大经堂走去，出门前，带上了他仅有的一坨酥油。

　　"梅朵乔巴"便是供花的意思，这位艺僧到了经堂，便用酥油捏制了几朵花儿，供奉在了佛前。如此，酥油花应运而生。藏民族至今把酥油花叫作"梅朵乔巴"。

　　酥油是从牦牛奶中提炼出来的，是高原上营养价值极高的一种食材。牦牛的产奶量本来就没有多少，从牦牛奶中提炼出的酥油也就显得极为珍贵。然而，酥油制作酥油花，再把它供奉在佛前的习俗一经开始，便得到了青藏高原广大寺院和民众纷纷效仿、响应，很快，每一座寺院都有了供奉酥油花的仪轨。这是因为，酥油花的出现，解决了深冬季节不能用自然生长的花卉供奉的遗憾。即便这种食材是那么金贵，但比起他们内心对佛法的虔诚，这又算得了什么呢？如此，酥油花便成了欧贝勒——优钵罗的像生花。

然而，酥油花的制作，也不是那么简单的事。

那天，在塔尔寺，我在一位小僧的陪同下，走进下花院的酥油花制作作坊，第一眼就看靠墙立着的酥油花，酥油花占据了整个墙面，色彩艳丽，耀眼夺目，整个作坊，就像是一个花团锦簇的夏日花房。几位艺僧还在做着局部修改。作坊里的温度却极为寒冷。这是因为艺僧们怕酥油花融化，有意没有在作坊里生火，在他们身旁，还放着两只盆子，一只盆子装着冰凉的冷水，一只装着掺和着豌豆面粉的热水。在给酥油花上色时，艺僧手上的温度会引起酥油花表层的酥油微微融化，他们便把手放入冷水中降温，而当手上沾染上太多的糅合了矿物质颜料的酥油时，又将手放入热水中清洗。隆冬的高原寒气袭人，艺人们便是在这样的环境下，满怀虔诚，心无旁骛地工作着。

如今看酥油花，也不单单只有花儿——酥油有着极强的可塑性，于是那些艺僧便用酥油捏制成了更多的工艺形象，其中，有人物，有山水自然，有亭台楼阁，整个儿构成了一段故事，就像连环画一样，讲述着佛经中那些耳熟能详的故事。而在各种内容的间隙里，依然布满了各种花卉。每一朵花儿都富丽、繁盛，就像是自然界的花儿恰好盛开到了极致，把自己最美的瞬间展示了出来。

那一天，我看着那些花儿，问我身边的小僧：这些花儿都是什么花儿？小僧不假思索地回答道：欧贝勒！

听着小僧的回答，我感到我的脑际忽然嗡嗡作响。欧贝勒——优钵罗，这是绿绒蒿从印度睡莲那里盗取的名字，但她又不能像睡莲那样四季开花，时时供奉在佛前案上。于是，酥油花替她完成了广大佛教信徒的心愿。或许，我看到了绿绒蒿的今生，或许，这又是另外一种意义上的借花献佛。

藏民族生活在世界上海拔最高的地方，长期与高寒缺氧共存，形成了独成体系的生存智慧。他们深知高原生物在这样的环境中生存的不易，并且也敏锐地察觉到大自然诸种物种之间相互共生又相互制衡的道理，所以轻易不会破坏自然生态，形成了自己朴素的生态理念。小时候，父母从来不让我们摘采野花，说那是大自然的头发，"如果我薅了你的头发，你不疼吗？"有一次我摘了一捧野花带到家里，被我母亲看见后，便说了这句话，这句话我至今记着。记得在我的家乡，每每到了盛夏季节，野花盛开，那些牧民和僧侣面对着漫山遍野的鲜花，便开始虔诚地诵经祈请，口中低呼"供奉三宝"，但却不去采摘花儿，用意念把这些花儿供奉给自己信奉的神灵。这，也是一种借花献佛啊！

绿绒蒿到底有多美。这一点，从那些西方人第一次见到绿绒蒿后的惊讶和赞叹可以看出。一百多年前，许多的西方人——探险家、传教士以及植物学家等涌入喜马拉雅山地区，发现并采集了各种颜色的绿绒蒿，其中有后来成为在世界上享有盛誉的植物学家的洛克、金登·沃德、威尔逊等，他们赞誉绿绒蒿是"喜马拉雅蓝罂粟""我的红色情侣"。苏格兰植物学家乔治·泰勒甚至说：没有一种植物能够像它这样享有最高、最奢华的名号。凡是能一睹其自然风采的人，都会歌颂它们一番，所有初次邂逅这种花的人都会为它疯狂。自此，西方人大量采集绿绒蒿的种子带回西方，并在西方园林驯化培育出了绿绒蒿，绿绒蒿很快成了西方园林里的最宠。

如今我国许多地方也开始驯化和培育绿绒蒿，希望这种美丽的花儿也能成为我们城市园林的绿化和观赏植物，不要让她总是开在深山无人问津。率先传来好消息的是西藏和云南，但这并不奇怪，西藏和云南原本就是高原，让一种高山野花在高原园林得以开放，可能相对容易一些。而当我听到北京植物园成功地栽培出绿绒蒿的消息，内心还是掀起了欣喜的微澜——我一直有一个想法，比如我所居住的城市西宁，是青藏高原最大的城市，有朝一日能够以高山花卉作为城市绿化植物，依此吸引四方来客，而不是像现在一样，大多是引进一些毫无地域特色的外来花卉来美化这座高原城市。如此，也可以算是这座城市的一种生态标签吧。绿绒蒿在北京初次绽放，这是她首次在平原露地栽培成功，相对于北京，西宁应该更能够让绿绒蒿盛开起来。或许，这才是绿绒蒿的今生，亦或，是她的未来。

美丽的祁连山是我们的家

庞子麟

  巍巍祁连山，绵延千里，横亘于青藏高原东北部之上。是河西走廊重要的交通要道，也是我国西部重要生态安全屏障和水源产流地，国家重点生态功能区和生物多样性保护优先区。

  位于祁连山中段，风景秀丽的祁连县，有6个乡镇33个行政村均在国家公园功能区域内。全县人民践行习近平总书记"绿水青山就是金山银山"生态理念，在阿柔乡、央隆乡、扎麻什乡、野牛沟乡、八宝镇、峨堡镇等地区，从保护区管护巡护、保护地科研检测、推进自然教育化体系等方面下功夫，在保护祁连山地森林、高寒草甸和冰川雪山的自然生态系统原真性和完整性上，林草工作者克服了气候高寒、生态环境薄弱等不利因素。走过的路上浸透着辛勤的汗水，留下了闪光的足迹。

  从县城往西20余里，是与县政府所在地八宝镇接壤，以农耕为主的美丽乡镇——扎麻什乡。一座古朴的白塔，坐落于西侧树木掩映的郭米寺村前滩，祥和宁静。远处是常年覆雪的卡什加山群峰，云雾缭绕间山峰颔首，静静俯视着脚下的村落和土地。

  从白塔以北的山坡望去，一条崎岖不平的岔路通往山垭深处。沿陡峭的山路走十几公里到半山腰处，就是多年前已停止生产的西山梁多金属矿所在地。曾经堆满矿渣的边坡形成的图斑治理区，新种植的松树和青草已经成活，长势蓬勃。

一

站在边坡上，看到欣欣向荣生长的苗木，草原站站长仁青卓玛和同事多杰心情无比舒畅。这些春天时栽上去的小松树（祁连云杉），在晨光里闪耀着油油的绿色。

这是生命最初清新蓬勃的绿色呵！

仁青卓玛和多杰是一早出发，就赶往西山梁查看苗草生长情况的。这样翻山越岭的进山下乡，已成为他们工作的常态，一年四季、风雨无阻。哪怕再艰险的路途，也从未挡得住他们的脚步。性格开朗、踏实肯干的卓玛冲锋陷阵、首当其冲，像个女汉子。对业务工作精益求精的卓玛，被同事们亲切地称为"林草百科全书"。大家伙儿遇到问题弄不清楚时，经常相互打趣，"到'百科全书'卓玛的头脑资料库里调取资料，不就啥都清楚了吗！"

西山梁狭窄的山间小路，仅容一辆车辆通行。沿山路越往前走，路面越陡。几段倾斜度很高的路段上，陪伴林草工作者跑遍祁连山山水水、沟沟坎坎的老皮卡车，得加大油门打着冲锋，才能费劲地冲到陡坡更高处的路面上。摇摇晃晃的山路，总能让第一次进山到西山梁的人，手心里捏出一把一把紧张的汗。

太阳从山垭口爬起，初秋的风凉丝丝的，带着山野特有的清爽。卓玛看着初春时让大伙儿费尽脑汁的西山梁矿渣图斑区，被挥洒的汗水滋养成一片绿色时，感慨万千。林田间网子格纵横交错，木架结构搭建起的层层梯形轮廓清晰。盈盈纤细的小草长势茂盛，密匝匝的围绕在松树幼苗周围。

这是经历了多少个不眠之夜、多少人付出辛勤劳动，才换取的绿色啊！治理最初的那些日子，又清晰地回到了卓玛眼前。

山路狭窄陡峭。

治理最初，往山腰拉运土壤和肥料，成为交通运输的最大难题。平均海拔接近三千米的祁连县地区，虽然已时至四月，山间的冰雪依然未能消融。西山梁湿滑的道路上别说车辆，就连骡马牲畜也很难上去。眼看着到了苗木育林期，恶劣的自然环境让大伙儿开始犯了愁。确定了治理方案，却因自然环境想不出实施的好方法。讨论几次后决定，采用了最原始、也最行之有效的方法——人工运送。

人工运送，西山梁十几里的山路，说起来容易，做起来难呐！

林草局的工作人员找了很多专业靠拉运过生活的人，但找到的人到实地查看一眼后，都无一例外头摇得像拨浪鼓："路太难走了，坡又陡峭，咱拿着性命可开不起玩笑。这活儿给多少钱也接不了，你们另想办法吧！"丢下一句话后，拉运客们纷纷下山了。

卓玛是西山梁治理区的工作班成员。土运不上来，急得嘴上全是燎泡。工作组负责人马有明、主任郝生青、站长杨国林也一样火烧眉毛干着急，可依旧找不到解决问题的好办法。眼看着其他地方已开始种植苗木，西山梁的问题还在"卡脖子"。植树育林期时间早已到了，过了育林期，大伙儿心里都明白，树木的存活能力下降，就是费再大的力也没有用啊。住在西山梁项目部的主任郝生青，脸颊被山风刮得皲裂，望着已经开始泛青的草皮，和灰突突没有一点土壤的半坡矿渣，郝生青蹲在地上一筹莫展，嘴唇上的裂口挂满了血痂。心里焦急没辙，郝生青的眼睛里都快要冒出火来了。

就在大家焦急无助时，抽调治理的人群中站出一个人："大家别发愁，咱凭着力气也要把土运送上来"。说话的人是八宝镇拉洞村的管护员拜占元。老拜是土生土长的祁连县八宝镇拉洞后湾人，曾是村里的精准扶贫对象。2015年起，村里扶持贫困的拜占元成为拉洞管护站管护员。2021年5月份，植树育林期开始后，老拜被抽调到扎麻什西山梁治理区。

老拜望着满坡矿渣说："心动不如行动。我们一点一点来，山路狭窄，我的'三马子'农用车可以拉运。我愿意开三马子从山底下拉运土壤和肥料。"人人望而却步，少言寡语的老拜在关键时刻迎难而上，主动担当要承担这项难做的工作，大伙儿简直不相信自己的耳朵。拜占元继续说："我是管护员，有义务和大家一起想办法解决困难，只要能赶着时节把树苗栽上去，就能活。"大伙儿听着拜占元的话，心里还是七上八下不踏实，这么陡峭的山坡，路不好走不说，仅凭一辆三马子，什么时候能拉运够半坡的土壤和肥料呢？

很多人在迟疑中徘徊的时候，拜占元二话不说，已经投入拉运了，主任郝生青被彻底感动。挥汗如雨的老拜，提着比别人手中铁锨大三倍的方锨，装车卸车时都付出比别人多三倍的力气，一刻没有停息。治理的第一天，他就来来回回拉运了八九趟。后来路面熟悉了，拉运的趟数也与日俱增。汗水湿透衣背，浑身是土的老拜天天没消停地装车、拉运、卸车……现场的人都被感动了。两名铲车司机自觉投入到拉运中去，大伙儿的劳动积极性，被老拜用实际的行动调动了起来，很多人都加入到从山下往半坡运送土壤的队伍中……

在挥洒的汗水中连续作战，80多名护林员拉运上来的土壤，被一背篓一背篓背到倾斜的矿渣网格区。堆积成山的矿渣上有了土壤和肥料，创造出满足苗木栽种生长的条件。20天以后，西山梁苗木在苗木育栽期内，全部保质保量按期种植完毕了。林草部门在治理区苗木复验时，西山梁苗木泛着盈盈新绿，成活率达到100%。这是国家林草管理部门、林草部门干部职工，以及所有的管护员最想看到的欣喜结果。

用汗水和心血辛勤浇灌的生命之花，必定会结出丰硕的果实。荒山换绿装，是造福子孙后代的丰功伟绩啊！

中央环保督查组来到西山梁时也很震撼。组长夸赞祁连林业部门的干部职工，对林草工作人员卓玛说了这样一句话："中国人从来不乏创造奇迹，西山梁矿山植被绿化，是祁连林业部门的干部职工用实际行动，在矿山植被恢复治理上创造的又一奇迹。"这赞誉是对治理工作最大的肯定。

西山梁治理不易！

郝生青说起老拜就会竖起大拇指："老拜人讲究，踏实肯干没得说。种草、育苗都是一把好手，按咱青海人的土话说，拜占元就是真真的狠人、攒劲人！"

二

老拜的确是真正的攒劲人！

在西山梁矿渣治理中，立下汗马功劳的老实人老拜有了名气，记者要采访他。柏树沟口，正在巡视路途中的壮汉子腼腆地低下了头："记者老师，我就是个管护员，做了些本分工作，都是应该的。这些平常的工作，没啥可以多说的，采访我不知道说啥呢。"

在祁连县八宝镇拉洞后湾土生土长的拜占元，自幼家境贫寒，没读过书，十三四岁就已经是家里顶事的劳动力了。放过牛羊、挖过金子、下过矿井、开过大车……讨生活的路上，老拜什么样的苦都吃过。

2015 年，成为国家森林公园拉洞管护站护林员的精准扶贫户老拜，报到第一天就到卓尔山护林区域，马不停蹄地走遍了他的护林范围。他想尽快熟悉自己管辖区域内的基本情况，管护区最西侧靠近麻拉河村管护区的地方，林区网围栏有些松动了，存在牛羊侵入的隐患。掌握了这些情况后，老拜每天把巡护的工作重点放在辖区网围栏松动处。连着几天，都看见麻拉河村有羊群进入林区。拜占元深入林区，赶出牛羊后寻到牧羊人老马，并向老马强调说管好自己的羊群。林木是受国家保护的，不能让牛羊进入林区恣意啃食。

老马看到是邻村的护林员拜占元，乡里乡亲的都面熟认识，不以为然。连续几天，依旧有意无意让羊群进入林区吃草。拜占元看老马屡教不改的样子，想到了制服老马的办法。再次见到林间出现绵羊时，他虎着脸假意要把几只羊赶到管护站。老马见状急了，不停地求饶说自己错了。拜占元严厉地对老马说："这是最后一次，但凡我在林区再见到你的羊群，我就赶到管护站，给辛苦的护林员们煮羊肉改善了伙食，你信不信？"老马吓得直点头，说再也不敢了不敢了。从此，在卓尔山护林点，没人敢再放牛羊进入林木管护区。

靠近拜占元家附近的一片林地，也属于拜占元的管护区域。有天下班，从护林点回村后已是黄昏。拜占元在村口，看见村里的庄员友哥，在溪流边赶着羊群回家。到家以后，拜占元抓紧给院外的几头黄牛喂草添水。草料添加进去一会儿了，却一直没有看见友哥的羊群进村。拜占元心里有点犯嘀咕，羊群不进村，去哪里了呢，友哥不怕羊丢了吗？两天后，下班的老拜依旧在村口碰见了友哥和羊群。心存疑虑的拜占元到家后，左等右等还是不见友哥的羊群进村。拜占元心里不踏实，骑着摩托车一溜烟出门往护林点赶去。妻子看丈夫下班连饭也不吃又往护林点跑，气得直跺脚。冲着拜占元的背影大声喊道："你干脆住到护林点，以后再也不要回家来好了。"拜占元头也不回赶到护林点后，熄灭摩托车静耳细听。他听见了羊群啃食青草的沙沙声，细看围着的网围栏时，竟然有一档让人做成了活扣。拜占元什么都明白了，走进围栏后，在暮色中看见了友哥的羊群正在悠闲地吃草。拜占元看到后气不打一处来，他把友哥的羊群赶出了网围栏，可又怕羊群走散弄丢了给友哥造成损失。为教训他，拜占元决定不回村里，豁出去一夜不睡觉，在河边看守羊群。单等友哥寻羊时，再和他理论。

拜占元在河边整整待了一夜。天快明时，准备悄悄赶回羊群的友哥到了管护林。进去看不到一只羊时，急得鼻喉生烟。沿河滩一路狂奔寻找，看到了一夜未回家的拜占元和自己的羊群。拜占元熬红了眼睛，看着友哥缓缓地说了一句话："乡亲，将心比心，如果这一片林地是你自己家里的，你也会这么做吗？"友哥脸红到了脖子根，他知道无论自己做的有多隐蔽，也逃不过护林员拜占元看护林田鹰一样犀利的眼睛。何况人家还想着不给自己造成损失，守了一晚上羊群，友哥又羞愧又自责。惧怕拜占元的同时，又多了几分敬重。从此之后，在拉洞护林区域内，再也没有人敢擅自把牛羊赶入林区的。责任心极强的拜占元，在护林工作人员和村民中赢得了经验丰富、踏实稳重、认真负责的好口碑。

老拜在进山巡护时迷过路，危险得差点送了命。

巡山时遇到了大雨，云雾弥漫根本看不见路。老拜和伙伴走着走着就辨不清方向了，浑然不知越走离家越远。傍晚时雨不见停，云山雾罩中找不到出山的路，拜占元鼓励伙伴："不要着急，我俩得静下心来，不能再盲目串走消耗体力了，总有办法回到管护点的。"说到管护点，又累又饿的拜占元脑子里灵光一现，心里一下子敞亮了。拿出存电不多的手机后，欣慰地看见手机上尚有微弱的信号。他打开巡护终端，按照终端指引的方向一路摸索。夜里一点多时，两人回到了村里。饥寒交迫、浑身湿透最终能够平安到家，拜占元和同伴以及焦急等待的家人们，几乎喜极而泣。

夏天淋雨迷路，冬天冰冻摔滑。这样的日子，在护林员老拜的生活里司空见惯。

三

八宝镇万亩造林点，是大山脚下一片浩瀚的林田。

山间种植区原属于八宝镇东西村山间旱地，农作物以青稞、油菜为主。由于地势偏高，没有浇灌水源，播种后的庄稼基本靠天吃饭，产量也上不去。2000年，祁连县落实国家退耕还林政策，县林草部门和相关部门下了大力气，几年时间里，万亩山间旱地上全部种上了祁连云杉，就是青海最常见适合高寒地区生长的松树。县城南坡山上，形成了近万亩规模的人工种植林田。

八宝镇管护区站长马宏、管护员路秋玲在牛心山脚下的管护站值守。在驻守点的平台上放眼望去，万亩林田郁郁葱葱。在南绕环路以南绵延数里，接壤到海拔近4500米牛心山雪线以下的灌木丛边。棵棵云杉身姿挺拔，跨越几个山丘勃勃生长，气势雄浑。管护员小路指着不远处的丛林对马宏站长说"快看、快看，袍鹿！"循声望去，密匝匝的林间，隐约看见袍鹿褐色的身影。不是一只，是好几只呢。

生态环境保护得好了，林间袍鹿、野兔、马鸡、松鼠成群，有时候还能看见沙狐。珍稀的动物在林间现身，管护员常年巡视，经常能看到林间的多种动物，好眼力也就练成了。

马宏扭头看着小路："小丫头片子，眼力了得吖！"一边夸赞小路，一边拿出了手机给护林人员打电话："东边山梁间的林地里有一头牛，是不是网围栏破了？抓紧时间骑摩托车过去看看，是啥情况"。小路把目光向远处推去，放到远处、更远处……在远远的山腰处，看见了那头牛。

移动的牛像个黑点，只有芝麻大小。

过硬的眼力、脚力，是多年扎根在山草林木间练就的本领呵！无论山林风光无限，几多绿草茵茵，马宏、小路和身边伙伴们，从来都不是看风景的过客。空旷寂静、风霜雪雨，行走其间的他们，是绿水青山美好画卷真正的守护者和缔造者。

是的，他们从不是看风景的过客。

青阳沟管护区，赵育星站长每天都要进山巡查，防止出现盗伐和捕猎野生动物。伴随新一天的来临，他又走进青阳沟柏树沟。沟中树种千姿百态，有着上百年树龄的柏树、西番柳、祁连云杉等。郁郁葱葱的多类树种，让人迹罕见的大山有了更多的生机灵秀。

历经几多春夏秋冬，空旷山野的巡护路上雪雨风霜，还有常年的孤独和无尽寂寞，陪伴着赵育星坚守责任。

四

距县城170公里外的央隆乡，有一处草原叫黑土滩。仅听黑土滩这个地名，第一时间想到是东北肥沃的黑土地。在海拔3600-3700米的高地，以此命名，绝对有其特殊之处。

黑土滩位于祁连县央隆乡沙龙滩地区，面积为110余亩。多年以来，由于气候、鼠虫害、多年前过载放牧等多种因素，导致其中90万亩草场，出现了不同程度的植被退化。植被覆盖率几乎达不到10%。针对这种现状，祁连县委、县政府及相关部门，紧紧依托国家生态治理政策，对高寒牧区"三生共赢"的发展机制科学分析研究，加大了对央隆乡沙龙滩草场的治理。在黑土滩治理中采取了"管、护、封、育、禁"工作方法，根据黑土滩地势、气候特点，投资2585万元，种植了青海冷地早熟禾、青海草地早熟禾、垂穗披碱草、青海中华羊茅等适宜高寒地区生长的草籽，治理黑土滩总面积达到了14.95万亩。几年治理之后，在生态环境、生产发展、牧民生活收入等方面，取得了天翻地覆的改变。黑土滩植被覆盖度、植被生长高度、鼠害整治力度、草种产量、载畜量均得到了提升，牧民的人均收入、村集体收入也逐步增加了。

清晨的晨雾弥漫，夜晚的满天星斗。每一天日子、每一个时刻，都记录着林草工作者辛勤的足迹。

秋风穿越县城郊区牛板筋，经扎麻什乡、高大阪峡谷、野牛沟乡，一路向西吹向央隆乡。一望无际的秋季牧场在湛蓝天穹下，显得更加空旷开阔。远处，黛蓝色绵延不尽的祁连山峦形成一道天然屏障，静默耸立于遥远的天边。已染霜花的草尖上，晕染了一层淡淡的黄色，使平展的草原有了黄绿相间的层次感。

沙龙草场国道向北，进入牧道七八公里，网围栏围起来成片成片长势旺盛的牧草，那里就是祁连县央隆乡沙龙黑土滩草场治理区。牧草悠悠，山顶升起的朵朵白云洁白如雪，似乎唾手可得。结满草籽的勾头草沉甸甸的，在秋风中轻轻摇曳，高过膝盖的牧草场一望无际。昔日沙化严重的黑土滩，经过林草队伍几年不分昼夜地治理，草场恢复成了牧草肥美的样子。高原畜牧生态达到草畜平衡，绿色草场高质量地发展了起来。祁连山下每一寸草原上，随时都能看到"风吹草低见牛羊"的美好景象。

"一只小牛都那么大了，还站在牛妈妈身边吃奶呢，它羞不羞呀？"

"它应该已经是一名初中生了，还没断奶，的确有点太不像话呢。"

笑声掩映在游客轻松愉快的对话中。

两只藏羚羊伸长脖子举着头颅，异常优雅地静立于远处的草丛中，眺望公路上来往的旅游汽车。

"快看那边，两只藏羚羊。"

"它们是热恋的一对，估计已经领证了。"

开心爽朗的笑声响彻云霄。

夕阳西下，天空映照在一片绚丽霞彩中。霞光中的牧草和生灵镶上了一圈明亮的金边。生态的治理恢复让高原上的珍稀动物找到了安全祥和的栖息地，在国家公园生态保护区内，他们和人类共享和谐美好的家园。

马有明、仁青卓玛、郝生青、马宏、小路、赵育星，还有朴实的拜占元，从学校、从机关、从农村中来……从激扬的青春、翻转的日月里来，走向田野、走向大山、走向溪流峡谷，走向未来、走向梦想、走向流金岁月。

长路漫漫、初心不改！

他们践行"绿水青山就是金山银山"生态理念，在祁连山生态保护综合治理、振兴乡村绿色发展中，用青春、用热忱恪尽职守，用汗水、用责任履职担当，承担起生态保护的神圣使命，用实际行动发挥他们闪光的智慧与力量，构建出家乡越来越美的新姿样。

祁连山下，森林茂盛、溪流淙淙、草场肥美、花草馨香。袍鹿和藏羚羊欢快起舞，百灵鸟也在婉转啼唱……

誓让红山披绿装

李兰花

2021 年 8 月的一天，我随县摄协采风队前往有"青海第一村"之称的马场垣乡下川口村采风。

此次采风专访的武善祥老人，是一名有着 50 多年党龄的老党员，他治理荒山 20 余载，终于在那昔日连草都长不出来的红土地里栽种出了大片的果树，用实际行动诠释了"绿水青山就是金山银山"。正如他所说的那样："我一定要在有生之年种更多的树，一定要把这片荒滩变成金山银山，为家乡人民做点有益的事。"

武善祥老人治理荒山，绿化荒坡的事在下川口村乃至民和县人尽皆知，青海电视台、海东电视台等媒体也相继报道过他的事迹。因武善祥老人治理荒山难度大、时间久、付出多，且带领家人一同治山，又年逾七旬，故被人们称作新时代的"愚公"。

我们在大红山坡地的果园里见到武善祥老人的时候，他正在顶着烈日修剪果树。那些旁逸斜出的枝条，在他的剪刀下刷刷落地，一棵棵生长不规则的果树，经他的修剪，变得齐整多了。我们一行人说明来意，他笑着说："欢迎老师们来参观我的果园，我的果园虽说规模不是很大，但在这片果园里，有好几种品种的果树，这里我付出了大半生的心血。"他指着一块坡地里绿油油的桃林欣喜地给我们说："这些蟠桃树是我和家人前几年栽种的，估计再过一两年就能结桃了，到时候，我要在这里举办一场'蟠桃会'，宴请亲朋好友，也邀请你们参加，共享蟠桃美味。"我们看到，在这片被当地人叫作"河那坪"的大红山上，栽种着各种果树，有些树还比较低矮，正处于生长期，有些树上已是硕果累累。地边上的八瓣梅、菊花、牵牛花、向日葵在阳光下开得正艳。

武善祥虽是个快78岁的老人，但他精神矍铄，步履轻盈，看上去一点也没有老态龙钟的样子。他带领我们走过一片片果树园，边走边讲解每一种果树。苹果园中，那沉甸甸地缀在枝头上的苹果，暗红色的叫"红元帅"，青绿色的叫"黄元帅"，青中带红的是"红富士"。李子园里，早期的李子已摘完，有一种紫色的、椭圆形的李子叫"黑美人"，这是一种晚熟的李子，那鸡蛋般大的果实，不知情的人还真不知道它是属于李子家族的。这种李子结果稀疏，个大肉厚，口感好，是前几年引进的新品种。"黑美人"在树枝上高高在上的姿态，真像是骄傲的公主。走进梨园，正是梨子成熟的时候，每一棵树上都结着硕大的果实，细小的枝条已举不起沉甸甸的果实，个个都向下垂着。那种黄灿灿的梨叫"长巴梨"，深绿色，比较圆的一种叫"生不知"。说话间，武善祥老人麻利地摘下十几个巴梨让我们品尝。我咬一口，顿觉口舌生津，甘甜鲜美。大家愉快地吃着梨，赞不绝口，真想象不出在这片曾是不毛之地的红沙土上还能结出这么甜脆、多汁的梨。

桃树是武善祥老人花费心血最多的树。桃园里，有些树比较高大，树上结了很多桃子，红艳艳的，有的挂在枝头，有的藏于叶下，着实招人喜爱，吸引着我们的眼球，也诱惑着我们的味蕾。有些树还比较矮小，正处于生长期。武善祥指着那些小树说道："这些是我近几年补栽的，现在看来长势很好，已经扎根在这片大红山了。那些高大、结桃子的树是十几年前栽种的，存活下来很不容易。有一批树连续死了三年，我一遍又一遍地补种，我从别的地方拉来优质土填埋，改善土质，几乎是天天浇水，终于活了下来，这些树就像是我养大的孩子一样，哈哈。"说话间，他喜形于色，看得出，他对这些桃树有着很深的感情。我知道，桃树于他，不仅是人与生态的关系，更像是一路走来，历经劫难、同甘共苦的朋友。这些桃树，见证着武善祥老人"立下愚公志，绿化大红山"的执着精神。

站在大红山远望，看到远处山峦云雾缭绕，滔滔湟水河从山下绕过，蜿蜒东流。山下湟水河滋润的农田里，麦子已收割完毕，蔬菜葱葱郁郁，长势喜人。

由远而近的公路铁路纵横如织，道路桥梁交错呈现，横跨湟水河的兰新高速铁路穿村而过。这大红山，不失为一处居高临下，观赏风景的好地方。

在此之前，对于武善祥老人治理荒山的事迹，我们已是熟知的，但在绿化过程中的有些具体事宜，我们知道的并不翔实。这次，我们通过采访，了解到了很多他为治理和改善大红山所付出的艰辛和遇到的困难。对他，我们比以往更加佩服和敬重。

武善祥带着我们在果园里穿行，边走边聊，他向我们讲起了他在大红山种树的初衷。

他说："我是地地道道的下川口村人，是从民和县水利部门退休的一名干部。我1966年加入中国共产党，1975年，清华大学在民和招收工农兵学员，也算是我运气好吧，经过一层一层地选拔，我有幸被招收到水利系就读。1979年大学毕业后，我就回到了民和，被分配到民和县水利局，我干的是水利工程设计工作。"他见我们听得认真，笑着继续说道："不是我吹自己，我说的都是心里话，我热爱自己的家乡，热爱家乡的山山水水，对果树更是情有独钟。在民和县水利部门工作时，我不仅是个优秀的工程设计师，而且还是个果树栽培能手，我还经常到县上的很多地方指导村民们种栽果树呢。"

武善祥说的都是事实。由于他工作踏实，业绩出色，被多次评为先进工作者，又因为他懂得栽培果树，被附近村民和县城周边的村民们争相邀请，指导他们种植果树，有村民还送他一个绰号，叫"武把式"，意喻他是种果树能手。

"1998年，我从水利设计岗位上光荣退休。退休回老家闲了，想着趁身体还硬朗，我决定在家乡的红土坡上种树。"回忆20多年前开始种树的事，武善祥感慨万千，他有点自豪地说："我不后悔20多年前做的决定。"我从小就喜欢高大的树，在临近退休的最后几年，我就为自己退休后的生活做好了打算。我盯上了村里一片叫'河那坪'的荒山。我暗下决心，在自己的有生之年，一定要让'河那坪'的荒坡上绿树成荫，为家乡植一片绿色，造福父老乡亲，以后，只要身体允许，我会一直干下去。"

"小时候红土坡上有100多亩的桃树，每年春天，桃花特别好看，夏天桃子成熟的时候，村里人一起摘桃吃，但由于缺乏正确的管理，慢慢地，那些桃树都枯死了。后期虽种了两次，但都没有成功。我退休回到家后，重新考察了这片土地，决定在原地上继续种桃树。"

武善祥是这样为自己的退休生活做打算的，他也是这样做的。从 1995 年起，只要一有空，武善祥便徒步爬上曾经看着他长大的大红山，有时候还和村民们一起登山，探讨大红山的生态改善问题。武善祥说，每每看到大红山满眼光秃秃的红，心里就有一种说不出的痛，他下定决心要在有生之年为大红山植一份绿，哪怕栽活一棵树他也欣慰。

大红山上多半是红壤土，土质酸性很强。在武善祥之前，没有人想过要在那里种树搞绿化，也没有人相信河那坪那片荒坡有一天会变绿。甚至有些人得知武善祥在大红山上种树时，认为是他退休后无所事事地瞎折腾，在连草都不长的山坡上种桃树，那是异想天开的事。对于村里一部分人的不理解和议论，武善祥全然不管，他坚持初心，全身心地投入大红山的生态绿化中。对于一个退休的老干部而言，这样的决心和精神难能可贵。然而，武善祥把余生的热度全部洒向了大红山。

武善祥说："刚开始，我的决定遭到家人的反对，我退休时每月有 5000 元的工资，还有一些平时的积蓄，原打算回家后翻修老屋，但看到光秃秃的大红山，我的心里很不是滋味。我瞒着家人，把钱用在了红土坡上种树。我的做法遭到两个儿子和老伴的反对，那一段时间他们都和我不说话，不搭理我。没有人帮忙，我早出晚归一个人干。河那坪离我家有近一个小时的路程，为了节约时间，我早上出门时带上午饭。我说的午饭就是一水壶茶，几块干馍馍。我老伴也 70 多岁了，她看着我这个老头子每天一个人辛苦地在山上栽树，也心疼我，她也不那么反对我种树了，她带上能烧水的简易小炉子跟我上山，中午给我热一热从家里带来的饭菜，也和我一起植树。"

从武善祥的讲述中我们得知，他为大红山添绿的目标远不止于绿化大红山脚下的 150 多亩撂荒地，他是要在寸草不生的大红山上种活一株株绿树苗。2000 年，武善祥在山上开始试栽桃树。早期的"河那坪"没有引流水渠，缺水也是必须面对的事情，他只好徒步从山下的河里往山上挑水。挖一个坑，栽一棵桃树苗，一棵树苗浇两桶水，每桶水 30 斤，全靠肩挑手提。太阳暴晒的时候，常常是第一天浇过的树坑，第二天就干得裂开了。他栽下的第一批桃树，由于缺水，没有一棵存活下来。但武善祥并不灰心，为了心中的绿色梦，他把每个月仅有的 5000 多元退休金大部分都花在了种树上。开始种果树的最初几年里，他不知栽了多少棵树苗，不知磨破了几双布鞋。枯死一批，他补栽一批，大有不栽活果树誓不罢休的决心。他一年又一年地在红土壤里尝试种树，一次又一次地总结失败的经验。从 2002 年开始，武善祥花钱雇挖掘机和推土机机械平整。由于大红山的红黏土土质过分僵硬，即便是机械作业，也给工程带来了意想不到的难度，平整进度十分缓慢。那段时间他背着干粮，太阳还没出山时上山，太阳落山后才回家。红土坡离他家有 5 公里的路程，中午回不了家，就拿着干粮到坡下的河边就水吃。

为了方便种树，武善祥在红土坡上建了几间房子。春天植树时间短，每到春天，进山种树苗；到了冬天，上山挖树坑。种树的地方好多是僵硬的红板土，铁锹挖不了，就用电锤一点一点地挖。武善祥坚定不移的愚公精神感动了家人，老伴主动上山支持他，大儿子也参与其中。有了家人的支持，实现植绿红土坡的愿望就更近了一步。

2005 年，武善祥抓住国家实施退耕还林工程机遇，首先将大红山下撂荒的 10 公顷土地承包开发，种上了桃树。然而，没有充足的水源支撑，上半年栽植的桃树苗，到了下半年就全部枯死了。为了确保树苗成活率，2006 年，武善祥筹资 27 万元，利用 3 个月时间，在退耕还林地上游地段的大红山脚下，修建了一处 1.5 万立方米蓄水量的涝池，减轻了 10 公顷退耕还林地的用水压力。水源得到保障，大红山上补种的树木存活率也提高了。人们惊奇地发现，在红土坡的一侧，一大片桃树奇迹般地活了下来。"河那坪"真的变绿了，到春天花开的季节，粉红色的桃花便染红了这片原本贫瘠的红土坡，那是这片土地对武善祥老人的回报，也是武善祥在这片他深爱的土地上种出来的希望。

为了在大红山上种出更多的树，实现大红山披绿的梦想，武善祥在没有国家项目资金的扶持下，不但拿出个人全部的退休金和退休工资，垫付到大红山的绿化改造中，还从亲朋好友处借钱，甚至将前几年修建高铁占用自家大棚的 15 万元补偿款也拿出来用了。对武善祥的这种举动，起初，家人对他极不理解。时间久了，家人也被武善祥持之以恒的精神感化，从当初的不理解到后来给予精神上的鼓励和人力上的支持。

"我要把红土坡植绿，一生不留遗憾。"这是一位老党员对家乡的承诺。20

年如一日,武善祥把本应含饴弄孙的夕阳时光奉献给了家乡。有了家人的支持,实现植绿红土坡的愿望更近了一步。

我们跟随武善祥老人来到他建在红土坡的木屋。木屋里,一份规划图格外显眼。这份充满绿意的规划图里,装着武善祥的梦想。武善祥指着规划图说,两处涝池已经修建完了,山顶上的亭子也建成了,今年要着手扩大种树面积。现在家人也支持,他希望儿子接过他手中的接力棒,有朝一日,实现规划,让红土山变为蟠桃园,盘活家乡的旅游经济。

武善祥老人锲而不舍治理大红山的愚公精神,感动了下川口村在外创业的杨生良先生,他为武善祥捐资 10 万元。2016 年,县交通部门为武善祥修通宽 2 公里的硬化路,县水利部门也扶持修建了灌溉用水管道。这些支持,对武善祥是雪中送炭,给他帮了很大的忙。2018 年,省级财政配套投资 20 万元的下川口村休闲农业示范点惠民项目落地了,这让武善祥老人倍感欣慰。有了资金的支持,120 多亩的荒山坡上拱棚搭起来了,自筹的农家餐厅盖起来了。河那坪上的绿多了起来,花也多了起来,第一次有了鸟语花香,蜂飞蝶舞的美丽景致。

对于武善祥老人来说,他埋身治理河那坪的红土地 20 余年,现如今,红土地上那满眼的绿是他最大的收益和抚慰。他不图出名,只想在有生之年多造些林,践行"绿水青山就是金山银山"的理念,把这片荒滩开发好,践行一个共产党员的初心。他说:"治理大红山生态,我只是一个先行者,要彻底改变大红山的生态环境,还需要更多的人参与进来,为青海东大门的生态形象出一份力,增添一抹新绿。"

2021 年 4 月 2 日,在海东市召开的国土绿化暨春秋两季全民义务植树先进集体和先进个人表彰大会上,武善祥获得"先进个人"荣誉称号。坚守初心使命,以一个老共产党员的情怀,为家乡根植出的这份守望青海门户屏障的生态绿,也是武善祥为建党 100 周年献上的一份大礼。

2022 年盛夏之时,大红山的桃子喜获丰收,并且比往年多了一倍,蟠桃也结果了,武善祥要实现他的心愿,在大红山上举办一场"蟠桃会"。8 月中旬的一天,他邀请亲朋好友来大红山的桃园观赏蟠桃,我和几个摄协会员也在被邀请之列。那天,我们不仅再次看到了大红山上绿树成荫、果实累累的盛景,还享受了亲自采摘蟠桃,品尝蟠桃美味的乐趣。在蟠桃园,大家风趣地说笑道:

《西游记》里王母娘娘在天宫的蟠桃园里宴请各路神仙，今日武善祥老人在大红山的桃园里请我们吃蟠桃，感觉这大红山就像是王母娘娘的蟠桃园一样，真是美哉、乐哉。"

岁月在武善祥那双坚硬的手上刻下了烙印，那双手关节突出变形，皮肤干硬，纹路粗而深，像历经数十年风雨的树皮一样。但就是这双手，在贫瘠的土地上种活了近百亩桃树林，让红土地变成了蟠桃园。

那天我们离开大红山时，已是下午。明媚的阳光照在武善祥老人的脸上，他的脸上洋溢着笑容，眼神刚毅而坚定。他的笑容里，流露出他为改变家乡生态环境，造福家乡人民，助力乡村振兴做出的成就感，他眼中的自信，诠释了一个共产党员守护绿水青山的英雄壮举。我们相信，不久的将来，大红山定会变成绿树成荫、果蔬飘香、鲜花遍地的新绿洲。

黄河滩村新图景

童世钰

贵德十月，是个漫江碧透，葱茏蓊郁的季节。人在山荫道上行，流云处处生。醉人的"贵德蓝"，宜人的"生态绿"，一切都向人们展示着这片黄天厚土上所发生的天翻地覆的巨变。

站在虎头崖极目远眺，黄河两岸的植被丰茂，庄稼地里穗头、油菜花泛着金光，呈现出一派丰收的模样。群山葱绿、林海茫茫，遥想起20世纪80年代末发生在这片土地上的那场石破天惊的"治黄造田"，那是改写穷山恶水、一方水土养活不了一方人的历史性变革；俯瞰山脚下川流不息的车流，繁花似锦、日新月异，不由得让人思潮翻滚、心潮澎湃。

沧海桑田，茫茫长河可诗书

回望历史，让我想起了在这片土地上的那些拓荒者、那些播绿人，想起了贵德人战天斗地的过去和今生……

"十年九大旱，三年两不收""有雨洪水如猛兽，无雨干旱渴死牛""春种一坡，秋收一袋"，满眼的滩涂荒山，满眼的黄沙……这就是当年贵德北山这块土地上的人们生存条件的真实写照。

1976年，全国各地掀起"农业学大寨"农田基本建设的热潮，贵德县乘势而上，率先在"三河"（河阴、河西、河东）地区开展建设。

《贵德县志》记载："1976 年，河阴公社先后组织 2500 余人，在红柳滩黄河河道上进行围黄造田工程，筑堤 4837 米，截流 224 米，开挖渠道 6489 米，建成提灌站 2 处，挖土石方 28.3 万立方米，造田 1890 亩。1977 年，河阴、河西、河东、尕让 4 个公社组织'专业队'，在北山湾、水车滩、蓆芨滩、查达上滩进行围黄造田大会战……"

县委、县政府组织全县力量开发黄河滩地。动用拖拉机、推土机、人力车、毛驴车 2000 余台。奋战在堤坝上的群众"早晨五点半，田间两顿饭，晚上加班干。"白天劳动，晚上学习。黄河滩上人山人海，红旗飘飘，一片热火朝天的情景。

曾经参与治黄造田的河阴镇张家沟大队的陶秀兰回忆："那时候就是劲头大，不怕苦不怕累，就怕队里不给我们安排活儿。有活干，劲头就大，白天干活，干完活给几十个人做饭，晚上住在帐篷里，男人们睡一边，女人们睡一边。即便这样，也从没喊过累。"新街乡上卡村的老汉郭发祥说："那时候黄河边没有堤岸，河堤常常被冲毁，我们利用龙羊峡蓄水的机会，修筑河堤，有时候会干到半夜，借着月光干活，为的就是尽快把堤岸修好，我的家虽然在 50 公里外，十天半个月回不了一次家。"如今，郭大爷已经搬到县城，住进了黄河南边的楼房，日子过得很滋润。

蛟龙被锁，黄河安澜，滩地就是这样被稳定下来的。形成了现在农田成块、树木成林、道路纵横的壮观景象。

黄河是贵德人民的母亲河。在这里，不仅有奔流不息的黄河水，还有贵德人民勤奋不息的斗志。黄河流淌的是历史，是记忆，是这方水土的文化渊源；黄河奔流的是希望，是未来，是贵德人民对美好生活的向往。群山巍峨，携手黄河水的缠绵，孕育出了贵德人民特有的秉性与气质。

1988 年，根据国家有关政策要求，黄河滩地实行生产责任制。政府本着让利于民的原则，将黄河滩部分土地承包给新建坪、高红崖、斜马浪、浪查等村耕种。

黄河滩涂项目开发区之所以能到现在这个程度。首先，国家投入了很多资金，没有国家投入的资金，就没有今天的黄河滩变化。其次，上一辈人付出了艰苦卓绝的劳动，没有他们的付出，也就没有黄河滩的今天。难怪提起此事，当年参加大会战的群众都有说不完的话题。

继往开来，昔日滩涂变良田

如今，行走在黄河堤坝上，穿越承载荣光与热血的时空，住在黄河两岸的人们赓续的精神又放射出新的时代光芒。这是一块充满希望的土地，凡所应有，无所不有；这里的故事如时光一样悠长，或古老沧桑，或朝气蓬勃。在这里，每一寸土地里都是一个故事，每一种生命都有自己的期待，每一方空气都弥漫着历久弥新的生气，旧日山乡迎来了新时代的巨变，广袤大地上正焕发出勃勃生机，书写着新时代山乡巨变的伟大传奇。

黄河滩村公路南边碧波荡漾，北边群山层峦叠嶂，一片片芦苇荡随风摇曳，一处处绿树充满生机。在这里，上千亩辣椒、玉米、白菜等蔬菜将大地装扮成一幅美丽画卷。

古老的黄河与千亩湿地景观相得益彰，仿佛让人走进一个世外桃源和一处天然氧吧。

而这一切不得不从 20 世纪 80 年代的那场搬迁说起。

1988 年，贵德县原东沟乡（现常牧镇）的新建坪、高红崖、斜马浪、浪查等 4 个村，响应县委县政府号召，开始了易地搬迁之路。

"搬过去，就得白手起家！" "黄河边上全是沙地，种得了庄稼吗？" "离黄河是近了，但是怎么把水引到田里去？"一系列问题萦绕在村民心间，一时拿不定主意，因此，第一批搬迁的只有 8 户。

"浪查村交通不便，常年干旱少雨，一年到头庄稼没收成，连烧的柴禾都没有，尕娃们怎么娶上个媳妇哩。再说，政府实施了'治黄造田'工程，土地已经开垦好了，种就行了，离县城也近了，怕什么？"时任浪查村党支部书记的波毛东主这样劝解自己，也开始发动身边的亲朋好友，带头踏上了移民之路。

在波毛东主、石常德等村干部的带领下，三个村子陆续有 100 多户搬迁，搬迁地毗邻黄河，由此取名"黄河滩村"。

黄河滩村的赵国义老汉说：当年造田时，村里许多人为了早点完成任务，就会雇用手扶拖拉机运土。往返一趟要花几元钱，拖拉机从滩地到山根来回运土。由于土路松软，拖拉机常会陷入泥土中。也是靠大家帮助，齐心推拉后，才能将深陷的拖拉机推出来。那时柴油较为便宜，每公斤才 0.37 元，但那时的人没钱，多亏政府为民众提供补贴。

在黄河滩地造田实属不易，铺土的要求高，要达到 50 厘米厚。当年乡亲们力争第一年一次性铺成，第二年就不用返工。结果，全村人都用架子车、马车、驴车运土加油干，顺利完成了当年的任务。造田以前，公路对面有许多小山。俗话说，人心齐泰山移，确实是这样的，造田期间人多力量大，没过多久一个个小山丘就被运平。

搬过来后，由于土质好、光照时间长、水源充足，村民们在平整好的土地上种小麦、土豆、玉米，产量逐年上升，老百姓的日子一天天好了起来。

经过治理的黄河滩地，盛产辣椒、土豆、白菜等作物。由于当地种植的辣椒品相好、口感好。整个黄河滩辣椒地一片连着一片，几乎家家户户都种植。每年产量多达几百万斤。黄河滩村成立了辣椒协会，把辣椒信息上网发布，吸引了许多外地客商前来订购。

"黄河分润灌畦町，对面秋山如画屏。广漠新栽柳万树，十年烟雨自成村。"这是贵德著名诗人张荫西在黄河边看到搬迁村新貌后，即兴写就的一首诗。字里行间透露出贵德治理黄河的成效，赞美黄河两岸美丽的风景。

石常德是村干部，也是致富带头人。从 2001 年开始，他学习本村一位从甘肃搬迁过来的村民，坚持种植辣椒，从 30 亩到 220 亩，再到如今的 309 亩，共流转村民土地 300 亩，每年带动 80 余人就业。

现在，全村共种植露天辣椒 550 亩，从事种植业的农户 58 户，除了露天辣椒，种植白菜 150 亩、玉米 170 亩、冬小麦 400 亩、马铃薯 130 亩，黄河滩村土地上一片生机，村民依托种植业增加了家庭收入，日子越过越安稳。

今年 79 岁的拉华老人搬迁后于 2015 年因病致贫，被纳入贫困户，村上积极对接帮扶单位，想尽办法给予生活扶持，2019 年顺利脱贫。现在他家有耕地 12 亩，加上低保金、养老金、高龄补贴、粮食直补、生态补偿等扶持费用，可支配收入 8000 多元，2020 年还盖了 5 间松木房，生活无忧。

蔬菜种植技术逐渐成熟，村上投资修建了 80 平方米的低温库，为打造"贵德辣椒"的产业品牌做准备。"现在，黄河滩村的露天辣椒已经在西宁立下了口碑，评价非常好，有很多经销商直接到地头来收购，还有一些直接远程下订单，经过多年的努力，露天辣椒成了黄河滩村的特色优势产业。"

谈起现在的发展，石常德满脸欣喜。

近年来，在当地党委政府的带领下，黄河滩村坚持"强基础、促产业、助脱贫"的发展理念，秉承绿色发展的路子，严把质量关，坚持优质、安全、营养、绿色的生产标准，充分利用优越的自然生态环境条件，形成了以辣椒为特色的农业发展之路。小小的辣椒已经成为助力乡村振兴的"金饽饽"，更是实现了农业生产的"绿色效益"，使当地巩固拓展脱贫攻坚成果同乡村振兴有效衔接、助力群众稳步增收奠定了基础。

无独有偶，黄河滩村毗邻的二连村紧邻北山黑峡山口，以前山洪经常淹没庄廓、田地，通过 80 年代的治河造田治理，村子现在已成为远近闻名的网红打卡地。假山，喷泉，凉亭，花环小道，设计别具匠心，芦苇荡和池塘、黄河水融为一体，二连村依托独有的黄河浅滩湿地资源、丰富的农耕文化底蕴，先后获得"中国乡村旅游模范村""全国一村一品示范村镇"等荣誉。

筚路蓝缕，征途漫漫。三十年前搬迁到这片热土上的村民们如今置身于美景如画、产业兴旺、生活如诗、朝气蓬勃的幸福日子里。未来，他们继续紧紧围绕黄河流域生态保护和高质量发展这条主线，继续深入探索产业发展，推进特色种植迈上新台阶，为乡村振兴注入新活力。

新时代，绿水青山带笑颜

黄河滩自然特点也是比较独特。村庄南边的湿地里密密麻麻地生长着蒲草、荷花等植物。近年来，贵德县委县政府为打造国际生态旅游目的地先行区，在全县开展"五项行动"，使全县人居环境大大改善。同时，又对湿地保护采取了很多措施，才使我们今天看到这个喜人的景象。

当路过那密不透风的湿地草丛时，远远望见水鸟、黄鸭穿来穿去。刹那间，惊起了几只草丛飞起的天鹅，在浩瀚的天空中展翅飞翔。秋去冬来，北来过冬的鸟类，这里的湿地成为它们绝佳的栖息地，天鹅等鸟类都是受国家重点保护的对象。

冬天快来了，保护区内成群的天鹅结伴而至。微风吹过，芦花荡漾，一望无际的黄河湿地，衬托万里无云的蓝天。黄河堤岸以北，大片湿地芦苇依然丛丛，远处和近处水塘里，蛙声不断，声音始终不绝于耳。黄河湿地的鸟类除了天鹅、黄鸭外，还有麻雀、斑鸠、灰喜鹊、苍鹭等类。

水草相融，碧水蓝天。国家在黄河滩村底下修了西九公路，道路宽阔平坦。每到旅游旺季，城里的人们携全家结伴而来，特别是星期天人比较多，呼吸一下空气，开阔一下视野，陶冶一下情操，放松一下精神，每年冬天迁徙的天鹅宛然成为当地的"网红"，吸引着省内外诸多摄影爱好者驻足观赏。

每年清明节前后，黄河两岸的桃花开了，杏花放了。红的像火，白的像雪，粉的像霞。黄河滩披上嫩绿的衣裳，莺歌燕舞、百鸟朝凤，空气中都透着芳香的泥土味。站到黄河滩村委会的观景台，远眺碧透的黄河和水天一色的湿地，清风轻轻拂面，是一种无法用语言来表达的享受。

到了夏天，千姿湖景区更是天然避暑胜地，绿柳成荫，红荷映日，风景优美，和城里的感觉绝对不一样。也就是在这种情形之下，仿佛才融入大自然中去了，放飞了心情，远离了尘嚣。

如今踏入黄河滩村，呈现在眼前的是一派充满生机的美丽乡村景象。盛夏的村庄浓荫夹道，郁郁葱葱的树木将我们投向黄河的视线遮得严严实实。田畴在骄阳下氤氲着独属于乡村田野的芬芳。村民的房舍排列得整齐有序，房前屋后的果树上的长把梨、金酥梨、香水梨等压弯了枝条，在微风中摇曳。

山要绿起来，人要富起来。新时代，新征程，勤劳的黄河滩群众们勇敢地向旧的传统生产生活方式挑战，向贫困宣战。他们高擎生态文明建设的大旗，积极调整产业结构，滴水穿石，久久为功，硬是用愚公移山精神，让一座座荒山秃岭披上了绿装，在穷山恶水的滩涂地上创造出了绿色的奇迹，如今，在黄河滩这块广袤的山川大地上，已经实现了由黄变绿、由绿变美、由美变富的历史性转变。

2016 年，贵德黄河湿地被纳入三江源国家公园范围，保护三江源成为政府和当地百姓义不容辞的责任，为保证一江清水向东流，当地政府在黄河边建成了一些重要的基础设施，如芦花湾湿地公园、城市污水处理厂等，这些举措既保护了黄河，又美化了生活环境，改善了生态环境。

2021 年 10 月，贵德县入选第五批"绿水青山就是金山银山"实践创作基地，同年 11 月，又入选 2022 年水系连通及水美乡村建设试点县。

"黄河宁，天下平。"新中国成立 70 多年来，党领导人民开创了治黄事业新篇章，创造了黄河岁岁安澜的历史奇迹。党的十八大以来，以习近平同志为核心的党中央着眼于生态文明建设全局，明确了"节水优先、空间均衡、系统治理、两手发力"的治水思路，黄河流域经济社会发展和百姓生活发生了很大的变化。

乡村振兴，浸润古老农耕文明的贵德，升腾新时代气息。

蓝天白云、山清水秀，贵德坚定不移地走好绿色生态发展之路，不断擦亮生态贵德"金字招牌"。

人不负青山，青山定不负人。绿水青山是勤劳的贵德人民镌刻在这方热土上的壮美画卷，成为了家乡人民脱贫致富，实现乡村振兴的金山银山，也见证着这个新时代的山乡巨变。人们从吃饱饭到腰包鼓，再到生活美，追求在变；从倒山种地、漫山放牧到守护绿水青山，留住蓝天白云，思想也在变。贵德人民将一个个"不可能"变成可能，使一道道"无解题"得到破解，写下了伟大时代"此卷长留天地间"的不朽诗篇。

去蔡家堡探寻"河湟洋芋宴"背后的故事

解　尘

在青海众多的山峦中，这是一座逶迤的无名大山，它位于青海省西宁市和海东市互助土族自治县的缝隙中，而山巅之上正是我们要去探寻"河湟洋芋宴"背后故事的目的地——蔡家堡乡。虽然这里条件艰苦，但生活在这里的人们如同这片土地上怒放的洋芋花，以倔强、厚重和朴实的性格在时光卷轴上书写着属于蔡家堡的故事。

山路九曲十八弯　百年村庄立风雨

蔡家堡乡位于互助县境西南部，川镇毗邻，南与省会西宁市相连，西北与大通县、五峰镇接壤，北接西山乡，距县府驻地 30 公里。

横贯省府西宁市的湟水河发源于青海省海北藏族自治州海晏县境内，是黄河上游重要支流，源头海拔 4353 米，干流河道全长 374 公里，在甘肃省兰州市西固区达川河咀村汇入黄河，河道总落差 2788 米。上游段从河源至湟源峡东口，中游段从湟源峡东口至民和享堂大通河入口，下游段从民和享堂大通河入湟口至入黄口。所以明清时期，人们习惯将湟水河中游段人口聚居，水草丰茂，经济文化相对繁荣的区域称为湟中，而曾坐落在该区域中心地段北部山顶的蔡家堡被冠以北山乡之名。

明万历二十二年（公元 1594 年），为了防御"海寇"之患，青海境内修筑明长城（由于和长城相比，规模小，长度短，作用小，所以称为"边墙"，也叫"土长城"）为主体的综合性军事防御工事外，还在一些高山之巅筑设了百余个烽墩，并派驻数百名守瞭军。若有敌情，白天放烟，黑夜点火，以传递消息，通报敌情，构成了较为严密的防御体系。在取得被誉为"盖二百年来未有之奇捷"的"湟中三捷"后，西宁周边才进入了较为安定的时期。"百余年间，村落相连，牛羊满野，边墙之外，多有良田。"由于防御功能的逐渐减退，绝大部分地段的边墙和烽墩逐渐消失在历史的长河中。"堡"为主，是官府派兵驻防之地，"寨"为辅，是民间以家族为主的自卫结构，共同构成了较为完备的军事防御体系。经过百年的历史演变，许多"堡"已变成了村庄，以最早开发该地家族的"姓"命名的最多。"蔡家堡"也是其中之一。时过境迁，从这些村庄的名字我们仍能嗅到历史的气息，探寻到点滴历史的影子。

作为蔡家堡乡政府所在地的岩崖村，不仅是全乡政治经济文化的中心，更是交通枢纽中心。以岩崖村为坐标原点，一条人和驴车、马车踩出的盘山小路，七拐八拐地把散落在大山上的13个村庄连在了一起。

站在乡政府南面的坡顶放眼望去，层层叠叠的山峦起伏不断，深深浅浅的沟壑纵横交错，那些摇曳在历史和风雨里由夯土墙土坯房组建成的村庄看似很近，走起来却很遥远。远眺，朝北，大通老爷山在云雾里隐约显现；朝西，山与山的垭口之间，都市的高楼大厦清晰可见，近在咫尺。再低头看看每一条山路，坐落在瓷实的山脊上，两旁皆是陡坡沟壑。那一刻，你是不是真正认识山的脊梁？是不是体验到了动画片里行走在侏罗纪时代恐龙的脊背上？

从岩崖村出发，东北方向经过包刘村，有两条岔路：往北的一条，抵达马莲滩村与西山乡相通；往东则是缓缓下山，经过大庄村到塘川镇包家口村，抵达宁互西路。岩崖村以东，经过泉湾村（因有泉水溢出，故得此名）到达东家沟，缓坡下行就是塘川镇的上山城村。

朝着南方，出了岩崖村路也是分为两条岔路：一条是往南方仅容人能够跋涉的羊肠小道，直接到达关家山，翻过刘李山村，跨越泮子山就到了团结桥附近。如果往东下山，就是塘川镇的陶家寨村。不过这两条小路都没有铺油或者修成硬化路，虽然车也能通行，崎岖的路面也铺了一层砂砾，但是被雨水冲刷得沟沟坎坎，很是颠簸。另一条是往西南方向经过后湾村、刘李山村至上刘家村，顺着铺有沙子的小路下山就到了西宁北山寺附近。由于北山寺附近往市区各个方向行走购物等都很便利，且路上花费不多（不管步行或者搭乘便车到山下塘川镇，离互助县城还有 20 多公里，车费对于经济收入有限的山上人来说也是有点贵），加之长年累月车马行走，使得这条路越来越平坦，故全乡大部分村民选择走这条路前往西宁北山。

在岩崖村的西面，绕过山岭上的孙家湾村和杨家湾村的蜿蜒小路，可前往西宁市城北区二十里铺村。

走在这些"九曲十八弯"而又四通八达的山间小路，估计你也会被绕晕吧？如果遇到下雨，这些小路被雨水冲刷得泥泞不堪，那你可得小心路滑难行。

整个山上十年九旱，农作物全靠自然生长，人畜饮用也多以窖水（用不易渗漏水的红泥灌抹了的地窖窖藏的雨水、积雪等，水质硬而苦涩）为主，交通不便，导致农村经济发展缓慢。从蔡家堡走出去的原摔跤冠军，现为媒体记者及作家的刘志强在散文集《以心灵的方式记录》一书中有这样一段话，反映了整个村庄的真实状况："站在制高点上，最醒目的是西宁市泮子山村的电视塔，高高地矗立在人们的眼帘中。但是这个电视塔好像对这里的人们似乎没有什么作用，黑白电视里的雪花依旧很多。"踏在任何一道山梁上，眼前和心里除了荒芜就是空旷，唯有在耳旁呼呼作响的风是富足的。

2005 年，县乡公路修通，村民不用再沿着泥泞弯曲的羊肠小道步行下山，畅通的县乡班车大大增加了村民走出大山的机会。2012 年，乡村水泥硬化路的普及让全乡的交通趋向便利，村民务农、养殖、做生意和外出务工等都方便了很多，也带动了经济的发展。从此，这里的大山不再寂寞。

大山儿女爱大山　栽树绿化护家园

秋日，沿着弯弯转转的水泥路驱车而行，一道道长着各种农作物的梯田，像是山岭漾着一圈圈涟漪的衣袂飘飘，那漫山遍野阳光般灿灿的杨树叶、褐色的榆树叶和翠绿的松树叶子把大山绘制成了一幅深浅不一的油画。瓦蓝的天空似乎被水洗过一般明净，这样煦日和风的日子，觅一处农家小院"采菊东篱下"，"把酒话桑麻"，无不是一种快活逍遥的日子。

"荒土沟、栽死鸟"是老一辈人对蔡家堡的印象。山山洼洼的蔡家堡，夏天空气干燥云量少，毫无阻拦的太阳辐射晒在身上火辣辣地疼。冬天的寒风肆虐狂暴，春秋的疾风更是猛烈，一阵阵狂风犹如千年前奔赴战场的千军万马，所到之处漫天黄土，昏昏暗暗地拍打着简陋破旧的土坯房，任凭那房在劲风里摇摇欲坠，任凭人抱着头躲在墙角瑟瑟发抖。多年来，山上植被稀少，森林覆盖率低，水土流失严重，积攒不了雨水，十年九旱，农作物产量低而不稳。

　　提起荒山，后湾村生于 1944 年的薛老汉说："以前的蔡家堡山上没树，家里条件好的人家门前就种着一两棵榆树或者杨树。地里就种着一点点麦子，胡麻和豌豆、蚕豆，这些东西都很耐旱。每年春天大风狂刮的时候，常常把山旦旦上（地势稍高处）的土吹到山洼洼里，把已经种到地里种子也刮着没有了。"

　　为了从根本上着手治理因荒导致的贫穷，从 1953 年起，乡政府以大队队长牵头，带领六个社的 30 名青壮年劳动力，开始了长路漫漫的植树造林工程。后湾村年轻力壮的护林员李洪占，被选为大队的专业队长，要强的他带着队员们暗暗发誓要把自己的家乡建设得更好，为了造福一方百姓，让子孙后代能够得到青山绿水的滋养，年轻的李洪占带着队员们，春天挖沟种树、夏天防病修剪、秋天补栽、冬天防火。他们肩扛锄头，脚踏黄土，用 60 多年的时光为家乡的山山洼洼增添了绿色的希望。他们的手上和脚上布满了老茧，指甲缝里塞满了黑乎乎的泥土，手脚经常皴裂得开了口子，血流不止。60 多年来，李洪占和他的队员们义务种树 2000 多亩 8 万余株，他们的双脚丈量着乡里的每道山梁和每条沟壑，也丈量着每一寸美好的未来。

　　每年春天，天气转暖天蒙蒙亮时李洪占便拿着树苗、扛起铁锹，带上干粮和水壶就出门，饿了啃一口干巴巴的馍馍，渴了抿一口冰冷的水，直到日落才回家。杨树虽然耐寒耐旱，想让树苗苗壮成长，还是需要一定的技术。经过反复地摸索和实践，李洪占总结出了一套适应当地的育苗经验，提高了树的成活率。日复一日，年复一年，在李洪占如同照顾孩子般的精心照料下，绿色渐渐覆盖了荒山坡。

　　2018 年年底，因易地搬迁，后湾村搬迁到了条件优越的塘川镇，原本以为李洪占老人可以歇歇了，可没想到他又规划了新的种树路线。如今，1933 年出生的李洪占家中已是四世同堂，儿孙劝他在家颐养天年，可他却说："只要我能动一天就种一天的树，直到拿不动铁锨，上不了山。"他不但自己不停歇地种树，还时不时地动员儿子儿媳也去种树。现在，老人的二儿子和儿媳妇也跟着种树，继承着父亲光荣的种树事业和优良作风。

在蔡家堡这片荒山上，像李洪占这样的护林员还有很多，在人群里，他们一点都不起眼。长期的劳作和恶劣的气候让他们的身子有些佝偻，黑里透红的脸上布满了树根般密密的皱纹，但他们大山般坚韧的意志和淳朴的品格如杨树的树干笔直地插在蔡家堡的每一寸土地上。

看着满山金黄灿烂的秋叶，薛老汉开心极了。他饱含深情地凝视着田野里作业的收割机、拖拉机，缓缓说道："那些大树是从 53 年起陆续种的，半阴处那些松树是 71 年开始种的，这么多年来种树造林工作一直没停过，谁闲了都愿意种点树，用苦碱水泡一泡种给也就活着。有了这些树后我们蔡家堡的气候好了许多，风也没脾气了，雨水也多了，现在种啥成啥。以前一亩地里麦子只能收个七八十斤，菜籽没种着。现在一亩地里麦子可以收个 500 斤左右，菜籽也能收个 300 多斤。"

创"北山洋芋"品牌　品"河湟洋芋宴"

蔡家堡乡属低位浅山地区，高寒、干旱、日照时间长，昼夜温差大，这样的自然、气候条件特别适宜马铃薯、蚕豆、豌豆的生长。20 世纪八九十年代，当地一些勤劳的妇女挑选颗粒饱满的蚕豆、豌豆，放在铁锅里炒熟，或者将蚕豆放在草木灰里烫熟，擦去灰尘起个直白而响亮的名字——"焦脆"，然后装在面袋子里背着走很远的山路，到西宁市或者附近县城，沿街叫卖，或者换取旧衣服，挑拣八成新的自己穿，比较旧的则用来纳鞋底，以此改善家庭生活。有些脑子活、胆子大、能吃苦的村民，载上一马车洋芋，沿着到北山的那条路，到城里的小区门口叫卖。就这样，日子也在早出晚归的辛劳和捏紧的手指缝里慢慢有了宽裕。

在这几种农作物里，其中马铃薯外形美、淀粉含量高、口感好。看到这个优势，乡党委政府联系了县农业农村和科技局的农业专家和相关业务部门，选调优质的种子和现代农业技术设施，大力推广马铃薯全膜覆盖栽培技术，发动村民扩大马铃薯种植面积，以曾经与蔡家堡乡息息相关的"北山"命名，积极扶持打造"北山洋芋"品牌，形成并完善了马铃薯种植、窖藏、加工、销售一站式服务。

夏天洋芋花开的时候，成片成片淡紫或白色的洋芋花散发着若有若无的清香，引得无数蜜蜂来来往往不停采集花粉，不同花纹的蝴蝶飞来飞去翩然起舞。远远望去，如同绿色的海洋里铺满了紫色的水晶和白色的珍珠，又似天上落下的锦缎。此时，耳畔传来响亮的"花儿"："站在个山梁梁放展了看，满地子洋芋开哈个花儿嘛赛牡丹。先人们留哈子黄土地，黄土地里养活个我们庄稼人。"此刻，站在塄坎路边的你，一定会被深深震撼！一定对"洋芋开花赛牡丹"产生更加深刻的理解和体会！

见到互助县治魁农民专业合作社的法人李治魁的时候，他驾驶的拖拉机后面挂着马铃薯收获机在连片的洋芋地里穿梭。机具在前面碾轧，后面翻起的泥土夹带着饱满的洋芋浪花般纷飞，就像是跳跃龙门的鲤鱼。三五个农民跟在机器后面，麻利地将一颗颗洋芋拾进随身携带的编织袋，顾不上擦的汗水顺着脸颊流进嘴里，不再是苦涩，而是抑制不住的喜悦。在渐凉的微风里，地里红色或绿色的现代农机具，劳作的农民，田垄里成堆的洋芋，在蔡家堡山上绘出一幅丰收的秋韵图。

和很多农村的青壮年一样，为了生活得好一点，八零后的李治魁也留下日渐年迈的父母和幼小的儿女，走出大山加入了打工族行列。不管遇到多脏多累的活儿，这个憨厚的汉子总是认认真真、踏踏实实地完成。正是这份实在质朴的品行，让他后来被村民选举为村支部书记。易地扶贫搬迁到山下的塘川后，很多人不愿意再上山把精力花在那块收入微薄的土地上，结果村里大片的土地杂草丛生，渐渐变成了"撂荒地"。作为村支书的他看在眼里，急在心头。为了让这些"撂荒地"重现活力，他动员当地能吃苦、会开拖拉机的 5 个村民入伙，将家中的 2 台手扶拖拉机进行维修，又购置了一台约翰迪尔的拖拉机和必要的农机具、2 辆农用车，成立了省级的家庭农场，将自家和别人遗弃的、流转等 200 多亩土地全部种上了洋芋，并取得了喜人的成就。2021 年全县全面开展整治"撂荒地"工作后，李治魁向乡党委、政府主动请缨，通过土地流转、托管扩大了生产规模，增添了 2 台马铃薯收获机，种植面积达 300 余亩，并将家庭农场更改为互助县治魁农民专业合作社。如今，这里的马铃薯已经远销广州、江苏等地，成为群众收入的主要来源之一。看着一车车即将运往外地的马铃薯变成了大把的钱，村民们无法抑制心头的激动。

俗语讲，一窖洋芋，半年口粮。早些时候，洋芋作为主食，养育了祖祖辈辈的青海人。都说众口难调，但用焖、炒、煎、炖等不同的方式做出来的洋芋美食却受到绝大部分人的青睐。焖一锅或者烤一炉洋芋，熟透后飘出来的香味随风弥漫开来，常常惹得人食欲大开，如果再蘸点蒜泥、韭菜花或者辣酱，就算你刚吃饱肚子，那也会垂涎欲滴，百吃不厌。

蔡家堡乡刘李山村的李长林是个制作洋芋美食的高手，他在易地扶贫搬迁到塘川的新村开办了一家农家乐，以洋芋为食材，用多种不同的烹饪手法制作出一桌精美的"洋芋宴"。比如金黄酥脆的干煸土豆丝、劲道爽口的洋芋酿皮、绵香软糯的洋芋包子等等，一盘盘精美的洋芋特色菜飘着独一无二的香味，刺激味蕾，激荡乡愁。如果不是亲眼所见所闻，真不敢相信这些具有浓郁地方特色的洋芋菜竟然出自李长林这个像洋芋一样瓷实而精明的汉子之手。都说穷人的孩子早当家，离开学校不久的李长林跟着同村的人沿着那条人驴踩出的砂路来到西宁的饭馆打工。他什么脏活累活都干，什么苦都吃，只要别人喊他干这干那，他总是笑眯眯地干好，从不抱怨。由于人缘好，时间久了，跟着厨师练就了一手切菜的好刀法。回到家后，他看到家家户户从山顶的地里辛辛苦苦种植的洋芋口感那么好，却几毛钱都卖不出去，而饭馆里一盘洋芋丝就可以卖到最低十几块钱。想到这里，他和妻子拿着洋芋不停地琢磨，不断试验创新，借鉴羊系列猪系列菜的传统做法，终于用烤、蒸、烩、炸、炒、煎炖等多种烹饪手法创出了洋芋特色的菜品，请人品尝，都赞不绝口。他向乡党委政府申请，在吉书记、李乡长等领导反复研究决定同意在搬迁到塘川的新刘李山村成立挂牌"河湟洋芋宴"七号小院农家院，并招聘6名本村贫困户中手脚麻利能吃苦的人做服务工作。受政府的扶持，"河湟洋芋宴"产业发展在不断壮大，农家小院的规模也翻了一番，现在想要品尝还得提前预约。望着络绎不绝的食客，我们衷心希望走上餐桌的"洋芋蛋"能给李长林他们带来更多的"金蛋蛋"。

2012年至2022年，蔡家堡乡党委、政府经过十年的攻坚克难，将全乡九个自然条件恶劣、无法就地实现脱贫小康目标的自然村易地扶贫搬迁到塘川镇刘家庄至包家口村之间的平坦地段，惠及 1300 多户 4254 人。实行易地扶贫搬迁是蔡家堡乡党委、政府着力解决拔出偏远山区穷根的重点工作，为大力发展村集体经济、调整产业结构、扩展增收渠道，脱贫致富奔小康打下了坚实的基础。"北山洋芋"和独具特色的"河湟洋芋宴"逐步成为蔡家堡乡的支柱产业链，易地扶贫搬迁让贫困落后的村庄改头换面。人居环境好了，村民的精神面貌也发生了翻天覆地的变化。他们昂首挺胸在平坦宽阔的康庄大道上你追我赶，日子越来越红火。

当您在车水马龙、人流如织的城市生活得疲惫了，吃腻了大餐厅里精雕细琢的饭菜，可选择来一趟蔡家堡乡，体验一把悠闲的田园生活，品尝几道充满乡村烟火味的洋芋菜。您会感受到新农村的乡土气息如此令人惬意，大自然对乡村的馈赠是如此慷慨。

乡风篇：万紫千红总是春

德尔文村：凝结时光和记忆的史诗树

郭建强

先摘一段文字：

这个有着"史诗之乡"美誉的部落十分神奇："德尔文"系藏语音译，意为来自墓穴的人或立即出击。就是说这个部落的人视死如归，他们无所畏惧、好战喜斗、不怕牺牲。德尔文部落以战死为荣、病死为耻。大部分男丁成年后，即生性勇敢善战，视死如归。故名德尔文（来自墓穴的人，寓意视死如归者）。这里格萨尔艺人辈出，他们自称是格萨尔王的后裔，且认为格萨尔王是莲花生大师的转世、佛教三怙的代表。因此整个部落信仰格萨尔王。每年藏历六月去深山煨桑烟祭是部落生活的重中之重，他们通过公共煨桑仪式供养佛、菩萨、格萨尔王、护法神、战神、地方神和土地神等，起到佛法兴盛、世界和平、社会和谐、人民幸福等。他们家乡的山山水水都有格萨尔的风物传说，而且这个部落的人从上至 80 多岁的老人到下至几岁的孩子，每个人都会说唱一些格萨尔，在这个部落中人们都认为他们有一种责任、一种使命，要说唱《格萨尔》、要弘扬格萨尔的丰功伟绩，要把传统的格萨尔延续下去。

以上是"甘德文旅"公众号推发的《史诗部落德尔文》一文的首段，虽然带有旅游词的夸饰，但是大体不差。青海是史诗《格萨尔》的主要流传区域之一，果洛藏族自治州则是青海省流传《格萨尔》的核心区，甘德县又是果洛州《格萨尔》文化的丰厚所在。位于甘德县的德尔文村，称得上是《格萨尔》史诗还在生长的、枝繁叶茂的大树。这棵大树植根时间、记忆、情感、生活、精神深处，不断结出奇花异果，实在令人心驰神往。

夜访敦布

汽车刚开出柯曲镇，天咣一声就黑了，浓黑。要命的是，狂风暴起，雷声隆隆，从远处冲到了耳鼓。闪电湿漉漉的，在空中急速抽打，忽东忽西。雨来了，没有过渡，直接跳到前面的路上，腾起被压抑的尘土；落在不远处的河面，感觉水在沸腾。砸在车顶，就像是湿黄豆、土坷垃，闷响一声接着一声。县委宣传部派来陪我采访的小杨似乎被吓着了，他从副驾回头看我。我也不知道该前行，还是后撤，前后一样漆黑，深不可测。司机才旦大声说："走，走，走格萨尔王定哈的路。往前走，退不回去了！"他指指身后，河水暴涨，已经看不到我们通过的那座桥了。

我也咬了咬牙，坚定了探访传说中的神秘部落德尔文村史诗艺人的决心。整整一天，甘德县给我的印象是这里真正称得上是格萨尔世界。在县城街头、饭馆、商店、影剧院、市场、街道、广场，处处可以看见、听见、闻见格萨尔的形象、故事、味道。更为夸张的是，傍晚吃饭时，州县宣传部安排了十几位格萨尔史诗传唱艺人和大家见面。我们每人需要采访两名艺人，于是纷纷拉着汉藏语言双通的朋友，自找安静的地方干活去了。这样集体工场式的做法不适合我，勉强采访一位艺人后，得知另一位没来，好像在家修行。大喜，马上要求派车寻访。还有比在德尔文村采访史诗《格萨尔》传唱艺人，更能体会史诗精神的吗？

来甘德前作过一些案头工作，知道格萨尔的寄魂山是伟大的阿尼玛卿。格萨尔是阿尼玛卿的化身，也是神山之子；在这里传唱的史诗中有一种说法是，格萨尔王最后并不是飞升到天庭，而是虹化于阿尼玛卿，归返于阿尼玛卿。从这一点，我们不难发现神山阿尼玛卿和雄狮大王格萨尔，在很多时候是可以身份互换的。本质上，二者一体。这也是河源净土极具个性的一种文化表达。相应的，德尔文村的人们深信自己是史诗人物的后代，或者转世。我猜想他们至少有两个名字，一个是现实生活中使用的，另一个则从史诗烙进了他们的生命。

汽车在风暴雷雨中左冲右突，拐到一座山脚后，勇猛地攀爬，车轮和青草、石头较劲的声响不时入耳。几间房子在车侧突起，灯光透过窗户，蒙上汽车后视镜，又像藏袍一样沉重地滑落了。司机也不清楚我们要采访的对象敦布家到底在哪里，他只知道大概方位。"这就够了，不信还找不到。"出发时，他自信地回答我。汽车没有犹豫分毫，直冲山坡。又见到几处人家，藏獒冲破肺腑的低吼，震斜了还在喷洒的雨柱。顶着雨珠子、雨棒子的击打。我们走进岭上一户人家。房子里灯火昏暗，烤箱上煮着一锅羊肉。一个老人，两个孩子，眼睛乌亮乌亮的。

真是找对了。老者就是省级非遗传承人敦布，两个孩子是他的孙子和孙女。我先请敦布写下他和孩子的名字，规整而活跃的藏文，很像他们羞涩的笑容。在雨声、肉香、和必然的停顿中，我们交谈。

敦布是德尔文人，格萨尔王的故事早就融于血脉中、记忆里。他的几位舅舅都是传唱艺人，其中，谢热尖措相当出名。他的堂兄弟格日尖参更是大名鼎鼎，号称"写不完的格萨尔"的代表是国家级非遗传承人。格学家诺布旺丹曾暗设录像机考察格日尖参写书的秘密。录像显示，格日尖参祈祷之后进入书写状态，一口气写了几个小时，史诗的某一宗或某一部马上从声音变成优美的藏文呈现于案前。格日尖参的内心仿佛伏藏着无数部关于格萨尔的卷册，他只是在记忆深处挖掘，把史诗写下来就好了。格日尖参，这样的艺人像宁玛派高僧大德一样，以伏藏和掘藏的方式，让史诗通过自己"活"起来。在以往被称作掘藏艺人。在某一个时间伏，在另一个时间掘。藏族文化以这种奇妙的方式，战胜种种磨难和阻碍，得以再生和发扬。敦布也属于掘藏类型的艺人。他找出照片给我们看，照片上的他正在参加国家授予德尔文村以"格萨尔文化之乡"的盛典。在另一张照片上，端端正正摆放的是敦布所写的四部书。后来，我请格萨尔研究专家龙仁青和久美多杰翻译，它们是《征服北方霹雳宗》《征服霍尔兵》《心性法宝》《征服上部霍尔兵》。

敦布的孙女桑吉措和孙子成利袄，安静地听着我们时断时续地交谈。听到有趣的地方，他俩就笑了起来，牙齿洁白。敦布到了 27 岁时福至心灵，伏埋在他的记忆里的史诗到了开掘的时候。他没怎么上过学读过书，却突然坐下来开始写史诗。"就在心里，就在梦里，就在脑子里。"老人笑着举手指指胸膛，又指指头。调皮的桑吉措学样儿，动作、神态、语气极像，成利袄笑声明亮。东吉寺的堪布看到敦布的书写，断定他是书写艺人，只是提醒字体不太好看，需要练习。敦布的书写一发而不可收，他文思泉涌，下笔有神。他们的舅舅们和格日尖措读后，大加称赞。德尔文的意思是从墓穴归来的人，意谓这是一群不畏死亡的勇士。在我看来，还有突然唤醒，洞明往世、此生和将来的意思。德尔文部落的很多艺人目不识丁，却于某一刻被格萨尔、被阿尼玛卿唤醒，成为传唱艺人、书写艺人，或者以其他形式，负载着史诗同生共长。

在敦布的回忆中，此生和往世交缠，像是柯曲汇流到黄河一路远去。记忆里生活的、生命的种种场景，仿佛电影片段，在渐渐平息的风雨中一闪一闪。"我是智嘎德·曲迥维威那的转世。"敦布讲这句话时差不多一字一顿，清晰有力，不容置疑。智嘎德·曲迥维威那是追随格萨尔的岭国三十员大奖之一，今世名叫敦布，使命是书写史诗。

屋外星光灿烂，藏契的吼声带着乐感，雨已经停了。一夕深谈，现在，我们要动身回到县城了。

三重世界两生花

在藏族的思维观念和文化习俗中，山从来都是活的，是多维的、立体的、通联的，既是大千世界的组成部分，更是一个"微型宇宙"。雪山冰峰蕴藏生命和灵魂密码，山顶、山腰、山脚对应高、中、下的不同状态，体现出了天、人、地三界的一体性。这个从地理中突起的文化模型，丰富、流变、扩展，终究严密而规整地综合着现实、梦境和幻想，捏合着过去、现在和未来，成为了超出人力而自现的坛城。

生活在玛域的人们，面对阿尼玛卿就是在直观三重世界，三重时间。他们随意讲起前尘往事，就像一切发生在昨天。置身于德尔文部落，置身于格萨尔传唱艺人中间，这种感受更加强烈。

没想到，在 2018 年由青海省作协梅卓主席带队采访甘德格萨尔传唱艺人之后，2022 年我和几位朋友在当地部门的引导下又来到了德尔文村。旅游词中的德尔文部落其实早就建村了。和上次暴雨夜探访艺人敦布一家时的情况完全不同，这天中午阳光明亮，村落、人影、草木、牛羊，有序而自然地散落着，很有油画的感觉，细细体会，却是唐卡的意味。

相同的是，在这个被黄河上游一级支流东柯曲和西柯曲环抱驻牧点，人们随时可能出入于一千年前雄狮大王格萨尔成长、征战和祈福的世界，他们的神态和言谈淡然，认为这样的状态不过平常。在青烟袅袅的牦牛粗毛帐篷，在山坡青草摇摆的夏季牧场，在村落的泥泞小道，在泥石垒就的屋里，关于史诗《格萨尔》的吟唱，不时像酥油灯明亮地掀动空气。从六七岁的孩童到步履蹒跚的老者，家家都有《格萨尔》史诗的传承人。他们有擅写的、擅画的，更多的是说唱艺人。对于德尔文村的人来说，史诗《格萨尔》的人物、情节、场景、故事、寓意，莫不在他们心中。现世不过是史诗的延续，现世的人和事无不在史诗中找到源流和对应。他们深信自己是史诗中某人的转世，并且洞悉今生命运的安排。

"自从部落存在，《格萨尔》的说唱艺人就存在，说不清有多少年了。" 2022 年 7 月，在果洛藏族自治州甘德县柯曲镇德尔文村的草滩上，一家人分别说唱史诗片段后，班诺先生给我们介绍道。在翻译、聆听、记录的时候，我的脑海里仍然回响着班诺妹妹透亮、深沉的吟唱。那是王妃珠姆苦盼格萨尔快些赶回来拯救岭国、拯救自己的诉吟。叔父晁同里通敌人，英雄的兄长嘉察等人已经战死，山河破碎，魔王就要俘虐王妃。比古希腊英雄奥德修斯的妻子珀涅罗珀的处境更加凶险和急迫，珠姆运用智慧全力周旋，尽一切可能凝聚岭国正义的力量，等待格萨尔扭转大局。我读过史诗关于这部分的贵德分章本，一个坚强、柔情、智慧、美丽的女子跃然于纸上字间。而班诺妹妹的说唱竟如珠姆开口，及其贴切。尽管听不懂唱词，但是那歌声的低回婉转高亢嘹亮，足以让闻者沉浸其间，感同身受。结束表演，三位说唱者也从史诗归来，羞涩而热情地礼让我们喝茶。太阳明亮得就像不停息地敲击的铜铙，柯曲河正托着高天流云，给看见和看不见的万物生灵回敬哈达。"村里著名的说唱艺人多得数不过来。"班诺咽了一口茶，递来一碗醇厚的牦牛酸奶，接着说："德尔文部落的掘藏大师谢热尖措，写不尽史诗的格日尖参，唱不完史诗的昂仁，多得很……在牧区，知道格萨尔王就知道他们的名字！" 2006 年，德尔文村被中国科学院民族文学研究所命名为"格萨尔文化史诗村",村里被青海省和国家认定的传承艺人达几十位之多。造物有造物的奥秘,人类有人类的思维。二者同映,方能灿烂。德尔文村之所以能连通三重世界、三重时间,盖因藏族文化中"系魂"、"掘藏"等等关键枢纽在发挥着作用。

阿尼玛卿照亮史诗。在格萨尔的世界里,每个人物都有灵魂居所,这被称为"索拉"的,就是人的命根子。英雄辛巴的命根子是一头红野牛,魔王勒赞分别寄灵魂于海、树、牛、鱼,这给格萨尔的除魔历程增大了难度。王妃珠姆的命根子是扎陵湖,而格萨尔的灵魂物就是雄伟的阿尼玛卿。阿尼玛卿兴则雄狮大王和岭国兴,反之亦然。雪山、国家和个人的兴衰荣辱,紧密一体。德尔文艺人的使命就是在传唱中保持史诗中的光明和荣耀,祛除和校正现世的污浊和偏离。这些艺人既生活在现世,又生活在往昔;既是在追忆,也是在描绘。在这种文化活动和状态中,他们像从高原泥土深处掘出,绽开形如喇叭绝美花冠的蓝玉簪龙胆,展示了生命双重在场,甚至多重在场的可能性。

从牧民而艺人,他们的心理深度体验远非扁平化的现代城市人能比。艺人们用歌吟、颜料、书写,一遍遍回溯、回味、回想,开启自证自悟的精神之门。

继续摘引《史诗部落德尔文》一文的段落作为结尾:正因为如此,藏族英雄史诗《格萨尔》在德尔文部落可谓家喻户晓,深入人心,他们始终没有放弃过对英雄格萨王的敬信之心。无论身份贵贱、年龄大小,说唱格萨尔是他们都发自内心的意愿。他们以说唱格萨尔王史诗故事的形式,表达他们对英雄人物的向往,对正义、勇敢、无私的英雄性格的推崇,也寄托着他们对雪域故乡、对新生活的热爱。正是因为德尔文部落如此痴迷和执着于《格萨尔》的说唱,曾赢得世人的好奇和赞美,同时也招来了人们的讥讽和嘲笑。然而,无论人们怎样褒贬,最终还是自觉或不自觉地承认这样一个事实:即生活在同一条山沟里的人,不论男女老少,只要谁会讲一小段格萨尔王的故事,或能哼几句格萨尔王的曲调,几乎都能断定他是德尔文部落的人。这些事实同样告诉人们,在德尔文部落世代流传、经久不衰的格萨尔说唱传统,有其悠久的历史和深刻的文化传统。

德尔文村这棵凝结时光和记忆的史诗树,远不是一句"悠久的历史和深刻的文化传统"就可以概括的;其梦幻花叶和根系,其诗性思维和结果,不正是对于过于发达的信息社会的一种提醒?

黄河南岸：红星闪耀的村庄

杨廷成

在循化撒拉族自治县查汗都斯乡，紧挨古什群峡口南岸，这片昔日十分荒僻曾叫赞卜乎的地方，有一个撒拉族聚居的村庄——红光村。这个村名诞生于20世纪80年代末，历史不算长，但从这村名里，人们不难觉察到它隐含的寓意。历史曾在这里留下了一段难以割舍的红色记忆。80多年前那段与西路军红军有关的往事与村庄后来的命运与变迁血脉相传、血乳交融，使这个曾经普普通通的撒拉族村庄犹如一颗闪耀的红星，从黄河波涛间升起，在青海高原上熠熠生辉。

"死亡之角"的隐秘往事

在往常的日子里，马乙四夫走过村巷，每当路过村头西路军红军纪念馆，在一面墙上镌刻着西路军作战示意图的青铜色浮雕前，总会伫立凝思一会儿。远处传来黄河的涛声，阳光照在清真寺穹顶，点亮红军纪念塔上那颗红星，照亮每一副庄廓院、每一座纪念雕塑和每一块勒刻着红色纪念字样的石头，照亮整个村子。他就会心如潮涌，感到自己肩上的那份责任，光荣却又沉重……

这位撒拉族汉子，是红光村现任党支部书记。

时光流逝，眼前的红光村脱胎换骨，是一个现代化新农村的模样，更为特殊的是，村庄的一头接续着村庄的红色记忆，一头通向村庄的未来。凭吊过去更是为了继往开来，为了全村 1000 多名撒拉等各族群众更加美好幸福的新生活。

随着红光村红色教育基地的建成，前来参观、学习和旅游的省内外来客日益增多。很多次，马乙四夫热情为前来参观、学习的团队和游客承担导游和讲解义务，解密一个村庄鲜为人知的往事，并兴奋地勾画一个村庄走向未来的明亮的路径。

他的讲述将人们带回到 80 多年前那烽火连天的岁月，一支浴血奋战、出生入死、筚路蓝缕的战士从河西走廊走进人们的视野——

他们就是中国工农红军西路军，用滚烫的鲜血和坚贞的信仰，在中国西部抒写了一曲震撼昆仑的英雄壮歌。

河西走廊，绵延 1000 余公里。茫茫戈壁黄沙浸染着英雄的鲜血，掩埋着一段西路军惨烈悲壮的历史，战士们以血肉之躯殊死战斗，使红色火种生生不息。

1936 年 10 月，中国工农红四方面军总部及所属的第三十军、九军、五军等两万多名忠勇将士，奉中共中央和中央军委命令，在甘肃靖远地区西渡黄河。部队先是去执行宁夏战役计划，嗣后，随战局变化，奉命改称西路军，奔赴河西，建立革命根据地。1936 年冬天至 1937 年春天，短短五个月之内，西路军经历了进攻、防御、东返西征、反复突围，与国民党马步芳部进行了最残酷、最悲壮的血战。

1937 年 1 月，高台之战打响。马步芳集中六七万之众，向只剩下一万余人的西路军发起猛烈进攻。西路军将士以寡敌众，顽强据守，血战持续一个多星期，西路军付出了沉重代价，基本上弹尽粮绝。

3 月，梨园口战役后，西路军剩下的千余将士开始转战祁连山。战斗中被俘的万余名红军将士大部分惨遭杀害，约有数千名被押往西宁。1939 年，一个夏日的黄昏。古什群峡口，夕阳照在凝血般的黄河上，显得苍凉而悲壮。这时，一支 400 多人组成的队伍由荷枪实弹的士兵押解着，走出拉水峡，往南，踏上当时循化境内黄河上唯一一座木桥，向赞卜乎这片尚无人烟的荒滩野洼走来。这些被押解的人衣衫褴褛，步履踉跄，不少人伤痕累累。他们中间最大的三十来岁，最小的只有十四五岁，其中还有一名女子。

他们在赞卜乎安营扎寨，开始了夜以继日、年复一年的艰辛无比的拓荒，这片昔日狐兔奔逐、山风河声飘荡之地，从此升起了人间的第一缕烟火。

渐渐，当地撒拉族群众与他们有了偶尔的交际，人们才慢慢知道，他们是一支由马步芳编制的被俘西路军战士组成的"工兵营"，曾使役乐家湾机场、享堂公路的修建，随后押赴赞卜乎修路架桥、开荒屯田。

在多年以后的追忆记叙中，有人将这片人烟荒绝之地称为"死亡之角"。诚然。在敌人长期严密监视、残酷压迫劳役之下，这些红军战士日渐体弱多病，形容枯槁，不少战友在对遥远故乡思念的无限伤痛中含恨离世，遗魂他乡荒野。但顽强活下来的人，深埋在他们心中的革命信念、战斗意志和红色希望仍未破灭。

他们先在荒野里夯筑土墙，圈成庄廓，然后从山中伐木，运回修建房屋。他们修筑的大门和正房的坐向与当地坐北朝南的传统格局迥然不同，而是一律朝北。有人破解道，这里暗含着他们心中那盏没有熄灭的灯：跨越黄河，北上抗日！

在极度险恶的环境中，他们不畏强暴，坚守信念。这是极度隐忍中对一种不了情结和不屈意志的最有力、最坚忍的表达。

这种铁血一般的信念，将会在他们日后顽强的生命中得到更多更加巧妙的暗示和凸显。

伐木、垦荒、开渠、铺路、修桥、建校……赞卜乎荒滩上诞生了一个新的村落。后来，一户又一户撒拉族贫民携家带口被迁居到这里，成为马步芳家族庄头的佃农。随着时间的推移，红军战士与当地撒拉族群众建立了深厚的感情，相互帮助，相濡以沫。撒拉族群众帮助和保护他们，他们帮助撒拉族群众改进生产技艺，制作劳动工具，建设基础设施。后来，当地撒拉人家也开始愿意把姑娘嫁给他们，耕种劳作，生儿育女，在这个遥远的第二故乡扎下了根。

然而，他们向往革命、向往家乡的心情从来就没有平静过，像黄河的浪花一样。冬去春来。多少个黄昏时分，垦荒者们三五相约，来到黄河岸边，长久地凝视着东去的黄河，他们的无数祈愿和盼望随波远去，向家乡，向东边的红色圣地奔涌而去……

在今日红军纪念馆的一段资料显示：1939 年至 1946 年，红军共开垦荒地一千七百多亩，修建民宅六十多座，架桥一座，修建巨型水车五架、水磨三盘、油坊两处，修建学校一所、清真寺一座……

至今，一些撒拉族老人还记着，很自豪地说，我们今天种的耕地全是当年红军用血汗开垦的，还是他们和当地撒拉族群众一道在黄河天堑建起了一座桥。

古什群古渡口是早在汉代就已修建的军事桥头堡，连接南北二城的木质拱桥，是黄河上游的第一座桥梁，历经多次修造与毁坏。1942年，西路军战士和当地撒拉族群众齐心协力历时一年多时间，一座新握桥在古什群渡口建成。

对村里暗藏玄机、别具一格的清真寺，当地群众更是崇敬有加。这座清真寺当年由红军战士所建。大殿的前卷和宣礼塔至今依然保留着当年修建时的原貌。

每有游客参观清真寺，导游总会指着大殿屋脊上的青砖造型说，请各位朋友仔细看一看、认真找一找，那上面雕刻中到底藏着些什么图案？顷刻，人们各有所获。有人看见了"镰刀锤头"，有人发现了"五角星"，还有人找到了"工字""领章"图形等。这些象征中国革命的图案巧妙地镶嵌在前殿正脊缠花脊筒上，点缀在礼拜殿顶部，历经风吹雨打，依然清晰可辨。宣礼楼的建筑也不同于撒拉族传统造型风格，而是寓意为"红四方面军"的方形四角楼，四根一通到顶的通天柱，表达着红军抗战到底的坚定决心。

他们还亲自设计、取材、施工，在村里建起了一所小学，命名为古什群小学。这是中国历史上唯一一座由西路军红军建造的学校。原校舍于1993年拆除重建时，发现了篾刀、镬头以及刻有五角星和人名的青砖等大量历史遗迹和遗物。

这一切，至今依然彰显着他们矢志不渝的革命情怀，诉说着风雨如磐的年代感天动地的英雄故事。

这是一份凝聚着血与火的旷世情缘，也是一份深藏着爱与恨的红色记忆。

讲解到最后，马乙四夫总会深情地说："没有红军，就没有我们红光村，是红军开启了红光村的历史。无论是今天，还是将来，红光村的血脉里将永远赓续他们的英勇、正义和永不破灭的革命理想信念。"

守望了半个世纪的光荣与梦想

岁月轮回更替，黄河涛声依旧。

新中国成立后，风风雨雨，又是多少年过去了。当年的被俘红军，那些英姿勃发、杀敌报国的热血青年，在期盼和等待中老了，一个个先后枕着黄河的波涛，抱着各自的遗憾，长眠于这片碧水丹霞之地。直到2000年，最后一位红军老战士遥望北方的沧桑背影也消失在了古什群峡口……

在过去的岁月里，他们翘望的目光、魂缠梦绕的念想，一次次随着黄河的波涛飘向远方……他们相信，总有一天，首长会派人接他们归队，与他们的战友并肩作战；老家的人会找来看望他们……但这些，他们大多数人生前没有盼到。

但是，可以告慰红军战士忠魂的是，他们的红色血脉仍然隐隐流传在他们的子孙以及许许多多撒拉族父老乡亲的记忆深处。后来者一直在守望着那些容纳过他们灵肉的土院木屋，甚至他们用过的一把镢头、一盏油灯、几片青砖……守望着那座清真寺顶上风雨剥蚀的五星，守望着这个来历不凡的村落。

经过许多人的努力，时间到了1987年，村里终于盼来了那一份迟到的荣光和难逢的机遇。根据当地撒拉族人民的意愿，青海省人民政府将这个全国唯一由西路军红军修建的村庄——赞卜乎村更名为红光村，取意"红军精神光照千秋"。

红光，激活了村上老人蛰伏在心底的那一段遥远的记忆，浸染着火光与血光、苦难与希望；红光，为后来者注入了一股不忘初心、追求美好生活的无形力量。这个曾叫赞卜乎的村庄开始书写它新的历史，在一种红色的光晕里，创造属于自己的美好梦想。

村上的干部们自此肩负了一种神圣的使命，带领全村人团结拼搏，为了兑现红军老战士未尽的夙愿，为了今后的幸福生活，满怀希望，踏上了新的征程。

2009年的一个春天，田野里禾苗青青，村巷里梨树、杏树花枝簇拥。又是一个希望的季节。这时，一个重大的决定在村两委会上形成了。这是一项经过深入征求民意、反复研究讨论形成的决定：充分挖掘红光村的红色资源，筹资建设西路军红军纪念馆。决议形成了，但资金是个大问题，还有收藏展出的史料、遗迹和文物也是个问题。

双管齐下。一边筹集资金建馆，一边组织人员搜集资料和实物。经过动员，村民热情参与，自发捐款，很快筹集了十万元资金，纪念馆在这个春天开始破土动工。一边由村支书马乙四夫带领一班人马四处奔波，收集文物史料。他们辗转河西走廊、兰州八路军办事处纪念馆、高台西路红军纪念馆……先后历时一个多月，行程一万多公里，收集了大量与西路军红军有关的资料和遗物。

　　红光村的行动受到社会各界的热切关注，并得到多方大力支持。循化县委、县政府鼎力支持，还有许许多多来自省内外的援助。经过十多年的努力，西路红军纪念馆、红光清真寺、红军小学、红色广场、红色农家院、水磨坊等一系列红色建筑和设施在红光村纷纷落成。一个颇具规模的红色教育基地和红色旅游地，就这样在黄河岸边诞生了，日益散发出它独具魅力的光彩。

　　如今，走进红光村，这里的一山一水、一巷一院、一砖一瓦、一草一木，都和当年西路军红军有着千丝万缕的联系。那种为中华民族的存亡同仇敌忾、浴血奋战、情感天地的革命英雄主义精神，穿越漫漫时光，在这片土地上生根开花，挽连成一个丝丝紧扣的红色情结，感召和激励着越来越多的人。

　　红军纪念馆坐北向南，瓷砖面门楼上镶嵌着"西路红军纪念馆"铜色匾牌。院内的松柏树，枝干遒劲，葳蕤成荫。西路红军纪念碑耸立其间，方形碑身，塔尖一颗红星格外耀目。碑身正面铭刻的碑记，概述了西路红军于河西走廊战役中失利被俘，押送到赞卜乎地区战俘集中营苦役经历及西路军战士坚持与敌斗争、坚贞不屈的英雄事迹；背面铭刻着西路红军失散人员名单。在陈列室内陈列着二十多幅西路红军战士流落循化晚年时的照片，格外引人瞩目。这里还陈列着红军战士的一些遗物。一对摇椅和一张单桌，刻在摇椅靠背当头上的一颗五角星仿佛还讲述着过去的故事。前国家领导人李先念、徐向前的题词醒然在目："红军西路军战士永远活在我们心中！""西路军牺牲烈士的精神永垂史册！"

　　……

　　在纪念馆不远处就是西路军红军小学。它的前身就是红军修建的古什群小学。时任青海省委常委、宣传部长的我国当代著名诗人吉狄马加亲自题写校名。校园内，一棵高大的杏树枝叶繁茂，杏树的下面矗立着一块黄河石，上书三个遒劲有力的大字：红军树。据村上老人说，这棵树是当年红军亲手栽植。

　　这所遥远西部的小学一度闻名遐迩，获得越来越多的荣耀——

　　2011年以来，习近平、胡锦涛、吴邦国、李瑞环等党和国家领导人先后为学校题词；

先后被命名为"全国红军小学建设工程爱国主义教育基地"，全国第一所以"西路军"命名的红军小学，青海省第一所爱国主义教育基地学校；

2012年7月，兰州军区原司令员王国生亲临红军小学视察，并筹资300万元修建了如今漂亮气派的综合教学楼；

2014年7月，西路军总指挥徐向前的后代徐小岩，西路军宣传部部长刘瑞龙的女儿刘延淮等西路军将士后代赴红光村参观调研；

同年8月，解放军总政治部副主任贾廷安上将到红光村小学视察工作，调研红色文化……

校园里时常飘荡着嘹亮动听的童声合唱《红军小学之歌》："校旗上闪烁红军的五星，脚下路延续新的长征，我们是新一代红军小战士，先辈的热血在身上奔腾……"

走在干净整洁的村巷，"工兵营农家院""老连长农家院""老排长农家院""老班长农家院"等新农舍不时映入眼帘。这里寄托着红光村撒拉族群众对红军难以忘却的真诚、朴实的情怀和追思。

这是红光村人整整守望了半个世纪的一份红色遗产、一份光荣与梦想！

红色密码谱写时代新歌

红军故事和长征精神成为活着的历史，已深深渗入红光村的血脉，成为鲜活的红色基因。传承，感恩，奋进，不断化为撒拉等各族群众锐意笃行、克坚攻难，追求美好生活的精神动力，化为红光村世代传承的一份极其宝贵的红色资源。

与河湟谷地的许多村庄一样，直到20世纪末，红光村许多农户仍生活在贫困线上，入不敷出，日子过得十分夹脚。这有着复杂的历史和自然的因素。耕地少，种植结构单一，创收门路狭窄，村民观念落后，缺乏务工技术和发展意识等，严重制约了村里的经济发展，大部分人家虽能维持温饱，可丰衣足食的小康生活仿佛还是一个够不着的梦。

2000年，新世纪曙光降临之际，黄河又一次沸腾了。这时，公伯峡黄河水电站开始兴建，这为附近的红光村带来了千载难逢的机遇。村上大部分土地被征用，很多农户得到了一笔补偿款；还可以到邻近的电站工地打工，赚到一些收入，红光村充满了新的希望。

几年后，电站竣工了，留下一些废弃的建筑，逐日颓败。又过了几年，一些不善理财的农户的土地补偿款也花光了，再加上耕地大幅减少，人均不足二分地，平均收入也就一千多元，不少农户很快又跌到贫困线以下，爬不起来。

出路在何方？红光村一度陷入困惑，望着黄河浩浩东去，日夜不息，他们在苦苦地寻找一条突围之路。

时间转眼到了 2008 年，望着公伯峡电站日夜向四面八方输送着源源不断的光热能源。红光村着急啊！村民急，村干部更急，我们的致富之源究竟在哪里？

这当儿，一个人出现了。在此后的十数年时间里，这个人成为红光村新时期一位开拓创新的领军人物，带领全村人团结拼搏，艰苦创业，走上脱贫致富奔小康的新的长征。

他，就是本文开头提到的那位村支书，马乙四夫。他是一个敢闯敢干、有见识、有胆魄、能拿事的撒拉汉子。

2008 年，马乙四夫当选红光村党支部书记，成为村里的顶梁柱。之前，他已是闯荡天下，事业正红，是小有名气的循化农民企业家。经过村民们"三顾茅庐"，他才忍痛低价卖掉在外施工的工程设备，带着一笔资金，毅然返乡，带领村民一起奋斗、一起追梦。

走村入户，召开群众大会，深入了解村情民意；召开村两委会，反复商量研究村上发展大计。红光村今后发展思路逐渐明晰起来。照马乙四夫的话说，"我们有这样好的红色家底，就要充分地利用起来，发挥它的作用。"

充分挖掘利用红色资源，打造"红色之旅""民俗之旅""生态之旅"三大特色旅游项目，以红色旅游业带动黄河绿色产业，带领群众摆脱贫困，共同致富，早日在红光村实现小康。

红光村未来的发展路径，就这样敲定了。

马乙四夫抢抓机遇，借电站水库之利，举全村之力，投入数十万元，创办了循化县第一家民办旅游公司——公伯峡旅游服务有限公司，吸收红光村的

20 多名乡亲就业。

到了 2009 年，旅游公司积累了一定家底。他开始以红色文化与撒拉族特色农家院相结合的模式，策划推出第一家"红光村撒拉人家"农家院，以此拓展旅游线路和服务项目，将循化一日游延伸到"循化西部红色游"和"公伯峡景区水上游"两日游。此举，红光村夺得关键一筹。

靠山吃山，靠水吃水。马乙四夫时常望着宽阔的水库湖水思索，隐隐觉得这水面上似乎还有文章可做。从此，他开始关注黄河冷水鱼养殖。提起养鱼，不少村民直摇头：我们撒拉族祖祖辈辈的传统是养殖和育肥牛羊，鱼是怎么个弄法？他们持观望态度。

而马乙四夫认准的理儿，哪怕水再深都要蹚一蹚。这是他特有的脾性。从那时开始，他和几个村民没日没夜，跑东跑西，一起查找资料，咨询专家。自然，吃了不少苦，碰了不少钉子，不知把多少失败的痛苦咽到了肚里。

几年的摸爬滚打，鲤鱼终于跳过了龙门，满目银光粼粼。先前投放的近 20 万尾鱼苗历经风波，终于活蹦乱跳长大了，最大的足足有 15 公斤。水产养殖公司应运而生，他自己也成为冷水鱼养殖专家。

为了带动更多贫困户养鱼致富，在鱼儿收获上市时，马乙四夫专门请村民来现场观摩销售情况。当看到上海和广州的客户直接上门收购，利润也十分可观时，不少村民心动了。通过实行农户入股、公司运作、农户监督、年底分红的创新模式，村上水产养殖业规模逐年扩大。到 2018 年，已有 5 户村民入股水产养殖公司。

不少农户在鱼身上发了财，脱了贫，过上了小康生活。村上曾建档立卡的贫困户韩乙四么，许多日子都在鱼塘里忙乎，风吹雨打，辛苦自不必说，但他黝黑的脸上却常常露出满足的微笑。他说："我已养了四年的鱼儿，每月能赚到四千多元工资。过去家里捉襟见肘，现在真的是年年有余了……"

如今，当人们站在公伯峡水库的码头上，即可望见碧波荡漾的湖面上一排排整齐的网箱，网箱里攒动着千万条三文鱼、金鳟鱼、虹鳟鱼，在阳光下鳞光闪闪，这就是红光村冷水鱼养殖基地。

如鱼得水，预示着红光村未来的日子。

在奔小康的路上，马乙四夫新招迭出，他动员、引导、帮助一部分有条件的家庭开办农家院，向他们传授创业经验，协调解决数百万元启动资金，红光村的"红色撒拉人家"日渐兴起，吸引了越来越多的当地和外地游客，很多农户率先走上了致富之路。

村民陕红国开办的"撒拉人家"菜肴主打品种是传统撒拉宴，还有以南瓜汤、熬茶、包子、土豆等为特色的"红军宴"。由于环境优良，风味独特，服务到家，深受游客青睐，效益越来越好，一年的收入都在十万元以上。人们问陕红国，他总说这样一句话："我有今天的幸福日子，全靠党的好政策，靠红色旅游，也是托了红军先辈之福啊！"

"小康路上，红光村的人一个都不能掉队。"马乙四夫常常这样说。脱贫攻坚工程中，通过精准摸底，红光村共确认建档立卡贫困户19户64人。一户一策，现已全部脱贫。

农家院建成运营后，产生的承包租金收益，村上按发放工资的形式进行分配，并在用工时坚持优先吸纳本村贫困户群众就业，其中两户建档立卡贫困户，人均每月增收2800元；

村上多次举办各类技能培训，带动12户贫困户29名村民实现稳定就业：参加烹饪培训班，近百名村民赴全国各个城市开拉面馆，年创收300余万元；

擅长牛羊育肥的7户村民，每户扶持10万元贷款。村民孔阿吾原来的生活仅够温饱，他用扶持贷款发展养殖业，3年时间先后饲养了15头牛，每年都有5万元的收入；

入股水产养殖的村民马吾麦热，3年分红12万元。有了本钱，夫妻二人又到内蒙古开拉面馆，年收入达15万元以上；

村民马乙布拉海卖擅长拉面，但生活贫困，儿子娶不上媳妇。村上帮他解决了15万元贷款，开了拉面馆。三年后，还清了贷款，建了新房，儿子娶上了媳妇，家庭年收入五六万元，生活有了翻天覆地的变化；

村民马则乃白命运多舛，丈夫去世，她一人拖儿带女，生活十分艰难。马乙四夫将她安排到村里公益岗位当清洁员，每年增收一万多元……

2017年，红光村提前整体脱贫，比全县2018年脱贫时间整整早了一年。

2018年，马乙四夫光荣当选十三届全国人大代表，连续五年代表撒拉族赴北京出席会议。他曾在会上郑重表态，要牢记习近平总书记的殷殷嘱托，切实承担起生态文明建设责任，做好黄河生态保护治理，深入发掘黄河文化和当地红色文化，以红色旅游带动黄河沿岸绿色产业发展……

马乙四夫又规划治理荒山，创办辣椒、花椒"两椒"种植基地，依靠"一河两椒"，让红光村走上持续发展的绿色产业之路。

2021 年，正值党的百年华诞之际，红光村迎来了又一次红色游高潮，全年接待省内外游客逾百万人。

7 月的一天，鱼肥椒红，瓜果飘香。前往红光村的旅游大巴一辆接着一辆，村口人头攒动，游客络绎不绝。"今天已经接待了来自兰州、临夏等外地的三拨游客！"讲解员韩玉红说。"七一"期间，她和同事节假日几乎没有休息过。说着，村里又驶进来两辆旅游大巴。

与讲解员韩玉红一起忙碌的，还有马乙四夫。这些天，他也一直没闲着，有时候讲解员忙不过来，他便客串讲解员。

村道两旁，随处可见销售红色旅游纪念品，以及辣椒、花椒等农副产品的商铺和摊位。村民马努沙说，今年的游客特别多，他铺子里的辣椒也卖出不少。一串串辣椒映红了他的笑脸，映红了的还有红光村人世代追求的那个梦想……

红星照耀黄河

这篇关于红光村的文字已近尾声，但还有一个人不能忘记。他就是红光村红色文化最优秀的传承者和践行者。红光村历史上将会留下他不可或缺的一笔。他是红光村红军小学校长马明全，先后获得全国职工职业道德标兵个人、第五届全国道德模范提名奖、全国五一劳动奖章获得者、全国红军小学优秀校长等诸多殊荣，但他不改初衷，一如既往无私奉献，教书育人，默默书写着属于自己的那部红色春秋。

如果说，马乙四夫利用红色资源，打造绿色产业，率领全村群众在红光村率先完成了小康；而马明全则是不断用心血擦拭着那颗时间深处的红星，使那鲜亮的光芒穿透时光的阻隔，照亮越来越多的人的心灵，使那一脉红色基因永续相传。

2010 年秋天，因工作需要，马明全被组织派到红光村担任小学校长。临行前，年近九旬的老父亲语重心长地对他说："孩子，你也许不知道，那个村子过去叫赞卜乎，是当年红军西路军被俘战士修建的，学校的前身也是他们修建的。红军战士在那里吃了很多苦、受了不少罪。作为撒拉族人，单从道义上讲也不能忘记他们的功劳啊！"

到学校不久，一位老教师对他说："我在这个学校里工作了几十年，目睹了学校的变迁，这么多年里校长换了一个又一个，老师轮了一茬又一茬，可是，随着岁月的变迁，学校的旧房子没有了，一些当年红军留下的遗迹也快消失了。红军精神怎么传承啊？"

老教师忧心如焚的话语让他想到了许多。多少个不眠之夜过去，一种特别的责任感油然而生。于是，他在教学之余，到乡亲们家里，从老人们口中聆听、搜集红军故事，并坚持撰写红色日记。这一写，就是七八年。马明全伸手向妻子"借"钱，抽空走访了近百名红军历史的见证者和亲历者，曾多次拜访循化县最后一名在世老红军邵明先，直到他去世，为他留下了宝贵的文字影像资料。

多少个黄昏，马明全在黄河边漫步的时候，望着昼夜不舍的荡漾碧波，心中放不下的是这个全国唯一由西路军红军创建的村庄，这座洒满西路军战士鲜血和汗水的学校，还有200多个可爱的孩子，以及世代守护红色遗迹的父老乡亲。他心中渐渐浮现出一个明确的信念和目标：不遗余力挖掘红色历史，保护红色遗迹，把红军学校建设成发扬红军精神、传承红色文化的爱国主义教育基地。

此时，红光村小学正准备撤并。不能让红军修建的学校在他手中消失，马明全心想，这可是全国唯一一所由西路红军修建的学校啊！

先得让大家知道有这么一所学校，于是，马明全开始进行学校红色文化的打造和宣传工作。自己跑市场购买材料，自己动手做展板，几年下来，马明全自己垫付的资金就达十余万元。他还多方联系，四处奔波，一遍遍向有关部门和人员讲述这里曾经发生的故事，以期引起更多的关注。

从2011年开始，马明全动员乡亲们为学校捐赠巨型黄河奇石，利用空地修建奇石风景苑，在校园内错落有致地摆放了九块黄河奇石。还分别以"永远的丰碑""他是快乐的撒拉少年"为板块，完成师生绘画百余幅，把红色文化、民族文化、校园文化有机结合起来，使学校更具有活力和魅力。

2011年11月，全国红军小学建设工程理事会为村小学授牌，使其成为全国唯一一所以"西路军"命名的红军小学。

令马明全尤其难忘的是，2017年8月1日，建军九十周年纪念日当天，在天安门广场升起的那面五星红旗，由国旗护卫队经全国红军小学建设工程理事会转赠给红光村红军小学收藏。不少人慕名前来，在这面不凡的光荣的旗帜下留影。

红星照耀前行路，革命精神代代传。多年来，马明全接待的参观者不计其数，光现场讲解就有五百多场次。不久前，他呕心沥血，历经十年寒暑，倾心搜集整理创作的《红星照耀黄河》正式出版发行，了却了他多年的夙愿。本书以纪实文学的形式，讲述了发生在循化鲜为人知的革命历史故事，以及新时期循化各族人民传承红军精神、团结一心、奔赴新征程、共圆中国梦的催人奋进的新传奇。

梦想在现实中一步一步向他走来。从此，马明全成为名副其实的红光村红军精神的传承人。从他身上，人们看到红军精神正在不断发扬光大，闪射出激励人心的光芒。

一颗红色星辰，划过历史天空，划过黄河波涛，它点亮的将是这一方撒拉尔家园、这一方美丽山水永不熄灭的精神燧火……

去上新庄看黑城

柳　喻

1

　　香荚蒾干枝条上的色泽越来越深，香味儿一点点绵厚起来的时候，春天便来了。这时节，天空中的蓝色不再苍茫得人发慌，仿佛寥阔悄然退隐，一种新鲜的蓝拂曦而至。云朵明显变湿润了，带着太平洋赋予的重量，漫迹天涯。阳光从古城墙上方倾泻而下，石子街上那一块块厚石砖宛如从岁月深处被唤醒，带着山岭河谷的气息，将一段段光阴浸洇在每一个波涡里。

　　这是我第三次到黑城。

　　20 年前，有一次随单位工作组下乡。工作完结后，车辆沿西久公路返程。远远望见一座古城堡，四四方方，就那么坐落在宽阔的田野里。同行的人告诉我，那是小黑城。我一下子被这名字迷住了。这地方一定是有些来历的。黑城二字陡然将我的思绪带进了金庸和柯南·道尔的世界。青春岁月里的我正疯狂地追逐着金、柯二位大侠，怎么也不肯走出来。有时候我甚至会丢下手边的工作，将周遭的小镇生活想象作迷雾重重的人生孤岛，总想着发生点什么，让我的人生有所慰藉。在生活的细微方面，我时不时会做出一些一意孤行的事儿来。比如这次，我一面琢磨着黑城二字油然而生的想象空间，一面执意下车，罔顾大家正饿着肚子。最后情愿自己掉队，步行回家。

　　我一个人沿着小道走了过来。还是乡间平常的小土路，不宽。小道两旁农田里农民们正在除草。一位年迈的牧羊人赶着羊群走了过去。我以为古城墙内是一座废弃的决斗场，或者会看到牧羊人散落的帐篷。到了眼前，才发现是一座小小村落。中间一条端直的土路，两旁古朴不过的房舍。好个旷远而幽静的村居环境。我在村庄里没见到人。估计都下地干活去了吧。两三个小孩在城墙上爬上爬下。我便也爬上去和孩子们玩了一会儿。尽管我心里落寞重重，但黑城二字延伸出来的故事性在我的心里却扎下了根。

应该是十多年前了，家中姐妹们春游去千姿湖。依旧沿着西久公路走。半道上，我执意要带大家到黑城一观。如我当年一般，他们都以为这里面很荒芜。我不说，只在前方带路。待拐过旧城墙，村落俨然入目，大家自然欣喜不已。我心中居然产生了一些成就感，仿佛我创造了一个什么故事。

危房改造工程已进行了好几年，村中很多房舍都焕然一新，村庄主干道已经实现了硬化。和所有的村庄一样，村中小广场上安置了健身器材。远处几位村民坐在阳光下寒暄，其乐融融。我的孩子尚小，在广场上玩了好长时间滑板。我们一行人怀揣着好奇心，绕着城墙走了一圈后离去。那情景颇有点将一段时光留在身后的感觉。

那是雨过天晴的一天，原野上四处升腾着气脉。一团团白色雾气从大地上蓬勃而起，如一匹匹跑马在起伏飞跃。这分明就是古战场的精魂在冲杀不息嘛。如果将自己彻底沉静下来，耳边甚至能听到金戈铁马的交错之声。后来好多次我和别人提及黑城一带地脉腾冲现象。别人都很讶然，表示未曾见过，而那景象却成了我心中不可磨灭的一幕。那地脉蓬勃而起的境地，是能给人一些启示的。世上的事总有些得益于"机缘"二字。那一日，独特的气象条件居然让我聆听到了古原深处传来的历史之音，让我感知到了一段铁骑突出刀枪鸣的过往烟云。

此番来，也是春天，我居然有了一种回到故地的感觉，心中免不了有些小激动。城墙依旧苍凉，宛如岁月的风刚刚吹过。城墙上的草仍然发散着千年前的气息，荣枯自在风霜里。村口新添了村史碑，黑色的，上面精雕细刻着黑城的前世与今生，立在南城墙入口处，并不突兀。

村庄整洁得有点不像话，是那种看不出打扫痕迹，天然而然的一种澄明干净。石砖铺就的街道两侧屋宇全都换了身段儿。青砖黄梁，是河湟乡村固有的气息。临街全是一间间木结构店铺，并没有整齐划一，而是根据原来农舍的里外进出呈现错落有致的风貌。清一色的木墙，木檐，木门，原色油漆，阳光下格外朗然明亮。店铺和村民的宅院融为一体，并未做刻意处理，故而呈现出一种天然和谐的新颖之美。

这次，我们是带着任务来的。我们是一些写故事的人。任务很美好。

2

黑城坐落于祁连山支脉拉脊山北麓，离西宁市区30公里。这里也正是河湟大地向青藏高原隆起的提升段。路一直向更高处延伸。受高海拔气候的影响，河湟乡村那种杨柳依依村边树的温润风貌在这里有了明显的变化。树变得随性起来。仿佛正沿着小路漫步，一下子，空气的性质变了，周身出现了一种地旷天高的气象。咦，这个地方怎么恍然到了牧区似的。看远处依旧是庄稼地，白杨树依然随处挺拔，而空气和空气上方的天空却大睁着眼睛告诉你：你已站在了分水岭上。你的前方和后方说不定是两个时空在交融。如果选一个恰当的词汇来形容的话，那么，这种无声无息变化出的风貌只能是"清朗"了。

黑城北望徐家寨全然一副农业区村庄固有的样子，而黑城隔开一片片麦田，却吞纳出一种独特的清朗风情。心中总有一种感觉：这里应是牛儿羊儿马儿思归的所在。登上黑城古城墙四顾，不由会叹服这里的地形之胜。茫茫一片寥阔的原野，四围青山遥遥环顾，连绵不绝。近野南部山岭于原野中平起，带着草原、树林挺向门旦峡一带。清晨或暮色时分的拉木垒山峰层峦叠嶂，如影似幻。采菊东篱下，悠然见南山的理想之境在这里是完全可以实现的。这也是多少次，我向朋友们提及黑城一带风景异的缘由了。

而村庄却是完全意义上的中国田园式乡村。没有语言交流上的障碍，也无情感上难以共鸣的焦灼。爷爷奶奶教给我们的处世之道在这里用着就可以了。甚至可以说，这里的人说话都带着一种独特的悠远味道，古朴还有些许对现世生活的温柔阐释。连我说话的语速也不由慢了下来。

黑城的黑据说起源于其城墙的颜色。这一点我甚不以为然。筑城乃就地取材，这里家家户户的庄廓院和黑城并无二致，也没听说把谁家的宅子叫黑院。

城也非随口所叫之地，冠之以城定然和驻防有关了。抑或是我心存希冀，坚信"黑城"二字所彰显出的艺术之美吧，总想着其能架构出一个风云故事来。黑，实乃包容万物之体，而城又颇具骨感之象。想象一下吧，如果一个地方叫黑村，黑庄，黑湾，那该是怎样的意趣全无，简直就是人们懒得取名，看见个黑色的东西，敷衍一下罢了。而黑城不同，它藏着故事，有着立体挺拔的架构之美。

青海河湟地区因地理位置特殊，为进藏第一阶梯，自古以来便成为兵家必争之地。中原农业政权与草原牧业政权向来在河湟一带你进我退，打着旷日持久的拉锯战。除在编正规军挥麾千里的征伐战外，民间因争抢良田物资等而起的游击战也从未消停过。在这种大的争夺环境的庇护下，土匪、剪径之流们也生生助长了起来。这样，河湟村庄便不仅仅是村子了，而是一个个层层抱团的保护体。受常年战乱影响，也是因为战争的需要，古湟中大地村庄的形成因素很大一部分和驻军有关。村庄的取名断无诗情画意一说，而是响当当的刀枪不入体。我稍稍统计了一下，仅今天的湟中境内，村庄以营为名的就有小二十家，什么合尔营，伯什营，端巴营，等等，说起来一大把。而且，我还发现，这些以营为名的村庄，其民风便要稍微彪悍一些。

寨子不同于普通的村庄，虽未形成城的格局，但总体上是已形成了规模，有了完备的村寨体系。一般也有城墙、城楼，防御体系相对完整。湟中地面上凡叫寨的村落都是大村。诸如葛家寨、谢家寨、田家寨、等，甚至有将一个自然村划分为两三个行政村的。在湟中，这样的村寨有十余家。

而一个小小村落，如今看来无非院落、良田之属，千百年来村名冠以城的却很少，只有黑城，花勒城，石城三家。新城是后起的，不算。花勒城和石城在共和镇，是宗喀巴的族裔地，是另一番故事的存在。黑城明晃晃在青海湖道要津上，是护卫西平府的前沿阵地。她的故事带有明显的河湟正音的味道。

关于拉脊山其名，因非汉语表意名字，故而便有了因文化疏离而产生的多层意象。显然，这是藏语音译，又经过不断演变转音后才被官方认可，因此也就出现了用藏语也无法准确解释的地方。这样的好处就是一座烙刻着多民族血脉的山峰慢慢演变成了据说，甚至是传说。而我则倾向于其源于"拉则"一说。

有一种说法是令人信服的，也见于西宁地方志提及的《宋史》等文献记载。修史的人明显乃一介儒生，骨子里流淌的是中华传统文化的底蕴。他心中的山想来更近于山水派。他见此地多溪流、平畴，翻译古唐伯特语中的山峰"拉则"时，便认真取了个雅致的名字，很美，叫"溪兰宗山"。"兰宗"源于拉则，而"溪"本为方位上的西，他嫌俗，直接从大地特性上，取为"溪"。西拉则山一下子进入《宋史》，成了溪兰宗山。这名字也符合宋人的审美。这是拉脊山最雅的名字。可惜太雅了，与当地粗犷的民风不贴切，以至于没有承续下来。千百年前的黑城，得益于溪兰宗山，因此在典籍中便有了"溪兰宗堡"之名。雪域之巅，一座用于军事防御的城堡用溪、兰二字命名，一下子掩去了大兵压境的决杀气场，而有了琅嬛之外质。

溪兰宗堡太过宋人气，估计也只熬过了宋朝。经几度兴衰，明时，为固边防，重修旧堡，取名"清平寨"。这又是明朝政权骨子里平民化思想的特性了。于村寨而言，这的确是一种理念上的命名。清时，旧寨荒芜，又在原址上重修，黑古城之名便从此流传了下来。这里面的"古"有着千年的古意。

由堡到寨到城，由名字的演变可见此地身份在渐次隆升。不光驻防，大约也是商贾打尖，进行茶马交易之所在。

人们在遵从一个名字时，其实是有心灵取向的。有些地方，官定的名字往往会被民间所废弃。这是因为命名未能遵从心灵的归属。这是一种最失败的命名。而有的名字就那么自然而然地叫了起来，如同从土地上生出的一般，拥有着顽强的生命力，叫着叫着慢慢便有了故事。如黑城。

不过，说真的，溪兰宗堡这名字可真不错。我很喜欢。

3

古，有时候也可理解为"故"。古别于今，而故则能运化出新来。黑城静悄悄卧于平畴垄畔，而平畴外，离其昔日的外郭不远，一右一左，或者一上一下，乃为上新庄、新城二村。由此可见，这一带曾历经几次大规模的战略性转移。黑城曾几度废弃，又几度起复。所谓的新庄、新城其实是因故城而来。这也是民间将黑古城这一称谓延续下来的缘故了。这是一段不能抹去的历史，是故城，也是古城。人们无法忘记她曾经的荣耀与身份。

沿上新庄西行，过一段小山坡，便走进了昔日的边墙外。风光大不同，半坡式村田，牧野近在咫尺。走过周德、班隆二村，离边墙越来越近，几乎是沿着边墙走。最后，只跨过一段坎坡，黑城便跃然在目。

这段坎坡，我们跨过时，是那么地自然，仿佛多少年来，人们就是这样迈边墙而过似的。边墙之西，虽也有良田之属，而村庄却是用经幡、桑炉迎接我们的到来。整个村子悠悠然，听不到喧嚣之音；边墙之东，村庄明显带出五方杂处的味道来。显然，这一带边墙隔开的乃是汉藏两家烟火。这边墙虽历经沧桑，早已斑驳零落，而从其时断时续的根基上看，想来昔日也不十分宏伟。这墙哪怕就是在刚刚筑起来的年代里，断乎也是防不住真正的勇武之师的。这无非是牧野的官方分界而已。

我总疑惑刚刚我们迈过的坎坡其实并不是边墙塌圮后的一截缺口。这缺口也委实有些大了。它应是昔日的一个通道，说不定当年还有简易的城门也未可知。边墙外有水渠遗迹。瞧，我们的古人们一向秉持着城池相依的护卫理念，哪怕是在这万古如斯的荒原上，骨子里的理念一定要符合方圆才行。坎坡外便是响当当的黑城。驻守在此的将士们日日在此操练，慢慢也居家过起了烟火日子。溪兰宗堡，清平寨，城头一举大王旗，有本事请放马过来。在横绝不通的城墙外驻防是没有意义的。唯有这里连接着要地，通道，一切才行得通。那么，我们刚才跨过的坎坡一定就是一条通道了。我一步步向黑城走近，这一想法也一步步坚实起来。我回望刚刚走过的地方，依稀看到了一场立碑会盟，也依稀听到了茶马互市的吆喝声。是呀，不远处便是马场，那千年前的青骢御马，说不定便有不少是从这里奔向中原大野的。

沿南川河一路南行，可通青海湖南道。上新庄、新城二村依河道而建，这符合古人筑村的理念。黑城稍稍远离河道，孤零零存于原野，似乎她就要那样孤着，做一个独一无二的存在。唯有沿着边墙走一回，才能明白此地筑城乃其必然。黑城的几度被废与其驻防意义上的力量削弱有关。只消站在坎坡回望，我们马上便明白了，这黑城，昔日的溪兰宗堡，六百年前的清平寨，其实是汉家烟火在青海的一个界点，甚至可以说是起点。

而今，边墙蜿蜒，墙西依然是经幡随风舞，墙东却是耕读传家久的所在。这边墙曾隔绝了汉藏两家烟火，如今却同属小小一镇。经过专家们几番考察，湟中境内的边墙已勘定为明长城的一部分。历史的云烟，说不尽的风云变幻，道不尽的金戈铁马戎戎月，现在却是小小一镇里的你侬我侬。

在这里吹吹风其实很好。

4

这次来，我们干脆在村子里住了两天。我住的人家几乎纤尘不染。也是那种从来不见打扫却处处透着洁净的感觉。家中酿青稞酩溜酒，故而宅子里总是带着一种清冽的酒香味儿，不醉人，倒让人心境愉悦。小院南隅木廊下，摆了一排多年不用的旧坛子，用红绸子盖着。我以为里面是酒，却是空的，酒香依旧撩人。农家平常的厨房，烧锅上面大蒸笼闲闲端坐。问主人，方知酒是一茬茬酿，这两天正赶上青稞的发酵期。像时间一样，一切都是静悄悄的。几层厚棉被下，四五口大缸，蒸熟的青稞正做着孩童时代的梦。釉味儿缠绵着春来大地的气息隐隐而出，是醇厚即将蓄势待发的感觉。没有看到出酒。若能看到酒从青稞上一点点走来，想来我们会激动莫名。现成的酒倒是喝了一小杯，没有辛辣味儿，不上头。家中老妈妈很健谈，讲酿酒的整个过程，简直是一部酒谱。是可以拜师的那种。

到黑城的第二天，于鸟声中醒来，再不肯睡。回到土地上后，我在城市里产生的困乏症一扫而光，不肯浪费哪怕一分钟时光。在这里，每一缕阳光我都想拥抱一下。我用水扑了两下脸，胡乱抹了点油便走了出去。走在鸟声里，心便也脆生生起来，身体一下子变得轻快了。

已经有人在我的前方。这是莫道山行早，更有早行人的地界。不敢喧嚣，挥挥手算是招呼过了。我们依旧沿着村子走了一段路。城墙，石子街，青砖木门，赶去上学的孩童，时光在这里不再紧绌，而是舒筋展骨，活出了自己漫长的模样。

这一天，我们步行去了加牙村。加牙二字不知出处，据黑城村老人讲，这一带整个叫加牙。这么说，黑城是加牙的一部分了。不过，在行政区划上，加牙村是黑城的北方邻居。我们走访了国家级非物质文化遗产手工藏毯艺人杨永良的传习所。是新起的屋宇，砖混结构，四五间房。几架结实牢固的铁机梁。杨永良夫妇二人在机梁上忙碌。屋子里散落着手摇式纺车和各色手工染就的毛线。颜色不鲜亮，是古朴的自然色。据说这样染就的颜色只会越洗越新鲜。机梁上是半成品卡垫，藏八宝已织了一半。杨家夫人鲜言寡语，任凭我们各种问，只简单报以点头或摇头，手不停放线、结扣、过线。许久，织得一毫米。她编织的哪里是地毯呀，分明是将山中岁月打成经线、纬线，织成了芳草如茵。从格尔木来的儿童文学作家唐明斥资买了一块大毯，暗八仙浮雕，原色织就。她很开心，仿佛她白捡了一段厚重的好时光似的。这种手工藏毯也确实是满载着生活质感的厚重物件儿，能用一百多年，而且毛色会越用越新。

黑城村村史馆正在修建中，只简单陈列着村中一些影像。颇为意外，我在这里看到了村中各家族的谱系图。100 年前，地产商人丁冰清用 200 两白银从民国政府手里买下了黑古城地产，然后陆续分售于当地农户。从此，黑古城脱去南川营驻防的樊篱，从官方走向民间。一段段金戈铁马的岁月就这样永远消失在了历史中，战争的烽火变成了更为坚不可摧的人间烟火。村民们住在这样一个四方城里，性情中总要带出些闲淡疏朗来。我们来的这三日，家家门户大开，或者这里素来便是夜不闭户吧。

这几日是南川高地上的孕花季，花尚未开，万物正在大地深处萌动。许久未降雨了，空气有些干燥，午后会起风。我们白天到周边山野村庄走访，回去时总是带着一身的泥土气息，可只要拐过古城墙，脚踩在黑城村石子街上，我们的心便会静下来。这是一种承载着历史风月的沉静。短短三日，大家或缄默不语，或侃侃而谈，全都心中有了故事的样子。而黑城，带着历史的风烟一路走来，确乎拥有这种天然的磁场。海北来的小说家索南才让远离大家，独自走在小街上，时不时低下头，在小本子上写上几句。他已经入境了。他写得久了，一只山雀从他头顶飞过，落在了身旁石砖上。这是第三日清晨的事。黄风天彻底过去了，阳光正无限铺开。

漫谈周屯

杨立鑫

　　初冬时节，乍寒还暖。难得闲暇的周六，打算让女儿开车带我和父亲去常牧镇周屯村转转。周屯村是贵德文化名人张荫西先生曾经生活过的地方，我非常仰慕他。尽管先生早已仙逝，但我也想借此去近距离追忆、缅怀先贤。

　　这次来周屯，我特意提前与村里的许志全书记联系过，想让他带我们去村里的周屯寺、二郎庙看看，了解了解周屯历时600余年的"屯边文化"，顺便实现我一个小小的愿望。

　　周屯村至今历时600多年，经明、清、民国三个时期，形成了历史悠久的屯边文化、二郎庙文化等。从二郎庙遗址，民间收藏的明、清时期的兵器及民国时期的文史资料为印证，加之村民口碑相传中得知，周屯历史可追溯到明洪武十三年（公元1380年）。明代为稳固边防，在边疆少数民族地区"移民实边"设置军屯，以实现"北拒蒙古国，南捍诸番"的战略方针——"边地，三分守城，七分屯种"。首批自河州卫（今甘肃临夏地区）调拨民四十八户安置贵德境内。明永乐四年（公元1406年）第二次拨河州世袭百户周鉴、王猷、刘庆各携眷属迁贵德垦田守城，免其税粮，自耕自食，责以筑城寨，其中百户周鉴携眷属驻此防务、屯垦，修筑了三屯寨之一的"周屯寨"，故名周屯。周屯村一直沿用这个带有军事色彩的字眼作为村名，或许也是源于后辈对先辈的尊崇敬仰。

　　前几年，偶然间拜读了张佩华撰写的《怀念我的父亲张荫西》一文，了解到我县已故文化名人张荫西老先生曾在"文革"时期被下放到周屯村接受劳动改造时的点滴生活，让我有些好奇，在特殊的年代，是什么支撑着他这样一位古典诗坛的巨擘在乡野度过了八年的漫漫时光。

我自认为与张荫西老先生是有一些缘分的。在我女儿 3 岁的时候，突然得了恶疾，多方寻医问药未果。后有友人推荐我带女儿去寻一位 80 多岁的老中医看病，未曾想一碗中药下肚，竟奇迹般地药到病除。老中医鹤发童颜，慈眉善目，开了药方，分文未取。过了很多年才得知这位老中医便是张荫西老先生的胞弟张鼎西，"医者父母心"，他也如同张老先生在周屯村和潘家院时一样免费问诊开方。我没有像河东一户人家那样将张荫西先生开的方子端端正正贴在墙上，却因为给别人提供了张鼎西先生给女儿开的那张方子治好了患有同等病症的病人，故对鼎西先生的感激之情溢于言表。2016 年，"张荫西故居"在玉皇阁东侧老先生曾经生活多年的旧居"潘家院"落成，同时我们贵德河阴文学社也恢复活动。翌年，梨花盛开的时候，我们邀请河阴文学社名誉社长、老作家王文泸先生和青海著名辞赋家罗子云先生在先生的故居给我们这些文学爱好者授课，并现场创作、举办改稿会，我也有幸参与其中。

难以想象在 20 世纪 60 年代，生活在那样困顿的状态下，一位 60 岁高龄，且手无缚鸡之力的文人被遣送到乡下生活，是如何以老迈之年参加农村的种种劳动，以解决一家人的温饱。然而我们从老先生的诗词中却从未发现他有过悲伤与气馁，反而自诩是"百树侯"，透着淡泊、宁静，和与苦难生活相抗争的倔强，这与周屯人开垦荒地、御敌守城、百折不挠的屯边文化有着精神上的契合。所以此次周屯之行，首先让许书记带我们去探访老先生 50 多年前曾经在周屯住过的地方。

我们随许书记走上村委会斜对面一块土坡，行至周屯寺。在空阔的庭院内，许书记指着院子南面的一块空地说："那里就是张荫西阿爷曾经住过的地方，现在屋子全拆了，当时这是大队饲养院中一间有满间大炕的房子，腾出来后给张家阿爷一家住。"据村里的老人们讲张老先生在生产队背过粪、拔过草，作为"护青"人员挡过鸽子、赶过麻雀，守过麦种，受了很多罪，那八年，是他备尝艰辛的八年，但也是他笔耕不辍创作诗篇、不间断偷偷为远近病人看病的八年。

许书记笑着问我是不是没有见到张荫西阿爷的家很失望？虽然未预料到，

没能见到曾经房舍的一砖一瓦，但也能想象先生一家居于此处的场景：在当时老先生的家庭生活和个人前途看不到任何希望的时候，他仍然不忍将找上门看病的人拒之门外，也常常在夜里，伴着昏暗的灯光拉着二胡给唱秦腔的儿女们伴奏度过漫漫长夜，也许越是苦难的时候越是需要内心的坦然与豁达。当然我也知道周屯远远不止曾有文化名人居于此地，还有贵德县非遗文化六月娱神节的"两神相会"、涵盖圆庄遗址、古城墙遗址、古树名木、二郎山、二郎庙等遗址构成的屯边文化。

从周屯寺出来我们随许书记登上了二郎山。由于周屯地理位置相对偏远，外来文化侵蚀相对薄弱，才完整地保留了一些明清时期的汉文化原貌，其中就有在每年阴历三月二十六日，在二郎庙举办的青苗绿会上流行的"烧包"习俗。据贵德作家秦玉兰《周屯村最特殊的祭祖方式——烧包》一文中记载，三月二十六日一大清早，村里的老人、妇女、小孩就陆续赶到庙里，进香烧表煨桑，完毕后，每家在大殿前领取一个黄纸做成的像邮包（信封）一样的"包"，在里面装上各自准备好的烧纸、黄表、纸钱等亡人用的冥物，封皮上亲自或找人代写上自家祖先亡灵的姓名，然后用糨糊把口封好，整齐地堆放在庙门里边。下午一时许，"烧包"仪式开始，长老开始诵经祷祝，为亡人超度。人们跪在堆放的烧包前，不断有人烧表，在长老的诵经声中，那些平日里不善待父母的人，痛悔自己的不孝行为，甚至失声痛哭，持续到大约下午三时诵经完毕，人们把"烧包"拿到庙前山坡上焚烧。看似有些迷信的习俗，从另一方面也是告诫子孙们时刻不忘"百善孝为先"的优秀传统文化，常常要思己过，不要愧对父母养育子女的恩情。

初冬的二郎山虽然没有花儿的绽放，可尽收眼底的分明就是百花齐放，万木争春。深红、绯红、金黄、淡黄，层林尽染、五彩斑斓。甚至于一棵树上的叶子都能呈现出红、黄、绿三种色彩，微风吹来，似无数的蝴蝶上下翻飞，甚是好看。为了绿化二郎山，也是花费了周屯村好几届村干部的心力。由于气候干旱，植被稀疏，水土流失严重，从20世纪60年代开始，村干部便带领村民们栽树、种花，一茬接着一茬地干。期间，也曾经在山上开垦过70亩地，但由于土地碱性太大，庄稼收成不好宣告失败。为了改善水土流失，从2018年开始，聚集全村之力陆续补植了8000棵树，由于浇不上水，村级公务费的开支多半用于水泵发电抽水浇树。因为地理条件差，为了多种树，周屯几代人吃了很多的苦，以至于曾经在待嫁的姑娘间有传言："不能到周屯当媳妇，周屯的苦大！"

顺着铺设的花砖往山上走，曲径通幽，不时有石桌和石凳陈设、古色古香，远处两座小亭子隐约可见。小径边栽有沙枣树、杏树、油桃树，都是些耐旱的树种。一块平整的石头上刻上了张荫西老先生的诗句"密密层层林林，高高低低山丘，弯弯曲曲溪水，来来去去牛羊，半藏半汉习俗，亦农亦牧生涯，多寒少暖天气，高阜低洼人家"，老先生这首朗朗上口又不失隽永的诗句，对周屯的地方特色、风土人情做了最贴切入微的描述。或许张荫西老先生在这里的八年只是他一生当中的流年碎影、过往瞬间，但对于周屯村来说他是这个地方曾有过的最值得瞩目的人物，注定了周屯村的精神天空必定是丰富的、不凡的。

从二郎山半山腰远眺，可见整个周屯村房舍错落有致、树木枝繁叶茂。仰望山顶，有多台推土机不停歇地在山顶作业修建蓄水池。望着绵延不绝的山脉我联想到在我们县实施的南干渠水利工程，于是跟许书记建议在山体的凹槽部分铺设像南干渠一样的倒虹吸，便于引水灌溉树木、改善生态环境。在山顶沿着山体走势铺设栈道，便于游客登高望远，尽览常牧无限风光。许书记说，"我们正是这样规划的。今年县水电局开始在二郎山实施'水系联通 水美乡村'项目，改善引水补水条件，等水的问题解决了，满山满洼种上树，既可以保持水土还可以绿化植被，同时在原有绿化及道路基础上修建观景台、环山栈道。我们周屯作为龙王池、马什格羊水库和草原风情游的第一站，利用二郎庙的正月十三二郎爷'弓箭大会'、三月二十六'青苗会'、六月十九'两神相会'、九月九'大神会'四个庙会，挖掘乡村旅游文化，打造民族团结、村史教育为基地的'一村一品'文化旅游乡村品牌和屯边文化主题公园，准备投资修建几个以当地特色吃食为主的农家小院，定能带动全村和全镇的旅游发展和经济发展。"说这些话的时候，许书记的眼神如同一泓清水，通透明亮，满是憧憬。他还说，"这个也不是我们这一届村干部一下子就能实现的，得一步一步来。"周屯村的前途一片光明，任重而道远。

面粉和油料加工是周屯村原有的一项支柱产业，周屯村历来水磨多、榨油坊多，于是我建议还原修复一两座水磨和榨油坊的旧貌，按原始的操作流程和风格修建，还可以在墙壁上摹画先人们磨面、榨油的劳作场景，这个在我们贵德县应该是独一份的怀旧文化，来旅游的老人们除了赏风景、看民俗、吃农家饭，还可以在这里回味以前的日子，听到这里许书记也兴奋地说道，"对啊，趁现在还有懂行的老人们健在，我们一定要干成这件事，除了可以让游客参观，还可以加工菜籽油出售给游客，带动一部分收入！"

我们边聊边走进二郎庙，庙里有几个老人在聊天。周屯话有时会夹杂一半句藏汉口音，周屯与刘屯、王屯的语言一样自成体系，听来很是有趣。老大爷说，"现在的生活变化大呀，以前我们在六几年、七几年的时候生活困难，顿顿清汤寡水，吃不饱肚子还得天天去地里干活，光收个庄稼就得花费一个月的时间，现在种田机械化，十几亩地种一天、收一天，太容易了。我们年轻的时候吃的苦给你们三天三夜讲不完。那时候村里成立了副业组，一夏（整个夏天）出去打庄廓、装粮食、装车，浇水、翻地，一挂（刻）都不能闲。现在 U 型渠里面淌（流）的是长流水，再不用铁锹挖渠，抢水、守水，抽板一抽就淌到地里了。""以前庄子里都是土路，下了雨要挽着裤腿，提着鞋光脚走。每年的二月份，大风一吹，塘土（灰尘）、垃圾满天飞，现如今啥时候出来都不怕跳到泥里，硬化路打到家家户户的门口，安装了路灯，还有专门的清洁工打扫。现在我们吃不愁、穿不愁，日子过得天天像过年一样，国家实话（确实）好啊！"朴实的话语述说着对现在生活的满意和对党和国家的感恩之情。

在去往村史馆的路上，走过陡斜的巷道时，我们当真看到互为犄角的两副用厚重的泥土夯筑的圆形庄廓，被当地人称之为"圆庄"，看上去跟客家人的围屋有些相似。在古时羌族人居住的青海竟有这种民居，也算是凤毛麟角，难得一见了。不远处还有一处"前庄院"门楼，古朴厚重的木门顶上建有安装花格窗户的二楼房屋，我本能地以为这是哪家富家女子居住的闺房，实际上超出了我的想象，这是以前的大户人家用来瞭望、放哨的所在，也可对当时"寓兵于农，屯民实边"政策下"战时为兵、闲时为农"的历史现状窥见一斑。斑驳的大门看上去像是几十年无人居住，早已看不出当年的繁华。从门缝往里望去，只见荒草丛生，一溜儿雕着花槽的锅头连炕的房屋，从一扇扇菱花纹木窗可以想象出主人曾有过的殷实生活。

我们一行走至村委会大院，丝竹之声不绝于耳。在八角廊亭里老人们在下象棋，文化长廊里有的老人在打牌，有的在吹笛子、有的在拉二胡、有的在弹三弦，演奏着青海民间小调，在热热闹闹中透着老人们晚年生活的恬淡与安逸。

推开村委一楼的一间房间，里面满满当当、整齐地摆放着社火演出的太平鼓、头饰等道具和各种乐器，头面珠翠光华流转。挂起来的社火、文艺演出的服装差不多有 200 多套的样子，锦衣华服、颜色鲜亮。"春节要热闹，锣鼓加社火"，周屯的社火断断续续延续了 400 多年。一个社火"身子"的扮演需要将近 120 多人。记得老辈们说过，社火是有讲究的，"社火身子"里的很多演员演不同神仙的角色，是顶着"神位"的，认为女人不洁，所以不允许女人担任任何的角色。记得小时候看的社火中，女人都是由男人扮演，化浓妆，梳着扎有红毛线头绳的大辫子（俗称：手帕），戴着墨镜，扭捏作态，也是别有一番韵味。后来随着妇女社会地位的变化，很多事情都在悄无声息地发生着变化。人们的文化层次提高了，随之观念也在发生着改变，女子最起码能在社火中演演"排场"，担任角色也不再是困难的事情了。虽然像社火这样集祭祀、娱乐为一体的群众性民间民俗活动也在随着文化娱乐的多样化、老一辈"社火人"的离去而处于鲜有人自愿参与和无法传承的尴尬境地，但同时也在物质生活优渥的条件下，非物质文化遗产保护与继承逐渐被人们所重视。尤其这几年，更是有综合性发展的趋势，除了农耕文化蕴含的思想观念和道德规范之外，还有反映新时代宣传党的惠民政策、改革成果和新农村建设及乡村振兴方面的内容，像眉户戏当中的《抢公公》《赶花轿》等。但无论如何，在每个人的记忆里，乡村充满泥土气息、喜气洋洋的社火还是显得那样深刻、亲切和诱人……我相信在锣鼓喧天的日子里，村子里每个看社火的人都能清晰地记得看社火时涌上心头的那份满足、幸福与祈盼。

在周屯村委会村史馆里，我感觉最吸引人的要数周屯村史馆内存有的 5 块青砖。每块青砖上分别印有"1 到 5"中的一个阿拉伯数字，相传周屯村曾经有四大姓，许、范、者、赵，为了统筹安排修建庙宇和加固围城所需的工程量，按姓氏建窑烧砖，而这四个姓氏分别代表青砖上的 1 至 4 号，而 5 号青砖则代表在村内居住的其他杂姓。"以姓为组、以数为记"，可见周屯先辈在劳作当中迸发出来的智慧。面对村史馆收藏的展品和历史文书，许书记没有跟我讲建馆初期是如何筹措资金、也没有讲是如何搜集那些展馆中的老物件和村民们是如何无偿捐献的，他只是对我说，面对村子没有集体经济，也没有特色产业的情况下，他们村的包片领导罗委员和村两委一起一直在思谋、探索下一步村子该怎么发展，怎么能让老百姓的钱袋子鼓起来？思虑再三，最终达成共识，村子有着老祖宗留下的得天独厚的屯垦文化，在文化展示上下功夫，挖掘文化，或许能闯出一片新天地。于是，村干部负责开会动员群众拿出自家的老物件，并奔走于资金的落实，由罗委员负责整个村史馆的设计及文字说明。忙前忙后几个月，终于建成村史馆。通过这些老物件给现在的年轻人讲讲过去的故事，也能让下一代了解周屯的历史，让他们不要忘本。同时，村史馆的落成也为以后发展旅游业迈出了坚实的第一步。让前来参观的人能从一只灰陶罐、一只铸铁火盆和一个碌碡中，了解周屯村历史的变迁和传统文化的传承，从而追寻历史、留住乡愁、记住乡音。

"犁锄无语开拓传奇犹在心脏，杵臼有情屯耕往事时常回梦。"

风好帆正悬，奋进正当时。如今的村干部已确定了以屯边文化和村史馆为依托，设计精品旅游路线，丰富节庆活动，打造旅游业为主的发展新路子，周屯村也被列为全省第二批乡村旅游重点村，乡村振兴的蓝图已然绘就。

我们在一天之内走过了周屯的很多地方，见到了种种遗迹，也真切地感受到了许书记对周屯村未来乡村旅游发展事业的决心，听到了老人们对以往生活的回忆和对现在美好生活的满足，我似乎看到的不仅仅是表面的改变，更多的是周屯人精神层次的变化，看到的是周屯村这一届两委班子正想法成熟、干劲十足地带领周屯人昂首阔步地迈向更美好未来的样子，那种欣慰与期待不言而喻。

丹高路上绘新图

那朝庆

　　我们都有个故乡，都在感叹"回不去的故乡"。凭寄还乡梦，殷勤入故园。游子的还乡梦寄托着浓浓的乡愁，回不去的故乡其实是我们无尽的眷恋。如果乡村依然生机勃勃，你还会徘徊在旅途吗？带着这样的问题，我在乡村寻觅。

　　冬日清晨，暖阳和煦，我和文友驱车到哈拉直沟，探访用秦腔演绎乡村巨变的魏家堡村。沿着丹高公路一路南下，至哈拉直沟乡，过毛荷堡村，在丹麻河拐弯的地方，沿河两岸就是有着浓郁文化氛围的魏家堡村。丹麻河告别龙王达坂一路流经丹麻、哈拉直沟、高寨三个乡镇三十多个村庄汇入湟水河，沿岸留下了肥沃的土壤、富饶的物产、差异化的地质地貌，藏族、土族、汉族、回族、蒙古族等多个民族沿河繁衍生息，孕育了多姿多彩的民族民俗文化，这里是他们生存的家园，也是他们永远的故乡。村庄整洁靓丽，宽阔的村委会广场上五星红旗迎风招展。一对夫妇正在晾晒打碾的麦子，微风中荡漾着小麦的清香。广场旁的小园子里，几个小孩在追逐打闹，园中的八角亭中，老人们晒着太阳有说有笑。一幅悠闲恬淡的乡村画卷，似在静静地诉说着魏家堡村的今生。

　　魏家堡村是众多河湟谷地村庄中人口较多的一个村，相对于互助其他地区，这里平均海拔 2350 米，全村 506 户 1997 人，典型的川水人家，人多地少，贫困人口多，由于缺少致富产业，和其他村一样，村子面临"年轻者外出，年老者留守"的"空心化"窘境。精准扶贫工作开展以来，魏家堡村挖穷根、谋富路，除陋习、树新风，忆传统、讲文明，建设美丽乡村，华丽蝶变，成为省级乡村振兴示范村，回首过去，奋斗是这里的"主旋律"，展望未来，振兴是这里的"主色彩"。

1

　　在村广场，几位老人和我们热情地攀谈起来。对于村里的变化他们由衷地感叹，党的政策好啊，村民过上了幸福日子。川里人家人多地少，这是一个现实难题。人均不到一亩的水耕地是他们全部的希望，地是命根子，水是命根子。夜晚操心水，白天操心地，一年年一代代他们就这样在土地里寻觅着生活的希望，但地里的庄稼只能维持他们的温饱，要改变他们生活的窘境必须要有新的出路。曾经日出而作，日落而息的农耕生活，束缚了村民的手脚，村民们除了务农，就是到县城和西宁打零工，打工的日子更艰辛，常常是顾了这头丢了那头，没日没夜地奔波不但没有收入，有时还会陷入付不起路费的尴尬，更多的时候是无工可打，很多村民只能赋闲在家。出路在哪里？每一个人都在迷茫中苦苦思索。无疑，培文化之根、铸产业之基是其中的一条。寻找出路，就需要有一个带头人。村民口中，孙玉宝就是这样一个带头人。

　　孙玉宝，魏家堡村第一书记，青海省脱贫攻坚先进个人，一个精干的青年汉子。认识他，是我在哈拉直沟中学工作时的一次产业发展座谈会上，会上他侃侃而谈，谈魏家堡村的农业发展，谈魏家堡村的集体经济，会后他约我到魏家堡村采访了解村里的变化，他更希望把村里的教育办好，他希望吸引外资投资村里的教育事业。我是名教育工作者，话题自然谈到了一起，也促成了这次魏家堡村的亲身体验。2018年在脱贫攻坚工作中，孙玉宝受命到魏家堡村担任第一书记，告别省住建厅机关大院的工作，来到村里，他成了魏家堡村的一员。放弃省城优越的工作生活条件，到村里开展工作，投身乡村振兴，本身就是一种奉献，不得不令我刮目相看。驻村以来，他凭借一颗奉献之心，深入田间地头，及时把握村情，厘清工作思路，团结带领全村群众脱贫致富，当起了全村致富带头人，他把眼光瞄向了种植业和养殖业。种什么，养什么，孙玉宝和村民一起找门路，寻方法，一些传统的养殖业、种植业已经没有市场活力，发展后劲不足，必须要找到有市场、有发展前景的产业才最重要。为此，他组织村民到各地参观学习，各地合作社、特色村庄他们都去取经，水果、蔬菜、药材等的种植，养鸡、养牛、养羊等为主的养殖业，他们寻了个遍，经再三论证，以特色化为前提，他们终于找到了适合的产业——黑驴养殖。

看到我以朋友身份造访他们村，孙玉宝打开了话匣子。他说，"养驴我们有场地，最关键的是驴好养活。"对比总结他们得出养驴成本低，成活率高，有市场需求的结论。于是，说干就干，孙玉宝带领大家搞起了黑驴养殖。他"物色"了不少致富带头人，最终找到村里的能人李卓玛永山做黑驴养殖负责人，进行规模养殖，还专门跑到山东学习古法熬制阿胶的方法，拓展驴系列产业链：驴皮熬阿胶、驴肉做餐饮……

魏家堡村的西面是他们的后山，往里走是东山乡贺尔村，山路蜿蜒，满山遍野都是肥沃的土地，因坡度大，山上的耕地都已退耕还林，是发展养殖业的最佳选择。他们把黑驴养殖基地建在后山，沟壑纵横的山地给了他们广大的发展空间，黑驴在这里有了家园。几年下来，他们的养殖规模达到 300 多头，这已是目前全省规模最大的黑驴养殖基地。通过驴肉产品加工、阿胶熬制，产业链逐渐成熟，30 多名村民在这里实现稳定就业。

在养殖产业的驱动下，孙玉宝又和村民把眼光瞄向了种植业。2018 年，时值甘肃民勤等地兴起药材种植和加工业，市场需求较大。他带领村里种植大户到甘肃、安徽等地药材市场、种植基地调研、学习。回村后，成立了生态农业科技公司，计划发展规模化、集约化的汉藏药材种植和加工产业。他们以"能人创业，先富带后富"的理念为引导，致富能手李卓玛永山带领村民陆续在村里和县城建成药材加工基地、中药饮片加工车间，与北京、广东等地药企签订中药材供销协议，公司中药材产值达到 1200 万元。以村集体经济为依托，农业科技公司成为村里产业发展和就业致富的重要载体。自 2021 年，魏家堡村将 200 万元的村集体经济产业资金投入药材公司，约定公司每年不仅向村集体分红，而且以劳动补贴形式向村民分红。药材加工业的起步、发展、壮大不仅创造了就业机会，也带动了大家的干劲，村里的每个人都开启了自己的致富之路，拼、创、干的风气自然形成，这也是村里发展最足的底气。

苦药材熬出了甜日子。在孙玉宝的引导下，在村西头的药材加工基地里我见到李卓玛永山。村姑打扮的李卓玛永山，干练爽朗。她说"我们的产业都是实打实的劳动密集型产业，每个环节都需要人。"当归 3 月播种，5 月拔草，10 月收获，11 月至 12 月完成初加工，来年进行深加工、精加工，每个环节都需要大量劳力，农闲时的 3 个月就能带动就业 200 多人，仅在当归种植一项，就能帮助村民人均增收 1 万元以上，她的脸上洋溢着坚韧与自信，也荡漾着收获的幸福。

初冬的魏家沟山上阳光明媚，天空湛蓝，黑驴在慵懒地吃草、散步，山下大块的彩条布上平整地晾晒着刚采挖的当归，妇女们戴着彩色的头巾忙碌其间。我们欣喜地看到，魏家堡村民的好日子就在眼前。

2

入冬后，第一场雪首先落在了魏家堡村的广场上，然后落在了巷道、山坡、田野。洁白的雪花掩映着新生的村庄，身披"白色外衣"的路灯在道路两旁笔直地挺立着，八角亭在雪花的映衬下庄严肃穆，这一番静谧又美丽的景象仿佛在向来访者诉说着魏家堡村"蜕变"的喜悦。

这个冬天不再寒冷，并不是写在纸上的诗句。我们从老人的口中得知，魏家堡村实实在在地实施了暖冬行动。2019 年，魏家堡村家家户户都装上了电热炕。2020 年村上进行"农牧民人居环境改善工程"项目，分别实施了居民住宅外墙保温、太阳能暖廊、屋面防水、外墙粉刷、庭院整治等内容。"以前我们睡的都是土炕，到了冬天，就得每天煨炕，一到下午，村里到处飘起大家生火煨炕的浓烟，浓烟十分呛人不说，长期下来，家家户户的墙也被熏得黑乎乎的，一点也不好看。如今，我们村里再也见不到黑乎乎的炕洞门了，因为在党的好政策帮扶下，我们家家户户都装了电热炕，不仅环保还更热乎，别提有多好了。"老人的脸上洋溢着幸福的笑容。2022 年村上又引来了天然气入户项目，家家户户用上了清洁能源天然气，烧水、做饭、取暖都靠它，不仅干净，还便宜。从此，烟熏火燎的日子一去不返。

村容在一点一点改变，做事文明、为人文明之风得到弘扬。2021 年，魏家堡村成功申报"省级美丽乡村建设"项目，争取到 300 万元美丽乡村建设资金，给村里的巷道铺设了沥青路面，村内沥青路全长有 5 公里，安装了 300 余盏路灯，还在村内修建了几处八角亭，供老人儿童聊天、休闲、娱乐。村里每家每户的庄廓院墙都进行粉刷装饰，用彩绘绘制了村规民约、社会主义核心价值观、海东精神等五彩画图，村庄显得清新亮丽，村容干净整洁，村道平整通畅。

在我的印象里，川里人家院挨院，墙靠墙，巷道窄，道路挤，到处泥泞，房前屋后也总是堆满农具杂物，巷道里杂乱无章。但在这里却是另一番景象，新铺的沥青路面，黑黝黝地散发着太阳的光亮，安全、舒适。我们从村民口中了解到，魏家堡村创新环境整治方式方法，建立村域卫生环境治理队伍，建成农村保洁岗，推行人居环境整治城市化工作模式，实行农户"门前四包"责任制，实现了村庄卫生整治的经常化，已成为县级人居环境样板村，焕然一新的生活环境让老百姓的日子越过越红火。

3

村里有着厚重的文化根基。自明万历二十二年（公元 1594 年）增置魏家堡，这里便是文明与文化的策源地。随着文化交流的加深，兴起于三秦大地的秦腔艺术从八百里秦川飘来，跨过黄河，翻山越岭后在偏僻的青海高原一隅扎住根，得以生息，成为颇具河湟特色的草根艺术，也成为魏家堡村重要的文化根脉。出生于 1963 年的魏录元，是村里秦腔艺术的一名省级传承人，他说他自小接触秦腔，跟随爷爷学习唱腔，练就基本功，一唱就是一辈子。据他的回忆，魏家堡秦腔艺术源起于乡秦剧团。奠基人是新庄村（新中国成立之前叫陈北堡，又叫"破寨子"）刘福寿先生（小名叫羊来子）。刘福寿先生出生于明崇祯年间（公元 1643 年），青年时期因家境贫寒，兄弟二人相伴逃难到陕西凤翔地区给当地一戏班头领牧羊为生。兄弟俩白天放牧，晚上偷学戏艺，年老时返回原籍，将学成的陕西眉户戏在家乡传播，给家乡的曲艺事业播下了种子。

清时陈北堡魏家堡作为当时的屯兵堡，是陕甘地区来的戏班或艺人必然驻足的演出之地，也许那些背井离乡戍边屯田的将士里也有许多秦腔爱好者。戏班子、艺人、将士、当地戏曲爱好者源于对秦腔艺术的热爱，互相拜师学艺、相互切磋，邀集串戏排演、自娱自乐，到排练、接戏外出演出，哈拉直沟农民业余秦剧团从无到有，从有到强，以本地戏把式为骨干，广泛吸纳省外、西宁、互助各地艺人，打造出了河湟农民特色的秦剧艺术，成为青海省最早的秦腔演出团体，在全省享有盛名。最初，哈拉直沟业余秦剧团被当地人戏称为"皮鞋班"，是青海省第一批非物质文化遗产秦腔项目之一。据蔡西林先生在《闲话"皮鞋班"》一文中记载，最迟在清道光之前"九堡"已有戏班，迄今已有160多年的文字记载历史。班子成员都是地地道道的农民。唱戏得有行头家什，称为戏箱。置办一副戏箱对于农民秦剧团来说是一件比较奢侈的事，因此戏班子草创后相当长的时间里行头家什奇缺，置办不起官靴彩鞋，以至于戏把式上场得穿自己用牛皮缝制的瓦泥皮靴，出场时抬腿一亮相蟒袍下露出了农民本色，"皮鞋班"的称谓由此传开。

受文化传统的影响，这里素有学戏的传统，戏艺高超者比比皆是。"皮鞋班"往往父子、兄弟、姐妹、妯娌同台唱戏，生活中的小女人往往是戏里的猛将，打得夫婿跪地求饶，戏里戏外错位的角色留下了不少乡村舞台上的趣闻轶事。从战乱中走来，从饥馑年代走来，不管生活曾经多么不易，当地人对秦腔的喜好没有丢，德艺双馨的好把式不断涌现，魏录元就是其中的一位。他于2018年被评为互助土族自治县秦腔传承人，他是一个典型的乡里汉子，宽厚的肩膀，黝黑的脸庞，话语不多，他说，现在唱戏的人不多了，但他一定要把秦腔艺术传承下去，把村里的文化事业搞好，排练出更多优秀的作品，把秦腔艺术发扬光大。

在村里很多人和魏录元一样喜爱秦腔，他们常年走乡串户，把秦腔演出送到千家万户，在最简陋的环境里，给人们带来欢乐，也把乡村文化的根深深扎了下去。目前，村里的剧团演职人员有52人，大家都是因为热爱秦腔聚到了一起，文武乐队、各类角色的演员都有，是一个行当齐全的团队。农闲时期大家会聚在一起，排练新的剧目，在村戏台上，我看到每个人十分投入，全身心入戏，忘我的表演，俨然是生活主角。所谓"民风淳朴性彪悍，秦腔花脸吼起来。台下观众心喜欢，不怕戏台闹翻天。"唱秦腔不是根本目的，是点戏理，讲传统，谈道义。三纲五常，人情伦理，戏里戏外岂不是生活翻版。老百姓有话说："锣鼓不响，庄稼不长。"娱乐心情，活络生活才是本真。魏录元说，村上的剧团排练的经典剧目有《铡美案》《辕门斩子》《彩楼配》《清宫册》《八仙图》《火焰驹》《三哭殿》《出五宫》《香山还愿》《游龟山》《蝴蝶杯》《王宝钏》《黄河阵》

《三回头》《赶坡》等十几本，一些剧目常常会去县城、西宁等地演出。

在文明新风的倡导下，几经失散的魏家堡秦腔艺术团重新焕发了活力，剧团的老艺人回到了村里，离乡的村民回到了村里，唱起了秦腔，排练起了剧目，每逢节假日他们会自发为村民表演秦腔大戏，让秦腔艺术在时代巨变中展现新的魅力。生活的画卷已徐徐展开，优美的旋律动起来，厚重的秦腔吼起来，幸福的生活唱起来，百年秦腔，百年传承，文化和艺术熏陶下的魏家堡村勃发着无限生机。

丹高公路绵延在山水之间，连接着乡村与城市，连接着村庄的今生与未来。依偎在丹高公路、丹麻河畔的魏家堡村，在乡村振兴之路上迈起了步子，甩开了袖子，奋勇向前。前方，崛起的河湟新城在等待，等待和蜕变的村庄一起装扮乡村更加美好的未来。

告别了村民，走在回家的路上，我深深感叹，有着这样一群人，有着这样的干劲，逐渐衰退的乡村必将会走向复兴，乡村的明天将会无比灿烂。过了卡子沟，落日的余晖洒向威远小镇，霞光霎时染红了西边的天空。

贵南：用万种风情编织天边最美的彩虹

许少海

这里是歌的海洋

圣洁的贵南高原，孕育了藏族文化内涵的神秘隽永。歌舞，早已成为藏族群众生命中流淌的血液，也给这片土地注入了强劲的活力。从最初敬奉神灵、欢娱民众的功能，到今天登上舞台，成为劳动艺术的纪念，已然成为独树一帜的文化现象。我所见到的藏族人，大多有着嘹亮的歌喉和善舞的天资。我想，这或许正与生活环境和生产方式有关。广袤无垠的天地之间，人是那样渺小的存在，举目茫茫皆不见，任由你放开嗓子、无拘无束唱歌，欢喜也罢，悲伤也罢，胸中块垒都随着一曲高歌消散了。也正因如此，形成了藏民族乐天知命、随遇而安的性格。

"勒"藏语即酒曲。在藏族群众中流行，历史悠久，内容丰富，有歌颂民族历史和民族英雄的，有祝福吉祥如意，健康长寿的，有赞美夫妻和睦，家庭美满的，有歌唱劳动和幸福生活的。其形式有独唱、对唱、合唱，托物寓情，想象丰富，语言朴实，感情强烈，曲调高亢。

如有一首歌这样歌唱幸福生活的：

大山里的野牛真幸福，
如果没有大山它怎么会幸福？
大海里鱼儿真幸福，

如果没有大海它怎么会幸福？

共产党领导下的人民真幸福，

如果没有共产党他们怎么会幸福。

有一首歌这样赞美家乡的：

美吆美吆，服装美，

美丽的狐皮镶在绸缎藏袍边上美。

快吆快吆，羚羊快，

羚羊领着羔儿在山坡上飞。

慢吆慢吆，黄河慢，

我家乡的黄河是慢流的水。

有一首歌这样歌颂民族团结的：

鹞鹰、雕鹰和雄鹰，

虽然羽毛的颜色不一样，

但在锐利的羽箭上，

永远结为亲兄弟。

汉族、藏族和回族，

虽然语言不一样，

但在祖国大家庭里，

永远都是一家人。

　　"拉伊"即藏族情歌，是男女相互表达感情的一种民歌，它虽然可以在欢庆、聚会、娱乐时演唱，但它和"勒"有根本不同的特点，就是唱"拉伊"的场合，自己的长辈、兄妹和亲戚在场时不能唱，如果在场就被认为一种不尊重、不文明，或认为伤风败俗。它的历史悠久，流传广泛，深受广大青年男女喜爱。其形式活泼、节奏愉悦、音域广、音程宽，曲调优美动听，回味无穷，唱词不统一，演唱者自己根据场合和对象，可以即兴发挥。

　　如有这样一首歌它是追求幸福生活的：

美丽的布谷鸟，

你何时到西藏去；

走的时候请告诉我，

我在美丽的树林里等你。

美丽的姑娘，

你何时到我的身边来，

来的时候请你告诉我，

我在幽静的村口等你。

有这样一首歌是表达坚贞不渝爱情的：

哎 .....

心爱的朋友，

我唱这样的拉伊，

是为了占据你的心房，

你是一个漂亮的姑娘，

如果你真心对我好，

我将不辜负你的期望，

你和我的情意似水长流，

结为夫妻地久天长。

"则柔""段谐""勾毛"等也是藏族群众喜欢的民歌。

"则柔"是两人或多人边唱边舞的小型歌舞。"段谐"是边说边唱的婚礼赞词。"勾毛"是青年男女相互爱慕、相互猜测心思、建立感情的游戏式歌曲。

贵南藏族歌舞是世界屋脊高原人类的生命情怀，它有琳琅满目、繁花似锦的不同类型和风格，是中华优秀文化中光彩夺目的明珠。而一个个逐梦前行的草原儿女，在与歌舞的相拥中，创造了崭新的人生途径。

这里是舞的天堂

藏族舞蹈是藏族人民日常生活的缩影，积淀着藏民族文化、民族习俗、对大自然的崇拜等，它伴随着藏民族的形成发展而成为人们日常生活中不可缺少的一部分，是藏民族悠久历史文化的传承和延续，也是精神文明的重要体现。

藏族舞蹈在贵南地区盛行，它是一种古老的集体舞蹈，男女老幼都可参加，人数不限，一般是男女各半，围成圆圈，时而轮流跳唱，时而全体跳唱。舞姿刚健有力，风趣幽默，往往从抒情性慢拍开始，随着歌唱段的不断反复和情绪的上升逐渐加快，最后在欢快、热烈的气氛中结束。藏族舞蹈一般不受时间、场合限制，在逢节喜庆、劳动之余、茶余饭后都可以跳，活动形式都比较普遍。

"卓"就是锅庄，是所有锅庄舞的统称。"锅庄"翻译成汉语就是圆圈舞的意思。在贵南地区锅庄舞有很多种，人们说"天上有多少颗星星，卓就有多少调；山上有多少棵树，卓就有多少词；牦牛身上有多少根毛，卓就有多少舞姿"。"卓"是一种特别古老且有传统的集体舞蹈，这种舞蹈豪放、舒展、大方、庄重、速度快时则如猛虎出林，速度慢时则如鸿毛落地。音乐也有时深沉，有时轻快。舞蹈的开始一般都是优美的慢动作，随着音乐的重复和情绪的上升渐渐加快，在飞快而又轻盈的舞蹈氛围中结束。贵南地区流行的"卓"，男女老少都可以跳，人数不受限制，受宗教的影响甚少，因此流传比较广泛。

"阿则"也叫阿什则，是一种以舞伴歌的表演形式，在贵南有 400 余年的传唱历史，在婚嫁、迎宾、祝寿、添丁、庆祝节日等活动中演出，它以歌传意，伴奏比拟性动作，歌颂党的恩情、祖国的长盛、家乡的变化，歌颂草原人民的勤劳善良、朴实敦厚的可贵品格，歌颂藏族儿女对美好爱情最质朴的表白和向往。阿则以载歌载舞的形式演绎欢乐的劳动场面和淳朴藏族民族风情。阿则的唱词主要涉及佛教教义、生活礼仪、美好爱情等，有的还即兴边编边唱，歌词热情欢快、诙谐幽默，曲调由刚开始的几种发展到现在的二十多种，表演人数可多可少，有时一人表演，一般多人以圆圈的形式表演，动作舒展、轻松、优美，步伐轻盈、灵活、敏捷。"阿则"是将辛勤繁重的劳作转化为欢乐优美的歌舞进行表演，其间表演的大多动作和日常劳动的动作相似，稍加一些夸张的动作进行修饰完善，它是劳动人民智慧的结晶，在贵南这片土地上勤劳淳朴的人民，用他们的聪明才智秉承发扬着属于这块土地的文明。

在 2023 年 7 月参加青海省第三届原创舞蹈大赛中，贵南县文化馆以"贵南治沙精神"的为灵感，表演了舞蹈《大漠颂歌》，描绘了新时代新贵南的美丽画卷，反映了"绿水青山就是金山银山"的生动实践，展现了贵南人民积极向上、敢于拼搏的精神风貌，受到广泛好评，荣获二等奖。舞蹈《祖辈的音律》，以藏族民间音乐素材为元素，舞步动感有力，气势雄浑壮阔，展现了贵南各民族共同团结奋斗的时代画卷、喜悦祥和的美好景象，以及各族儿女听党话、感党恩、跟党走的坚定决心，荣获三等奖。

在庆祝海南藏族自治州成立 70 周年文艺汇演中，来自贵南的演员们身着鲜艳的民族特色服饰在磅礴的舞蹈《盛世鼓舞》拉开了演出的序幕。歌曲《再唱山歌给党听》唱出了贵南各族儿女对祖国的繁荣昌盛衷心祝愿和对美好生活的蓬勃希望。《吉祥欢歌》《田园赞歌》《亲手种下团结树》等藏民族歌曲表达了浓浓的草原情怀和贵南治沙精神，舞蹈《携手向未来》节奏欢快、舞姿动人，体现出草原喜庆的浓厚节日氛围。非遗传承类舞蹈《母亲为我绣嫁衣》歌声明快、脆亮，旋律悠扬、古朴，赢得观众阵阵掌声和喝彩声。藏族弹唱《吉祥欢歌》，时而豪迈、时而轻快、时而婉转，体现了贵南各族群众豪放、热情、舒展的性格。

2023 年 8 月 10 日，贵南县第九届藏绣·歌舞·牦牛文化旅游季音乐嘉年华在开场歌舞《盛世鼓舞》中拉开帷幕，当地知名歌手卓玛加、完玛三智、丹正母子、周兴才让、仁青卓玛、多青加等汇聚一起，深情演绎了《再唱山歌给党听》《我和我的祖国》《故乡》《绣美山河》《在那幸福的田野》《洁白的仙鹤》等以贵南地域文化为特色的歌舞表演，用嘹亮的歌声，激昂的旋律宣传家乡、歌唱生活，抒发了对新时代伟大祖国的自豪感，激发了在场所有观众内心深处对祖国对家乡的无限热爱，把贵南人民的幸福生活串联成一幅画卷，为现场观众带来了全新的视觉体验。

如今，一批批讴歌党、讴歌祖国、讴歌人民的优秀歌舞作品在新时代焕发生机，深受各族人民喜爱和赞赏。

端起歌舞"金饭碗"

说起贵南歌舞，我们在这里不得不提贵南县沙沟乡石乃亥民间艺术团。

石乃亥村坐落在沙沟乡西山梁边的山洼里，100 多户，500 多口人，就这样一个不起眼的村落里，却走出了一支舞着长袖、唱着藏歌走南闯北的藏族歌舞演出队——贵南县石乃亥民间艺术团。以前仅守着农牧业吃饭时，村民的日子都过得紧巴巴。但这里的村民们好像"会说话就会唱歌，会走路就会跳舞"，与歌舞有着天然之缘。许多年前，村民们只是把歌舞当作自娱自乐，邻村的人曾说"歌舞能当饭吃？"没想到石乃亥人凭着自己擅长的歌舞，走出了一条"文化打工"的产业新路，拉起了队伍，走南闯北，带动整个村子端起了"歌舞饭碗"。

早在解放初期，藏族传统的"勒""伊"以及"卓""侧柔"等歌舞在石乃亥村十分盛行，如今已是七八十岁的老人们，当初为庆祝翻身得解放，为歌颂共产党、歌颂社会主义新生活，忘情地以这些藏族传统的歌舞表达自己的喜悦之情。至今流行于沙沟一带的阴历"六月会"还诠释着石乃亥人的能歌善舞的传统。在继承这些藏族传统歌舞的同时，不断丰富其内涵，赋予其新的生命力，使之延续至今，更具魅力。

在1993年海南藏族自治州建州40年州庆开幕式上，由80多名石乃亥村男女青年表演大型歌舞《庆丰收》，尽管没有华丽的服饰，却以藏族传统的"卓"与"侧柔"巧妙融合后的新颖、淳朴，以及宏大壮观的场面，惊艳了四座。人们在领略藏族传统歌舞魅力的同时也感受了石乃亥人对藏族传统歌舞的那份眷恋、热情与执着。石乃亥歌舞，也因此而声名鹊起。此后，石乃亥村藏族歌舞演出队邀约不断，在黄河谷地的藏家院落，在草原深处的牧场帐圈，都留下了他们歌舞的魅影。

如果说，1993年在海南州州庆上的成功演出，让石乃亥人还有点"受宠若惊"，那么1998年在北京龙潭庙会上的成功演出，让石乃亥人感到了无比自豪和自信。但带着那份自豪和自信，这群散发着酥油味的藏族青年男女察觉到，快节奏的都市人对优秀的少数民族传统文化有着一种特别的偏爱。由此，青海省海南州石乃亥民族艺术团诞生了。

索南卓玛是嫁到石乃亥村的媳妇，她曾经长期从事专业舞蹈工作，有着深厚的舞蹈功底和较高的歌舞编导水平，长期从事文艺演出的经历，使她对文艺团体如何面对改革开放的新形势，如何面对市场经济条件下文艺演出市场，如何在竞争中求生存、谋发展有了自己独到的见解，带着那份热爱和勇气她成了这个民间艺术团的团长。

在艺术团成立的当年，索南卓玛对原有的节目，在保持本民族特色的基础上，以新的歌舞理念进行打造和包装，带着第一批由二十几名藏族青年演员组成的演出队，直奔北京开始了商业性演出尝试。在北京中华民族园的最初几场试演，引起了意想不到的轰动，不仅稳稳地站住了脚跟，隔三岔五地还有些邀请演出的订单，二十几名演员的演出队一时人员吃紧，应接不暇。之后，第二批以石乃亥村为主的二十几名演员又启程了。

一张张外省区邀请演出的"订单"来了，"演出队"也在扩大阵容后变成了"演出团"，石乃亥"歌舞打工"的范围也由北京不断向上海、广东、四川、西藏等地拓展，村上的年轻人在经过严格培训后，纷纷离开草山和庄稼地，转身为"歌舞打工"的演员，一批接着一批地走上各地的演艺厅、朗玛厅的舞台。

以前石乃亥人茶余饭后自娱自乐的歌舞弄出了"大名堂"。如今的石乃亥民间艺术团已发展有 19 个分队、拥有 300 多名演员、演出涉及十余个省的民间文艺团体。队伍在发展，"地盘"在扩大，演出的内容也在吸纳融入了堆谐、弦子、热巴、法舞、藏戏等不同区域的藏族传统舞蹈中的精华，为艺术团走得更快、更远输入了源源不断地活力。

输出的是"吃歌舞饭"的演员，挣来的是让石乃亥日渐富足、村民日子越来越好过的"真金白银"。让我们一起算算"歌舞经济"的一笔账，以前村里的一个青壮劳力，一年放牧种田辛辛苦苦忙下来，除去一家人吃穿，剩不了几个钱。现在外出"歌舞"打工的人员，除了在外的开支，每年还能给家里挣来几万元的收入，所以这几年村里盖新房的多了，私家车也多了。

20 多年来，石乃亥艺术团先后培养了几千名民族文艺人才，走遍了全国二十几个省市、自治区，演出 10 万多场次，观众达 900 多万人次，年创收达 1200 万元。石乃亥民族艺术团，2005 年被中宣部、文化和旅游部评为"服务农民、服务基层"先进单位；2006 年被文化厅列为我省首批文化产业示范基地。2007 年被青海省政府评为促进就业先进单位；2008 年被文化和旅游部评为全国文化产业示范基地；2009 年评为"全省文化经纪人带头优秀单位"。原中央宣传部部长刘云山称石乃亥民族艺术团为"专业文艺工作者的榜样，农村文化建设的功臣，农牧民文化致富的带头人"。

近年来，艺术团积极探索文化市场发展规律，并结合自身实际，建立了一套村、乡、县三级工作站，打造以培训、演出、服饰工艺制作等为一体的文化特色产业，同时，又建立以招收—培训—输出—演出—创收为一条龙的文化产业链，为当地歌舞经济发展搭建了一个良好的平台。为实现乡村振兴建设新农村新牧区发挥了引领示范作用，同时对当地农牧民增收和再就业起到了重要的推动作用，老百姓的脸上都洋溢着幸福的笑容……

夜幕时分，广场上又响起了妙曼的音乐，村里的男女老少围成一圈，欢快地跳起了"锅庄"，用自己的独特的民族文化诠释着人生，也诠释着自己幸福的生活……

"金嗓子"歌红家乡

"一声'呀啦嗦'，把我们都带到青藏高原上啦！"藏族姑娘格桑吉的直播间里，常会出现类似留言。雪山；天暖时，背景就变成绿茵茵的大草原。不变的是，贵南草原的天高地阔，身穿民族服饰的阳光女孩，和她那原生态的"金嗓子"以及直播间里越来越多的观众。

格桑吉说，直播两年，命运最大的改变，是收获了更多的快乐。如果不直播，她很有可能是哪个大城市里无数打工妹中的一个，或是听从父母安排，早早结婚生子。而现在，从小就无缘接受专业音乐教育的格桑吉，用自己原生态的高原民歌，在直播间收获了百万"粉丝"。靠着直播打赏收入，格桑吉用自己的歌声撑起一个家。

格桑吉打小就跟着母亲早起喂羊、放牧、做农活。在平均海拔超过3000米的贵南县，靠农牧维持生计并不简单。所以，格桑吉的父亲一直在外打工，母亲则在家里田里山里劳作不止。即便如此，一年到头家里的收入也只能维持生活。

再苦再难，阿妈从没有放弃格桑吉的教育培养，坚持借钱也要供她读书，希望格桑吉像姑姑一样，能在县城找一份安稳工作。高中毕业，格桑吉如愿考上了天津的一所高校。从青藏高原到渤海之滨，生活、学习乃至经济条件的巨大差异，让格桑吉一下子无所适从。一段大学生活之后，格桑吉遵从自己的内心选择，放弃上学，回到故乡。

"我们可爱的格桑吉千辛万苦考进了大城市，最后还是回到了牧区。"爸爸妈妈半是安慰半是揶揄，但格桑吉觉得自己的快乐又回来了——草原、蓝天、雪山、羊群，还有亲爱的家人。"如果不再过多考虑别人的看法，那自己就慢慢强大起来了。"格桑吉抢着帮妈妈干活,也不过是为妈妈减轻一点劳作的负担,家里还是老样子,没有变化。

2018年的一天,格桑吉拿起早就收拾好的行装,告诉阿妈,我已经鼓起勇气再次去外面,打算去成都打工。看着态度坚定的女儿,阿妈没有阻拦。又一次来到大城市,格桑吉在成都找到一份餐厅服务员的工作。打工很辛苦,不过这次,她交到了朋友。天气好的时候,格桑吉和朋友一起骑上共享单车,在街巷里穿行,年轻人的快乐简单又单纯。与朋友敞开心扉聊天,不由自主又讲到家乡。家乡总是美好的。蓝天、白云、雪山、草原,与家人一起放牧的点滴,居然引来城里人无数羡慕的目光。朋友邀请格桑吉用手机"拍个抖音",再次激发了格桑吉回家的念头。这次,她不再是逃避。

2020年,回到家乡的格桑吉开始用"抖音"拍摄自己的牧区日常生活。放羊、捡牛粪、烤肉……高原上稀松平常的生活,吸引了不少"粉丝"关注,但创作并不容易。对别人来说,在草原上支个锅煮些肉都能博得不少关注,而格桑吉却觉得内容太单调了。经过几天的辗转反侧,她在"抖音"平台上发布了一条自己唱歌的短视频:"大家好!我是青海放羊的,一首关于青海的歌送给大家!"视频里她站在牛粪堆旁,清唱着"美丽的青海,可爱的贵南"。出乎意料,平时一条短视频只有三四千人点赞,这条一下涨了近4万的"赞"。

"原来这么多人喜欢听我唱歌!"格桑吉从小就爱唱,还当过班里的文艺委员。无缘专业音乐教育的格桑吉,从没想过能成为一名唱民歌的"主播"。这种带点儿"野味儿"的原生态嗓子,哪怕是清唱,都能很快引起网友的关注和点赞。2020年5月,格桑吉决定,在海拔3800米的贵南县直播唱民歌。

"人在草原上,更应该为大家唱草原歌曲。"唱歌时,格桑吉黑亮的大发辫垂在胸前,声音甜美悠扬,手臂随着旋律自如伸展,身后开阔的天地草原把她映衬得更加生动美丽。粉丝称赞她"人美歌甜"是最美的"格桑花"。

为了更好展现家乡,格桑吉到处寻找适合直播的场景,山上坡下,河边冰面。觉得自己不够专业,格桑吉就用手机在网上寻找唱歌教程,不断练习。每天下午4点到7点,格桑吉准时开播,《康巴情》《红马鞍》《康定情歌》……歌单持续更新。因为总是提到自己是青藏高原的孩子,格桑吉唱《青藏高原》的频率就高了些,歌曲中动听的高音部分,一遍遍打动着无数"粉丝",他们夸奖格桑吉"声音是天籁之声""一声'呀啦嗦'把我们都带上青藏高原啦。"

短短一个月，格桑吉的直播间里，高峰时观看人数会达到十万人。逐渐有了积蓄的格桑吉开始把手机声卡换成电脑声卡，加上配乐，正式"变身"一名民歌主播。一年多的时间，格桑吉拥有了百万"粉丝"，唱功也越来越精进。在大家鼓励下，她还计划发行一首自己的草原歌曲。"可能关于爱情、美景或者家乡，关键是那种能打动人的草原风。"格桑吉说，她未来的目标是要做一个有自己作品的专业歌手，这在从前"想都不敢想"。直播间打赏收入，也让格桑吉撑起了一个家。爸爸妈妈脸上的微笑，鼓励着她，让她用美丽的歌声歌唱家乡。

如今在家乡贵南县，格桑吉也小有名气，粉丝也已突破百万。县上要参加青洽会、大型文艺活动，都邀请她参与，格桑吉欣然加入。今后她在思考，如何为家乡推广特色农牧产品，为自己生长的地方贡献一些力量。

格桑吉从一名普通的牧羊女变成现在拥有百万粉丝的网红，不但归功于自身的努力，更重要的是她感谢伟大的祖国，感恩奋进的新时代，给她提供了难得的机遇和广阔的舞台。

现在，格桑吉觉得自己的快乐又回来了。直播唱歌时，她常常眯上眼睛，仰着脸，踏着舞步，陶醉其中，宛如贵南草原上一株迎风绽放的格桑花。

歌声传递"乡情乡音"

"穿过旷野的风，你慢些走……"2022年，丹正母子用一首翻唱的吉他弹唱歌曲《乌兰巴托的夜》引爆了全网，他们清澈的嗓音，质朴的表演打动了每一个看过他们视频的人，第一时间，播放下载量突破千万，粉丝超过百万。

丹正母子的家乡位于青海省海南藏族自治州贵南县，是一个有着"藏绣歌舞"之乡美称的地方，很多民间小调里都折射出草原民族的风土人情、时代生活，丹正记忆里的生活也是大部分土生土长贵南人的生活状态，唤起了网友对于纯粹和无忧生活的向往。对于大多数喜欢丹正母子的网友来说，最让人产生共鸣的还是歌声里那份浓厚的"乡情"。

几乎每晚，丹正都会和妈妈一起直播，这几次妈妈学会了一些汉语歌曲，也深受网友的喜爱。爸爸的拍摄技术也越来越好了，这样其乐融融的画面让丹正倍感幸福。

"我的成长记忆里没有手机，也没有电脑，就是妈妈的歌声，那些外婆唱给妈妈听、妈妈又唱给我们听的藏族小调。小时候听没有什么太特别的感觉，寒假期间，我每天和母亲更藏卓玛一起放羊，在寂静的草原上，听到母亲唱歌，突然一下非常有感触，小时候的那些记忆和无忧无虑的感觉一下子都跑出来了，于是就想记录下来和妈妈在一起的这些美好瞬间。"回首初衷，丹正表示当时的想法很简单。

丹正印象中妈妈更藏卓玛是个少言寡语的人，每天的生活就是做饭、放牧、操持家务，默默照顾着一家4口人。"妈妈喜欢唱歌，放牧时常常在空旷的草原放声歌唱，干家务时妈妈也要亮亮嗓，她用自己喜欢的方式，给平淡生活增添一点乐趣。"

步行半个多小时给羊群喂食，是丹正一家每天的"工作"。站在山顶，万物寂静，只有耳边呼啸的风声，身后不时传来羊叫声，丹正的歌声悠扬辽阔，这样的景象让人倍感亲切，给人平静和心安的能量。

这歌声也如同一簇跳动的火苗，温暖了丹正的童年，"小时候在草原上玩耍摔倒，磕破膝盖大哭时，母亲会轻柔地给我包扎好伤口，会抱着我，唱歌哄我。这是我的生活里最珍贵、最温馨的幸福时光。"

大概是离开家乡后，家乡的概念才会愈加清晰，"乡音、家的感觉、感动、安宁、平静"是评论区里被经常提起的词，丹正母子不加修饰却饱含深情的歌声唱出了他们的故事，歌声深耕于故乡的泥土，入耳更入心，娓娓动听，"很神奇，你能从他们的歌声里捕捉到自己回忆里的故事。"

丹正的吉他是自学的，对于他来说，给妈妈伴奏、和妈妈一起唱歌是很幸福的事情。一个网友评论说，"是儿子成就了妈妈"，丹正说这句评论令他印象深刻，"我觉得不完全是，也是妈妈成就了儿子。"母亲的歌声是他和家乡的纽带，虽然这几年在外面读书，也接触到许多新鲜事物，但是只要听到妈妈的歌声，他觉得他就是草原的孩子。"现在全家人一起学习，我学习吉他，母亲学习汉语歌曲，父亲学习如何拍摄，一家人其乐融融，亲情的羁绊更深了，也圆了母亲的唱歌梦。"

丹正母子也在农闲时节，常在抖音、快手平台直播唱歌，他们也受到了越来越多人的关注，成功登上了央视《黄金100秒》的大舞台，翻唱了经典歌曲《传奇》，受到了现场及电视机前观众的喜爱和赞誉。因为一次偶然的机会，被《星光大道》

栏目组编导看到，向丹正母子发出了邀请，邀请他们走上《星光大道》的舞台。本来就对《星光大道》的舞台非常向往的丹正母子，在这位导演的鼓励下，母子俩做出了一个决定，要前往北京参加今年 4 月 27 日央视《星光大道》周赛。

第二天，贵南迎来了一场难得的春雪，踏着厚厚的积雪，母亲更藏卓玛，在全家人的祝福声中出发了，前往西安与儿子会合，一起踏上《星光大道》的舞台，他们的梦想即将变成现实……2023 年 9 月 18 日蒙古国自然环境与旅游部部长会见丹正母子，并授予蒙古国旅游大使证书，乌兰巴托市市长代表乌兰巴托市政府向丹正母子赠送了感谢信，感谢他们对中蒙旅游做出的宝贵贡献。

丹正和爸爸合影时说现在比爸爸高了，确实是长大了。谈起视频的火爆和"网红"称呼，丹正说"我不是网红，这就是我的生活，大家喜欢我们的生活，喜欢妈妈的歌声，我们就很开心。"问起他对未来的打算，丹正想了想笑着说，还没有想太多，就是谢谢大家对他们的喜爱，以后要继续学习，唱更多的好歌曲献给大家。

新时代的车轮飞速运转，无论时代如何变迁不变的还是"乡情乡音"，它永远保留着最纯粹的一部分，连接城市与草原、拼搏与生活。丹正之所以成为"丹正"，离不开故乡的滋养，成长路上的每一声悠扬的小调，每一个生活的点滴，都潜移默化地在心底植根，历经成长，呈现出人生最美好的样子。

遇见最美"泽玛"

在一个深秋的午后，草木已枯黄，天气微冷，我陪同省作家协会的几位作家一起来到石乃亥村，这个偏远而贫瘠的小山村，几天前的一场雨，使村里的道路显得比较泥泞，农闲了的人们三三两两聚在一起唠家常，孩子们放月假了，三五结伴玩耍，嬉嬉闹闹的笑声，给原本宁静的村庄增添了几分欢乐和愉悦。

我们在乡干部的指引下，步行来到了石乃亥村文化大院，院子不大，有一亩左右，院子的周边被秋霜蹂躏后的菊花还在竞相绽放，散发着阵阵芳香，在院子的西面坐落着一个形似蒙古包的大厅，东北角有一顶藏式的大帐篷。此刻，院内想起了美妙的音乐，几个身材窈窕的女子们头搭艳丽的头巾，身着漂亮的藏装，在阔大的场地上表演"阿则"，一场热烈而隆重的迎接仪式开始了。她们中，有秀丽的青措，有活泼的卓玛，有柳眉圆脸的南吉，有小巧玲珑的拉毛，有俊俏的央宗……她们个个有着长长的睫毛和高挺的鼻梁，温柔含蓄的歌声，间以柔曼飘逸的姿态，如敏捷的小鹿腾挪跳跃。当她们歌之舞之，连远处的山峦、近处的河水、围观的人群也为之迷醉，正如一个个可爱的精灵，在贵南文化产业之树上闪耀青葱的绿叶。

在院子的大厅内，悬挂着一张石乃亥民间艺术团演出行程图，我们由此看到石乃亥的人不仅仅走出了石乃亥村，走出了海南州，他们还走到了北京、上海等二十多个省市、自治区。一面由文化和旅游部社会文化司、北京市文化局、北京龙潭庙会组委会三家在1998年颁发的第十二届龙潭杯优秀民间花儿邀请赛优胜锦旗悬挂于大厅。这支民间艺术团的成立的时间为1993年，曾上过央视春晚，被多家媒体关注和报道。二十多年的风雨春秋，我们惊异于一支如此优秀的民间队伍存在于如此偏远的贵南地区，更为它如此顽强的生命力由衷赞叹。

这是一支生长在民间的生机蓬勃的队伍。从他们现场表演的"阿则"我们可以看出来，这支队伍并没有经受过音乐学院的熏陶，甚至连声乐进修都没有过，然而正是这种凭借天赋与本能的原始淳朴，才是真正的原汁与原味，才使他们广受瞩目。艺术团的负责人告诉我们，这些表演人员平时还要放牛牧羊和操持家务，有任务时，他们便洗去满身劳作的尘灰，穿戴一新地开始排练和表演。

他们用万种风情编织天边最美丽的彩虹，他们才是真正的民间艺术家。他们生长于古朴的村落，繁衍生息的同时怀着憧憬与希望，凭借辛勤和努力换来生活的美好。

这里生长草木庄稼，这里繁殖牛羊牲畜。在城市化浪潮席卷一切的今天，这里的许多人走出了村庄，甚至不愿再返回。而与此同时，许许多多的村庄正不断远离我们，甚至永远消失。

拥有"中国文坛无声的权威和举足轻重的地位"的李敬泽先生，曾这样说"这泥土，这田地、这村庄，是我们所有人的故乡，是中国文明得以生长存活的真正的土壤。"

而让人心痛的，正是这种土壤的越来越稀有，好在这里还有一个石乃亥，如此真实而醒目地呈现在我们眼前，不断警示我们，用它的珍贵，以及它的困窘。

外面喧嚣的世界与村子里安静的生活有很大的不同，于是喜欢这里的外来者将卓玛留在了笔端，而想看世界的许多卓玛却离开了自己熟悉的地方走向了故乡的远方。

夜幕降临,天边最后一抹夕阳下山了,劳作了一天的人们,来到了文化大院,围着篝火,像草原上的云雀引吭高歌,那原生态的歌声,充溢着草原浓浓的花香和青草气息,有着风的清音和溪流的奏鸣,伴着微风送来的欢声笑语,仿佛天堂的盛宴摆开在人间。在日夜不停的歌舞中,一条神秘的纽带将人们连接在一起。此时,神圣的王国与世俗的存在区分开来,旋转、绕圈、跳跃,源源不断、清澈温暖的情感源泉,和着身体的律动,将生活的重负摆脱到九霄云外,生命的魔力再次得到激活,实现了个体与族群、理想与现实的和谐统一。

近年来,贵南县创新运用新媒体新技术,以沉浸式的网络平台的舞台空间展示舞蹈创作演出成果、打造优秀品牌、推广优秀剧目。特别是 2020 年以来,县文化馆在线上推出了一大批舞蹈视频作品,受到网友广泛关注。《舞动高原》《田间泽玛》《卓嘎》《欢乐的草原》等歌舞精品收获单场点击量过万。同时,广泛利用融媒体、抖音、快手新媒体平台,在线上直播演出多场文艺节目,累计收获近几十万人次的观看量。

当下,通过网络新媒体和新平台,贵南的歌舞艺术工作者们纷纷起舞在"云端",一批歌舞作品在网络空间获得了更多观众、更大关注,展现了贵南歌舞文化的无穷魅力,正在为推动新时代文化大繁荣大发展,促进各民族交往交流交融作出积极贡献。

一个古村落的变迁

缪　镕

　　来到贵德工作转眼已是 12 年，这座有着"天下黄河贵德清"美誉的县城，承载着我人生最美好的年华和青春。因为工作需要和个人爱好，我习惯了用笔去记录不同的故事，用相机去拍下不同的画面，用心去感受不同的地域文化，用情的将这些点点滴滴用文字的方式，存档在我的生活里。

　　对于贵德，我还是有着很多的情感的，春天的贵德，天空湛蓝、云朵舒展、微风不燥，嫩绿的枝丫让一切都显得很美好；夏天的贵德，河水清澈、绿树成荫、温暖美好，夏天的颜色美的让人舍不得眨眼；秋天的贵德，千姿百态、色彩斑斓、果实丰硕，应季的风景让人留恋往返；冬天的贵德，清净明朗、炊烟袅袅、点点绿意，冬天的语言带着些许的诗情画意。这些年，我曾多次随县文联的老师们，到贵德"三屯"去下乡走访，看看文史资料，听村里老人讲讲历史故事，学学当地的"老本腔"，在老百姓家里坐坐，在田间地头走一走，会让我这个在南方小城长大的人，越来越喜欢脚下的这片土地，也会越发地让我想要去了解这里。

　　遇见这个叫作上刘屯的村庄，大概是刚来贵德工作时候的事，上刘屯是明朝屯边形成的"贵德十屯"中剩下的最后"三屯"之一。倚靠在铁巴拉山下，距县城 7 公里，也是这些年我去过最多的村子。上刘屯村立有一块石牌，上面镌刻着"中国传统村落"六个大字，引人注目。这个村庄确实有古朴之风，村里各家各户的院落几乎都掩映在树丛中，村里白杨、柳树、梨树、杏树、沙枣树成行成林，春夏秋冬，不同的季节有不同的颜色和景象，并且村里大多是老树，那些树底下的寻常百姓家，都有着朴素庄稼人的故事，每一户都是一道别样的风景，每一家的故事都值得我去探寻。

近几年，国家的政策越来越好，从精准扶贫到乡村振兴，上刘屯村也发生着摸得着、看的见的变化。记得第一次去时，村委会在一个大院中，还是老式的平房，村里的道路就是普通硬化路和部分土路，土路路面铺了沙石，行走起来，有些硌脚。如果是坐着车子，还有些颠簸呢。村道沿途两边大多还是老房子，院墙也略显得陈旧。和现在相比较，相似的地方也只有田畴渠道、房前屋后那些树。

党的十八大以后，建设新农村的春风如期吹到上刘屯村，多项建设项目及时落地，让村民们有了新盼头。项目的实施落实，使村容村貌开始换新颜，道路改造很快完成，石碑后面的休闲广场也修建起来了。紧接着，惠及家家户户的惠民政策也接踵而来。有了政策性补助，很多人家都开始旧房改造或建新房，大家伙儿的精神面貌很快改变，建设美丽乡村，奋进全面小康的干劲也越来越足。需要强调表述的是，为了秉持习近平总书记"绿水青山就是金山银山"的思想，村里在修路的时候一直保持着"路让树"的良好传统，那两棵有些年头的、被村民默认为"神树"的老杨树，就像树中的旗帜，被赋予"绿字当头"的涵义，也表达着保护村落绿化环境的美好寓意。

2014年，上刘屯村被评为全国第三批国家级传统村落。随着党的精准扶贫政策的实施，村里开始办企业，比如建砖厂、搞养殖，集体经济也初见雏形，通过流转土地，使平时只能产生单项效益的土地，扩大了增值空间，让那些曾经总在房前屋后喝上两杯就想晒太阳的"懒汉"们也有了动力，他们在村"两委"和合作社的带动下，放下了酒瓶子，抖擞起精神，有钱的拿钱、有力的出力，学驾照跑运输、开挖机跑工地，也开始有了自己的小康目标。一位退休回村里居住的老人这样说："村里有了新计划，实实在在得到落实，村子就有了新模样，人活的也就有了新希望，现在大家想法多了，干劲也大了，就想相互对比着把日子过得越来越好，谁也不想落在谁的后面"。

一来二去，我来上刘屯村的次数多了，渐渐地也就认识了解了些村里的人，有爱看文艺节目喜欢热闹的哑巴大爷，他会对每个对他微笑的人竖大拇指，有一次，我们送春联下乡，当同行的老师把对联放在他手里时，他不停的竖起大拇指点赞、微笑，质朴的眼里还有泪花。还有热情的妇联主任，每次去，她总会细心地准备"熬茶"，并热心地带我去我要去的地方，因为我听不懂村里老人们的刘屯"老本腔"，她还会义不容辞的给我当"翻译"。

在村里，有这样一个笑着面对生活，用行动践行个人生活执念的人，村里老老少少都叫她玉兰婶子，给人年龄大的感觉。其实，依她的年龄，算不上老者，她刚过60岁。她是我最近一次去村里采访的时候遇见的印象最深刻的人，我一下就记住的名字。

玉兰婶子姓刘，叫刘玉兰。见到玉兰婶子的第一眼，她的笑容就烙在我的心里，她略显羞涩的把我们让进家中，然后一股脑地跑到院子里摘了自己种的葡萄，拿给我们吃。当我们围坐在桌前，让她讲讲自己的故事时，她的羞涩已全然褪去，眼里的光和骨子里那股自强的劲，自然地流露出来，话匣子打开。她说，当年因为不幸的婚姻逼迫下，只能带着孩子回到娘家来生活，家里的负担就落在了她一个人的肩上，面对孩子和老母亲，她没有办法气馁和消极。20世纪90年代初开始，她便成为了村里第一个搞养殖的人，从刚开始养十几头猪，到最多的时候养过50多头猪。不仅养猪，她还承包了村里的地种植起青贮饲料，除了够喂自己的猪，还能卖出去一些赚钱。她用自己的行动带着村里的人们也开始试着搞养殖，她可算得上是村里"巾帼不让须眉"的女汉子。

玉兰婶子的语言是朴素的，可字字深入人心，她说，国家的政策一天比一天好，口袋里有些钱了，心里也敞亮了，踏实了，她就想用自己的力气多干些活，多养些猪，养好猪，把致富的门路做宽展一些，能让老母亲和孩子们过上好日子。可是生活的坎坷一次次给她出了难题，两个女儿先后出嫁，外孙和两个外孙女都留在了她身边。前些年母亲生病了，九年的时间里她花尽了自己的积蓄，最后还是没把母亲留住，幸好国家有了农村医保的政策为母亲负担了些医疗费，否则肩上的担子怕是会压垮她。当生活刚刚有了好转时，哥哥嫂子又先后病倒，她义不容辞地承担起了哥嫂的医疗费，亲朋好友跟前借遍了，外债也欠了不少。几年的光阴，哥嫂相继离世，留下了半大不小的侄子，她再次承担起了抚养侄子的使命。生活虽然显得有些七零八落，可是玉兰婶子并没有对命运低头。她对这些遭际的言语描述听起来云淡风轻，可是这背后的艰辛或许也只有她自己懂得。

玉兰婶子说，那些年比较艰难，她在贵南种过菜籽，在村里流转的集体土地上种过饲料，因为每年气候不一样，收成也不同，赚过钱也赔过钱，外债也有不少，可是她不觉得苦。她说，人来阳世一趟就应该好好过。更何况，现在农村的好生活是她想都没想过的，她很珍惜。这几十年里，她从来没有睡过囫囵觉，从年轻到老，她总是半夜入睡，清晨五六点就起来。当我问起为什么没有评为贫困户接受更多的帮扶时，她说，村里有比她更需要帮扶的人，她只在最难的时候申请了国家免息的妇女小额贷款七万元用于养殖，这些钱已经足够能帮到她，这样的惠农好政策能落到她头上，她没有理由不去努力让外孙们生活得更好，更何况现在的日子已经真正好起来了，国家政策好的天天像过年一样，村里修建得也像公园一样，她还有力气，还能下地干活，她还可以去帮助比她更困难的人，她可以靠自己的。

当我问起玉兰婶子现在的愿望时，她说，只希望外孙好好学习，只要那孩子愿意读书，她就是砸锅卖铁也要供他上学，因为自己没文化，两个女儿也没有接受过多少教育，现在国家的教育条件这么好，村里走出去的大学生也越来越多，没文化的亏她不能再让孙子吃，她和女儿们一辈子就这样了，可是外孙就是她的精神寄托，当她指着墙上那些外孙得的奖状时，幸福的泪水无声的落了下来。说完这些话，玉兰婶子擦掉了自己的眼泪，她那虽然有些浑浊的眼睛里，眼神却是坚定的，带我们看到了她对美好生活的憧憬。我问她除了养猪、忙农活有什么爱好时，她那羞涩的表情又露了出来，有点不好意思地说，老姐妹们偶尔会叫她出去跳跳广场舞，聊聊天，她会穿上旗袍出去跳一会儿，潇洒潇洒，但这样的时间少之又少，她现在要努力赚钱把外孙送去上大学，等外孙上了大学，再好好享受生活。

女子何止顶半边天？这句话在玉兰婶子的身上我找到了答案。

我还想说说一家人，虽然他们是农村曾经的贫困户中极为平常的人家，在脱贫中没有动人的事迹，但从他们身上，我看到中国式脱贫攻坚同乡村振兴的伟大举措体现到老百姓身上的缩影。戴元生是上刘屯四社人，一家5口，两口子、两个孩子、再加一个年迈的老父亲。2015年识别贫困户时，他家以因病致贫因素，被确认为建档立卡贫困户。戴元生与有些贫困户不一样，有的人为了捞取贫困户名分，争来争去，以当贫困户为荣，可戴元生被确定为贫困户后，他就暗暗下定决心，要在短期内摘掉头上的帽子。可是，他家里的现实状况是，妻子要照顾年迈生病的老人，还要给两个年幼的孩子提供吃饭洗衣等生活保障，家里一大堆家务活要干，不能出去打工挣钱，所有的家庭经济压力都在戴元生头上。前些年，村里不少人家都翻新或盖了新房，可他家住的还是老旧土木房，经常跑风漏雨。精准扶贫开始后，适应一家一户的产业扶贫措施得到落实，原先以在河西集镇市场买菜为主要经济来源的他，下功夫考上了大车驾照，跑起了运输，家中光景也渐渐好了起来。通过流转土地、入股合作社，家里的经济状况有了明显改观，也脱去了贫困户帽子。只可惜，他的母亲虽有妻子精心照顾，但还是被病魔夺取了生命。2016年，家中收入稳定了，在两口子的精打细算下，他们拆除了家中的老式土木旧房，盖上了现在住着的现浇新房，面积有140多平米，还安装了土暖气。他的妻子祁彩红说，要不是党和政府的精准扶贫政策，他们家还在穷窝子里趴着。那几年，他男人用大车跑运输，每年挣个五六万，一点问题都没有。这几年，每年加上承包地流转收入、林管员收入以及村集体分红等，日子过得还行。在农村，如果一个农民说日子还行，那说明是挺不错。我对祁彩红说，你们的日子也会越来越好。她说，如今我们有了乡村振兴政策的支持引导，我相信日子一定会越过越红火。

秋天是贵德又一个美好的季节，此时明净湛蓝的天空，连云朵都舍不得逗留，微风、暖阳一切都是那么美好。从玉兰婶子家出来，再次回到了村里，我们脚下加入了鹅卵石图形点缀的村道是在传统村落保护项目落地时修建的，这条路不仅将我初次见到的狭窄道路拓宽了，而且更增添了浓郁的古色古香气息。村道旁，用石块修葺的小围墙上栽着原始的木桩篱笆，被秋霜打红的梨树杏树叶挂满枝桠，金黄的落叶铺满院落，泥土加麦草的传统模式修建的院墙上绘着些传统的劳作方式，比如犁地、耙磨、拔草、割麦子、碾场、扬场等，让原本单调的院落增添了艺术性和历史文化厚度。慢慢地从这里走过，瞬间，就将我们拉回到曾经的上刘屯村男耕女织的生活情景里。墙上醒目地写着"留住历史、记住乡愁、传承文化"。这也充分地遵循着"勤善人家"的理念。

上刘村一直有个很好的传统，有人家有红白喜事、丧事时，无论是哪个社的村民，只要大家知道了都会不约而同的去那户人家帮忙，无论平时是不是有点小矛盾、小意见，但是遇到事情时，村里的人们就像一家人一样二话不说就会伸出援手。记得又一次去村里，有个老人刚刚去世，村里没外出的人们有条不紊的去到老人家里帮忙，他们没有过多的语言交流却分工明确，他们有客套的谦让却完全诠释了"勤善人家""远亲不如近邻"的美好，我总是在想，如果在这样一个风气如此之好的村庄里住着，能看到袅袅炊烟，能体验微微的山峦，能感受到亲邻的热情，没有喧嚣、没有拥挤那该多美好。

远远看去，村子的西边，屯边时所建的烽火台便是历史最好的见证，在如今看来那即是一道人文风景线，同时也记录着这片土地的历史烽烟和沧桑，600多百年里，它守望于高原炽热的阳光下和坚硬的风中，风骨犹存。令我们肃然起敬，透过那些隐隐的斑驳痕迹，我们仿佛可以重现六百年前这里的烽火硝烟。

党的十九大以后，上刘屯村通过入股光伏电站、购置商铺、土地租赁流转、投资农贸市场和省级商铺等形式，落实各项精准扶贫政策，发展壮大村集体经济，收益日渐增长。投资300万元实施的省农牧厅集体经济破零工程"集体门面房"项目，租赁后年收益也达9万元，上刘屯村集体经济收益也达到了48.6万元，在河西镇29个村里走在了前列。在外打工的很多人回来了，撸起了袖子在自家门口干起了适合于自家的产业。从精准扶贫到乡村振兴，一系列惠农政策不断拓宽了群众致富渠道，通过积极探索"支部＋合作社＋贫困户"的产业带动模式，充分利用产业到户资金持续带动贫困户收益分红，实现了年人均增收640元。上刘屯村始终秉持生态环保理念，将生态环境保护作为乡村振兴重要任务，主动拆除西久公路沿路私搭乱建的彩钢房，全硬化村内道路，河道治理、水利基础设施渠等项目的实施，彻底改善了村民的生活环境。村委会重新修建后，还修了木质长廊，闲暇时，老人们坐在一起拉拉家常，孩子们追逐嬉戏，这曾经在"年画"里大家期盼的好日子，变成了现实。

既然入乡，便要随俗，说到上刘屯村，就应该知道这里入选中国传统村落名录的百年传统"老社火"，上刘屯的老社火既是非物质文化遗产与传统文化习俗的结合，也是传统文化中的精粹，由《八卦灯》、《舞狮》、《太平鼓》、《杨林》、《眉户》等组成，其中《眉户》和《八卦灯》即精彩又独具特色。老社火，既是很多人童年记忆中的一种年味，也是一种乡愁。虽然我听不懂《眉户》里的唱词，可是我对社火也是偏爱的，每到过年的时候，总是会在街上追着看，那种热闹和喜庆的场面也寄托着我的乡愁。

走在上刘屯村里，我感受到了一个古村落这些年的变迁，更让我深刻感受到了我们国家的发展和进步给老百姓带来的福祉。刚刚召开的党的二十大，更是给了农民们强大的动力，全面推进乡村振兴的战略，吹响了致富发展的号角，筑牢了基层谱写新时代乡村全面振兴新篇章的基石，上刘屯村两委班子踏上了新征程，接过了新使命担当，在党和国家、各级政府的引领下，迈上了实现乡村振兴的赶考之路。

治理篇：一枝一叶总关情

情洒驻村岁月

哇德玛·赛让

　　2021 年 7 月 25 日，一大早，马富保来到村委会院里。今天，他是特意为陈建军送行来的，他要把昨天妻子精心做的两个焜锅馍馍交到陈建军手里，他知道陈建军爱吃祁汉沟的焜锅馍馍。依马富保的经验，这会儿陈建军一定已起了床，要么在洗脸捅炉子，准备做饭，要么已经坐在书案前，翻看材料，开始了一天的工作。马富保想着以往来见陈建军时的情景，就敲响了陈建军宿舍的屋门。敲了几下，却不见回应；透过窗户往里看，奇怪，屋子里不见人影。陈书记这是去哪儿了呢？莫非又是入户去了不成！说到入户，马富保知道，也有这事。那是去年四五月间，山里人采挖虫草的季节，陈建军为了监测到村民收入确凿的数据，时不时起个大早，赶在村民上山之前，入户到村民家里走访。可是眼下已经是 7 月底了，采挖虫草的季节早已过了。那么，陈书记他会去哪里呢！见不着陈建军，马富保便后悔起头天摔坏手机的事情来，他想只要手机好着，找到陈书记就不是事儿；哪怕陈书记上山了，进到林莽里去了，一个电话拨过去，就知道陈书记到了哪里。马富保这样想着，不由得仰头往村庄对面的大山望去。此时的大山，正被晨雾笼罩着，莽莽苍苍的，想要看出个究竟来显然有些困难。不过，望了半晌，马富保心里就有了底。他知道陈建军爱山，是那种如痴如狂的爱；他还知道，对面大山"画屏山"的叫法，还是通过陈书记的提议而传播开的。为这，陈书记还请了位省上的书法家，题了"画屏别院"四字，裱挂在村委会办公室里。陈书记肯定是上山去了。马富保心里说。并决定先回家里去，等太阳出山了再过来看看。

　　不出马富保所料，陈建军果然在山上。他是一大早就上山的。此时他刚从山腰的乔木树丛里钻出来，正向山头进发。他知道前方山头有个地方，从那里可以尽览祁汉沟的村庄阡陌、山山水水。陈建军是2015年底来到祁汉沟的，从那时到现在，六年过去了，关于祁汉沟，他已经是相当熟悉了。这里地处大通回族土族自治县桥头镇以西，离桥头30公里，山大沟深，风景优美，尤其夏天，当你行走在沟里，真有种人在画中游的感觉。只是由此形成的相对偏僻的自然环境，也使村里人思想封闭、观念落后，甚至许多人家依旧过着日出而作、日落而息的农耕生活，却不想着走出大山挣点钱去。但是，也正因为地处偏僻的关系，祁汉沟保留着其他地方所没有的许多美好的东西。而其中，陈建军每天都要与之照面的画屏山，就是令他流连忘返的所在。

　　六年的驻村生活，使他与祁汉沟的山山水水似乎达成了某种默契，因此当调换驻村干部的通知下来后，一同驻村的队员几天后就回了，可他在调换通知限定的交接任务的日子里，先是继续入户，去探访他六年来帮助过的那些农户；接着去走走河道，走走他在六年里没少去过的田间地头。他知道，这一离开，想再回到祁汉沟一趟，那工夫就大了去了。于是在祁汉沟的最后一天，陈建军也决定去山里走一走。可不，他这就起了个大早，爬到画屏山上来了。

　　说到爬山，其实也是陈建军的所爱。陈建军出生在大通，是矿区长大的孩子。大通煤矿周围全部是山，所以在陈建军的记忆里，自己的童年就在山里度过。山里，留有他人生中最美好的记忆。长大后，陈建军考学、工作，最终离开了矿区，离开了大通，但是，儿童时代沉淀在他心底的那份对大山的爱，却并没因为离开了大山而化解掉，相反，随着年岁的增长，愈发浓厚起来。

　　祁汉沟四面环山，一水中流，是青海典型的山地农村。六年来，工作外的有限时间里陈建军就去爬山。尤其当心里有事，排遣不开的时候，他总要孤身爬到山上来，在安静的山间，沐山风，听鸟鸣，梳理思路。

　　7月的祁汉沟，同青海大部分山区一样，是一年中最美的。这个季节，山野葱绿，野花飘香，蜂飞蝶舞，很是惬意。祁汉沟是林区，山高，沟深，中有云峰耸峙，如画境一般，相比普通山区，自然又美出几分。

　　陈建军在灌木丛间走着。湿滑的山道上，有那么几次差一点滑倒。但他无所谓。他知道爬山的滋味其实就在一次次的跌跌撞撞中。东山头上的太阳露出半个脸的时候，陈建军爬上了山头，他知道这里就是画屏山的主峰了。从山脚一路走来，这时他感到有些气喘。到底是年龄不饶人呐，要是早两年，不过50岁，这点山路不在话下！陈建军感叹道。他觉得要休息一下了。于是就地选了块石头坐下来。说到这石头，陈建军也是熟悉的，他每次上山，总要在上面坐一会儿。坐这里，一来刚好是爬山累了坐下来歇脚的地方；二来，由此望过去，远见群山连绵，近则山谷里的人间烟火尽收眼底。这石头，有桌面那么大，从正面看上去像块独立的石头，其实不是，这是从山头的岩壁间突出来的一截石棱，面上平整，天造地设一般，人坐上去，还真有些感觉。陈建军坐在这石头上，休息着，也便放任着目光向前方望去。这会儿，正是祁汉沟村夏日的早晨。谷底灰黑色的马路两旁，农家散落的院落，以及村子中间村委会院子的白墙红瓦尽收眼底；其间最醒目的，要数那高耸村口的山门和沿村道而建的长长的凉亭了，那上面凝结了他不少的心血。此时，大部分农家已经开始做早饭了，一时间炊烟缭绕，整个村庄呈现出一派亲切的祥和气氛。

而对这一切，陈建军再熟悉不过。

祁汉沟是个203户人家的小山村。土族为多数，土、藏杂居。2015年年底，确认贫困户52户210人。陈建军入驻祁汉沟，除了完成脱贫攻坚的各种报表、各种调查，完成整修马路、凉亭建造、土鸡养殖、蘑菇种植等他东奔西跑申请来的项目外，也开始有一些令他犯难的事儿找上门来。这类事情中，他印象深刻的，首先要数女孩李静的事了。女孩李静，13岁，宝库学校初一年级学生。2016年年底的一天突然高烧不退，送诊后查出患有急性非淋巴细胞白血病，诊疗费高达60万元。李静家虽然不是贫困户，但是对于深居山沟的普通农户来说，60万元依然是个高得吓人的数字。一时，李静的病情牵动了全村乡亲的心，自然也引起驻村工作队的关注。想群众所想，急群众所急。陈建军和他的工作队不作半分犹豫，便组织召开村支部党员大会，号召党员发挥先锋模范作用，带头捐款；同时向当时在祁汉沟驻村的西干渠施工队、泓光矿业通报患者情况。就这样，当天，全村196户村民和驻村厂矿捐款13000元。接着，陈建军向市工商联党组和党支部汇报了李静的情况。陈建军本身是市工商联副主席、党组成员，他的汇报引起单位重视，当时全机关干部职工捐款3800元。同时通过工商联会员企业微信平台号召爱心捐款，募得善款14100元。随后的日子里，陈建军又跑了市红十字会、市民政局等部门机构，反映情况、寻求帮助，甚至带着李静父母前往市红十字会申请救助，为李静争取到白血病专项救助项目。

2017年1月19日，当陈建军陪着市工商联副主席冶桂芳，前往青海省妇女儿童医院慰问正在接受化疗的李静，并将市工商联机关干部职工及会员企业又一次捐赠的17900元善款交到李静父母手里时，陈建军注意到这家人脸上已没有多少愁云。李静母亲说着感激的话，更是表现出一种拥抱美好生活的热情和勇气。

后来的事情，正像人们希望的那样：人间大爱，倾注到了李静身上。西宁市政协部分委员、青海创业企业家联盟的会员企业纷纷解囊；大通二中杨毛吉老师不辞辛苦奔走募捐；李家宝、马功等民营企业家带头捐款，3月20日，众多爱心人士的21.2万元善款交付给了省妇女儿童医院。2017年6月，涓涓细流汇聚出磅礴力量，李静在省妇女儿童医院做了骨髓移植手术。骨髓移植配的是妹妹的骨髓，手术相当成功。两年后李静恢复健康，蹦蹦跳跳重返校园，坐到了两年来她心心念念的教室里，后来还顺利考进大通二中。

李静的完全康复，是陈建军在驻村的那些个日子里，最欣慰的一件事。陈建军回忆着。有那么几次，他不由自主把目光投到村后的漫坡上，屋顶的烟囱里正在冒着浓浓炊烟的李静家。陈建军想，翻年，女孩李静也该参加高考了。

驻村的日子里，陈建军总有一些放不下的心事。比如谁家人病了，比如羊肚菌大棚这两天温度控制得怎样，比如在建的山门请谁题字为好等，都牵动着他的心。而这一切，今天都可以放下了。可是不知怎么回事，当他望着山下，目光扫过村庄上空升腾的炊烟时，马富保的影子又那么固执地浮现在他的眼前。望着山脚下马富保家远离村子而独处的院落，他似乎看见，马富保正在小木屋里做着透析。

说到马富保，陈建军可是费了心血的。

马富保是土族，当初家境还好，贫困确认时也没被纳入贫困户。一家五口，马富保老父亲、马富保两口子和一儿一女，靠着马富保人勤快，又会电焊、高空作业等活儿，每回出门都能挣上钱，一家人的日子过得蛮滋润。可不幸的是，2020年初的一天，在外打工的马富保感到身体不适，诊断为尿毒症。陈建军知道这件事情后，叫马富保抓紧治疗。不料马富保怕花钱竟没当回事。到了三四月份，病情加重了，花费大起来，无奈，马富保找到陈建军，要他拿个主意。这分明是件费心的事呵。但他是驻村第一书记，这事他得管呐。于是陈建军和村两委班子合计，开始在全村群众中募捐。一时，有 125 人捐了款，有 9000 多元。随后村里也为马富保一家报了低保，并一直追踪到县上。4 月 19 日，头一笔低保金下来了，是 1700 元。这以后分前后两期，马富保又拿到政府大病救助款 1 万元。之后的日子，马富保开始频繁住院。至于花费，动不动在万元以上。而每次住院，陈建军几乎都过去探望一两回。

对一个深居山沟的农户来说，这显然是很大的一笔开支，马富保自然承受不住。怎么办？面对日渐陷入困境的马富保，陈建军把带在身上的 2000 元现金给了马富保，又左思右想，为马富保办了"水滴筹"，还通过自己的微信群募捐来帮助马富保。这样下来，也差不多筹到近 2 万元善款，马富保的困难算是得到部分解决。

陈建军想起拿到这笔善款的那几天，同俄宝图村的第一书记去看望马富保的情景。

那天他们刚进马富保家大门时，用过药的马富保正从屋里出来。这个四十出头的汉子，因为病痛，脸色明显有些发黑。不过因了快乐的天性吧，马富保在笑着，依然一脸的阳光。见到陈建军，就像见了老朋友，也不顾及陌生人在场，就走过来握住陈建军的手，使劲甩了两下，大声说，陈书记，得感谢你啊，刚才又有一笔捐款到了！说着，返身到屋里，从电视柜后面取出一张打了字的红纸，递到陈建军手上。陈建军看出，是那封后来被乡亲们传得有些神奇的感谢信。

因为陈建军为马富保的病痛付出的心血，陈建军的印象里，马富保也是很听他的话的。陈建军记得，在当年 8 月份，马富保依了他的劝，在省人民医院动了手术，腹腔埋了管子，家里也专门腾出一间房作了消毒室，可以在家换药水，开始腹膜透析治疗。

马富保的病算是控制住了，也申请到政府的大病医保，可是长期高额的医疗费用，仍然困扰着马富保一家。马富保妻子有眼疾，顾个家里的事儿还行，要说出门打工挣钱，就想也别想；而马富保的老父亲，已经是 70 多岁的人了，哪怕是田里的农活儿也基本指望不上。陈建军记得，就在十天前，他还去了马富保家，当时马富保是说说笑笑的样子，可是他的老父亲那满脸的愁云，陈建军看着，心里很不是滋味。眼下自己就要走了，陈建军想，这一走，应当说再没责任关注这个依然在困境中的家庭了。但是,想想六年来他在祁汉沟的情景,他实在是难以割舍得下对马富保一家人的牵挂呵!

还有村里每年高考中榜的学生。

说到村里高考中榜的学生,陈建军的记忆又回到六年前。那时,让陈建军感触最深的,就是村里高考中榜的学生了。对农家来说,孩子高考中榜应当是特别欢欣的事。但在祁汉沟,陈建军见到的是另一种景致。那就是一年出榜之时,总有那么一两户人家,面对孩子高考中榜的消息时竟然显得波澜不惊,该干吗干吗。陈建军了解了情况后才知道,这都是因为学费,原来是孩子读大学要交的学费让他们没有了心情。陈建军在了解到这个情况后,觉得这是个问题,必须要改变一下。随后通过单位,联系到青海省建工工程有限公司,于2017年1月,为正在就读的三名家庭困难的大学生各发放助学金2000元。自此开始,在以后的五年里共有25名大学生各得到4000元的助学金;另有四户有学生的人家,各得到2000元的资助。陈建军知道,对于困难家庭来说,这样的资助虽然起不到大的作用,却也能解燃眉之急,能让受捐助的人家感受到社会的温暖,并由此找到走出困境的勇气。

夏日的大山尽管有些凉意,但是等到太阳出来,照样有些灼人。陈建军早上出门,考虑到山里寒凉,上身穿了件夹袄。但是这会儿日上三竿,已经照了近一个时辰,陈建军便感到阳光的热度,浑身上下开始有些难受,便从沉思中一点点回过神来。这时电话响了。陈建军拿出电话打开屏幕,是村里的支部书记马英全打来的。马英全在电话中说,村里好多乡亲知道陈书记今天要走了,都来送行;马富保、车贤花等,更是来得早,像是有啥话给书记说,都等了一个多时辰了,叫陈建军快下山来。是该回去了,陈建军心里说。却突然想起他早就知道今天村干部们要来送行的事,就觉得对不起大家,心里难受起来。抱着愧疚之情,陈建军不禁向村委会院子望了一眼,这时他看见村委会院里有许多人在走动,似乎还有妇女和一些跑动的儿童。而村委会门前的高台上站着的,分明是马富保。陈建军见到马富保清瘦的身影在高台上晃着,像是有些着急,等他等了好久的样子。看着满院子的人影,陈建军猜到了,两星期前的调换通知,虽然也只有村干部们知道,但是看来到底是传出去了。望着眼前的情景,陈建军有些感动,不觉间眼角湿润了。他站起身,活动了一下坐得有些僵硬的腿脚,加快脚步向山下走去……

我的脱贫攻坚之情怀

蒲占新

我叫李玉兰，原是青海省海东市民和回族土族自治县农牧局干部，现已退休。

2015年10月，经本人申请、单位推荐、组织审核，我被选派到民和县隆治乡桥头村任第一书记。

隆治乡桥头村共有6个社，424户，1605人，党员44名。2015年共评定建档立卡贫困户24户74人，2016年底全面完成脱贫攻坚摘帽任务。

从2015年10月到村任职以来，历经2000多个日日夜夜，我感到很充实，也很感慨！为此在这里，借此平台很想说些心里话。

首先，人们可能会问，你为什么要申请去当"第一书记"。我有以下两个方面的原因：一是来自于我的家庭。一场医疗事故，使我原本健康的孩子变成了聋哑人，我多方求医，花光了家中所有的积蓄，还欠下了数十万元的债务，使我从生活的安康中一下子掉进了贫困的"窟窿"，尝够了贫困的滋味，因此，看到残疾人和贫困家庭我从心底里怀有一种特殊的情感。二是与我的生活和工作经历有关。我生在农村，长在农村，对农村有一种无法割舍的情怀，考上大学后，学习的是农业专业，毕业后一直在县农牧局工作，可以说，对农村，我热爱；对农业，我熟悉；对农民，我有情。在2015年8月份之前，我在民和县气候条件最差、最贫困的满坪镇浪塘村担任村支部副书记6年，期间的工作中使我积累了丰富的农村工作经验和群众工作能力。于是，我毫不犹豫地写下了申请，毅然决然地踏上了精准扶贫的道路。

一、身先士卒，扎根农村立志拔穷根

2015年10月18日，我怀着激动的心情去隆治乡政府报到，乡党委副书记带我去桥头村。乡党委副书记在台上大讲，党员们在台下小讲，会议室里一片杂乱。靠近主席台的一个老党员小声对旁边人说，听说其他村派下来的第一书记是什么领导，我们村怎么派的是"小喽啰"；旁边一名党员接过话茬说，还是个女的，看起来年龄还不小，能办啥事。嘈杂的说话声和稀稀拉拉的掌声中，我感觉到大家对我的不满意、质疑和冷落。

党员大会结束，大家都回家了，只剩下我一个人在村党员活动室，就连村党支部书记也悄悄溜走了。但开弓没有回头箭，我得勇敢地走下去。

于是，我在公示栏空白处留下自己的姓名，派出单位和电话号码，并工整地写下了"有事找我——李玉兰"几个字。在接下来的几天时间里，陆续有几名群众电话反映此次贫困户评定的诸多问题，并表达了个人意愿。带着群众反映的问题，我进入了工作角色，利用20多天时间，早出晚归，对全村424户农户进行了逐户走访摸底。并严格按照评定贫困户的标准，逐项核对，纵横比较，精准评定，最终评出贫困户24户74人，并进行了建档立卡和张榜公示。因调查细、评定准，贫困户名单公示后没有任何反对意见。此后，我走在路上主动跟我打招呼的群众慢慢多了。对于这次贫困户评定的公开、公平、公正，得到了群众的完全赞同和心底里的认可。我感觉到自己已经走到村民中间了，和他们的距离越来越近了。

农村工作得到村民的认可是关键，有了村民的支持，没有完不成的工作，所以我的经验就是在农村工作，首先要融入村民中间了解民情民意，和他们拉近距离，建立信任关系，再去开展工作的话，自然会得心应手的。

二、筑牢堡垒，发挥支部核心带动作用

俗语说："火车跑得快，全靠火车头带。"凝聚核心力量，脱贫攻坚，党支

部要发挥战斗堡垒作用,党员要做带头人。因此,我下定决心,一定要把这个"火车头"打造好。会后,我与村党支部书记、村委会主任,与村两委成员谈心交流、交换意见,集中分析了影响制约党支部发挥战斗堡垒和党员先进模范表率作用的"瓶颈"。并利用一个月时间走田头、坐炕头,与党员谈心交流,与群众拉家常聊农事,向长者谈问题求建议,全面了解掌握党员群众思想动态、工作生活情况,广泛征求意见建议,列出了影响党支部凝聚力和号召力的"负面清单"。在 2016 年 5 月份的固定党日活动前夕,我挨户上门通知所有党员按时参会,活动当天恰逢五一假期,有的党员开始断定,今天放假,不会有人去参会,我和村支书早早把活动室打扫得干干净净,等待党员们参会,到会的党员比我预期的多,会议上,我给党员上了一堂题为《如何做一名合格的共产党员》的党课,重温入党誓词,共同商讨了村上的重点事务,支部书记规范了党员固定党日学习的制度,在场的党员们鼓起了掌声。会后,我倡议村党员们一起到新建的综合服务办公楼场地参加义务劳动,现场的党员、村两委成员高兴地说:"好久都没有像今天这样的过党日了"。自此后,我会同两委成员针对影响党支部凝聚力和号召力的十几条意见建议,从学习党章专题教育着手,边学习边整改,党员和支部成员的责任、大局意识慢慢地得到了明显增强。党员王小强在一次会议上说,李书记,我们村的软梨种植规模大,名声也可以,但就是因为无法储藏,卖不上好价钱,你帮我们想办法修个冷藏库,怎么样? 这个想法得到了全体党员的一致同意。

会后,我及时向乡党委汇报,乡党委召开党委会议,进行了专题研究。同时,将修建冷藏库的项目上报给了县农牧局,积极争取项目支持。就在这时,时任省委组织部部长胡昌升到桥头村调研,听取了我的工作汇报和困难后,积极协调有关部门,一个月后,一个投资 480 万元,占地 4 亩的冷藏库破土动工。2016 年年底,在桥头村党支部的带领下,本村在隆治乡率先完成了脱贫摘帽的任务,光荣地退出了贫困村行列,村党支部被乡党委评为优秀党支部。

三、不忘初心,带领群众脱贫致富

面对全村 24 户贫困户,我会同村两委班子成员讨论后,决定先不急于求成,关键是走进贫困户家中，聊家常、摸实底，桥头村早年就有种植软梨的历史，但因种植不成规模，栽种不科学等原因，群众辛苦一年得不到一点收益，我得知后在农闲时节邀请当地的农林专家，到田间地头讲解种植管护实用技术，培养了一批懂技术、会管护的农民土专家。2016年，在我的争取下，全村种植软梨300亩，每户贫困户种植都在两亩以上，有的甚至达到了五亩，为脱贫攻坚工作打下了坚实的产业基础。同时，我在走访中还了解到，存在着灌溉农田的水渠老化，村道泥泞难行等问题，这些问题严重制约着群众的生产生活水平的改善和提高，我和村干部一边测量村道里程，一边征求怎样硬化渠道的群众意见，晚上召开支委会，商议如何解决的办法。会后，我连夜加班拟制改造和解决这些问题的方案后，第二日开始联系有关职能部门，向他们反映我村存在的亟待解决的实际问题，恳请支持和帮助。很快，我们便得到了相关部门的大力支持和积极投入，投资村道硬化、渠道改造的资金达890余万元，一次性地解决了水渠、村道方面的难题。在2016年下半年一次党员大会上，支部书记郑重宣布全村从此实现了村道硬化、渠道改造的全覆盖时，党员们个个向我竖起了大拇指，此时此刻的我，内心里感到了些许欣慰，倏尔，一阵阵惴惴不安的焦虑又开始了。

要让贫困的桥头村稳步脱贫，产业发展起着决定性的作用。为此，我与村两委班子把争项目、抓产业、促发展，作为精准脱贫的重头戏，一心利用各种办法争取项目促发展。投资35万元新建了村级综合办公服务中心，解决了全村党员没有活动室的问题；协调县交通局投资890余万元，解决了全村424户群众出行难的问题；投资190多万元建成了文化广场，使群众文化活动有了场地；投资4.86万元建成了家庭小牧场4户，引导贫困群众向产业发展；投资16万元，发放8.48万株果树苗，用来壮大经济林效益；投资480余万元，修建了800平方米的冷藏库1个，解决了桥头村600多亩软梨无法储存的困难，加强了果农收入的保障力度；引进外资400余万元，建成了乡村旅游接待中心；投资2400万元，建成了软梨酒厂一个，解决了村民果品出售难的问题；投资360余万元建成了一个标准的省级示范农民专业合作社一个。

产业的发展为村民和贫困户提供了稳定的就业岗位，为巩固脱贫成果打下了坚实的产业基础。

四、帮困解难，彰显共产党员的为民情怀

作为一名党员，要彰显党员的为民情怀。我在走访时发现，桥头村一半土地处于撂荒状态，无人耕种。因我多年从事农业工作，对土地有一种说不出的依恋情感，看见大片的耕地撂荒觉得心很疼。我经过多方调研搞明白了，这些耕地在山坡上，没有路，没有水，没有电，耕种只能按原始的方法进行，每家每户耕种的是几亩地，一除去成本的话，就根本不划算，还不如外出打工。于是我多次上山查看，心想把这些地如果充分利用起来，肯定会产生效益。于是我与党支部书记商量，决定开一条路上山。路通了，再把原来有的水渠维修一下就能使用，就能把地先种起来，其他的问题在种植的过程中慢慢地去解决。我和村两委班子成员分了工，我去县上找有关职能部门寻求帮助，他们负责与农户沟通，因为修路得占一部分农地。就这样，在我们的共同努力下，在县交通局的大力支持下，投资507万元，修通了一条上山下山的循环路。在水利局的支持下，维修了水渠，拉通了自来水。基础设施基本完成后，面临的是由谁来耕种这些土地的问题。我在走访中了解到，现在的光林种植专业合作社理事长铁令梅——当时在外面搞客运服务，手头上有一些存款，我多次与她促膝交谈，让她回村发展，当时她很犹豫，担心的是万一亏损了怎么办？我向她承诺，你大胆地干，我全力支持你。在我的鼓励下，她表示一定回村谋发展。她两口子卖掉两辆出租车，加上自己的存款，用100余万元资金开始实施流转山坡上的土地工程，我不分白天黑夜地给她出谋划策、指导实施。2016年8月成立光林种植专业合作社后，首先落实了计划中的流转撂荒地800亩，2017年开始种植，天遂人愿，当年就丰收了，纯利达到22万元。第二年由于已经有了工作经验，扩大了生产，流转了邻村的撂荒地，一共流转1500亩，合作社得到了不断的发展，到2020年发展种养结合的循环农业，当年的产值就达到了530余万元，发放农民工工资88万元，纯利达95万元之多。

到如今，最让我难以忘怀的还有两件事。

2016年6月的一天早上，大雨倾盆，雨点砸在窗户上啪啪作响。我在翻看贫困户资料时，突然站起，坏了！下这么大的雨，贫困户刘生荣家的房子会不会出问题？没有片刻犹豫，我摔门而出，叫上支部书记，直奔刘生荣家中，

到后发现围墙倒塌，两间主屋部分已塌陷。

我们赶紧将刘生荣的残疾儿子搀扶出屋，抢搬物品，转移家具，并安排他们先搬到村委会暂时住下来。随后几天，我向乡党委反映了刘生荣的家庭情况，并与党委书记上门慰问。

刘生荣长期与残疾儿子两人生活，对生活缺少信心，对新建房屋意愿不强烈。针对这一情况，我主动讲解扶贫政策，联系当地诚信施工队对刘生荣家的住房、围墙和大门进行修建。

由于刘生荣自身经济条件有限，无力承担修建资金，我主动与沙场、水泥代售点、砖厂联系，个人担保了建房所需的全部资金，帮助他将住房、围墙、大门修建完成。新房建成时，刘生荣握住我的双手两眼含泪，亲切地叫我"书记大姐"。

2016年7月下午的一天，我到贫困户李成瑾家回访，进门便听见哭泣声，便疾步上前询问得知李成瑾因患有急性胸腔积水、关节积水，无钱住院，在埋头痛哭，得知情况后，我安慰他们道："放心吧，我一定想办法把他送到医院去治疗"，由于我没有私家车，只能是坐上公交车，把他送到了县医院急诊室，我先行垫付了住院手术费用，傍晚时分，李成瑾顺利地住进了县医院，次日准备手术，医生说："如果再晚来，就没命了"，当时我的眼睛红了，我下决心一定要把他们带出贫困的"窟窿"，一定要让他们过上好日子，绝不让再出现这种境况，我安排好了医院的事情，才感觉自己的双腿已不再听使唤了，心里开始发慌，这才意识到已经整整一天没有吃饭。李成瑾一家6口人，5个人有重大疾病，李成瑾的母亲患腰椎结核，手术后，腰里至今还有钢板，据医生说是终身不能取。2016年在他父亲的身上长了个马蜂瘤，一直是疼痛难忍，还患有严重的支气管炎。李成瑾的妻子患有严重的癫痫病，遗传给了大儿子，经常发病。李成瑾早年出车祸病变成了骨髓炎，又患上了腰椎结核病。只有一个小儿子目前还没发现癫痫病遗传的迹象。就这样的6口之家5个人有病，怎样让如此的家庭摆脱贫困，过上好日子呢？首先得给他们治病，能根治的彻底根治，能保守治疗的保守治疗。李成瑾的妻子经过治疗后可以上班，我把他安排在村上的接待中心，她很珍惜这份工作，很快成了服务员们的领班，月工资领到了2600元之多。李成瑾的病稳定后，便安排他去村文化站工作。按照李成瑾家的实际情况，我让他们家里的老人养羊发展养殖业，现在，他家的小孩上学了，一家六口人不愁吃不愁穿，并且住上了新房。一家人年收入能达到 5 万余元，生活得较幸福。

说到贫困户，很大一部分人把他们与懒惰联系在一起，其实大多数不是这样的，贫困是因为他们没有发展资金，因病、因残、因学等因素导致贫困的，只要用心地去鼓舞他们，帮助他们，把他们当自己的家人看待，掌握第一手资料，你就可以制定出行之有效的脱贫方案，同时能让他（她）们明白在这么好的政策引领下，只要吃苦，只要勤劳，没有富不起来的理由。

2016 年 5 月，在走访贫困户赵小莲家时发现，赵小莲一家因学因残致贫。实施养殖项目时，赵小莲虽修建了标准的家庭小牧场，但因资金原因，无力买羊进圈。看到空空的羊棚后，我拿出自己的 5000 元现金借给赵小莲，购进 12 只母羊，当年收益 4000 元。赵小莲高兴地对我说："书记大姐，我们家不贫困了，我脱贫了，把低保让给别人吧，我没想到这辈子还能住上这么好的新房，还能挣钱，我做梦都在笑。"

贫困户藏玲玲，患有精神病、抑郁症，丈夫智力残疾。2015 年我去他们家的时候，只见大房炕的炕面上铺了许多草，草上面铺了一层塑料，最上面只是铺了一个床单，床单上还有几处破洞。看上去整个家境格外的贫寒，家里最大的难题是适龄女儿的上学怎么办？我在和她的交谈中发现，藏玲玲不犯病的时候很有思想性，她告诉我："我有精神病，打工没有人要我。"我说要不到我们的合作社去上班，当时，合作社的理事长感到害怕，万一在上班时犯病怎么办？我说我负责，我把她安排在合作社周围的视线范围内工作。在第一个月，我上班期间常看着她，几乎 10 分钟得瞅上一眼，我闲了的时候跟她聊天，一起干农活。一个月过去了，她一次也没有犯病，老板发给她 2400 元工资时，她高兴地哭了，半年、一年、五年过去了，她再没有犯过病，她的病在不知不觉的忙碌中康复了。如今的藏玲玲已成为光林合作社的土专家了，技术活没有她还不行，2020 年她在合作社拿到了 26000 余元的工资，两口子加起来挣了 5 万余元。春节上我去她家探望，她说她的存款已有十几万元了，家里已经添置了软床、沙发等新式家具，电视等电器样样俱全，孩子也上了技校，一家人过上了幸福美满的生活。

我记得，2018年的春节，桥头村耍社火，乡亲们让我坐在主席台最中央，给我披红戴花，还为我唱了一段台词："党的政策好，书记领导得好，你带领我们脱贫致富，我们的生活宽裕了，村风文明了，村容整洁了，管理民主了，你是我们的好书记。"朴实的语言让人感动，让人难以割舍，也难以释怀。虽然我付出了辛苦，但也收获了群众对党脱贫政策的感恩。残疾人家庭的李英枝拉着我的手，激动地说："是共产党给了我今天的好日子，共产党胜似我的娘家亲人……"就连在第一次党员大会上对我说怪话的老党员也满眼热泪，握住我的手说："书记大姐，对不起。谢谢你为我们村做了这么多的好事。"像这样对党和政府怀着感恩的群众还有很多。现在村上的老人到小孩都叫我是"书记大姐"，每当听到如此的称呼时，我灵魂深处有一种不可名状的亲切感、乡愁感似潮水在心底涌动。

2019年我任期已满要回单位工作，村民们知道这个消息后，连夜写请愿书，摁上200多个红手印交到民和县委组织部部长的手里，请求留下我继续担任第一书记。村上选出70岁以上的，德高望重的7个老人，优秀党员，村民代表，产业代表共15人到我家给我送来锦旗，上面题写着："一心为民、造福一方"的字样。我想我有何德何能，乡亲们给我如此高的评价，我再也控制不住自己的情绪，流泪了，五年的扶贫路，有艰辛、有泪水、有笑声，我的工作得到了群众的认可，老百姓的赞誉，面对老百姓的盛情挽留，已退休的我决定继续留任为乡亲们服务，带领他们把桥头村建设得更美好。

经过五年多的努力，原本深陷贫困的桥头村发生了翻天覆地的变化。今天的桥头村建档立卡贫困户住进了明亮的新房，喝上了干净的自来水，村民出门有了硬化路，田间通了灌溉渠，路边有了节能路灯，村口巷尾有了集中保洁箱。崭新的村委办公综合服务中心、幼儿园、群众文化广场、软梨储藏冷库拔地而起，700多亩软梨树连片相继开花，长势喜人。软梨饮料、酒厂开始生产，并向全国销售。流转的1500亩撂荒地种植的葵花开出黄灿灿的花朵，成为隆治乡一道亮丽的风景线，在这里举办的葵花艺术摄影节吸引了近千名游客观光旅游，为村里的旅游业打下坚实基础。桥头村党支部从"后进"变为"先进"，桥头村的党员对村上的工作也从漠不关心变为积极参与。2020年，桥头村贫困户人均收入过万元，曾经向往的幸福美好生活已成为现实。如今走进桥头村，整个村庄干净整洁，呈现出一派欣欣向荣、蒸蒸日上的景象。

同时，我还结合实际，精心设计了《桥头村乡村振兴旅游产业发展规划（2018—2023）》，以乡村旅游为重点，规划利用五年时间，投资近 2000 万元，建成 1 个千亩葵花观景园，1 个千亩休闲采摘园，1 个百亩梨花观赏园和乡土风情园等，把桥头村打造成为乡村旅游示范基地，增加群众收入，助推乡村振兴。

2017 年我被青海省委、省政府授予优秀第一书记、2018 年被省总工会授予青海省劳动模范、青海省职工职业道德建设"双十佳标兵"、2018 年被青海省妇联授予"三八"红旗手、2018 年被评为全国脱贫攻坚贡献奖，2021 年 2 月 25 日被党中央国务院授予全国脱贫攻坚先进个人，并受到了党和国家领导人的接见。

今年 7 月份我离开了自己熟悉而热爱的第一书记岗位，离开了曾经奋斗过的桥头村而赋闲在家，但是，令我欣慰的一点是桥头村被定为乡村振兴试点村，这艘迎风破浪的航船又要启航了。

在这里，我衷心祝愿桥头村在党的政策感召下、村党支部的引领下在乡村振兴的大潮中"长风破浪会有时，直挂云帆济沧海"。

（本文根据主人公李玉兰口述整理创作）

应书记和他的上寨村

应小青

新疆作家刘亮程怀着对土地的一腔深情，写下一部质朴经典的散文集——《一个人的村庄》。在青藏高原，有一座开满梨花的上寨村，有一位叫应万忠的村支部书记，上任之初已是知天命之年，瘦弱之躯却蕴藏着巨大的干劲和热情。五年来，他带领村民们，奋勇向前，把一座灰头土脸、寂寂无名的上寨村，打造成诗情画意、名扬省内外的梨花村，在河湟谷地上写下了一曲荡气回肠的共产党员之歌……

美，带领乡亲们打造花园式新农村

2017年12月的一天，高原寒风料峭，但上寨村村委会的办公室却炉火熊熊，暖意融融——这是应万忠担任村党支部书记后，召开的第一次会议。

清瘦的他，面向村委的成员和村民代表们，诚恳地说："大家都知道，我之前当过村医，种过大棚，搞过工程，还在木里煤矿开过诊所……这是第一次当咱们上寨子的带头人。村里一共235户，800多人，大部分人都姓应，我肩上的担子不轻呐！现在村里最大的问题是，厕所乱搭，杂物间乱盖，生活垃圾乱倒，水沟里污水横流，环境卫生有待提高。第一步，咱们要响应上面号召，改变村容村貌，种花种树，实行'厕所革命'。"

"轰"的一声，村民们叽里呱啦，笑成一片，交头接耳地议论着。

"闹革命我听说过，厕所革命是个啥？咱又不像城里，还能安个马桶，修个下水道不成？"

"脏就脏，乱就乱呗，祖祖辈辈不都这么过来的吗？"

"就是，光种地种菜就够累的了，还种花种树？谁有那个闲心呀！"

在农村就是这样，想干点事，阻力不小。但这位看起来身形瘦弱的应书记，硬是苦口婆心地说服广大村民，与家家户户签订门前三包协议。几天后，村头巷尾就多了一些果皮箱和大型生活垃圾回收箱。

盖在院外的旱厕，被移到院子角落里，并修筑隔墙顶篷，加盖完整；院门口的柴草堆收拾整齐，坑坑洼洼被填平；村里主干道两边的庄廓外墙，也刷成清爽的白色，配上红色标语，在阳光下看起来赏心悦目——"绿水青山就是金山银山""待到梨花堆雪时，与你相约上寨村"。

春天的时候，上寨村白杨青青，柳枝依依，大路两旁和房前屋后，播撒了格桑花、菊花和蜀葵的种子。花开时节，一座座庄廓院落掩映在五颜六色的花丛中，蜂飞蝶舞，将村庄装扮得焕然一新。村民们扛着铁锹走在鲜花盛开的小路上，目光所及之处，都是绚丽和浪漫，心里也觉得美滋滋的。就连坐在绿皮火车上穿村而过的乘客，都要忍不住多看几眼。

最重要的是，上寨村有史以来第一次有了四位保洁员。原本是贫困户的他们，自从有了每年6000元的工资收入，不但生活有了保障和改善，打扫道路时也更加用心。

2018年，在海东市乐都区"厕所革命"工作先进村的评选中，上寨村名列前茅，并且被海东电视台采访报道。当村民们第一次在电视上，看到上寨村被官方媒体赞扬为花园式新农村时，喜笑颜开，与有荣焉。

初战告捷，紧接着，应万忠书记又一鼓作气，带领大家完成了"农牧区居住条件提升项目"，给全村的房屋都贴上了保温层。村里的老人们无不交口称赞："都说过冬难，往年最怕冬天冷飕飕的，烤箱和火炕一个都不能少。现在房子也穿上了棉衣，真是从里到外暖洋洋啊！"

2022年5月，上寨村里的道路硬化工程完工后，一位叫应洪莲的八十岁老人激动不已，托人写了一封感谢信。字里行间，难掩喜悦之情："回想过去，晴天一身土，雨天一身泥，尤其是年纪大了后，更是没少磕磕绊绊地摔倒，让我都不敢出门。如今，干净平整的水泥路代替了往日泥泞的土路，感谢共产党和交通局的领导，也感谢村干部和施工人员的起早贪黑。是你们，完成了全村人的梦想，也让我在有生之年，走上了这条幸福之路。"

上寨村的日子，渐渐好转。但应万忠书记并没有停下"折腾"的脚步。在率领村委班子成员们考察了高庙卯寨文化庄园、湟中上山庄花海之后，一个大胆的想法，在他的头脑中渐渐成型……

拼，梨花节让上寨村名扬省内外

"莫道葡萄最甘美，冰天雪地软儿香。"

软儿梨，是独属于河湟谷地的一种果品，清甜可口。近年来，与上寨村相邻的下寨村借助每年"梨文化艺术节"的东风，年年举办得有声有色，吸引了省内外各界人士慕名而来，村民们也赚得盆满钵满。

虽然上寨村也属于梨花节的协办方，但随着村里的一些梨树老化枯萎，无人修剪打理等原因，一旁的上寨村似乎成了冷清的角落，落寞的陪衬。

"村里的很多梨树都有百年历史了，秋天去城里卖果子，冬天感冒咳嗽的时候，谁不喜欢吃个冻梨？尤其是梨花节这么红火，咱们不能让梨树越来越少，得给后代娃娃们留下点啥……文化兴村，刻不容缓。"应书记语重心长地对村民们说。

2019 年春天，随着上级政府拨的 650 万元项目经费到位，在应书记的主持下，上寨村不但修建了 500 平方米的村级政府服务中心，第一次有了会议室、图书室、党员活动室和妇女活动室，还搭建了 210 栋钢建大棚。各种新鲜水灵的长辣椒、线椒、黄瓜、番茄、茄子、豇豆、双膜洋芋等瓜果蔬菜，源源不断地流向乐都、西宁等周边城市的菜市场。

最重要的是，这次上寨村一举补种了 5000 余棵梨树和沙果树，这些树将来会为村民们带来太多的希望和果实。当村民们挥着铁锹，在田间地头挖坑、栽树、浇水，干的热火朝天，还互相打趣说："要想富，先种树。不然再过几年，娃娃们都不知道软儿和沙果是啥味道了。"

时间，就像亘古不变的湟水河，从村子里缓缓流过。

"栽下梨花树，引得游客来。"现在，每到四月的梨花开放季，上寨村的房前屋后、漫山遍野，黑灰色的老梨树无声地把枝丫伸向湛蓝的天空，新栽的小树也绽放出一簇簇洁白的花蕾。

近千亩梨花，如云似雪，晶莹璀璨，如诗如画，成功地把大批游客和市民的眼光吸引过来——哦，原来除了下寨村，上寨村的梨花竟然也如此之美。一张张诗情画意的照片，通过微信和网络飞向四面八方，过去无人所知的上寨村，一下子成了有口皆碑的梨花村。

有了人气，何愁没有财气？村里能干的人家，接二连三地开起了饭馆、柴火鸡、农家乐等餐饮店，还特意修建了停车场。心灵手巧的阿娘大嫂们，还在家门口支起小摊卖凉面、凉粉、卤肉、烤洋芋，以及自家温室大棚里的瓜果蔬菜等等。每年，仅仅在梨花节的半个月前后，收入就能达到几千上万元。

"一城梨花韵，风吹草木香。""文化兴村"这步棋，算是走对了。应书记满心欣慰，经过多方筹备，他又主持完成了 5 条田间道路的拓宽工程，长达 6 公里。今后村民们下地干活，不管是架子车、拖拉机还是小卡车，可以直接开到田间地头，而且也方便游客春天时漫步其间，尽情赏花。

此外，应书记还邀请村里的乡贤们献计献策，召开了村里有史以来的第一次表彰大会，对家庭团结、尊老爱幼、科技致富等方面表现优秀的村民，披红挂彩，给予表彰奖励，极大地提高了村民们的积极性和荣誉感。

而且，天然气入户、污水管道设置等重量级工程也紧随其后，每完成一个大项目，意味着村民们的生活水平又上了一个新台阶，离社会主义新农村的目标也更加接近。

村里有个通过考学定居外地的小伙叫应之业，因工作繁忙，几年没回过老家。某年春节回来后，看到家家户户入住新居，水泥路上车来车往，太阳能热水器 24 小时能出热水，用天然气做饭方便又干净，家家户户鲜花盛开……他大为惊讶，感慨万千地发了一条朋友圈："没想到老家变化这么大。那些用麦草或柴火做饭的年代，那些寒冷和贫寒的岁月，已经永远过去了。城市压力大，我想回农村。此次归来，真舍不得离开……"

2019 年，上寨村被评选为青海省乡村振兴示范村。2020 年，先后被评选为海东市文明村镇、环境卫生综合整治先进村。应书记所在的党支部，也被中共碾伯镇人民政府多次评选为优秀领导班子。

大到项目工程，小到邻里纠纷，这些年，不管是田间地头还是村头巷尾，应书记把上寨村的每个角落都跑了个遍。以至于他对村里的情况熟悉到什么程度呢？随便指一块农田，他都能脱口而出，这块地是应家的，还是张家或李家的……

等，红色村史记忆馆作品待完成

2019年12月，青海省人民医院急诊科住进来一位特殊的病人。先是因为胃溃疡出血做了微创手术，但效果不好，又做了一次开腹手术。

一位知天命之年的病人，一个月里连做两次手术，无疑是一场艰巨的考验。眼见生命危在旦夕，家人都提心吊胆，但他硬是凭着顽强的意志和求生信念，一天天地挺了过来。

这一住院，就是大半年。说他是领导干部吧，看起来衣着和生活用品都很简单。说他是农民吧，但他每天戴好眼镜，拿着手机遥控指挥工作。

"生活垃圾要及时清运，免得冬天冻住就麻烦得很，你们多操点心。"

"三月份开学之前，在小学门口要修建两个花坛，别忘了去乐都县城里多买点花草种子。"

……

医生和护士们不禁窃窃私语，看到他每天在病号服的衣襟上认真地佩戴好党徽，又很好奇。一问才得知，原来眼前的这位病人，就是梨花开满的村庄——上寨村的应书记。

顿时，医护人员都被这位老党员身上的敬业精神和情怀打动了，大家关切地叮嘱说："工作永远是干不完的，您还是要多休息，才能尽快康复。"

病床上的应书记爽朗地笑了："这几年，实话操心坏了。不过我就是想趁着年轻，多给村里办点事。我这个年纪，正是壮年嘛！虽然咱是农民，但共产党员的觉悟和思想境界还是有的。"

一旁的病友小伙肃然起敬："我才30岁，就整天混日子，想着躺平。跟您比起来，真是自愧不如。今后有机会，我一定要去上寨村看梨花，看望您。"

乐都区碾伯镇党委书记朱得鹏也牵挂着这位老黄牛式的应书记，多次在全镇工作大会上提到他："应万忠书记就是为上寨村东奔西走，操劳过度才病倒的。我们应该号召全镇的党员干部都要向他学习。"

缠绵病榻大半年，回到村里的家后，看到满园花草，枝繁叶茂，应书记有一种劫后重生的庆幸和喜悦。他在村务微信群里婉言谢绝大家想来探望的想法，却请来博学多才的海东电视台记者应存业老师，共商大事。

有个念头，在应书记心里盘旋很久了——他决定趁着还干得动，筹建一所上寨村红色记忆馆——为了提高上寨村的乡风文明建设，也为了增强村民们的凝聚力和自豪感。

在他诗意又宏大的设想里，这座红色村史博物馆共分为六个部分：

一、传承红色记忆，促进乡风文明；

二、各界领导和政府对上寨村的关怀和指引；

三、上寨村英雄人物事迹以及光荣退伍军人图谱；

四、村子前后对比变化和现代特色农业展示；

五、村里重视教育的耕读传家和书香世家；

六、为村子做出贡献的历任村干部简介。

自从在微信群里发布征集令后，雪片般的照片、信件、证书、票据、材料，纷沓而至。这是一个大工程，各项筹集和整理工作琐碎又繁杂，但只要是应书记认定的事，就不会轻言放弃。

看着他又忙的不可开交，家人又心疼又无奈。应存业老师满心敬佩，主动承接了很多文字方面的编辑和校对工作。

两年多的日日夜夜，文字材料整理完毕，基本框架搭建好了，效果图也绘制好了。但万事俱备，只欠东风——数十万元的筹建资金，让应书记一筹莫展。

拖着病体，带着资料，他先后跑遍了乐都区委组织部、统战部、宣传部、武装部、兵役局等部门，所有的领导一致认为这是个好创意，但提到资金又两手一摊，表示爱莫能助。

应万忠书记心里既着急，又有点无奈。不过，他还是在做一些力所能及的事，静心等待。比如，收集整理一些年代已久的老物件。

锈迹斑斑的自行车，破败不堪的架子车，碾场时用的石头轱辘，春耕时用来犁地的木制模子，残缺不全的老算盘，火炕上用的小炕桌，藏着油盐酱醋味道和痕迹的八仙桌，以及古老的雕着花的木格窗……

每一件物品，都见证着当年那段清贫的农村生活，也承载着一座村庄的回忆、变迁和历史。在带着笔者参观时，应书记对存放在库房里的这些古董物件，如数家珍。他满怀希望地说："我想尽绵薄之力，将这些东西珍藏下去，好让子孙后代都不要忘记，上寨村的祖辈们曾经是怎样生活的……"

春去秋来中，五年多的风雨征程，正是凭借对土地、对村庄、对工作的一腔热情，应万忠书记带领着他的村民们，让一座黯淡无光的上寨村在高原大地上逐渐焕发出明媚的光彩。自38岁入党以来，正是他身先垂范，敢想敢做，兢兢业业，诠释了一位共产党员朴素的信念和无私的情怀。

也许有一天，当春风吹过这片河湟谷地，上寨村的梨花又热烈盛开，但愿那个时候，上寨村红色村史博物馆已修建完成。络绎不绝的人们在看完梨花后，也满怀好奇地走进这座特别的博物馆，细细了解一座村庄的历史……

这，是一位村支书最热切的心愿，也是一位老党员最诚挚的情怀。

落后，不再是乡村的代名词

祁万强

郡县治则天下安，乡村治则国家稳。千百年来，面对山大沟深、交通不便、资源禀赋差、生态承载力脆弱的自然现状，生活在乡村的各个民族辛勤劳作、休戚与共，勤奋耕耘、相濡以沫，缔造了不同时期的辉煌历史篇章。

今天，在党和政府优惠政策的沐浴下，广大基层党员与人民群众一同创造了难以计数的物质财富、精神财富和组织财富。从供水供电到修桥通路，再到绿水青山和美丽乡村……无论是硬件设施发展还是精神文明建设，乡村正在释放新的发展动能。

一

海东市化隆回族自治县地处青藏高原东部、祁连山系拉脊山脉东端南侧，境内山大沟深、自然条件严酷、基础设施滞后、生态环境脆弱、交通闭塞。

曾经居住在德恒隆乡卡什代山巅的马牙古白一家人，饱受了生活给予的煎熬和困苦。卡什代，藏语意为"山梁上的老虎"。这里自然条件严酷、地理区位偏远、生态环境脆弱，地质灾害频繁，实属典型的"一方水土养不活一方人"的贫困偏远山区。

夏日的午后，笔者沿着一条蜿蜒盘旋的山乡硬化路，来到距离群科新区5公里的卡什代村搬迁点。一条条干净整洁的硬化路通到了村民们的家门口，村道两旁的太阳能路灯尽显现代气息。

走进已经搬进新家的马牙古白家，一排砖混结构的封闭式房子矗立在院落里的正北方，菜园里种上了各种蔬菜。他高兴地说，以前村民们受尽了出行难、吃水难、上学难、看病难的苦。现在，全村人都搬迁到了新村子，路好了，自来水有了，娃娃们上学也方便了很多。在政府的扶持下，他去年在外地开了个拉面馆。一年下来，收入了十几万元。

卡什代村的贫困户，从残破的旧宅喜迁新居，从产业单薄到家家有产业，增收致富门路广开。这里，有摆脱贫困的渴望，有战胜贫困的干劲和豪情。

年过古稀的乐都区中岭乡马家洼村村民俞顺民，和马牙古白有着同样的感受。今天，居住在海东市乐都区七里店安置小区的他说："我和老伴带着一个残疾孩子，一直住在山上土坯房里。现在，我们住上了楼房，过上了幸福生活，这全靠党的好政策。"

乐都区属传统的农业区，总体地势"两山夹一川"，南北两山占区域总面积一半以上，山大沟深、交通不便、资源禀赋差，基础设施和社会事业薄弱，生态承载力脆弱。七里店安置小区是目前青海省最大的易地扶贫搬迁集中安置点，总建筑面积15.6万平方米，共集中安置乐都区马厂乡、中岭乡等12个乡镇的近7000名村民。

这绝对是一个大手笔，也是当地有效落实各项脱贫措施的重要成果之一，更是乡村巨变的决定性因素。

搬得出，稳得住，更要增收致富奔小康。民和回族土族自治县北山乡永进村村民司领梅作为一名搬迁户，居住在安置小区的她临街租了一间铺面，申请免息贷款后购置了相关设备，通过参加政府的再就业培训后开了一家蛋糕店。由此，她从农民变成了老板，一家人的生活发生了大变化。

易地搬迁不仅是居住空间由散居向聚居的迁移过程，更是社会网络的消解与重塑过程。在这一项系统的工程中，各级党委政府对搬迁群众分类实施就业岗位供给，强化低就业能力人群的就业能力培养、培训与引导，以搬迁社区的资源禀赋为前提，政府引导、企业、农业合作社组织以用人制度全面加以培训，在提升搬迁群众就业能力的同时，注重与当地的资源禀赋相匹配的就业能力引导与培训，有效提高了搬迁群众的社会职业与相匹配的就业岗位的竞争力，从而稳定搬迁群众就业、提高搬迁群众的收入水平，助推乡村的全面振兴。

二

搬迁群众得到了很好的安置，并不意味着摒弃了乡村的存在。留守在这片土地上的居民，依旧享受到了发展的红利。他们是新时期乡村建设的见证人，正在用辛勤的汗水浇灌着新农村发展的鲜艳花朵。

三合镇地处平安区洪水泉回族乡、石灰窑回族乡、沙沟回族乡三个乡交汇的区域，这里地势较为平坦，在交通还不发达的以前，成为三个乡物资交流的重要地带，所以被称为"三合"。同时，又修建了农贸市场。然而，随着物流和交通的不断发展，昔日的物资交流中心逐渐失去了它的价值。

2019年，当地党委政府以促进当地就业为主要目标，通过科学分析市场行情，积极招商引资，在原先农贸市场的闲置土地上，陆续引入了青海高原农夫农业发展有限公司、青海西海牧场乳制品有限公司和青海三合源食品有限公司，成立三合镇扶贫产业示范园。

今年40多岁的刘明存是生产车间的主任，她原先所在的条岭村在山顶处。丈夫长年在格尔木打工，两个孩子还在上学，为了贴补家用，她只能去平安区找一些零活干。然而，这样的日子并不能长久，还照顾不了家。

三合镇的扶贫产业示范园成立后，刘明存找到厂家寻找工作岗位。经过培训后，她在家门口就找到了一份工作。每天早晨到离家不远的车间上班，中午可以在食堂吃饭，一个月下来有两千多元的收入，着实让她开心不少。

青海高原农夫农业发展有限公司是一家集水果制品、果酱、糖果制品、青稞、燕麦、藜麦和黑红枸杞深加工等于一体的新型农畜产品公司。虽然落地当地产业园时间不长，已经吸收了周边村落100多名劳动力。下一步，公司打算利用附近空余的土地建设创新创业产业园区，吸纳家庭式作坊的小生产者，合理配置资源，规划生产思路，大家抱团取暖，让小企业做大做强，从而在市场竞争中立于不败之地。

一座工厂正在改变一个镇的经济结构。当地依靠富硒这一优势资源，改变传统的种植方式，打破固有的经营模式，利用大企业、大品牌的影响，为乡镇的发展打下了坚实的基础。

　　乡村在借助外力发展的同时，也在因地制宜地发掘自身优势资源，让外因和内因同发力，卯足劲走上发展的康庄大道。

　　循化撒拉族自治县白庄镇乙日亥村被誉为循化进入甘南藏区的门户，这里是连接藏区的茶马古道，也是唐朝塔城遗址的坐落地。"乙日亥"在藏语中是美丽的意思，而在撒拉语中又是遥远的意思。正因为这个美丽和遥远，使得乙日亥村保持了一个相对原生态的自然景观。走进这个小村子，开阔平坦的村级广场，错落有致的农家小院，青瓦白墙的屋舍，花海景区内，一片片鲜花满眼醉人，一缕缕清香扑鼻而来。乙日亥村宛若一幅浓墨重彩的山水画，吸引四里八乡的游客纷至沓来休闲体验、观光旅游。

　　几年前，乙日亥村还是一个十分落后的贫困山村。因这里地处偏远、交通不便，基础设施薄弱、群众观念守旧，导致大多数老百姓还徘徊在贫困边缘。2015年，白庄镇紧紧抓住乡村发展的契机，积极寻找一条通过发展村集体经济实现群众奔小康的新路子，将乡村旅游作为乙日亥村主打产业来打造，在村口处流转土地，打造花海基地，取得了出其不意的效果，得到了广大游客的普遍认同。

　　村民马索菲娅是景区的一名清洁工。她说，以前除了种好庄稼，照顾老人和孩子，也没啥事干，手头也没有宽裕的钱。现在，家门口有了花海景区，村里安排了公益性岗位，既能挣钱又能顾家，实话好！

　　从乙日亥村旅游扶贫的发展事例中不难看出，旅游扶贫的核心目标是贫困人口的持续受益和发展机会的创造，终极目标是贫困地区的经济、社会、文化以及环境的和谐发展，核心目标是人们在扶贫过程中始终坚持要达成的目标，而终极目标则是在核心目标被实现的基础之上，最终达到的一种综合效益。

三

　　农村基础设施建设作为惠农惠民的民生工程，不仅让农村群众的生产生活更加便捷，也推动了农村经济长效发展。近年来，青海乡村的一系列公共基础设施的建设，更大范围地惠及百姓。

王承德，乐都区中岭乡甘沟脑村的一名村医。作为一名常年在基层服务群众的医疗工作者，感受最为深刻的是，在党和政府优惠政策的沐浴下，原先破旧的医疗室得到了修建，"引药入村"的模式将村卫生所纳入了医保定点机构。村里可以结合"村医通"网络终端，实现基层患者在村里就能享受到报销补偿的待遇，让群众就医取药"零距离"，医保便民利民的触角得到了进一步的延伸。

春日，晨光熹微。乐都区中岭乡卫生院中医科大夫保国福，已经开车把几个病人接到了医院的诊疗室里，开始忙着准备各种中医治疗器具了。年过花甲的王翠兰是大水泉的村民，她患有类风湿性关节炎疾病，自去年起开始接受中医艾灸治疗以来，病情有了明显好转；上岭村的俞顺莲由于常年下地劳作，饱受腰肌劳损等疾病之苦，经过中医电子针疗后病痛大大减轻。

"党的政策实话好！每次治疗都是医生上门接送，服务非常周到贴心。能在家门口看病，就是我们老百姓最大的幸福。"正在治疗的患者李迎春说出了她的心里话。

中岭乡卫生院院长贺万翔说，自卫生院中医馆启动对外诊疗以来，电针、艾灸、红外线等中医适宜技术广泛应用，拔罐、针灸、牵引等治疗方式为村民健康保驾护航。在满足群众日常看病的需求上，常见病、多发病、肩颈腰腿病等病痛经中医诊疗后，也取得了较好的成效。

有病家边治，亲民又便民。中岭乡卫生院积极推广中医适宜技术和非药物疗法，发挥中医药在治未病、疾病治疗和康复中的重要作用，不仅让本乡的村民享受到了基层医疗资源的实惠，同时惠及了周边乡镇的村民。来自寿乐镇阳关沟村的保守仓、高店镇的杨正花，已经陆续在这里治疗了一年多，身体变得健康了生活质量也得到了大大提高。

毋庸置疑，多年来我省大力发展中藏医药事业，推进中藏医药传承创新、向基层延伸。在全省政策的号召和引导下，一些原本就具备中医诊疗潜力但缺乏诊疗条件的乡镇卫生院纷纷建设成立"中医馆"。同时，建立和完善了覆盖城乡的中医药服务网络，充分发挥中医药在预防、保健和医疗中的简、便、廉、效、捷的特色，提升中医药服务能力，让老百姓享受到了便捷、优质的中医药服务，得到了基层群众的一致欢迎和好评。

四

只有不断加强基层党组织建设，强化服务意识，才能不断提高服务群众的能力和水平，进一步提升群众的获得感、幸福感。从而，激发出各级党组织和全体党员干部的全部力量，形成党建统领、以上率下、紧盯支部、紧跟党员的鲜明导向。

飘云渐失，清晨来临。当夏日的太阳从李家山冉冉升起后，万道光芒照耀在了乐都区中岭乡丰硕的田野上，照耀在了泉沟村党支部书记、村委会主任王存海笑盈盈的脸上。

泉沟这个只有157户、486人的小村子里，一届又一届村两委成员，在铭记和传承中践行着为人民服务的宗旨。村民李积文当了32年的村干部，今天虽然卸任了，可他和村里的三十多名党员，依旧积极热心村集体事宜。义务植树、清洁卫生、化解矛盾、走访排查时，常常冲在第一线，从来没有过怨言。

村民之间心连心、手拉手、团结和睦的氛围，更加激发了村两委成员为民办实事的决心。前不久，村里70多岁的杨秀兰老人突发疾病，家中的老伴李胜业年过古稀，子女在外打工无法赶回。作为"一肩挑"的王存海了解到这一情况后二话不说，与村干部及时将病人送到了海东市第二人民医院，大家垫付医药费后轮流陪床守护、处理大小便，让几天后赶到的孩子们感得的不知道该说些啥好……

在中岭乡党委书记高双明看来，泉沟村两委成员及时送老人就医这样的事情，在他们日常工作中是再普通不过的了。作为主要以外出务工为主的乡村，留守的绝大多数都是老年人，村干部很大程度上承担着后勤保障的职责。整修村道、维护供水设施、帮着春耕秋收、搭建农产品销售渠道等等，着力推进服务型党组织建设，全面提高为民服务"软实力"，促进党员服务与群众需求深度对接，做到了群众的需求在哪里，基层党组织的服务就跟进到哪里。

党的基层组织是党的全部战斗力的基础，也是整个党组织的"神经末梢"。在中岭乡政府开完日常工作部署会后，由青海日报社派驻铲铲洼村的驻村第一书记于宏伟和工作人员马宇，来到本村二社村民贾国存开的饭馆中了解目前的情况。

贾国存和妻子小钟，也是免费接受烹饪技能培训的受益人。常年在外打工的他俩，为了照顾家人和耕种田地回到了家乡。通过参加各类技能培训后，夫妻俩决定用所学的知识开一家饭馆。一年多来，生意红红火火，最近更是忙不过来，还聘用小张做了服务员，也算是解决了一名剩余劳动力的工作岗位。面对驻村工作人员的走访，贾国存夫妇说出了他们的心里话。后期，他俩希望继续参加高技能的厨师烹饪培训班，等孩子去城里上学时，二人决定也要进城闯一闯，开一个更大一点的餐馆。

为全面推进乡村振兴提供坚强组织保证和干部人才支持，青海省持续选派5100余名驻村工作人员，下沉1715个重点村开展帮扶工作。于宏伟、马宇……作为其中的一份子，发挥基层党员一线模范作用，深度扎根乡村振兴的新战场，尽职尽力擘画着美好乡村的新蓝图。

"莫见乎隐，莫见乎微，故君子慎其独也。"一个人，尤其是一名共产党员，只有树立崇高的荣誉感，具备强烈的责任感，才会对人民满怀深厚感情。乐都区委常委、组织部部长杨全芳接受记者采访时说，牢固树立"抓基层、强基础"的鲜明导向，着力提高党组织党员服务群众的主动性与创造性，激发党员的实干担当精神、干事创业活力和服务群众意识，才能促进党建工作水平的提升，才会增强基层组织的凝聚力。

乡村不再是落后的代名词，也不再是城市的下延，而是宜居宜业的乐土。

石碑村驻村手记

李玉浯

　　初春的清晨，莲花山脚下的石碑村在晨曦中慢慢苏醒，一声鸡鸣如号角一般唤醒了整个村庄，家家户户的牛羊也此起彼伏地呼应着，仿佛以此来迎接崭新的一天。远处的炊烟袅袅升起，村民们早起做饭为一天做准备了。春色尚未抵达这个坐落在高原上的村庄，但河边的青草已开始萌芽，像两条茸茸的毯子蜿蜒着伸向远方……我从村委会出发，走在通往古城乡政府的路上，近处的田野，远处的山脉尽收眼底，这个可爱的村落和我初来时已然不一样了，两年时间，我亲身参与到她的改造和建设中，看着她从沉寂到不断散发生机，心底竟掠过一丝甜甜的喜悦，深吸了一口山里这清新的空气，往事便点点滴滴涌上心头……

　　2021年7月，我向单位申请来到海东市平安区古城乡石碑村驻村，开始了作为"第一书记"全新的工作和生活。虽然"第一书记"这个称呼所肩负的工作任务和职责于我而言是一个全新的领域，但是"第一书记"这个角色对我来说并不陌生。从我国全面开展脱贫攻坚工作开始，作为一名国有企业宣传工作者，在单位，我便跟随着公司驻村工作队的足迹用自己的镜头记录着他们在海拔4800米的高原少数民族村子里带领乡亲们脱贫致富的故事，在讲述他们故事的同时，我自己也深受触动，他们顶风冒雪的工作精神激励着我，感染着我，所以，在2021年，我国开始推进脱贫攻坚和乡村振兴有效衔接的时刻，我向组织递交了申请书，申请亲身参与到我国乡村振兴战略中来，我想，在自己最好的年华里应该有这样一段经历，让自己沉下身子到最需要我们的基层扎扎实实干点实事。

在驻村的时间里，有一些人让我印象深刻，他们的故事也让我深受触动。石碑村是一个纯回族村，驻村后我发现，村民的文化素质普遍不高，年轻人接受的文化教育也有限，这在一定程度上阻碍了整个村子的发展，我深知扶贫先要扶智，乡村要振兴，教育一定不能落下，所以，在驻村的第一周我便和我的同事走访了村小学，当时正值暑假，孩子们放假了，值班的马老师带我们看了学校的教室、图书馆、幼儿园及老师办公室，简陋的教室、拥挤的老师办公室让我感慨万千，尤其当我在幼儿园看到老师们用酸奶盒子和水果包装袋做的简易玩具时，心底便有一阵难言的酸涩。我知道农村的教育环境和城市是有一些差距，但我没想到，差距竟如此之大！当晚我立即向所在单位青海国投相关领导电话汇报了学校的情况，我申请公司为孩子们捐赠一个户外活动操场和滑滑梯以及图书和体育用品，对孩子们的学习和课外活动环境加以改善，领导非常赞同我的建议并当即做出决定，让学校马上报需求，公司派专人负责此事……2021 年底，学校操场和滑滑梯安装完毕，图书和体育器材也提早送到了孩子们手中，彩色的操场如同孩子们斑斓的梦想一样在校园里成了一道醒目的风景。

石碑小学属于古城乡中心学校的一个教学点，山区的学校师资力量多少有些薄弱，为了丰富孩子们的知识，让孩子们多接受中国传统文化熏陶，凭借自己多年学习国画和书法的积累，我计划给孩子们讲授国画及书法知识，然而，讲完第一堂课后我的内心便陷入了深深的思考……课前互动孩子们对于理想的描绘，让我久久不能平静，当我请孩子们跟我分享一下自己的理想时，让我惊讶的是百分之八十的孩子说，他们的理想是长大后当厨师开拉面馆，任凭我如何引导，孩子们纯真的脸上写满了那么坚定的坦然和理所当然，仿佛这份理想就是他们的宿命。课后，我跟老师们交流，我把课堂上孩子们的理想和我感受到的意外说给老师们听后，老师们笑着说："李书记，这也是自然的，石碑村是纯回族村，家里的大人们多半是去拉面馆打工或者自己开个小拉面馆，孩子们耳濡目染自然也就认为自己长大后也是像父辈们一样出去开拉面馆，好多孩子连县城都很少去呢……"是啊，村里的青壮年多半常年在外打工，少部分经营着小拉面馆，村里多半是留守老人和儿童，孩子们目光所及或许也只有自己父母外出打工挣钱的这方小小的天地吧！我告诉自己，我们的孩子们需要走出大山，看到外面的世界，这件事我得好好想一想！之后，我和我的同事便做起了详细的计划，我们准备联系所在单位把孩子们接到西宁，参观科技馆、文化馆，让孩子们亲眼看见，亲手触摸丰富多彩的科技知识和文化成果，让孩子们参观我们的办公场所，感受大山以外的世界，引导孩子们树立积极向上的理想和信念。经过多次沟通和协调，终于在 2023 年"六一"儿童节这天，石碑小学的孩子们乘坐由青海国投提供的大巴车来到了国投广场，成为了国投广场尊贵的小客人，我和单位组织的小团队带领孩子们参观了国投广场办公区和阅览室，也游览了科技馆和游乐场，孩子们和我的同事们一起在职工食堂就餐，谈笑风生，氛围欢乐又温馨。在国投广场我问孩子们，长大后想不想来这里上班时，孩子们的回答响亮又热烈，一声声坚定的回应竟让我感动得热泪盈眶……回村的路上，孩子们一扫之前的羞怯，一路欢唱着：我有一个美丽的愿望，长大以后要播种太阳，播种一个就够了，会结出许多许多的太阳……希望我们一起播种下去的一颗颗种子，未来，都长成参天大树！

　　如果说组织和单位的支持是我们坚实的后盾，那么，社会各界爱心组织和爱心人士的支持帮助，就是一双双温暖的手，在推动着我们前进，传递着一股股力量。当得知石碑小学的情况后，青海汇成水利水电建筑有限公司的李成董事长，立即联系成都一家制衣厂，为学校 116 名孩子们定做了春、夏两季的校服，并购买了图书、象棋等益智类教学用品亲自送到了孩子们手中，那天，孩子们惊喜的笑容是我那个冬天最温暖的记忆。

　　17 岁的马文才去年考上了海东二中，在我和我的同事到他家入户走访时听他爷爷说起孩子刚考上高中，但由于经济条件原因家里准备让他放弃学业出去打工时，我一下子紧张了起来，我告诉孩子的爷爷，您的孙子很优秀，考上了高中就有很大的可能上大学，知识改变命运，让孩子出去打工只能缓解眼前的困难，但解决不了长远问题，要改变家庭的困难，改变孩子的命运，必须要让孩子上学学知识。我想跟孩子聊一聊，问他爷爷孩子在哪里？爷爷说马文才趁假期在村里的瑞丰石碑花海打工，于是，我在石碑花海看到了烈日下汗流浃背地在彩虹滑道上运送气垫船的马文才，一张稚气未脱的脸上全是汗水，孩子告诉我他想念书，班里考上高中的人不多，但他考上了，他不想放弃。我问他想上大学吗？他低下了头声音却很响亮的回答我：想！我问他想考什么大学？

以后想做什么样的工作？孩子想都没想跟我说他想学医考医学院，奶奶由于脑梗瘫痪在床，爸爸有糖尿病，爷爷老了身上也有各种病，就连上幼儿园的小妹妹也患有很难治疗的病……多年的疾病让这个原本欢声笑语的家庭失去了快乐，疾病的压力更让这个孩子过早的成熟了起来，他细细地给我算了上高中的学杂费和生活费，并告诉我今年夏天在花海打工可以挣上这些费用。我压住心底涌上来说不清是感动还是难过的情愫，笑着告诉他，我们有理想就要想办法去实现！他的顾虑我帮他去解决，我说，如果他能相信我，后面遇上什么难事都可以来找我，他找了一张纸写了我的电话号码将纸条装到了衬衣口袋里。之后，我联系了区教育局，得知低保家庭的学生可以凭借低保证减免学杂费后便和村两委班子加紧推进了此事。去年年底，由我所在单位青海国投引资建设的乡村振兴项目莲花山冰雪大世界开业运营后，我立马想到了马文才，于是，协调滑雪场负责人安排马文才利用寒假在滑雪场勤工俭学，并再三叮嘱要给孩子安排室内岗位，以便闲暇时可以读书学习。让我没想到的是，这个懂事的孩子却要求去室外相对辛苦的岗位上工作，并在短时间内学会了滑雪，做起了滑雪场的临时教练，不到一个月竟赚了好几千元。跟马文才一样的还有村里的青年杨生虎，一个多月也有了 5000 多元的收入。

马福寿是村里的兽医，上学的时候学习成绩优异，但由于身患先天性肾脏疾病加之家庭困难，最终没能继续学业，高中没毕业便辍学务农，但是一向好学和爱钻研的他没有放弃学习，在自己养牛羊的同时利用各类资料学习养殖技术和牲畜疾病预防及治疗，并把自己学到的知识分享给村里的养殖户，他说，传统的养殖早已落后了，要想提升牛羊肉质量必须学习科学养殖。今年村里要开始建设养殖小区，为了做好前期准备，不打无准备之仗，三月份我带村里的 13 位养殖户参观了青海三江一力农业集团有限公司，现场学习了饲料配比及科学养殖相关知识，青海大学韩增祥教授也现场给大家答疑解惑，帮大伙儿找出了目前困扰大家的问题症结所在，大家争先恐后地请教、讨论，现场气氛热烈，马福寿便是其中之一，他用平时积累的知识跟韩教授进行多次交流，收获颇丰。第二天，他来村委会找我，说想跟我聊聊天，我请他到办公室坐坐，这一聊便聊了近 3 个小时，他向我吐露了家庭遭遇的不幸和未能继续学业这个至今让他耿耿于怀的遗憾，我告诉他，是英雄总有用武之地，一直以来他自己不断地学习和钻研是非常难能可贵的，知识的积累会让他以后的路越来越宽阔，现在一切都在向着好的方向发展，村里养殖小区也马上开始建设了，建成后他学到的知识和积累的经验就能发挥大作用，我们一起努力，为村里做更多的好事实事。听到养殖小区，他眼睛里闪烁着激动的光芒，他说："昨天你带我们去参观人家那么大的企业真的很及时也很受益，之前村民们坐井观天见识太少，牛羊肉质量提升不了，一年到头辛辛苦苦忙活到最后卖不了几个钱，这下好了，以后就有专业人士给我们指导了。昨天回来的路上我们一直在讨论，大家可都期盼着养殖小区赶快建好嘞！"临走时，他动情地跟我说："李书记，你来了不到一年可让我们村里人实实在在看到了希望呢，一个滑雪场让我们的石碑村一下子变了一个模样，现在好多人都知道我们石碑村了。还给娃娃们捐操场、校服和书，现在又帮我们张罗着养殖小区前前后后的事，帮大伙儿联系销路，可真是我们的主心骨啊！说实话，你刚来时，我们看你一个姑娘家，还有点担心呢，没想到你干起工作来比老爷们强呢……"送走了马福寿，我心里久久不能平静，如果当初他坚持读完了高中，以他的踏实肯学和聪慧一定能考上个好大学，那么，他的家庭条件会得以改善、他的疾病自然也会有相对好的条件来治疗，知识改变命运，石碑村的落后和马福寿的经历何其相似啊！跟马福寿的交流让我感到将石碑村人才振兴和文化振兴尽快提上日程这件事要加快步伐了！

马阿乙舍是村里的脱贫户，她是给我印象最深刻的农村妇女，丈夫去世已久，她拉扯两个女儿出嫁后独自一人生活，一个人的生活处处艰难，可是热爱生活的她把小院子收拾得窗明几净，生活也打理得井井有条。手脚麻利，心直口快的她和她那个一尘不染，花草吐芳的小院给我留下了非常深刻的印象，人生的不如意和生活的艰难没有让她停止对美好生活的追求，她努力用勤劳的双手让生活一点点变甜变美。和马阿乙舍一样，村民陕之英也是村里独居的脱贫户，村里的滑雪场建起来后，我特意给她们留了雪具大厅保洁的岗位，让她们在冬天也能在家门口挣上钱补贴家用。上岗后她们对这份工作非常满意，也尽心尽力把自己管辖的区域打扫得干干净净，她们告诉我，滑雪场的管理人员对她们可好呢，平时生活上很关心，过年还给发红包，一个月在家门口能挣上三千多块钱的工资，这在以前是想都不敢想的事。每次去滑雪场她们都会拉我跟她们一起坐坐，她们说："李书记，来歇歇吧，你咋老那么忙啊？每次看到你来，我们都想喊你来跟我们聊天呢，我们好喜欢你嘞！"朴实的话语让我心底温暖无比，这些可爱的农村妇女，她们不识字，不会表达内心的情感，也许一句"喜欢"便是她们对我这个"第一书记"最大的肯定，也是对我极大的鼓励。

作为青海人餐桌上不可缺少的美食，面片备受大家的喜爱，而我所在石碑村的石碑面片更是美名远播，石碑尕面片以指甲面片久负盛名，至今已有100多年的历史了，百年来，石碑尕面片，在为这个小村落带来财富的同时，也牵引着无数游子浓郁的乡愁。为了弘扬百年石碑面片文化，让这碗曾经温暖了无数人的尕面片，再次焕发生机，同时，也为石碑村产业转型发展注入满满的元气，反复思考后，我决定在省会西宁开办"百年石碑面片乡村振兴品牌店"，这个思路提出后，得到了我所在单位青海国投党委的大力支持，公司提供城北区景岳公寓夜市一套230平米的商铺，支持我们发展产业，壮大村集体经济。为此，我收集了大量的资料了解百年石碑面片的历史渊源，传承人和配方，确定方向后，选择人选，装修店铺开始马不停蹄地忙碌开了，然而，事情远比想象中艰难得多，村民的思想观念、店面装修资金来源、人员配置、运营管理一系列的问题扑面而来，我四处奔波不眠不休……功夫不负有心人，终于在长达八个多月的协调沟通，反复打磨后，"百年石碑面片乡村振兴品牌店"在2023年初夏热烈开张了，热情地敞开双臂欢迎四面八方的客人前来品尝这碗散发着浓浓乡愁的面片。开业的当天宾朋满座，而我也感慨万千，我在我的驻村工作日志里写道："百年石碑面片乡村振兴品牌店"从有了这个想法的第一天开始，我都在想，这个店要以什么样的文化积淀展现出来？从这一天到今天红红火火开业差不多有一年的时间我都在准备这件事，这中间的曲曲折折，百转千回……此刻无法细数，做产业真的难，做有深度可持续的产业更难！我和我的第一书记朋友们在一起常会用这句话相互鼓励："成功的路上从不拥挤，因为能够坚持下去的人并不多。"是的，我们选择了坚持，作为第一书记我们只能选择坚持！感谢这份沉甸甸的坚持，有了这份坚持，才让我们在农村广袤的天地间不懈耕耘，也不断收获。才能让我们在乡村振兴的路上尽着小但却坚实的力量。今天，鲜花绿植映衬着我们崭新的产业之路，传承百年的石碑面片终于走出了古城乡，走出了平安区，走进了省会。未来，她将走出青海，也会走向世界。我想，这碗面里面有的不仅是乡愁和传承，更多的是情怀和责任，今天是驻村的第745

天，一个晴朗且值得记录的日子……"百年石碑面片乡村振兴品牌店"3 年将为村集体经济壮大 24 万元。

　　驻村已 2 年，这 700 多个日日夜夜里有担心有焦虑，有委屈也有喜悦，行走在乡村振兴的路上，作为"第一书记"不知不觉间，我成了"多面手"，我给孩子们当"老师"也给村里的产业项目当"业务员"，我是田野里的"庄稼汉"也是产业发展的"总策划"，我是村里的"协调员"也是村民口里的"领路人"，我是国有企业的"白领"也是乡村振兴战略"战场"上的"战士"，这一路走来，一边经历重重艰辛一边被不断升腾起来的希望治愈，细细想来，收获总是更多一些，村民们从最初的怀疑到如今的接纳和信任让我心里更加踏实，他们愿意跟我吐露心底的苦楚，家里有拿不定主意的事了也愿意听听我的意见，生活中琐碎到家里人住院报销、儿子找对象、家庭的小矛盾都愿意来跟我说说。"驻村工作队"这个小组织却成为了村民心里"讨主意"的好去处。

　　如果说，驻村工作队的工作得到了群众的肯定，那么所在单位在背后的支持是我们开展好各项工作的坚强后盾，作为派出单位，青海国投的支持是巨大的、全方位的。青海国投党委班子对"驻村工作队"工作高度重视，工作上给予全面支持，生活上也给予了充分的关心关怀。

　　时光飞逝，在这两年的驻村生活中我深深地体会到，"第一书记"就是一滴浓缩的责任之水，滴在地上就要复苏一片绿茵。当我给这片土地播下希望的种子时，这片土地也不断给我回馈着希望，这希望不断坚定着我前行的步伐，也让我更有力量坚守着自己的初心和使命。

春入山村处处花

王卫华

一

今年，我们西宁的气候很反常，进入 6 月以来，高温持续，接下来是大雨、暴雨、冰雹等。8 月 11 日，我收到田家沟村于头天遭遇洪灾的消息。从发来的照片上看，汹涌而下的洪流，裹挟着泥沙，将山沟里的农田土、草木等搅拌在一起，以势不可挡的淫威，冲降下来，那隆如寺河两边的树木、道路，顿时被抹平，河道上建成不久的木桥、观景廊道等纷纷随泥流而下。村委会北边的水景垂钓园和林地里的休闲园"忠义山庄"、复制建造的老式水磨等，成为洪灾的主要牺牲者，还有旅游休闲园"鑫泉生态园"被淹。这是田家沟近百年未遇到的天灾。

洪水很快就过去，可灾害留下的是满目疮痍，昔日清秀美丽的村庄和村庄里温婉明净的水景、蜿蜒质朴的村道、还有村道两旁或挺拔、或弯垂的景观树，还有部分旅游设施，被泥浆糟蹋得目不忍睹。不少村民焦急地呼喊着：这可怎么办啊！

是驻村干部和村两委雷厉风行的行动，稍稍宽慰了我紧蹙的心。

灾害后的第二天的景象是，村两委组织全体村民，开始清理灾害留下的泥沙和各类杂物，疏通道路，扶正被冲倒或冲斜的树，冲洗污泥。手扶拖拉机、农用三轮机动车、架子车齐出动，有人还开来铲车、挖掘机，整个恢复整理场面可以用"轰轰烈烈"来形容。几天后，田家沟基本恢复了往日的平静，村貌也回到了灾前的大模样，只是灾害留下的破坏痕迹依然清晰，受损的设施一时难以修复。

8月22日，那隆如寺河再度发洪水，沿河村庄设施又经受了一次考验。

更早一些的7月26日，田家沟村遭遇了一场罕见的雹灾，比鹌鹑蛋还要大的冰雹倾泻而下，砸向村舍，砸向田野。顷刻间，尚未成熟的麦类作物、油菜被打得茎断穗散，基本绝收。蔬菜和马铃薯的叶子被打烂甚至打碎，收成大幅减少。

面对接踵而来的灾害，田家沟村没有等，没有要，没有靠，凭借广大村民的双手，通过自救和重建，很快恢复了生产生活秩序。通过这件事，我对他们刮目相看。村支委委员、村医樊海文在电话里给了我答案，他说，通过这些年的脱贫攻坚和乡村振兴政策措施的稳步推进，村民的生活物质条件大幅改善提高后，有了精气神，向心力、凝聚力增强，大家不会像以往那样怨天尤人，村两委的号召力相应增强，各项工作推进起来很顺利。

仅从灾后自救这件事看，田家沟人今非昔比。

二

为什么我对田家沟如此关注和牵挂？因为那里曾经留下过我的脚印，我与那里的村干部和村民一起奋斗过、一起分享过脱贫攻坚的成果。

2015年，我刚刚从一线岗位转下来不久，就被单位领导请到办公室，问我能否发挥特长，去贫困村扶贫。我几乎没做任何思考，便欣然答应。

田家沟，位于大通县东北部，距离县城约20公里，属于典型的脑山村，海拔2700多米，无霜期短，降水多，积温低。村里的支柱产业是种植业，但由于受制于气候条件，粮油产量不高，且品质不佳，2015年，全村农民人均纯收入只有2400多元。经重新核实，全村254户中，建档立卡贫困户56户，贫困户人均纯收入还不到2000元。

驻村后，作为第一书记，我依据自然地理情况，经过分析后认为，这里适合搞乡村休闲旅游。因为这里的山美、林美、水美、空气清新。具体地说，山虽然不高，但山势优美，阴坡植被丰茂，并且占据的位置优越。种植业向来是村里的主导产业，必须坚持；养殖业具有比较好的传统，需要扩大规模。

按照市县确定的目标，要在 2016 年底实现贫困户脱贫、贫困村摘帽。任务艰巨，时间紧迫。怎么办？要实现真脱贫，脱真贫，来不得半点马虎，也不能抱有丝毫侥幸。

只有踏踏实实，认认真真，按照中央和省市县的各项措施，一步步走，一策一策地实施，才能完成使命。一年当中，完成了美丽乡村项目、乡村旅游基础设施项目建设，做完了危旧房改造，易地搬迁，落实了扶贫产业到户。

在不到一年的时间内，发生了老百姓意想不到的变化。

两个文化广场如同两尊鲜亮的工艺品，摆在村子里住户相对集中的位置。那些平时似乎不善歌舞的村民们，跳起传统的扇子舞和现代舞，昔日沉寂的山村，一夜间突然活跃起来。老人们说，像做梦。

木栈道从小阴山的脚下，顺着山势建到山顶，山顶的观景台让不少游人发出惊呼，哇，太美了，东峡的风光太养眼！

我们还根据田家沟村的地理气候特点，经与村两委成员商定，确定了村庄的旅游宣传词：清凉田家沟，达坂新驿站。

村里有一条河，河水四季长流，叫那隆如寺河，发源于北面的达坂山麓。经过改造和生态整治，在河道两侧种植了云杉、油松、丁香等，乔灌木与绿草相映，富有层次感；河水经拦蓄后，跌坝而泄，小型的水面上，有鸭鹅嬉戏，平添出一派乡愁；一盘复制的水磨在河水进入河滩密林前，成为一个收尾的符号；磨渠的北侧，是一处幽静的水景，那里是新建的休闲垂钓园；河滩林腹地的幽静处，是一处自助游营地，木屋、木道，与自然风光融为一体。

扶贫产业是让老百姓"八仙过海，各显神通"。在政策措施的引导和资金支持下，大部分贫困户都选择了适合自家发展的小产业。一时间，村子里做养殖的、特色种植的、乡村旅游服务的、农产品加工的，还有小维修、小商店，因户而异，悄然兴起。整个村子里，有一种看不见的忙碌。

休闲旅游中的农家民宿接待一炮打响。起初那些有意向办民宿和农家院的农户经过犹豫后，在我们的鼓励指导下，鼓起勇气，一不做二不休，以"达坂驿站"为品牌，打造起来。虎成花、陈守兰俩妯娌成为敢于先吃螃蟹的人，在她们的带头下,"张家大院""鑫泉生态园""忠义山庄"等纷纷响应,很快开张。虎成花的"成花农家"和陈守兰的"徐家老院"开张伊始,就做出了特色,她们的乡土菜品和接待风格很快誉满东峡,乃至大通县城和西宁市区。如今,每逢节假日,那里客满为"患",许多回头客要提前几天,乃至一周前预约。这两家农家民宿,不仅是东峡镇的休闲旅游品牌,而且是遐迩闻名的农家休闲餐饮好去处。值得一提的是,虎成花、陈守兰都是共产党员,她们不仅在增收致富上带头,并且在带动贫困户方面积极主动,在她们经营的民宿里,一年四季总有几位贫困户(后来的脱贫户)在帮工挣钱。

脱贫后,村民的精神面貌也变了,特别是那几户脱贫难度最大的特困户,他们的变化令人欣喜。

三

在整村脱贫中,榜样和典型的带动性举足轻重。

张广顺,是我很佩服的一个中年男人。他曾经是村里的能人之一,他不仅是庄稼行里的把式,还有很好的泥瓦匠手艺。但命运与他开了个大玩笑,2015年初,他被医院检查出患有直肠癌,他没有被病魔吓倒,仍然挺直腰杆做人做事,从表面上,根本看不出他是个患有大病的人。2015年底,在识别贫困户过程中,根据他的病情和家庭情况,他家被列入贫困户。

张广顺一边治病,一边在琢磨适合自家的产业。他早先就学会了加工粉条的手艺,在扶贫产业选择中,一开始筹划着要办淀粉加工作坊,但考虑到淀粉加工排出的水的污染因素后,他最终选择了面粉加工。从甘肃陇西订购了十几万元的加工设备,还盖起加工作坊。他的精神感动了驻村干部和村"两委"成员,大家想办法为他筹措资金,总算凑齐了急需资金。

2016年10月的一天,张广顺的"顺源磨坊"启动开张,消息一传开,本村和邻村的乡亲们都来加工新面。当年,张广顺的磨坊纯收入达到八千余元,他家的人均可支配收入远远超过了贫困线。

2018年,张广顺被大通县授予"脱贫示范户"。

为办磨坊,张广顺欠了不少债务,加之经常看病,家庭经济捉襟见肘,可他助人的热情不减，村里有谁家遇到困难，他都会尽力相助。三社有一位中年男子患有重病,他同村里的党员一起为那个人捐款。平时加工面粉收加工费时，他会特意照顾那些家庭有困难的，少收，甚至免收。

张广顺的"顺源磨坊"经营状况一天天好起来，有互助南门峡和大通朔北的人，不嫌路远，慕名到他的磨坊磨面，磨坊生意可以用"蒸蒸日上"来形容。

可是张广顺的病情逐年在变化，每年必须做几次化疗。2019年下半年，还在青大附院做了一次手术。屋漏偏逢连阴雨，同年，他的在西安某医学院读大学的大儿子也被查出患有类似的病，真是雪上加霜。

2020年11月的一天，我与已经退下来的和在岗的驻村工作队队友专程前去看他，看到他的状况，我心里格外沉重。他忍着浑身的不舒服，拉着我的手说，他儿子的病，经学校医学附院对症治疗，完全被控制。他家的磨坊，主要由他媳妇管理经营，他只在旁边动动嘴，指点指点。

前年，他又做了一次手术，术后反应良好，能吃能睡，状况好转，令人欣慰。我几乎每天关注他手机的"微信运动"，数字显示，他有时步行达2万步。我想，能走路运动，说明他的身体还不错。我默默为他这个硬汉子祈祷，愿他的病真正出现奇迹般的拐点，祈愿天佑好人、能人、善人！

四

火车跑得快，全靠车头带。我觉得这句话永远是真理。

田家沟在脱贫攻坚和乡村振兴中所取得的每一个成绩，除了党和政府的政策和项目资金支持，关键还在于有一个好班子，好班子里有好带头人。

我在田家沟时，村党支部书记是张贵林，魏占来担任村委会主任。第一次见到魏占来时，他和几个青壮年正从一辆卡车上卸烤箱，边卸边给前来领取烤箱的贫困户分配登记。当我握住他那双粗糙有力的手，并望着他谦和而坚毅深沉的眼神时，冥冥之中，内心就产生出一种认知，他就是我今后工作中的得力帮手。他平时言语不多，但行动多。他每天在村办公室处理完村务后，总会骑着他的摩托车跑上跑下，跑东跑西，村民的医保、证照、补贴银行卡，还有低保户的相关手续、贫困户建档立卡手续等，只要村民有求，他必应，摩托车呼啸而去，一溜烟而回，都给他妥妥地办毕。作为一个村干部，他从来不嫌麻烦。他写一手漂亮的钢笔字，受过庞中华体的影响，村里填写各类表格，写一些证明介绍信之类的，他总是认真完成。

魏占来脾气好，在我的印象中，他就不会发火，即便是对待村里少数蛮横的"狠人"，他不仅能忍，还能稳稳地说服对方，令人心服口服。

村里实施美丽乡村建设项目和精准扶贫旅游项目期间，他发挥他土木工程方面的擅长，几乎每天要在广场建设、河道景观、上山观景栈道、旅游基础设施建设项目现场走一圈，发现问题后，及时与承建施工方沟通，在质量上，他寸步不让。几位建筑老板说，魏主任看起来性格绵绵的，其实不好对付。

2017年村级组织换届时，魏占来当选村党支部书记，为了工作方便，他买了一辆二手"江铃"小面包。他买车的目的很简单，既可到东峡镇开会，还可捎带村民去镇上、县上办事，重要的一点，到县上拉村里的物资时不用村里花钱雇车。那辆简陋的旧车，早已成为他的标配。村里人一见到车，就会说，魏书记来啦。

如今的村干部要实行坐班制，但室外的事务很多，特别是这些年项目多，他很少固定在办公室，但只要有事找他，他很快会出现在眼前，微笑着说，刚才在某个现场或某个村民家。初识他时，觉得他很年轻，但这几年他的白头发猛增，额头上的皱纹多起来、深起来。这不仅仅是岁月催的，更多的是奔波操劳和压力给他增添的。

魏占来与前后三任驻村第一书记搭班子，谁都喜欢他的任劳任怨和好脾气，更喜欢他的担当负责和仔细耐心。都说，与魏占来一起干事放心舒心。几年精准扶贫和乡村振兴工作中，田家沟村获得了不少荣誉，有省级的、市级的，县级的，在东峡镇党委政府的目标考核中，连续多年优秀。

虽然魏占来只是个高中毕业生，但他是村里数得上的大文化人，是传承社火的带头人。田家沟的社火中有个叫"老羊歌"的，因八位演员反穿老羊皮袄，头戴高帽子表演社火而获此独特之名。每年春节期间，魏占来不仅要组织村里的社火演出，自己还扮跳"老羊歌"和其他重要角色。

凭着魏占来当村干部以前走南闯北的阅历和他在建筑行当里的能力，如果他不当村干部，而去当老板，他绝对是响当当的，或许他家早就盖起了小楼，或许他早在城里买了大房子，或许他早就开起了"奔驰""路虎"之类的豪车。而如今，他一家人仍然住在那隆如寺河边的那个庄廓院里，心里想着田家沟的明天，勾画着更为美好的图画。

还要说一个团队，说一个团队，就必须重点说一个人，他叫李勇，是西宁市林草局派驻田家沟村的第一书记。他 2017 年到村里，2018 年从我的继任者郝强同志手里接过担子后，一干就是 5 年。曾经和现在给他做助手的驻村干部杨卫国和周光鳌说，李书记原本皮肤白皙，如今脸膛黑红，混在村民中，根本看不出他是来自省城的干部。就凭那张脸，我们可以想象他是怎么干的，怎么干出成绩的。今年，任期已满的他，做了一个郑重的决定：继续留下来，为田家沟服务。他说，围绕乡村振兴，今年村里有大大小小项目 19 个，任务虽然艰巨，但信心十足。

五

脱贫攻坚取得决定性胜利后，田家沟和所有的农村同步开启乡村振兴的新征程。这两年，村里通过进一步整治河道、绿化阳坡荒山、发展林下产业、提升乡村旅游档次、改厨改厕、美化村容村貌，整体面貌发生了新的巨大变化。至于群众生活水平，我只列一组数字：2021 年，全村农民人均纯收入达到 12600 元，是 2015 年的 5.25 倍。

村党支部书记魏占来说，田家沟遇上了好时代，田家沟在乡村振兴中，插上了腾飞的翅膀，前景会更美。他说，去年市林草局的战略协作单位武汉市园林局帮助田家沟村编制了《田家沟乡村振兴建设规划（2021-2025）》。规划的主题是"达坂驿站，蓝雀星空"。规划通过顶层设计，预设了解决建设用地等诸多问题的路径，为引领田家沟村"美丽乡村"建设铺平了道路。该规划以村庄建设和旅游发展为核心，设计了"五馆八区"，共 17 处景点。其中有利用农作物造景的艺术农田，有体验手工榨油的油坊博物馆，有阅读观星的蓝雀星空图书馆等等。不久的将来，"达坂驿站可歇脚，蓝雀星空好观星"，或许会成为省内外游客和市民赴大通县旅游观光和逗留的一个新选择。

脱贫路上"领路人"

刘海英

精准扶贫，让生活贫困的农村家庭看到了希望，也燃起了他们对生活的憧憬和信心。对于脱贫户来说，帮助他们脱贫，为他们解忧的人就是他们的"主心骨"，是他们奔向新生活道路上的"领路人"。在格尔木郭勒木德镇群众的眼里，麦日根就是这样的一个人。

为乡村脱贫寻求发展之策

麦日根是一位蒙古族干部，也是一名共产党员。1974 年麦日根出生在乌图美仁乡一户蒙古族牧人家里。1982 年，他随父母搬迁至格尔木郭勒木德镇。1996 年毕业于海西州师范学校，参加工作后，先后担任过牧业干事、农业干事、团支部书记等。2005 年因工作需要调任到郭勒木德镇工作。麦日根在换届选举中当选郭勒木德镇副镇长。许是自小生活在草原上，工作后又一直在村镇上工作，麦日根对农牧生活有着特殊的感情，他了解农牧户生活状况，了解农牧民在生活上的困难和需求，也知道广大农牧户对美好生活的渴望。

在他走马上任之际，正是格尔木市实施脱贫攻坚工作如火如荼之时。如何做好脱贫攻坚工作，就像是横亘在面前的一座大山，让他感到任务艰巨，压力巨大。

郭勒木德镇是格尔木市的城乡结合乡镇，耕地面积少，人口密集，人员流动性大，群众经济收入比较单一。辖区管辖 5 个牧业村、15 个农业行政村。由于人多地少，经济收入薄弱，很多年轻富余劳动力都选择外出打工，整体的贫困程度比想象的要严重。如何才能改变现状？如何才能实现脱贫？就像一块巨大的石头一般压在麦日根的心坎上。

人们常说有压力才有动力。面对严峻的脱贫攻坚任务，麦日根在心里暗下决心，一定要寻求解决的方法改变这一现状。要让群众都过上好日子，早日实现脱贫，摘掉"贫困镇"的帽子。

为了做到心中有数，把脱贫攻坚工作开展好、落实好，麦日根深入调查研究，亲自组织人员走访贫困户了解情况。为了准确掌握全镇情况，有针对性地做好脱贫攻坚工作，5 年来，他遍访了全镇 229 户建档立卡贫困户，走遍了各行政村的角角落落，通过深入调查研究，了解了全镇的基本情况，也掌握了重要的一手资料，对全镇的基本情况和如何开展脱贫工作做到了然于心。通过调查研究，在结合实际的情况下，分年度制定了郭勒木德镇"脱贫攻坚工作计划"。

在麦日根的积极协调下，各村也积极响应，在大家积极的努力下，脱贫攻坚工作取得了极大的进步，也带动了乡村经济的发展。乡村集体经济效益所取得的成效也逐渐显现，促使了郭勒木德镇产业由"弱"变"强"，群众增收渠道由"窄"变"宽"的提升。乡村基础设施的不断完善，促使乡村面貌也有了焕然一新的转变。

2018 年，格尔木郭勒木德镇顺利通过了国家第三方评估验收，实现了全镇脱贫，并被中共中央及国务院授予"全国脱贫攻坚先进集体"荣誉称号。成绩让人欣喜，荣誉令人振奋。在兴奋之余，有谁知道，其中倾注了麦日根多少的心血与努力。

为乡村基础建设谋划未来

从在郭勒木德镇工作的那天起，麦日根就有一个心愿，让群众过上好日子，让郭勒木德镇摘掉"贫困的帽子"实现彻底脱贫。

为了抓好脱贫攻坚工作，麦日根始终盯紧"两不愁三保障"重点任务，认真落实中央、省州市的各类惠民扶贫政策，推进全镇水、电、路、房等基础设施，补齐脱贫短板。并积极争取资金 2129.56 万元，实施了 9 个贫困村基础设施补短板项目和村级"一事一议"项目。申请"补短板"项目资金 1.8 亿元，落实基础设施项目 18 个，涉及各村村级道路硬化、环境卫生整治、村庄庭院美化、供排水管网建设、农村文化设施建设等方面。他还通过多方协调争取到行业部门资金 3436 万元，用于实施贫困村的道路、水渠、文化等基础设施建设。其中建设渠道全长 214.9 千米，确保了灌溉更加方便、稳定。

2017 年，格尔木市投资 2600 万元，为郭勒木德镇西村实施了 17.6 公里村级硬化道路维修、村委会危房改建和全村农户房屋改建、全村亮化工程等项目及 5.9 万元体育健身器材。农村道路的修建、硬化和畅通，为乡村振兴战略的实施打下了坚实基础。

提起农村的道路建设，村民王福祥说："现在，每家每户的门口都通上了水泥路，特别方便。以后再也不用害怕'雨天一身泥、晴天一身灰'了。"走进格尔木郭勒木德镇，一条条宽敞整洁的乡村路，一排排整齐划一的舒适民居，就会让人眼前豁然一亮，如果不是亲眼所见，也许很难相信，这就是新农村建设中的乡村景象。

人们常说，"要想富先修路"。路修通了，离致富的日子就不远了。道路建设，给村民带来了脱贫奔小康的希望，也给村民们带来了更多的获得感和幸福感，作为新农村建设中的重要支撑，农村公路建设也成为一项立足长远，造福百姓的富民工程，在乡村振兴建设的进程中发挥着积极的作用。

乡村道路建设取得了积极的进展和成效，群众生活环境也亟待进一步改善，为此，麦日根多方奔走、积极协调，在他的不懈努力和牵头下，格尔木郭勒木德镇实施完成了 138 户贫困户院墙大门的改造和 448 户危房改造及安居工程项目，发放补助资金达 1775.5 万元，并对 9 个贫困村实施了电网电路升级改造项目，同时还实施建设了相应的电力设施等建设工程，为贫困群众脱贫致富提供了安全、可靠、充足、经济的电力供应保障。为了改善群众饮水，用水安全，还实施建设了安全饮水铺设管道项目。目前，郭勒木德镇自来水入户达到 98%，安全饮水达到 100%。用水安全带来的便捷，让群众有了满满的幸福感、获得感。提起近些年来的乡村建设和发展变化，乡亲们都赞不绝口。大家都感触地说，好政策让群众对生活充满了信心，遇到"带头人"让好日子有了希望和盼头……

为乡村产业发展奔走忙碌

在抓好日常工作的同时，群众的冷暖也是麦日根挂在心上的大事。他时常挂在嘴边的一句话是："脱贫，必须要发展产业，产业扶贫是脱贫攻坚的根本之策，也是稳定脱贫的长久之计。"为此，他多方奔走积极协调扶贫资金，千方百计帮助贫困对象实现脱贫。

为了全面抓好郭勒木德镇脱贫工作，麦日根坚持立足全镇实际，大力调整产业结构，积极探索"党支部＋合作社＋贫困户"的产业扶贫模式，并积极争取州级互助资金450万元，为9个贫困村建立了互助协会，为农户发放贷款，增强贫困户内生动力；争取产业到户资金349万元，用于有劳动力的贫困户自主发展产业，每人6400元；争取贫困村产业发展资金1564.6万元、非贫困村产业发展资金1208.85万元和州级绩效考核奖励资金150万元投入企业、合作社或养殖大户，增加收入，壮大村集体经济，全镇实现村集体经济收入442.61万元。

扶贫要先扶志，从根本上解决贫穷的"病根"和制约走向富裕的瓶颈。为了做好精准扶贫，杜绝"等靠要"的懒惰思想以及一些不合理诉求等现象，麦日根与各村村两委及驻村第一书记携手，积极主动推动惠民政策落实。功夫不负有心人，通过大家的共同努力，脱贫成效取得了积极的成果。村民也在精准扶贫政策的大力实施中，生活质量有了显著的提升，生活环境有了明显的改善，人居环境有了日新月异的变化。在精准扶贫政策的落实中，村民的获得感、幸福感均有了极大的提升。有了获得感，生活的信心就有了提升，走上致富路的期望值也在不断攀升。

文化建设是体现群众精神面貌的"精神食粮"。生活上的扶贫有了改善，精神上的扶贫也不能落后。为此，麦日根要求各村利用"春节""元宵节"重大传统节日之际，充分调动村民的积极性，积极开展"猜灯谜""耍社火""小手拉大手"等丰富的娱乐文艺活动，将传统习俗与扶贫政策宣传紧密结合起来，全面宣传扶贫政策，不断扩大政策知晓率、提升群众满意度。

汗水不会白流，辛苦也没有白费。在积极的宣传引导和多渠道多方面的帮扶政策的鼓励下，脱贫攻坚工作取得了实质性进展，郭勒木德镇有27户贫困户自愿提交了脱贫申请书。在贫困户摁下红手印的那一刻，摘掉"脱贫摘帽"的愿望终于实现。那一刻，也标志着在精准扶贫政策的实施下，格尔木郭勒木德镇的脱贫工作取得了显著成效，实现了"要我脱贫"到"我要脱贫"的极大转变。

为困难群众排忧解难

在实现脱贫的进程中，贫困户是重点脱贫帮扶的对象，而处于贫困边缘的困难户，也同样是需要关注、需要呵护的对象。

郭勒木德镇东村村民杨增宏被列入扶贫边缘户。杨增宏是一名专业电焊工，他的父亲杨维兴开车跑运输，母亲种地，妹妹还在读书，原本一家人的生活在村里还算富裕。但屋漏偏逢连夜雨，2012 年，年仅 22 岁的杨增宏突然被查出了尿毒症，这个原本幸福的家庭就这样因为一场疾病而陷入了困境。

从 2012 年到 2019 年的 7 年间，杨增宏住院、透析等大量的医药费花光了家里所有的积蓄。就连原本计划盖房子的钱都用于治疗，还欠下了巨额外债，而后续的治疗费用对这个家庭来说更是一笔难以估量的数目。"孩子得了这个病，就是个无底洞，对于我们这样的家庭，怎么承担得起，每周三次的透析都要花去近 2000 块钱，手里没钱连房子都收拾不起来，以后的生活可怎么过！"提起儿子的病，杨增宏的母亲牛成邦哭诉着说。了解到他家的实际困难，麦日根多方沟通协调，想办法为他们家解决一些实际困难。在麦日根和东村第一书记的共同努力下，帮扶计划得到了相关联点单位的支持和回应，通过召开扶贫工作推进会，最后商定由格尔木市人武部、统战部和浙江商会三家联点帮扶单位共出资 3 万元，给杨增宏家铺地砖，安装门窗，帮助他们家改善生活居住环境。

2020 年 9 月，杨增宏一家搬进了新居，一家人终于有了宽敞、舒适而温馨的家。为了解决杨增宏一家的实际困难，在麦日根的协调下，还为他们申报了低保户，可以享受更大力度的医疗报销、关爱基金、民政救助等方面的优惠政策，积极为他们解决部分医疗费用，以减轻他们家的生活压力。同时，联点帮扶单位也会不定期给予他们一家生活方面的帮助。

一分耕耘一分收获。随着一项项扶贫政策的落实，不但提高了农牧民群众的收入，也改善了他们的生活，提高了他们的生活质量。同时，也促使郭勒木德镇的整体经济水平有了显著提升，切实保障了"两不愁三保障"标准。

生活条件好了，脱贫群众的心里都暖暖的。看到脱贫户顺利走出困境实现了脱贫，麦日根在高兴之余，心里也感到很安慰。提起麦日根，郭镇木德镇的老百姓都说，扶贫使郭勒木德镇的村集体经济发展走上了"快车道"，而麦日根就是群众脱贫致富路上的"领路人"。

在乡村振兴中诠释精彩人生

脱贫攻坚让生活困难群众摆脱了生活上的艰难，有了对新生活的盼头。随着发展的不断前行，乡村振兴战略也让致富成为广大农牧民对美好生活的新憧憬、新期盼。在麦日根的带动下，郭勒木德镇各行政村、牧业村齐发力，郭勒木德镇终于取得了脱贫攻坚的巨大成果，2018 年不但实现了整体脱贫，彻底甩掉了"贫困帽子"，集体经济收益也得到了有效的提升，看到这一个个发展中的变化，麦日根的心里感慨万千。

为了防止后期脱贫户返贫现象的发生，麦日根要求各行政村、牧业村要做好每月定期进行检测汇总，结果统计上报制度，在他的带动和齐抓共管下，目前，郭勒木德镇每月一次的预防返贫检测任务已成为常态化的工作形式。

基层工作要耐得住清贫，守得住寂寞，更是对一个人执着坚守和毅力的考验。近 20 年来，麦日根始终在乡镇工作，他默默地付出，也在不知不觉中得到了回馈，一个个荣誉接踵而来。2018 年他荣获海西州"2016 年—2017 年度脱贫攻坚先进个人"荣誉、2021 年他又荣获"青海省脱贫攻坚先进个人"称号。荣誉是鞭策是鼓舞，也是对他这么多年扎根基层、服务群众的认可和肯定。面对成绩，麦日根深深地感到安慰，他感触地说："只要群众生活得好，我的努力就没有白付出，看到脱贫户都脱了贫，都有了属于自己的好日子，就是对我一直以来努力付出的肯定，这就是我心里最大的安慰。"

提起麦日根的工作环境，朋友们都替他感到"不值得"。他们认为，麦日根这么多年一直在乡镇工作，都不知道为自己考虑挪个地方。对此，麦日根只是淡淡地一笑。他淡然地说："群众的事就是大事，看到群众过上了好日子，我觉得所有的付出都'值得'。"

时光荏苒，岁月如梭。

一路走来，麦日根付出着辛劳，也收获着希望与快乐。一路上的风雨，见证了他一路走来的艰辛，也铭记着他走过的每一个沉重的足迹。面对未来！他依然步履坚实，信心满满。他坚信，通过大家的共同努力，郭勒木德镇的明天会更加美好，群众致富的道路会越走越宽广……

切扎措哇：牧民群众的幸福家园

王玉肖

　　站在切扎措哇——廿地乡切扎村易地搬迁安置点的门口，思绪万千，切扎村仁青书记的话在耳边萦绕："阿姐，你就是我们切扎的人，我再汉话好好不会说，切扎永远是你的娘家……"秋雨后的清晨，空气沁人心脾，站在这曾经让我魂牵梦萦、彻夜难眠的地方，没有了来之前的忐忑和思虑。小区出来的汽车从我的车旁驶过，车里是一对年轻人和孩子，驶上公路车转向了去恰卜恰的方向，他们是去打工了？ 送孩子上学？ 我为自己的揣测会心一笑。

　　看着门口的切扎措哇几个字，我想起请教三姐夫的事，我三姐夫是藏汉双语通，又长期从事公安工作，所以对州属各地的隶属关系和渊源有颇深入的了解。"廿地"是蒙古语"额尔德"的谐音，蒙语意为"宝贝、珍宝"。"切察"是藏语译音，意为"切察氏先民的后裔"，"切察"是藏语"曲磲"的谐音，异地藏族部落名，"措哇"是藏语"部落"的意思。心里默念着切扎措哇的名字，站在这片厚实的热土上，思绪慢慢拉开了帷幕。

　　2015 年 10 月底，我因"精准扶贫"工作，下派到廿地乡切扎村担任"第一书记"。十月的草原，天高云淡，驾车经过飞机场跑道，路上已是荒草萋萋。停车驻步，遥望天际，一只苍鹰在不远处的上空盘旋，给这空旷的天地平添几分荒凉。长期以来，在机关从事办公室工作，想体验一下牧区生活，所以单位选派扶贫驻村人员时，我毫不犹豫地决定去驻村。为了干好扶贫驻村工作，我对驻村生活做好了各种打算和憧憬，甚至准备了一辆山地车，计划村里串户或到山上看景色的时候可以骑车去。

那是一个秋雨后的下午，当我到达甘地乡切扎村党员活动室时，党员活动室门前的草滩上坐满了来参加动员大会的牧民群众，这个党员活动室是由原来的切扎小学改建的，看着牧民群众亲切的笑容，我心里有一股暖流在涌动。初次见面，牧民群众给我留下了朴实的印象，藏族阿妈笑成菊花似的皱纹是那样的亲切，从她们的脸上我看到了母亲的影子。一位老人开玩笑地对我说："加毛书记，你藏话不会说没关系，你说给我们发钱，我们都能听懂；你说让我们交钱，我们谁也听不懂。"听着他说的话，我和牧民群众笑成了一片，就在这样的朗朗笑声中，结束了我的第一次村民大会。我驻村的第一次大会开得很成功，参加会议的群众很多，甘地乡切扎村虽然是贫困乡贫困村，但民风淳朴，群众热情善良，对国家的政策响应积极，对扶贫工作大力配合，这也成了我后来开展扶贫工作时的不懈动力和力量源泉。

来切扎村担任第一书记初期，一切办公设备和办公费用由选派单位配备和承担，初来时，单位给了2万元的办公经费，我了解切扎村情况后，和村委班子商议决定，先用这些经费买两台电脑、两台打印机、纸张等办公用品，一门冰箱及锅等生活用品。当村长、会计和我采购完这些设备，拉到党员活动室时，已满天繁星。安置好的第二天早上，村长来村委会办公时，拿来了一条羊后腿，说是从那天开始，党员活动室里要开火做饭，切扎村因为是牧区，住户分散，村长和书记的家都在离村委会四五公里之外，所以解决办公吃饭问题迫在眉睫。

当一场雪落在马鬃滩的草场上时，我的驻村生活已经过去了三个月，白雪覆盖住了远山和近处的沟沟坎坎，只有突凸的石头露在外面，走累了可以坐在上面休息一会儿。干枯的芨芨草秆在风中摇曳，风卷着雪在旷野上肆意地乱窜，吹到脸上生疼。一只狼从马鬃滩向飞机场的方向跑来，它跑跑停停，快临近公路时放慢脚步，观察了一番，见我们的车停在远处不动，从公路边的网围栏一跃而过，向北跑去，不时回头张望，我很专注地拜读过姜戎的《狼图腾》，李微漪的《重返狼群》，所以对狼的习性有一些了解，这只狼是寻找食物的，回头看只是狼多疑的本性，从它不快的跑速上我想它并不惧怕这来往的车辆，这里还算是它安全的家园吗，但这样的情况会持续多久呢？马鬃滩以南的塔拉滩已是光伏园区，柏油路错综交叉，一到晚上灯光闪烁，宛如城市。而这里又是军民飞机场的建设地，开工建设指日可待，草原上赖以生存的动物，它们的家园将在哪里？生来第一次这么近距离地看见野狼，心里对这片土地有了更深刻的认识。

廿地乡切扎村位于乡政府驻地西北处，是一个以牧为主、农牧结合的村，共有农牧户 476 户 1719 人，建档立卡贫困户 173 户 653 人，切扎村大多数村民生活在山区或半山区，自然条件恶劣、群众居住分散、基础设施建设滞后，是典型的深度贫困村，根据"一方水土养不起一方人"的实际，切扎村居住偏远、生产生活方式单一、交通不便的 101 户 334 名建档立卡贫困户，需要实施易地扶贫搬迁项目。开完群众大会，按"八个一批"扶贫要求，给每户建档立卡户填帮扶分类表，到中午，会计再三催我们去吃饭，当我和村支书角巴加书记到吃饭的教室时，都是清一色的男士，他们已经做好了"大锅饭"，当会计双手给我端来一碗饭菜及馍馍时，这些草原汉子的温暖细腻感动了我，我不禁问：你们会做饭？村团支部书记桑豆太开玩笑对我说："阿姐书记，我们什么都会干，就是不知道怎么脱贫致富。"

一条清澈见底的河从老鹰沟的腹地自北向南，顺着山势流淌而来，中间是一条通往青海湖的沙石水泥硬化路，从老鹰沟的山顶向南沿着公路两侧是切扎村三社牧民的冬季草场。八月的老鹰沟绿草如茵，各种颜色的花铺满山坡，天空湛蓝，风轻云淡，山腰间的牦牛膘肥体壮，第一次见刚出生的小牦牛，它的样子呆萌可爱。我们一行三人，用了一天的时间走访了三户贫困户，走累了，坐在草滩上，想象着自己也有一群牛羊，在这里逐水草而居，迁徙生活，该是一种怎样的境况呢？老鹰沟深处两侧，山高坡陡，奇石嶙峋，形状各异，有的像"乌龟爬山"，有的像"仙人聚会"，有的像一个人在"翘首顾盼"，让人浮想联翩，驰思遐想。踏着暮色我们返程了，快到切扎村的党员活动室时，迎接我们的是此起彼伏的犬吠声，到宿舍已是明月当空，有道是月明星稀，夜深人静。

精准扶贫工作初期，村里开会是三天两头的事，摸底调查，开会讨论，复核，开会征求意见，开会公布情况，返工重新开始。一天，我们开完群众大会后，开始确认需要易地搬迁户的有关资料，由于各方面原因，工作进行得异常艰难，从上级下发的一整套精准扶贫工作机制，在下面具体操作时，无法与实际情况有效衔接，初期干扶贫工作，有"摸着石头过河"的迷茫，那时我的心感觉随着秋风萧瑟飘摇，沉重的心事像落叶一样飘零枯萎，没有着落。下午四点多吃中午饭，会计等几个男士，在煮过几个干骨头的汤里煮好挂面，把上面漂着几个葱段的饭双手端到我面前时，我的喉咙里有一股咸咸的暖流在涌动，我憋着气把面条和着泪水咽到了肚子里，那一刻，我知道，我不应该有退路，我只有扎实稳步向前推动工作，才能报答这片热土的深情厚谊及这里父老乡亲、兄弟姐妹们的茶饭招待。

　　廿地乡政府通往共和县城的路两边，有一片廿地村的农田，路边用网围栏隔着牛羊，夕阳西下，一只大的麻斑鸡走在前面，六七只小斑鸡排成一列跟在后面，横穿马路，我紧急刹车停在路边，等待这些大自然的精灵缓缓而行。放眼望去，路边田里的豌豆花与周围草滩上的紫色、白色、黄色的野花浑然一体，延伸到草原的深处。我是深秋来这里担任"第一书记"的，又是在这样一个初秋，把手头上的所有资料移交给了下一任"第一书记"，调任到新的岗位工作了。

　　往事历历在目，转眼韶华已逝。

　　全国脱贫攻坚总结表彰大会上，廿地乡荣获"全国脱贫攻坚先进集体"荣誉称号。廿地乡党委书记去人民大会堂参加了颁奖会议，在看直播的时候我心潮澎湃，我没有盗名窃誉的想法，但那个荣誉又似乎与我有千丝万缕的联系似的，让人激动。在滔滔的长河中，我们每个人都是浪花里的一滴水珠。

　　为了真实感受切扎措哇搬迁群众现在的生活，踏着秋日余晖，我再次和桑豆太走进了切扎措哇小区，走进了切扎村易地搬迁群众的生活。首先映入眼帘的是院子里的小广场，几个孩子在广场上骑自行车和滑板车，广场的西边是卫生室和村综合办公室，南边是幼儿园，由于疫情，一直没有开学，孩子们在广场上自由玩耍。综合办公室的二楼上有村史馆，里面有授予切扎村"青海省脱贫攻坚先进集体"的荣誉证书及廿地乡荣获"全国脱贫攻坚先进集体"的荣誉证书。

　　建造美观的房屋在夕阳的照耀下熠熠生辉，三三两两的老人在小区里散步聊天。院子里我们遇上了拉松加老人，他一眼就认出了我，他是老党员，他告诉我，我刚去切扎村任第一书记时，他天天来参加会议，今天是他在切扎措哇门口疫情值班时间，他家里现在只有他和孙女2口人，孙女大专毕业后在海南州上打工，还没有考上正式工作。他说搬迁到这里来以后，就像住在县城一样，水、电、路通了，生活非常便利幸福，真没想到这辈子能过上这样的生活，感谢党和政府。和他一起的达贝和尖措也跟我聊起了他们各自的生活。达贝家里2口人，儿子在廿地小学上学，他今年是草原管护员，以往在海南州上打零工，现在要干草原防护、抗汛、垃圾清理等工作，工作虽然辛苦，但一年能有21600元的收入，还有低保金，生活很好。尖措是一位吃苦耐劳的汉子，家里3口人，他和儿子常年在外打工，今年在海北州及贵南县打了六个月时间的工，挣的钱不错，加上草场补助金和流转金，给儿子娶媳妇的钱够了，现在由于疫情且快入冬了就在家里休息。他说，现在只要肯出去干活就能赚到钱……

我和桑豆太漫步在小区院子里，各户院落整齐干净，房子里面装修气派，有的住户正在扩建房屋外面的玻璃封闭，听桑豆太说，为确保搬迁群众达到"搬得出、稳得住、能发展、可致富"的目标，切扎村党支部充分发挥地域资源优势，以群众入股等形式筹资858.69万元，在切扎措哇小区门口左侧建了2715平方米的集餐饮、住宿于一体的扶贫产业楼，现在以6年240万元的标准对外整体出租，还吸纳了20多名贫困人员就业，2020年底村集体经济收入达45.8万元，群众人均收入达13016元。现在疫情情况下，收益不是太好，但从长远利益看，这是一项群众可持续分红利受益的产业。村党支部还协调联点帮扶单位组织贫困户进行了技能培训，掌握"一技之长"后，有缝纫、烹饪、藏绣技术的村民，利用靠近县城区位优势，进城务工或自主创业。

现在的切扎措哇，位于恰卜恰镇城北新区北环路109国道边，当时投资2641.98万元，建了这101套砖混结构、水电暖齐全的住宅房，这些住宅房建筑面积不一样，80平米的房屋有75套，50平米的房屋有18套，25平米的房屋有8套，是按照当时无房户家里的人口确定房屋大小的，住宅房外面有玻璃封闭，室内设地暖，厨房有电灶，还有卫生水厕等，房子外面有庭院。2018年切扎村101户334名建档立卡贫困户，告别了简易帐篷房和土坯房，住进了这些新房。走进小区，不时会看见芫荽梅、大蜀葵花在各家的院子开放。从北向南，走出小区，外面是一片宽广草滩，是以后的垃圾处理场。夕阳下一株长在牛粪旁的芫荽梅，枝干分叉成了树的形状，满枝的花朵在微风中摇曳。落日悄悄爬过西面的山头，天边的云影敛尽了最后一抹红晕，晚风轻抚草尖，弄碎了一地的花影。夜色中的切扎措哇灯火通明，呈现出了一幅温馨美丽的小村画面。

回来的路上，突然想到，今天见到他们，一个个脸上没有了以前的沧桑，脸上光鲜亮丽，衣服干净时尚，院子里玩耍的孩子穿着各式各样的新衣服，骑着儿童自行车，玩着各种玩具，城里孩子玩的、享受的，这里的孩子同样享受到了。难怪我没认出拉松加老人，他显得比以前精神和年轻了许多。

到恰卜恰街上，已是华灯初上，喧闹了一天的小城，随着夜幕的降临，沉浸在一片温馨祥和中，白天多少烦扰之事，夜幕中独步自思，豁然开朗。晚上观看党的二十大盛会实况，各地代表就今年报告内容及各地各领域领先特点作发言，代表们参观党的二十大成就馆时，一个镜头里代表们都昂首挺胸、阔步前行，刹那，我心里有激动、有自豪。这些代表是我们各地各级党的中坚力量，他们把全国各地的建设成就汇报给了党中央，亲临盛会，感受成就，又把党的指示带回各地，传给千家万户、城市乡村。那一刻，我觉得，作为千千万万的个人，把自己的身边的幸福变迁有义务汇报给党、汇报给这个伟大的时代，在时间的长河中留下烙印。

生活篇：且将新火试新茶

翘首而立，眼望瓜拉河

辛　茜

　　这一天，大通县桦林乡飞雪飘飘，格外静寂，仿佛与世隔绝的瓜拉河缓缓流淌，与夏日丰沛季节的欢腾喜悦有着不一样的感觉。多少年来，这片贫瘠的土地，从未被人遗忘，20 世纪 90 年代就被国务院评定为重点扶持的贫困村，生活在这里的人，也从未停止过对幸福的渴望。他们辛勤耕耘，他们种植小麦、蚕豆、蔬菜。他们忙碌的脚步，温暖的目光，从不曾让这片寂寞的土地荒芜、裸露。但是，因条件所限，这里的村民常年饮用地下水，而且因为得不到很好的净化，饮水质量很差，提高周围农村群众和城镇居民的安全饮水标准，保障下游人民群众的生命财产安全，成了西宁市大通县委领导的一块心病。

　　四月的雪花落在清澈的瓜拉河上，石山嵯峨叠嶂，雕塑着周围的风景。陡峭的山巅之上，灌木紫色的枝条丛丛相连，凝视着群鸟飞过。早在 15 年前，大通县水利部门的工作人员发现，发源于达坂山南麓，西北向东南流经桦林乡的瓜拉河下游不论流域面积、河道长度、多年平均流量，特别是水质，均达到了 1–2 类的饮用水标准，非常适宜中小型水库建设。

　　2017 年 12 月 8 日，大通县政府完成了可行性研究报告及专项报告专题的招标工作；2018 年 5 月 15 日，县人民政府组织桦林乡人民政府、县政府各有关部门召开大河滩水库建设推进会，成立了大通县大河滩水库前期工作协调领导小组，县长为组长，各相关部门和桦林乡政府为成员，建立起协调机制，推进大河滩水库工程项目；2019 年 12 月 5 日中国电建集团西北勘察设计研究院有限公司完成了大河滩水库工程初步设计阶段、招标设计阶段及施工图全过程勘察设计招标工作。

按照国家水利部规定，中小型水库建设项目规划除国家、省上解决40%的资金，需当地自筹60%。但是，苦于大通县当地的经济条件，60%的资金无处可筹，即使这个水利项目已进入西宁市政府"十三五"规划和中小型水库建设项目规划，也一直得不到落实。

2019年夏天，国家发改委年轻的干部张广栋被中组部派往青海，任命为西宁市政府副秘书长，西宁市发展改革委党组成员、副主任。经过调研，他意识到青海工业基础薄弱，发展困难，既要服从国家大局保护三江源，保护生态，但同时，青海人民也需要吃饭，需要解决就业问题，需要发展。国家发改委负责宏观调控，中央出台了许多相应政策支持各地发展，青海应该掌握国家政策争取项目资金，推动青海各项事业的发展。他希望在自己力所能及的范围内，多为青海人民着想，踏踏实实为青海人民办几件事。来青海三年，吃青海人的三年饭，当三年青海人，就要对得起青海人民。于是，他对西宁市发改委分管地区经济科的马栋龑处长说，请你尽快拿出意见，想想放在手头上的哪件事最重要、最紧急，最需要办。

马栋龑也是个实在人，学的是水利专业，还曾经亲自参与设计过湟水北干渠一期的渡槽设计。经过认真考虑，他认为大通县大河滩水库建设项目是目前比较成熟，亟待上马的项目，而且大通县从2016年起就开始水库的选址工作，经过多部门的多次勘查，最后将水库的建设地选在了"天然氧吧"瓜拉沟，新来的领导如此诚恳，何不提出来试试。他立即拨通了大通县水利局副局长蔡有仓的电话，和蔡副局长做了具体沟通，随后向张广栋主任做了汇报。张广栋一听，眼前一亮。这是好事啊！几天后，情绪激动的蔡副局长风尘仆仆赶到西宁，当面向张广栋主任做了一次详尽的汇报。

2019年9月16日，张广栋和国务院国资委正处级巡视专员，一级调研员，现任援青西宁市工信局（国资委）党委委员、西宁市国资委副主任毋贤祥来到桦林乡进行实地调研。为什么要和毋贤祥主任一起来呢？原来，毋贤祥主任虽然是会计学学士、高级会计师，武汉理工大学产业经济学博士，还是水利部河海大学管理学学士，曾担任北京水利发展公司计划财务部部长，懂水利、懂建设、懂规划、懂预算。

当他们一行几人来到桦林乡时，正是金秋季节，河水潺潺，清甜可口，红彤彤的沙棘果缀满枝头。两岸山峰对峙，各成一体，犹如生活在这片土地上守望家园的一对儿女，又好似隔空相望，咫尺相连，只待人工雕琢的天然水库雏形。经过大通县水利局技术人员王宏武的认真介绍、详细解说，毋贤祥主任在详细查看了周围地势后，从专业角度认为，此地确有建设水库的优势与价值，而河两岸耸立的石山就是筑坝需要的现成材料。

国庆过后，西宁市发改委马栋龑处长，大通县魏成玉县长、水利局张玉仓局长、蔡有仓副局长来到北京，张广栋带着他们到国家发展和改革委员会、水利部汇报了西宁市大通县大河滩水库脱贫攻坚项目的可行性方案，表达了他们造福当地百姓的热望。令人愉快的是，建设水库的方案同时得到了两个部委的认可和支持，当时便拍板决定，由中华人民共和国发改委和国家水利部会同青海省发改委配套资金全力支持。之后，前后不到一个月的时间，将近3个亿的资金居然就这样被落实了。

如此快捷顺利的效率，是大通县委领导和西宁市发改委万万没想到的。可他们哪里知道，放假回家的张广栋，国庆期间根本就没顾上休息，没顾上到医院检查身体，为大河滩水库的脱贫攻坚项目能够顺利推进，为他们的到来，奔走相告，介绍青海大通县的经济状况，与上级部门提前协调沟通，做了充分准备。

当资金落实的消息传达到西宁，建议、论证、参与大河滩水库建设项目的领导、工程技术人员欣喜万分，他们深感祖国的温暖，对青海基层人民的关心。

马栋龑由衷地说："国家的政策好，张主任人品好，为人好，才有了这样大的推进力度。"

蔡有仓和王宏武都是本地人，兴奋地向张广栋表示了各自的决心。他们热爱家乡，激情洋溢的工作热情、态度，也感染了张广栋。

此时，已是大雪纷飞的冬季，但地测工作刻不容缓，迫在眉睫。大通县水利局抓紧时间，赶在2019年春节前完成了这项工作。春节前后，张广栋从北京再三打电话询问，催促大通县委努力推进，制定水库建设的具体实施方案，尽快投标。

也许地域的走向和流动是互惠的，也许自然赋予人类的一切东西都是合情合理的。自然变化奇妙无穷，目不暇接。平原上生活的人，可能无法相信，在走进雪山草原的空旷与苍凉，野性与大美之前，高寒、缺氧，紫外线强烈的青海高原，会在人们面前呈现出如此秀丽多姿，拥有10多万亩林地的绿地。

地处青海省东部农业区北部的大通回族土族自治县，物产资源丰富，可利用草场234万亩；林地面积10万公顷，森林覆盖率26.4%，位居全省第一。在高寒、缺氧，紫色阳光强烈的青海高原，大通县呈现在人们面前的不仅仅是空旷与苍凉、雪山与草地，在走进广阔的，充满野性的西部大美之前，它绿色的风景，是走进青海的人感受农业区向牧业区过渡，中低山丘陵地带走向广袤草原的重要经历。因为，青海高原地处世界屋脊，青藏高原东北部，虽地形高耸，世界闻名。但由于地质、气候、土壤、植被和现代外引力的不同，地貌特征差异有别。加之雄伟壮观的祁连山、西起阿尔金山东端的当金山口、东达贺兰山与六盘山之间的香山一带，北靠河西走廊、南临柴达木盆地北缘，形成的是一系列大致相互平行的西北至南东走向的山脉和山间谷地，而祁连山东段的平行岭，又分别是老龙岭、门源盆地和大通至达坂山之间的山地。

在这片沟壑纵横、山岭对峙、峡盆相间的土地上，源于木里以西沙果林那穆吉木岭的大通河，从西到东流经刚察、祁连、海晏、门源、互助、乐都，以及甘肃省天祝、永登县，最后在青海省民和回族土族自治县享堂注入湟水，扇状分布的众多河流，再加上湟水第二大支流北川河，湟水一级支流黑林河、东峡河穿行于峡谷之间，使流域内遍生牧草，树林葱茏，中下游山林对峙，灌丛密生，乔木枝叶繁茂，宛如一条绿色的河流，在峰峦叠嶂，似天然屏风的大坂山面前，闪动着秀丽的姿颜，蜿蜒曲折、绵延起伏、波澜壮阔。

其中，发源于瓜拉达坂的瓜拉河是东峡河最大的支流，水系发育良好，树枝状分布，在元墩子村汇入干流。瓜拉河流经地多雨雪，水源滋润，河长34.4公里，两岸石山峭立，灌木翳荟，满目奇峰秀景，地下水丰富，而位于大通县境东北部,距县府驻地14公里的桦林乡及周围村民，多年来饮用的就是地下水。但是，对于生态环境脆弱的青海高原来说，地下水弥足珍贵，涵养着流域内的生态环境，过量使用会破坏某些地段的吸水生态平衡，并不断向纵深方向发展，使污染物进入浅层地下水和深层地下水，导致地下水生态环境变异。而且，尽管经过过滤净化，瓜拉河一带的地下水，无论如何也不适宜人类饮用。所以，大河滩水库的建成将完全改变这一不利于人类生活，又影响生态的现状，起到保护地下水资源，维护生态环境的作用，还能在配套设备的支持下，用于农田灌溉，控制瓜拉河下游的水量，防止自然灾害，更重要的是可以让桦林乡，桦林乡周围的村民喝到与城市居民相同标准的饮用水。

为了彻底明白水库建设的科学原理、瓜拉河流域的地理环境，为了促进大河滩水库脱贫攻坚项目建设，张广栋和设计师们已经连续往桦林乡跑了三四趟，图纸也被他看了一次又一次，每次来，都要对围在他身边的马栋龚、蔡有仓、王宏武说："你们可得加油干啊！要尽快把水库建起来，让老百姓喝上干干净净的水。后期的水厂建设、管网设置均可纳入整个工程项目规划，需要的资金，我来想办法争取。"

听了张广栋主任的话，大家开心地笑了，菊花般的笑容在清纯的白雪面前显得那么灿烂，那么无拘无束。

瓜拉河的水一直在流，桦林乡的春天就在眼前。石山嵯峨俏丽，鸟雀欲飞山巅，留得一碗清水在人间。人这一生，有什么比为当地老百姓做点实事，让当地老百姓改善生活，更令人激动兴奋的事。

很快，大河滩水库作为大通县"十三五"规划建设的重要水利骨干工程，被列入省、市、县重点项目和民生工程。从专业的角度讲，大河滩水库拦河大坝，主要建筑物由水库大坝、溢洪道等组成，采用的是50年一遇的设计洪水标准，坝高53.5米，大坝由沥青混凝土心墙，上下游过渡料、堆石坝壳及干砌石护坡组成。沥青混凝土心墙作为大坝的防渗体，施工质量至关重要，尤其是高寒高海拔环境的施工，作业难度大、质量要求高。但是，承担水库建设的中国水电十四局有限公司，为保证工程质量，组织职工火速进场，全力施工，由事业部统筹协调，从各方抽调有类似经验的项目管理及技术人员组建项目部，建立项目质量控制体系，制定切实可行的质量保证措施，全体施工人员更是克服高寒高海拔、冬季漫长寒冷等不利因素的影响，全力推进大河滩水库建设。

2022年1月6日，大河滩水库项目瓜拉峡瓜拉河右岸导流洞顺利进洞；1月20日举行了大坝导流仪式并顺利实现导流，工程建设进入关键性阶段；3月19日，坝基防渗墙正式施工，施工人员抢在汛期前完成了上游围堰填筑；4月11日下午6点，坝基防渗墙混凝土首仓顺利浇筑。接下来，中国水电十四局青海省大通县大河滩水库项目部将继续重质量，重安全，科学组织，精细管理，确保汛期前完成上游围堰填筑，2023 年正式完工的目标指日可待。

大河滩水库建成后，一方面将有效防止洪水灾害，保障下游人民群众的生命财产安全；另一方面通过水库调蓄，可有效解决大通县桦林乡、朔北乡、桥头镇、黄家寨镇和长宁镇老城区 8.9 万人、东部新城 11 万人的供水问题，有效改善桦林乡、朔北藏族乡、桥头镇等 43 个村 16281 户、8.5 万人的供水水质问题，不断提高城镇居民和农村群众的安全饮水标准，并为桦林乡境内 133.33 公顷农田提供灌溉用水，为促进县域经济社会发展、乡村振兴和民族团结提供强有力的支撑。到那时，清澈的瓜拉河穿行而过，瓜拉峡两岸不再是嶙峋瘦弱的山崖。春天，百花怒放，绿叶新鲜欲滴。夏天，野芍药、野草莓遍山野岭，柔嫩的野蘑菇点缀在草木林下。秋天，河水两岸万紫千红，梅子、沙棘果、酸瓶儿，像缀在绿叶、黄花中的小灯笼，染红孩子们的馋嘴，酸透年轻少妇的心，还有马奶子、地瓢儿和叫不出名字的野果子一簇簇、一丛丛，吃也吃不够，吃也吃不完。

多少年来，青海人爱树、爱花，从不轻易砍伐林木，从未停止过植树、栽花。近年来，达坂山下，茂密的森林里荒漠猫、马鹿、淡腹雪鸡、高山胡兀鹫、赤狐等珍稀野生动物数量增长。2019 年 8 月，有人还在达坂山南麓的平缓丘陵地带发现了一只雪豹。雪豹是高原生态系统的旗舰物种，被称为高海拔生态系统健康与否的"气压计"，如今，雪豹出没于海拔 4487 米的北川河源头，青海人保护生态的成绩功不可没。而大河滩水库建成后，百姓最基本的饮水问题、最担心的农田灌溉、最惧怕的防洪问题解决了，生活怎么能得不到改善，生态环境怎么能得不到充分保护，北川河所涵养的绿色生态、精雕细琢的雪山、林木又怎么能不与当地人相濡以沫？让夜莺自由歌唱，让开垦的农田舒缓开阔，沿坡而上，让辛勤的农民在田野里播种小麦、蚕豆、油菜，累了时，拭去汗水，坐在田埂上心满意足地喝一杯浓浓的茯茶，心儿宽展地走到天涯。

一个干旱浅山村庄的嬗变

董得红

2022 年 10 月 23 日，是党的二十大闭幕的第二天，青海卫视在新闻联播中报道了西宁市湟中区共和镇苏尔吉村党支部书记苏生成，在村会议室组织党员群众收看党的二十大开幕会和学习讨论党的二十大报告的情景，同时报道了党的十八大以来，村党支部书记苏生成狠抓党建和精神文明建设，党支部的凝聚力和战斗力得到明显增强，村干部和党员的综合素质得到全面提升，有力促进了村经济发展，曾经的贫困村逐渐发展成为远近闻名的"蔬菜村"和富裕村的消息。看着那些熟悉的身影、熟悉的田野和田野里的蔬菜种植基地，使我不禁回想起一年前参加西宁市文联送文化下乡活动在苏尔吉村的所见所闻。

一

那是夏末秋初的一天，我们乘坐汽车离开西宁城区沿着 109 国道行走，离开多巴镇不远便驶离国道，拐向西南方向的一条山沟，开始爬坡，路两边农田里的小麦已露出成熟前的浅黄色，油菜荚也开始转向褐黄色，只有洋芋仿佛还不知季节已进入秋天似的，叶片显得翠绿翠绿的，有的秧梢上还挂着几朵紫色的花朵。在共和镇政府所在地的前营村一条岔道又将我们引向一个新的村庄——苏尔吉村。

这是我有幸参加的一次西宁市文联送文化下乡活动，我们走进西宁市湟中区共和镇苏尔吉村，感受了苏尔吉村在党支部书记苏生成带领下发生的深刻变化。

走进村庄时雨也停了，共和镇党委书记莫彧功、镇长张启福和苏尔吉村党支部书记苏生成在村口迎接我们。

进入村庄，首先映入眼帘的是一座称得上壮观的古城堡，我怀着好奇之心径直来到古城堡前，眼前一片漫无边际的蔬菜地很吸引人。这是我多年来看到的最大的一片露天菜地，一时间忘记了古城堡的存在，径直来到菜地前。不同的蔬菜在秋日的暖阳里展示着自己的容颜，洁白如玉的球形菜花包在一片片灰绿色的硕大叶片中，包裹西兰花的叶片呈蓝绿色，紫色的甘蓝则被一层层的绿色叶片包裹，还没有采集的菜花和西兰花开出无数黄色的花。除了菜花、西兰花、紫甘蓝等精细菜外，这里还生长着菠菜、白菜、娃娃菜、菜瓜等。正在笔者惊叹之时，镇、村领导们也来到菜地边，苏生成指着眼前和远处的一片片露天菜地和塑料大棚说，这是村里发展起来的蔬菜种植基地，面积有 173 公顷，其中日光节能温室 150 栋。

一行人一边观览着一块块蔬菜地，一边听苏书记介绍村里的情况。苏尔吉村是个典型的干旱浅山村，村里世代居住着汉藏两个民族，全村 291 户 1200多人，耕地面积 174 公顷，虽然人均占地不少，但大部分是旱地。祖祖辈辈在山地上种着麦子、洋芋、油菜三样作物，基本上是靠天吃饭，一年辛苦忙碌下来只能填饱肚子。

镇党委书记莫彧功接过苏生成的话说："2000 年初，在外承包建筑工程的苏生成当选为苏尔吉村党支部书记。苏尔吉村地处交通不变、资源匮乏的高海拔黄土丘陵区，农业是村民主要的收入来源，以家庭畜牧业作为补充。近年来随着国家对生态环境保护和建设的重视，村庄周围的山地或退耕还林，或封山育林，畜牧业发展受到限制，农业成为苏尔吉村发展致富的唯一出路。苏生成接任村党支部书记时，村集体的账上只有 3 元钱。"从莫书记的介绍和与苏生成的交谈中得知，苏生成在担任村书记前承包建筑工程、开照相馆，一年有较可观的家庭收入。在当选为村书记后，他舍小家顾大家，可观的家庭收入没有了，一心扑在村集体的发展上。

二

苏生成担任书记后做的第一件事就是抓好农田水利设施建设，苏书记带头跑县乡，争取到田间水利配套项目，新修渠道 6 公里，修跌水 600 多处，完成田间配套 87 公顷，使农田都能使用上灌溉水源。灌溉的问题解决后，苏生成又开始在种植业结构调整上动心思，准备在村中发展蔬菜种植业。

然而，大多数村民从未种植过蔬菜，受传统耕作思想的束缚，认为种菜只有在低海拔的川水地区才可以，浅山地区海拔高、交通不便，种菜肯定赚不了钱，谁都不愿意冒这个险。为了说服大家，苏生成自掏腰包到我省有名的蔬菜产地乐都学习种菜技术，试种的 2.7 公顷荷兰豆，每公顷当年平均收入 1.2 万元，每公顷收入比种植传统作物增加了 4500 元。算算账，村民觉得有甜头尝，纷纷加入到蔬菜种植的队伍中。

苏生成随即又引导村民试种优质菠菜、胡萝卜、大白菜、食用百合等适应当地气候条件的露天蔬菜，并在全村积极推广，扩大种植面积，积极打造从田间地头到厨房餐桌的一体化产销平台，建设无公害蔬菜农药残留监测站，强化硬件设施支撑。建成保鲜库 12 间、蔬菜加工包装车间 201 平方米，建成 2000吨交易大棚，打通从生产到销售的渠道。成立了蔬菜种植营销协会，注册登记了"苏尔吉"牌商标。如今，菜花、西兰花等精细菜在苏尔吉扎了根，农民收入不断增加。

三

蔬菜基地基本稳定后，苏生成又开始谋算村庄新的发展出路。

说起今后的打算，苏书记说，我们到村里转转，看看村文化广场和"农耕文化民俗展示馆"，让作家们给我们好好宣传一下，把乡村旅游搞上去。

村文化广场和农耕文化民俗展示馆在一条线上。广场边上的雕塑已建成，主雕塑是迎风招展的党旗和五星红旗，旗帜下书写着"不忘初心，牢记使命"，党旗边的一面红旗上是金黄色的入党誓词。苏书记说前天在广场上举办了"共和镇苏尔吉村农民丰收节暨暖锅美食节"，村民把自己在蔬菜基地种植的大葱、洋芋和萝卜等寻常蔬菜，烹制成一道道风味各异的青海传统特色美食。村民和来客一边享受美食，一边欣赏精彩的文艺节目，用这种独特的方式展示劳动成果，表达农民群众振兴乡村的信心和决心。

丰收节期间，村里设有露地蔬菜展示区、农副产品展示区，集中展示今秋丰收的20余种蔬菜、农户自制的农副产品和中藏药材，邀请周边农产品经销企业进行交易洽谈。丰收节的举办展示了新时代新农民的精神风貌，成为凝聚推动乡村振兴战略实施的强大动力。虽然丰收节已结束了，走在文化广场上，仿佛空气中依然飘荡着暖锅中飘出的农家菜的香味。

中午时分，云雾退去，艳阳高照。在文化广场的一角，一座充满河湟谷地气息的水磨映入眼帘，一股清水从磨沟猛然流入陡斜的磨槽，磨槽上宽下窄，一股聚拢的流水冲向巨大的木轮，木轮转动带动磨坊的石磨扇旋转。走进磨坊，村里的一户人家正在磨面，磨扇缝中流出的面粉犹如雪片落到光洁的磨箱板上。转动的磨轮把人们带回50多年前，那时，河湟谷地很多村都有自己的水磨和榨油坊，在曾经的岁月里，水磨陪伴着村庄的炊烟。随着电磨和油压千斤顶等现代机械的出现，水磨和土榨油坊都早已淡出人们的视线，即使有些村庄还有保留的，也已是一派颓废的景象，像苏尔吉这样依然能水流磨转完好使用的已寥寥无几。

说起土榨油坊，苏书记把我们带到离水磨不远处的一栋房子里，一进门就看见粗近一米，长达十多米的油樑，一端被装在木栏里的几十块石头压着，另一端被高高地支起，油包师包好油坨放到着力点，油包师指挥七八个小伙子一起一压，把油不断地挤压出来，村庄的空气里瞬间弥漫着清油的清香。

从文化广场边上就能看到农耕文化民俗展示馆的全貌，展示馆的院落围墙是传统的河湟庄廓院墙，用木板等工具把黄土夯筑而成。看着那一道道墙板的印痕，就会让人回想起河湟村庄里一座座犹如黄泥大印的土庄廓。展厅正门对着的照壁上写着"忆乡愁，不忘本，感党恩"。

走进展示馆的庄廓院，映入眼帘的是3间木梁木柱木檩条木椽子的老式木结构房，4扇格子门，典雅美观的支摘窗，檩柱间的木雕花草，青砖铺就的台地，台地上斑斑驳驳的八仙桌，墙角里柳条编的花篮背篓，吊在房梁上围好而还未来及编制的背篓架子，一下子将人们带进那遥远的岁月。在一个个展台上有序摆放着见证河湟地区千百年来发展变化的老物件。一对曾经是很多河湟农家重要家产的面柜，也许因主人经济拮据一直没有上漆，黑色的污垢埋没了面柜的本来面目。手推木轮车、自行车、席芨草编制的粮囤，柳条编制的背篼，榆树树杈加工的背土架子，擀毡用的弹羊毛的弓和卷羊毛的竹帘子，铺在土炕上的红棉线毯子，火炕上火盆架里的铸铁火盆、茶壶支架、饭桌、炕角头的"菜瓜枕头"，各种类型的石茶窝、风匣，不同大小的量粮食的木升子，挖面的面升子，那些一代代流传下来的农具木铧，牲口的骑鞍、驮鞍、马镫，给牲口铡草的铡刀，自己擀毡自己缝制的毡鞋、毡帽、雨毡、褐衫、毡袄、皮袄，铁匠的各种工具，面柜里挖面用的木勺子、舀水的铜马勺，各式旱烟斗和水烟瓶，藏族用的木质奶桶，木工用的大锯和各种规格的推刨、木钻，计划经济时期的"居民粮油供应证""购货证"，红极一时的印有"红军不怕远征难"字样的军绿色帆布背包、陶瓷茶缸、陶瓷碗，数百本连环画，20世纪六七十年代的稀罕物半导体和晶体管收音机，改革开放初期彻底改变农村文化生活的黑白电视机。数百上千件物件，把那些一代代传下来的河湟农耕文化编织成绵长的乡愁，重新展现在人们眼前，令人回味不绝。

在展示馆的一角，集中展示着村党支部和村委会获得的各种奖状和奖章，最显眼的是苏生成作为中国共产党第十九次代表大会代表的出席证，2015年中共中央、国务院授予苏生成的"全国劳动模范"奖状。省市级的奖状摆满了整个展台，最醒目的是2014年省政府授予的"全省劳动模范"和省委农村牧区及扶贫开发工作领导小组授予的"全省焦裕禄式扶贫干部"的奖状。

苏生成说，农耕文化民俗展示馆从叙述苏尔吉村源起游牧文化，到讲述苏尔吉村乡村振兴之路，就是要让走进展示馆的每一个人接受一次河湟农耕文化的发展史教育，使人们在享受今天美好生活时，能够感恩祖国、感恩党。

四

从农耕文化民俗展示馆出来，苏书记对大家说，展示馆已开始接待游客，下一步准备打造古城，建议大家到古城看看，提点开发建议。古城名叫"塔玛尔山城"，是一座历史悠久的古遗迹，有着深厚的历史文化底蕴。据老人们说，这座城修建于宋朝，周边城池共有五座，即塔玛尔山城、国寺营山城、石城、木场踏城、尕庄山城，这些用于防御的军事堡垒以塔玛尔山城为中心点。当时的城主是尼玛丹津，俗称丹津王，丹津与苏尔吉人关系密切，视为生死之交，丹津王撤兵时没有损坏塔玛尔山城，赐予苏尔吉人用于避难，其他四城则在撤兵时全部毁坏。

虽历经千百年的风雨，塔玛尔山城的城墙依然完整，从东到西长 61 米，从南至北 47 米，墙基底宽 6 米，墙顶面宽 4 米，城墙高 9 米，墙体上布满了厚厚的苔藓，墙头上长满蒿草、席芨草和早熟禾，在秋风中随风摇曳。原来的城墙大门是用本地麻拉石由石匠打成两个椭圆形合并组成，古城的门、窗都设在离地面几米高的地方，而且极小，成年人必须弯腰进入，易守难攻。

为旅游方便，古城的大门已改造成可以随意进出的木门，门顶的土墙上"塔玛尔山城"五个大字十分醒目。偌大的庭院内又艺术性地布局了 3 座庄廓，大门都是双扇木门，门楣上饰有精美的砖雕或木雕，四合院里的房子都是有百年历史的木房子，木柱子上挂着已看不出本色的有线广播匣子。这个小小的木匣子能说话、能唱歌，当初人们望着匣子苦思不解——人是怎么进到这个匣子里讲话唱歌的？面柜上摆着香匣，面柜前是钱桌，火炕上的炕柜和家庭主妇的陪嫁大红箱子，院子里还放着一辆旧式木轮大车，人们看了都想去坐一下。坐在车上，眼前就会浮现出这样的情景：当年四匹膘肥体壮的马骡拉着木轮车，每个马骡的脖子里各挂着一串铜铃，头戴红花彩色布缨，在悠扬的铃声中，将一车车粮食运出大山，再从山外将一车车日用物资运进山里。一件件旧家具、旧什物和旧照片，都是一段河湟史，一种文化，留下很多回忆，摆在古老的土木房子里，都好像获得了新的生命。古老的山城具有很高的旅游开发价值。

傍晚，我们一行和苏书记及村干部们依依惜别。雕塑在村道旁的鲜红的党旗高高耸立，党旗下金黄色的"永远跟党走"五个大字在夕阳映照下熠熠生辉。

河滩地上的别墅新村

雪　归

　　琉璃瓦屋顶造型古朴，色彩绚丽；仿古建筑的青灰色门头和朱红色大门，气派又庄重；独门独院内的二层小楼规整有序，温馨又舒适。小院门前是宽阔平整的道路和停车场，一家又一家私房菜馆和特色餐饮，吸引了不少人前来。而随着新村风貌的改造与提升，这里更是提档升级面貌一新，村居环境更加宜人，村民生活更加幸福。

　　这就是海东市平安区平安镇远近皆知的马驿新村，是我的父母现在居住和生活的地方。

　　位于平安镇东北处的马驿新村，地势平坦，交通便利。滨河路与高速公路、高速铁路并进，乘坐高铁或高客的乘客，透过车窗向北望去，可见马驿新村内一排一排别墅小院布局美观又大方，新建的幼儿园设施齐全、环境温馨。尤其是春、夏、秋三季，各家院内和门前白色栅栏内的绿植葳蕤，各色花卉竞相吐艳，既有现代气息，也不乏田园之趣。

　　马驿新村的位置所在地原是湟水河畔的一片盐碱滩地，是几年前平安棚户区改造等项目拆迁户的安置新村，占地 100 亩，建设二层小住宅、总建筑面积超过 3 万平方米。现有住户 256 户、1120 人。汉族、藏族、回族、土族、撒拉族等民族共同生活在这里，是平安区内特色独具的现代化新村。

许多人可能会注意到，当火车经过海东市平安区的站点时，站牌上标的是平安驿三个醒目的大字。

湟水流经的海东平安交通便利，自古就是兵家争夺的焦点，其主要原因之一在于这里得天独厚的地理位置。平安是古代内地通往西域"丝绸之路"南线的重镇之一，也是赴西藏"唐蕃古道"的重要驿站之一，清时被称为平安驿。许多平安镇一带上了年纪的居民都知道，在平安驿，还有个马驿，是平安驿东口的第一站。

据《平安县志》（1996 版）记载，平戎城是现在平安境内四处城堡遗址之一，位于今天的平安镇。平戎城于明朝嘉靖元年建成，设防守官。平戎城高 3 丈，根厚 2.5 丈，壕深 1.5 丈，阔 1.5 丈。明万历二十二年（公元 1594 年）间，西宁卫兵按察使刘敏宽为加强防御，增修平戎城。曾先后筑敌楼 13 座，并疏浚城壕，设防守官兵 141 名。平戎城分为内城和外城，内城俗称大营盘。

《平安县志》中所记载的平戎城的大营盘，就是今天的马驿所在的位置。大营盘的城顶有 3 米宽的驰道，城设南门和西门，均为瓮城设置。所谓瓮城，是指修筑在城门外的用以保护城门的防御工事，可以增加敌方攻城的困难。

张生福老先生是平安镇西村人，现居住在马驿新村。他告诉笔者，大营盘的城门洞极深，他们小时候经常在门洞内和小伙伴们听吼声回音。马驿就在原来的大营盘所在地。他说马驿并不大，马驿也没有马。之所以早前把马驿又叫马驿河滩，因为那里紧邻湟水，就是现在的湟水南岸。

张生福老人告诉笔者，马驿的具体位置为：东起平（安）张（家寨）路，西至现在的西村泉水巷，北到现在的驿州公园，南为现在平安东广场附近。

解放后，曾在马驿便道两侧修建过派出所、电影院等，位置在现今东村关帝庙处。这些建筑，还不算马驿的标志性建筑。真正可以称得上是马驿的标志性建筑的，当属于几盘水磨。据张生福老先生回忆，水磨共有六盘，东三盘，西三盘。早年湟水河流量比现在大很多，河面极宽，岔道极多。不时有皮筏子在河面上漂流而过，或载人或运送货物，后来还有了能乘坐十几个人的木船，从这里往返甘肃、宁夏等地。

水磨、马车店、营盘、皮筏子等物事早就退出了历史的舞台。我的父母对旧平安的印象，定格在繁重的农活、坑坑洼洼的路面，以及许多人家破旧的老房子。那些走风漏气的房子，并没有完全发挥最基本的挡风避雨的作用，曾让无数人包括我父母在内，在漫漫长夜盼不到天亮。

2

自 1979 年建县以来，平安逐渐向着经济更加繁荣、人民更加富裕、社会更加和谐、环境更加优美的方向迈进。昔日的马驿河滩，更是发生了翻天覆地的变化。

2010 年 3 月，省政协领导到平安区视察新农村建设工作时，了解到平安区新农村建设资金短缺的问题，并表示将通过发动全省各级政协委员开展捐资活动。很快，在省政协领导和爱心企业家的关怀下，马驿新村新农村建设示范工程正式开工建设。4 位爱心企业家捐资 380 万元，资助马驿新村集中居住区农房建设。马驿新村建设示范工程项目规划总占地面积 100 亩，规划建设二层小住宅 200 户，规划总建筑面积三万多平方米。在项目实施过程中，充分考虑了节能、环保、抗震等因素，计划分四期完成。

建设后的马驿新村，向东不远处便是驿州公园，只见廊亭与涌泉相映成趣。一个古朴的小木亭坐落在林前空阔的草地上，重檐起翘，榫卯结构的檐饰有说不出的厚重质朴。檐下几根粗壮的木柱结结实实地撑起了一片阴凉，与亭后苍翠的密林和脚下酥软的草地形成了别具一格的美景。这里还有几眼泉水，汩汩清流日夜流淌，随着一条水渠汇入不远处的湟水河。

沿着马驿新村北边的一条便道西行，在丛林掩映下的一大片开阔处，是光照充分、水源畅通的鱼塘，有不少人在这里专心垂钓。这世外桃源一般的清净之地，让人流连忘返。

昔日马驿的南边，如今是平安区的东广场，建在这里的平安门休闲绿地是人们游玩、休闲的好去处。这里建造的"平安门""平安钟""平安泉水""平安鼎"等人文景观，可以说是这座城区倾力打造的"平安"文化的一个缩影。利用现有泉水、塑山瀑布将水引入的人工湖中，小桥流水，碧波荡漾。加上周围以柳树、丁香为主的绿化树，形成了寓意平安吉祥、和谐幸福的一个所在。而穿过南边的山洞，信步于石林文化园，黄河奇石、泰山石、南阳玉、丹麻玉……200多块汇集全国各地的精美奇石，让人们领略到奇石文化的无限魅力。

尤其值得一提的是马驿新村紧邻的滨河路。湿地公园、体育公园和湟水河都是滨河路的友邻，而再往东走，盛名在外的河湟印象体验地——平安驿袁家村里，更是游人如织，体验民俗、品尝美食的游客络绎不绝。

湿地公园的水禽，吸引了不少游客和摄影人，在这里驻足流连。我的女儿，还写下这样的句子：

我记下了它们的名字
凤头䴙䴘、白骨顶鸡
琵嘴鸭、白鹈鸪、长脚鹬
鱼鸥、翠鸟……
早先时，它们与这方土地没有交集
如今，它们在此集聚
筑巢，产卵，孵化
觅食，嬉戏，栖息
它们的每一根羽翼都有着自由的光辉
它们用自己的方式
写下对这片土地的深情与眷顾

不只我的女儿心怀深情与眷顾，不少人对这里今非昔比的变化心怀感慨的同时，更感恩于时代的馈赠，滨河路就是一个处处有景、满眼皆春的所在。穿过马驿新村的滨河路像一条银线，串起美景无数。春天里，先是粉色的榆叶梅率先带来春的消息，那道旁一簇簇的粉色，仿佛正在期待你到来的马驿新村的盛情。紧接着是开黄花的连翘，每一根枝条上灼然而放的金黄，释放一路热情。炎炎夏季，隐在一丛丛绿色浓荫里的房舍，静谧而清凉。而秋天里，那热烈盛放的金盏菊，黄的如金，红的似火，五彩缤纷，绽放一地深情。这耐寒植株，开花大而密集，远看和近观，各有特色，与河对岸的丹霞地貌相映，别具特色。如果说冬季免不了萧索，滨河路却是另一番景象，不断涌动的人潮，是这里别样的温度。

在平安区中国诗歌之乡申报成功之后，就在离马驿新村约两公里的体育公园举行了授牌揭碑仪式。有着人民艺术家之称的著名作家王蒙先生，亲自为平安题写了"中国诗歌之乡"几个大字，这几个镌刻大石上的文字，笔笔遒劲，字字浑厚。

3

在马驿新村，以柴火鸡为代表的农家乐有效带动了当地经济发展，增加了村民收入。每逢节假日，慕名而来的食客与常来品尝的熟客一起在这里享受美味之后，许多人会选择在村巷里漫步游走，成了马驿新村的又一道风景。

平安柴火鸡因其做法独特、风味独具，成为平安餐饮业的一张名片。

柴火鸡，即以土鸡和秘制配方为原料，以土灶、柴火为工具烹饪出来的鸡肉。"柴火鸡"的最大特点就是以柴火作引，鸡现杀现炒，烹制的过程更像一场表演。炒鸡时，在锅顶支起一个罩子，仅留一个口便于大厨操作。经过改良后的柴火罩，通风、排油烟问题均得到很好的解决，食客可以一边吃着零食喝着茶，一边欣赏炒菜的全过程。

在这里，你可以随便选一家进入。点菜过程并不繁复，只需片刻，服务人员便会当你的面将大铁锅上火烧热，锅内加入菜籽油烧热，调制火头，然后相继下入红椒、花椒等多种调味料翻炒，待出味后加入洗净剁好的鸡块不停翻搅，大火煸炒几分钟，炒出鸡块中的部分水汽后还要加入烧酒、酱油等各类秘制调料搅拌，再加水烧开，用文火烧煮四十分钟即可。

"柴火鸡"独特的烹制过程让人眼前一亮。一锅鸡的价位在二百元钱左右，足够五六人吃。人多时，还可加入涮菜，更是营养又美味。其中的花卷蘸鸡汁，更是让许多人胃口大开，实惠又好吃。

为使"柴火鸡"市场持续健康发展，平安区着力打造地区品牌，树立示范典型，强化管理，营造了良好的发展环境。依托平安驿（河湟印象）旅游发展引擎以及"平安柴火鸡""平安牛头宴"等特色品牌，按照菜品特色化、住宿民宿化、休闲个性化、服务品质化方向，引导村民大力发展马驿新村餐饮业，实现了以小家庭自营模式向组团式规模经营的转变。截至目前，马驿新村共有60户农家乐、民宿，主要经营柴火鸡（鱼）、农家菜、牛头宴等。

美景加美味，马驿新村，这个河滩地上的别墅新村，是平安今昔巨变的一个缩影。

4

先是平地，再是挖地基，然后是砌墙，这是父亲要盖房了。那时我们居住的西房只有两间，房子早已破旧不堪，尤其是雨天和冬天，最是难过。雨天漏雨已成常态，虽然父亲不时上房修补，或加一块塑料布，或者盖一块油毡已经解决不了问题，这个房子时间太长了，早就千疮百孔，简单地修补解决不了问题。院里堆放着的木料，那是为新房准备的，给我和弟弟玩耍时添了不少乐趣。

这是小时候家中盖房的记忆。那时真是少年不知愁滋味，体会不到父亲和母亲单靠人力盖起几间屋子的艰辛。印象深的是父母身上常存的疲惫，像是生了根，日日附在他们身上。那时父母白天出工，傍晚收工回来，会先到盖房的地方干一会儿活。父亲常打发我拿一些工具给他，我无一例外都是兴高采烈的，却忽略了父亲额头和鼻尖渗出的汗水，也忽略了他们抬起时艰难的手臂和直起困难的腰身。干不了多久，母亲得去厨房做饭，父亲独自一人依旧在外面忙碌。太阳很快落山，将他独自干活的身影拉得很长，也很孤单。

母亲所做的晚饭，多是面食，很少见荤腥，有时吃得简直要吐酸水。一年当中，只有年三十晚上才能吃到肉。我至今记得每年的正月初一早上，我和弟弟都会卧床不起，呕吐不止。现在想来，那是因为长时间吃不到肉，我们一下子贪吃过多积食导致。也记得那时父母用猪内脏——肺包饺子,想来是内脏便宜的缘故。

这些过往，现在讲给我的女儿听，像是故事一样，然而作为故事的主人公之一，我总是免不了感慨。那时的农村和农民，想要改变命运，真的是难如登天。汗珠子掉下去能摔八瓣的土地，让农民艰辛劳作，只能看天吃饭。如果家里还要供学生，更是捉襟见肘。

还记得有一天，父亲心情不错，对我和两个弟弟说："新房出来了，以后你们三个一人一间。"父亲所说这个目标，在父亲说过多次后都未能实现，因为家中并没有余力一下子盖起几间房，只能先把北房盖起来，勉强够一家人住。直到又过了很多年，家里才有能力再盖房。于是，南房是仓库，北房是父母的卧室、客厅及厨房，东房是我和两个弟弟的房间。

住上新房自然是无比欢悦的，只要有时间，我就会把房间的地用拖布拖得一尘不染，红砖地面因为我们拖得太勤，以至于有了包浆，光滑如镜。但我也发现一个问题，新房的地面太过潮湿，墙角和踢脚线处，墙皮反潮脱落，像一块又一块丑陋的疤痕，父亲修补多次也无济于事。更可怕的那些潮虫，一度是我的童年噩梦。它们几乎无处不在，炕边，墙角，屋顶，到处都有它们爬行的身影……

《李顺大造屋》是著名作家高晓声的农村题材的作品，以李顺大立志要用"吃三年薄粥，买一头黄牛"的精神，造三间屋属于自己的房子的经历，阐述了盖这栋房子因为所处社会主义中国的不同时期，而遭遇的不同坎坷。通过这样一个故事，记录了社会主义中国的发展历程，描述了社会底层人物随波逐流的社会现实。

在这部小说的第一章里，作家这样写道：

老一辈的种田人总说，吃三年薄粥，买一头黄牛。说来似乎容易，做到就很不简单了。试想，三年中连饭都舍不得吃，别的开支还能不紧缩到极点吗？何况多半还是句空话！如果本来就吃不起饭，那还有什么好节省的呢！

李顺大家从前就是这种样子。所以，在解放前，他并没有做过买牛的梦。可是，土地改革以后，却立了志愿，要用"吃三年薄粥，买一头黄牛"的精神，造三间屋。

我的父母，是普通的农民，他们一生都在和土地打交道，春种秋收，一世操劳。从记事起，我的父母和李顺大一样，一直在为自家居住条件的改善不断努力。

小说中的李顺大经过种种波折，最终圆了造屋梦。如果说小说的虚构性让人们对这种造屋行动的结果，可能会因为作家的主观意愿而或多或少受到影响，质疑其真实性。而我的父母，他们的造屋行动，从早年的泥草屋到后来的砖木结构的房屋，再到四面有屋的四合院，直到今天迁居的别墅新村，除了他们用自己的辛勤劳动，更得益于党的各项惠民利民的富民政策，才使他们的造屋行动变得更加具体可感，真实可靠。

我的父母一生的造屋行动，以及他们今天的幸福生活，是中国乡村普通农民居住条件不断改善的生动证明。

乡下的城里人

老　梅

1

平畴沃野，菜花铺金，这是一年里高原最锦瑟的时光。

我来到了大通县向化藏族乡立树尔村。听着名字，就叫人觉得一定有高高的树立在村中。一问，才知是藏语音译。

立树尔村与向化藏族乡乡政府近在咫尺。村委会在村广场北侧，两层小楼，楼顶上耸立着"不忘初心、牢记使命"八个红色的大字，中间是黄色的镰刀锤头；楼墙面最高处书写着红色的"人民对美好生活的向往是我们的奋斗目标"字样；楼前不锈钢的旗杆上高高飘扬着一面五星红旗。在蓝天白云的映衬下，楼顶和墙面上红色的字体、楼前鲜艳的国旗显得异常醒目，为朴素的水泥面小楼增添了庄严的氛围。

如今村干部都执行坐班制了，村委会办公室里办公桌、电脑、文件盒、档案柜等办公用品一应俱全。说是办公室其实也是村综合办公服务中心，一幅幅反映民生、生态、环境及文体活动的图片展示了村两委近两年开展的工作。村里的张尕顺书记，敦实的身板，稀疏的头发，一副笑呵呵的模样，话题落到了党支部工作上，立树尔的党支部工作一直走在全乡的前列，早在2018年党支部就大胆尝试，将全村30多名党员按民主监督、政策宣传、脱贫攻坚、劳务输出、环境卫生、发展经济、精神文明、综合治理等8个责任进行分组，并制定出让群众看得懂、能监督的具体化践行标准，此举得到了县委、市委的肯定。"四区三县有关党组织 4000 余名党员干部来我村观摩学习，并把我们的做法在全市范围内总结推广。"张书记看起来有些自豪。是啊，那么多人来学习观摩，那一定是立树尔村党支部和群众的高光时刻。

2

我疑惑立树尔村怎么和流水口村挨得这么近？根据我的常识，一般自然村这么近都会被划归为一个行政村的。

张书记介绍说，立树尔村是搬迁至此的。

13 年前，立树尔村在东面的山上，是名副其实的老山庄。村里没有公路，吃水仅有几处泉水，纯粹是靠老天爷赏饭吃，庄稼老遭受自然灾害歉收，是大通县尽人皆知的贫困村，家庭不能增收，小伙子娶不上媳妇，大多数人家的房子都还是几十年的老土房。这种现状严重影响了农户生产生活和发展，群众要改善这种落后面貌的愿望十分强烈。

数次调研和论证后，大通县委县政府为改变立树尔村贫困落后的现状，于 2010 年 8 月启动了立树尔村的搬迁工作。在向化乡政府所在地、所属流水口村划出了一片开阔平坦的土地作为村址。县上以农村危旧房改造、农村奖励性住房等项目资金作为建房的资金，全村 70 余户人家各户再自筹缺口资金。

当初搬迁，并未得到全村人的响应，一些人家都不愿搬。有老人舍不得住了几辈人的地方，觉得不能丢了根；有自家养牛养羊，搬走了就没法再养了；有手中无钱凑不齐建房的资金；还有无主见观望的……两三年后，先搬迁的人家生活好了很多，日子比山上过得滋润，眼见的事实胜于雄辩，不搬的人家也都悄悄行动盖房子都搬了下来。新村建设不像老村那样随意，都是规划好了的，房子一排排的，巷道横平主路竖直，最大限度节约了土地并保证了美化净化绿化，村里的水、电、路等必须的基础设施配套都由政府集中建设，与山里相比村民的生存居住环境简直有了天壤之别，立树尔新村成为向化乡最美的一处新村。

张书记说："我们立树尔村是乡里的城里人！"

自搬迁建立新村后，鉴于庄稼老歉收，土地产出低的现实，经群众大会同意村两委将原来全村山上的 1000 多亩地流转给一家养殖企业，由企业按亩给租金。不用种地了，没有了农事缠身，村两委号召青壮年劳动力外出打工，并尽力为群众找寻打工门路。青壮年们摩拳擦掌纷纷走出了家门，他们车走车路马走马道，三百六十行中谋营生。男人们西宁城、大通县城开出租的，跑大车搞运输的，建筑工地当大工、小工的，专事电焊钢筋的，女人们干家政服务的、在餐饮业做服务员的，或者夫妻一起上新疆下广东去务工的……跑过天南地北的路，干过五行八作的活，见过形形色色的人，他们铆着劲、想着法要和穷日子说再见。在不断的外出回来回来再外出的循环往复中，他们以农家子弟固有的勤劳、坚韧、吃苦、智慧、付出，如燕子衔泥般，换来了曾经的梦想，过上了安适宽裕的生活，也彻底远离了曾经那么艰难窄狭的日子。在奔波路上，他们以行动证明了人生不仅仅是面朝黄土背朝天，赶着老牛转一天，也不仅仅是洋芋萝卜一日三餐，它其实有更多的可能性和选择性。易地搬迁，让立树尔人挪了穷窝，生活更有奔头了。

天道酬勤，苦尽甘来，2016 年底，立树尔村全面脱贫。时光如流，如今十三年过去了，经驻村扶贫工作组和乡村振兴工作组先后的多方协调，文体广场、文体设施，旅游公厕一一落地立树尔村，村庄基础设施条件和村容村貌今非昔比。如今的立树尔村与邻近的村庄相比颜值很高，不仅是群众生活便利，更有习惯的转变和文明的提升。巷道、小院、广场，都是那么干净可人，一切都像城里一样。从土房到砖瓦房，从村民变成居民，立树尔人与山上不可同日而语了，精神面貌不同了、眼界不同了、生活所求所需不同了，所有的一切都开阔了，他们的生活呈现出了多彩的一面。

3

立树尔新村的巷道和广场里，见不到一个青壮年，见到的都是老人和小孩。广场西头一溜儿亭廊，小孩子们在广场上嬉戏，老汉们在亭廊下闲坐着聊天或在跟前的健身器材上锻炼，好一幅和谐恬淡、怡然自得的新农村画卷。"家居青山绿水畔，人在春风和气中。"广场亭廊柱子上的这幅对子，恰如其分地描绘出立树尔人的生存环境和人文环境。

安静的村子里，还是有热闹的。就是那些闲不住的阿奶们，带孙子和不带孙子的，她们天天凑在一起，在门前巷道洁净的水泥地上铺上花褥子，三五人盘腿坐在上面飞针走线，家长里短，爽朗的笑声夹杂着幼子的嘤嘤细语，太阳的金线投射到他们的身上，明亮生动美好，别有一番情趣。走近去，原来她们都一律拿着一只鞋垫，在上面贴好的花样上用五彩的丝线绣着花，还不时地相互比较指点着。我一看她们绣的鞋垫针法都是古老传统的刺绣。刺绣是费时费眼的针线活，要以细密的针脚用各色绣线将贴在布上的图案平整严密地覆盖，没有相当的功夫是绣不好的，因为较难都少有人做。但看她们扎针抽线那么随意轻松，看起来这些阿奶们都是扎花高手啊！

这些六七十岁的阿奶们，十多年前都是在山上土地里下苦的主力，当时的她们可能根本想不到自己的晚年会脱离土地，开启一个连睡梦里都不会梦到的全新的生活方式，整日脚不沾土手不揽草，不种什么也不养什么，也不必操心家中生活来源，过着像城里人一样宽裕文明的日子。如今的她们将大把的时光，用来拾掇温馨洋气的家，再做些针线绣花的女红，用花团锦簇的绣品为生活增添甜蜜的滋味。山里曾经的困苦就埋在记忆深处吧，他们珍惜的是当下幸福如花的新生活，而且她们知道，更美的日子就如未知的绣品花样一般层出不穷呢！

4

村支部副书记兰发云开着车载我们去曾经的老村看看。往南过了高速公路下的桥洞，经过村庄和大片的田野，东拐看见水泥路边田里种了大片的洋芋、大片的甘蓝。又拐一直往北进了山，兰书记说现在的水泥路是养殖场打的，以前是沙路，雨雪天根本走不了。

映入眼帘的尽是夏季盎然的景致，难觅昔日村庄的痕迹。一面山坡上是树木，另一面是一层层梯田，一档开花的油菜一档青翠的麦子，构成极美的画面。山脚的沟底不时有拖着长翎的野鸡飞过，足见山里的生态环境已经能够可以叫野生动物们来去自由了。

再往里，就看见有些规模的养殖暖棚，听说大小有 20 座。当初的小学校成了养殖场的宿舍和库房，当初的村委办公室已经荒废了。有几个棚养着平常的生猪，有几个养殖棚里养满藏香猪。

一直往北步行，一路高低不平，两侧的山最宽处相距百米，老村的环境确实不尽人意。一座较高的山立在最北头，山下牧草丰茂厚密，一群羊散在草丛中，羊白白的，草绿绿的，天蓝蓝的，这个场景，叫人踏实而舒适。在这里我们停了很久，享受着宁静的时光。忽然从脚边惊起了一只野鸡，低头看去，就在羊圈门栅栏外的深草丛中，赫然露出一窝青白色的野鸡蛋，一共十一个。羊倌儿说，还差一个，野母鸡就可以抱窝孵小鸡了。我们谁也没动那蛋，都企望野母鸡再下一个蛋，顺利地孵出小野鸡来。

往回走，临近山口时兰书记将车拐上了西面的山坡，到了坡顶，又有大门，兰书记和存梅主任异口同声：这里是我们村自己的养鸡场，今年因为疫情没敢养。

鸡场里有工人宿舍，有鸡舍，还有现代化的孵化机房。山脚边一圈儿用网拦住了，往年这里林下散养着乌鸡、蛋鸡，作为村里的一个小产业，今年暂歇养殖。头年的鸡粪为青草、灰条、蓟草、冰草等各种野草提供了养料，都疯了似的长，有的都快一人高了。

兰书记说，散养的鸡就把蛋随便下在山坡上哪个小窝窝里，有多少母鸡就有多少个窝，饲养员就要一个一个找，慢了，就叫老鹰和老鼠叼去拖去了，每天可找到鸡蛋150到200个。土鸡蛋销量极好，大部分是驻村工作队帮着联系县上各单位的人买去了。听说去年，林下养鸡收益近10万元给村民分红，年底还给每一户人家送了一只大胖鸡呐。

5

午后，在整齐干净的立树尔新村里漫步，暖阳普照，闲适安然，仿佛回到了从前。

走过一个个巷道，看见每家每户的院墙边都一样有一步宽的地儿，生机盎然绿意葱茏，或种了一两棵树，或种了几颗蔬菜，还有的种了花，都没见哪户人家浪费了这点地。毕竟曾经是农民，骨子里对土地有天然的依恋，就是一分一厘的地，只要有土，他们都习惯于撒上种子，让它长出来。

又走到了村广场，才发现村委会边上就是村卫生室。闯进去，村医马大夫两口子正忙，见缝插针地暄了起来。

马大夫本人是流水口村人，2006 年到了立树尔村卫生室，第四个年头随村搬迁到了新村。可以说，他不是立树尔村人又胜似立树尔村人，他对立树尔方方面面的了解，远胜于每个立树尔人，他尤其对每家每户每个人的健康状况了如指掌。他完全算得上是立树尔村从山里到山外、昔日到今日、贫困到富裕一步步变迁的一个重要目击者和在场见证人。

他和妻子你一言我一句，为我了解立树尔村给出了超量的信息。

全村 78 户人家，总共八个巷道，一个巷道十户人家，前面一个巷道五家，后面一个巷道三家；

山里住着时，立树尔人真的困难，搬下来后大变样，慢慢富裕了生活条件越来越好了。现在家家都有车，有的还不止一辆。好多人家还在大通县城买了楼房；

过去山里时，贫困因素导致小伙子说不上媳妇，曾经有四年直接没有孩子出生。直到 2015 年起，因为生活改观，不断有新媳妇嫁进来，才有人口出生。2016 年至 2021 年立树尔村出生人口 12 人；

山里时，姑娘媳妇们出不了门，现在她们打工还紧张得很，每年拔草、拾洋芋，早晨不早点找还雇不上她们。她们有的两口子一起外出打工，直到年根腊月二十几才回来；

年轻人挣钱多少不清楚，但从家家户户的变化情况看，有的人家挣得确实好，可能一年有挣十几万的。村里有几个小老板，打地坪的、栽松苗的、修水渠的，都挣得不少；

成年劳动力都去打工了，没有一个闲闲坐在家里的。去年走访了全村，发现只有 27 人，且都是老人；

跟前有向化小学，学生走读；初中生上东峡初级中学，住校。学校条件极好，教育资源优质；

村里 60 岁以上的老人 27 人，65 岁以上的老人 19 人。新村里最舒坦的就是老人们，不下地不养鸡猪，身上常年都干干净净的。往年为了留守的老人能吃上可口的饭，村两委在老年活动室开设了食堂，每天中午管一顿饭，一顿收一元钱，大师傅是村委雇的，喜欢做饭的阿奶们都来做帮手。阿奶阿爷们真的是享福了呀！食堂的经费基本是村里出的，也有几个小老板赞助面粉和蔬菜的，今年还搭了一个种菜的大棚；

这儿的人还保持着山里人的质朴，我们做卫生服务工作大家都很配合，有事儿打个电话就会来卫生室，我们的工作推进得十分顺利；

公共卫生服务15大项33小项，大项包括老年人体检、高血压、糖尿病、精神病、风湿类风湿、慢阻肺等的随访、儿童保健、计划免疫等，公共卫生经费按人头拨付，公共卫生服务经费、医保、医保刷卡等都已联网且都是专网。村民可以刷新农合卡，医药费国家按照50%报销；

搬到这里后可能因为环境好了，精神病人的病情都缓解了症状稳当了，村里有4个精神病人一直服药，病情稳定，还在村里打扫卫生；

全村高血压23人，谁家哪个人有啥病都清楚；

前几年精准扶贫时，接连三年为全村贫困户免费发放了34种慢病和感冒药品；

……

一个多小时，相谈甚欢，马大夫两口子几次三番感叹：立树尔人现在变化大呀，变化实话大呀！他们的日子过得越来越好了！

有着宽阔额头的村医马大夫叫马延龙，藏族；他的美丽妻子叫杨有花。

6

存梅主任高个子，白净的肤色，穿着红衣黑裤，整个人看起来干练利落，显得年轻有朝气，可她说自己过50岁了。因为她还担任着村警，每周需到乡派出所值班一天，加上村委成员坐班，近两年就没有随丈夫外出打工。

存梅主任第二天后晌领着我们上了西面的山。在山上看下面的立树尔新村，它方方正正地建在平展展的土地上，白墙、红瓦和彩钢屋顶，一排排房屋井然有序，在四周树木和农田的烘托下气质靓丽，是一个完全有别于其他山村的精致小村，"绿树村边合，青山郭外斜"说的就是这里吧！再放眼，从达坂山根一直到东峡口，一览无余，对面山峦起伏涌翠，平川沃野绿色荡漾，间有村庄农舍静卧其间。嗬，好一派乡村图景，浩大宽阔，在西斜的阳光下，温暖迷离，令人惊艳！我们在山上来来回回地巡睃，痴痴迷迷地观望，沉醉于这自然最美的原色中久久不愿下山。

存梅主任属于那种麻利干练、心灵手巧的女子。每次做饭她都速度极快，一会儿的工夫就端上了桌。乡间的女子，都似乎有无尽的聪慧，她们有本事在日常里用最寻常的食材做出最美味的茶饭，短短两天我跟着她学会了洋芋粉面粉混合做酿皮和洋芋手擀粉两样美食。

存梅主任不仅茶饭好，她的针线活做得更好。她拿出自己绣的鞋垫，我一双双摆在床上，有二十六七双，五彩缤纷的，叫人眼花缭乱。她还将自己绣的床单、窗帘、枕套拿出来，每一样都是双份，说是为女儿及儿子以后结婚准备的。依然是在白布上扎花，五彩缤纷，花色纷繁，牡丹、并蒂莲、花上的红双喜，将母亲的一份深情全部倾注在一针一线里，也把母亲的爱深深绣在一叶一花中。欣赏这些绣品我领悟到了一个母亲对子女未来日子的殷殷期望和美好祝福。

她前一日约的女伴上门了，今天她们一起打做鞋的袼褙。她们俩收拾的铺衬全部是半新的床单、衣物。存梅还拿出两块新新的布料说这些没用了，就打了袼褙吧。哦，她们的生活都好到这种地步了啊，用新布打袼褙？她俩在一个小长桌上铺上一块床单、抹上一层早泡好的麻渣糊，上面贴上较厚些的布料，第三层又铺上一整块布，四边剪齐……我恍惚看见母亲在时光深处打袼褙的身影，她要将一小块一小块的破布对在一起，小心地抹麻渣糊，唯恐弄乱了，这些破旧而碎的布可是攒了好长时间的……都是打袼褙，母亲是一点点堆碎布片，而她们是将大块布剪小，生活的变迁可见一斑啊！她们这辈子已经远离了母亲那种捉襟见肘的苦日子了。

立树尔人现在生活宽裕了，但仍要做布鞋，穿着布鞋，舒适合脚，能走更远的路。我知道他们的好日子就如脚下的路，还在后头绵绵不绝。

端坐在幸福里的流水口村人

李永春

梦里乡愁眼前人，此心安处是吾乡。

又是一轮皓月当空，高原古城夏季的酷暑悄悄退去。自应邀参加大通县文联组织的采风活动回来以后，我对流水口村这个地处达坂山下的小山村深深的眷念时常萦绕心间。今夜万籁俱寂，轻轻推开一扇窗户，习习凉风里伏案良久，当我在电脑上敲出这几个字的时候，那山，那水，那纯朴的山里人家，那些关于美丽的流水口村一花一草诸多美好的回忆，再次一一铺展在眼前。

我所说流水口村位于西宁市大通回族土族自治县向化藏族乡人民政府所在地，为半浅半脑山的狭长地带。这里三山环抱，山林叠翠，植被茂盛，稼穑葳蕤，牛羊入画，村容整洁，民风淳朴。这里的年平均气温 0.8 摄氏度，海拔 2463 米。全村有 6 个小队、320 户人家、人口约 1256 人，其中汉族 872 人、藏族 384 人，退耕还林后人均土地 2.5 亩，农业种植结构上以马铃薯、油菜、小麦为主，其中大部分土地流转种植连片马铃薯和中药材。村民主要经济收入以农业兼肉牛繁育养殖为辅劳务输出为主。

近年来为夯实基础农业，提高粮食产量，充分利用现有的资源优势，乡党委、政府通过大力调整产业结构，优化种植方式，全乡推进了以流水口为中心的 5000 亩双垄地膜马铃薯种植项目，种植品种多、数量大、面积广。通过这几年的努力，群众的积极性明显增强，收入也明显增加。

地理上，流水口村位于达坂山脚下（达坂：蒙古语，意为山口；山岭。当年文成公主入藏时经过达坂山），地处青海省大通与门源两县交界处，是青海通往甘肃的交通要道。在青海高原众多山峦中，因其特殊的地理位置，使达坂山声名显赫。在解放前这里是通往海北州门源县的两条路线之一，是通往甘肃新疆和内蒙古的交通咽喉。古时流水口村就有客店商铺，这里商贾驼队，各色人等来来往往，是名副其实达阪山下第一村。

初到流水口村，我们一行人就被这里茂密幽静的山林吸引，被这里文明和谐的新农村氛围所触动。我和随行的摄影师李得胜老师首先对这个富有诗意的村子名称产生了浓厚的兴趣。在这次采风活动中结对的村支书达世成家里我们卸下行李，暂作寒暄便迫不及待地去打听寻访村里一些年长的村民。

在村头遮天蔽日的树荫处，我们邂逅了康维秀老人。年近古稀的康老精神矍铄，知道了我们的来意后侃侃而谈，提起流水口村如数家珍。经他讲解，我们知道了流水口村由庙沟水、上沟水、达隆村上滩黑泉水三条溪流汇集在此处，最终并入东峡河，流水口村名称也由此得来。

傍晚时分，暑天的炎热悄悄散去，我和李得胜老师在村民康维秀老人的陪同下边走边聊，信步走进了村子后面的庙沟游览。

青山远黛多妩媚，近水含烟意蒙蒙。

拾级而上，远眺流水口村对面峰峦叠嶂，青山如黛，近处阡陌纵横，金灿灿的油菜花一大片一大片镶嵌在碧绿的田野上，乡间柏油公路上车辆往来穿梭，这盛夏的流水口村目之所及美得不可方物。置身山林，天高云淡，山花烂漫，山雀啁啾，倏忽一阵微风拂面，花草馥郁的清香沁人心脾，令人心旷神怡。

指着南边山坡上一片茂密的云杉林，康老豪情犹在娓娓道来……

康维秀是流水口村人，中学文化程度，1954年生，1986年加入中国共产党。据老人说，1968年以前流水口村天然林监管疏散，私砍乱伐，山林覆盖率不到现在的37%，山上的植被也没有现在丰茂。

1978年，正当风华正茂的他被选为村里的共青团员造林突击队负责人，带领全村青年以林场每亩地5元的微薄补贴在庙沟中叉、南叉、俄包沟、账房沟，一把铁锨两个馍连续奋战四个春秋植树造林。据老人讲，当时购买的树苗尚不足20公分高，所幸流水口村雨水充沛，土质较好，苗木成活率极高。经过这些年不间断的封山育林、天然林保护、退耕还林等一系列工程措施。流水口村水源涵养林面积增至 1.25 万亩左右，现有灌木林约 1.09 万亩，天然乔木约 0.26 万亩，主要乔木树种有白桦、青海云杉、山杨，灌木树种有小檗、沙棘、金露梅、银露梅、杜鹃、山生柳等。守住了青山绿水，就是为后代儿孙守住了金山银山，流水口村人今天如是说。

可喜的是近年来由于政策引导管护得力，村民生态保护意识自觉增强，林区内野生动物种类日益繁多，时有白肩雕、普氏原羚、白唇鹿、马鹿、岩羊、金雕、红隼、蓝马鸡等珍禽走兽在山林里出现。林区内还有黄芪、赤芍、羌活、茵陈、大黄、党参、柴胡等百余种优质中药材。

翌日，流水口村又是艳阳高照。在铺设了柏油的整洁通常的巷道里，嗅着七月晨风里淡淡的油菜花香，我和摄影李老师兴致高昂地骑着村支书家崭新的电动三轮车，去走访流水口村西门塔尔肉牛繁育大户刘世明一家。

刘世明——只有 29 岁的他，初识不善言辞，略显腼腆。交谈中得知因家中长辈常年患病，一直在外建筑工地打工的他为了照顾家人，2015 年自筹资金 5 万余元，先期购进了 7 头西门塔尔小牛犊，在他和家人的精心饲养下，短短七年，存栏头数已达 31 头，靠繁育牛犊年收入毛利达 7 到 8 万元。他还瞅准机会承包了村里的撂荒山地因地制宜种植了青饲料，极大地缓解了精细饲料价格上涨带来的压力。现已带动全村 152 户村民发展小规模肉牛繁育养殖，托起了流水口村民养殖产业收入的半边天。

依靠肉牛繁育养殖和农业产业结构调整，农户逐年增收，村里不少家庭在县城里购置了商品房。我们忘不了整个采访过程中，他们一家人脸上始终洋溢着幸福的笑靥，他们对党的各项富民政策溢于言表，又感恩于心。

细心的李得胜老师发现，但凡养牛的人家在圈舍的墙壁上都贴着牛粪饼，还有一些已经晒干的牛粪饼整齐地码放在牛棚一角。陪同我们采访的康老乐呵呵地说，你们不知道，这东西在我们这里是宝贝啊，这几年煤炭价格坐上了火箭，我们山里人到了冬天做饭取暖全靠它，既节省了村里人煤电的开支，又很环保。我们不禁感叹，守着偌大的山林，烧自家的牛粪，这就是如今的流水口村民的生态思想。

结束了刘世明家的走访，在村委会小广场上，我们被一群在凉亭下吹拉弹唱的老人吸引。我们兴冲冲跑过去，几个曲目下来听得倒也酣畅。拉板胡的一位老者鹤发童颜很是健谈。

据他讲，在以前流水口村就有个秦腔眉户剧团，四里五乡也有些名气，只是后来由于多种原因没落了。老人中有三个是当年剧团的琴师，近年来随着村民们生活水平质量的不断提高，村民对精神文化生活的需求也不断高涨，因此他们在古稀之年又成立了流水口村老年曲艺队。农闲时节，清凉夏日，组织队员在村子里拉拉小调，唱唱小曲，自娱自乐，舒心养性颇是高兴。

在中国传统的农耕社会，耕读传家是人们追求的理想生活。在流水口村宽敞明亮的图书阅览室里，几位村里的老人和暑假中的小学生正安静地阅读书籍。我们不禁为之触动。他们以耕养读以读馈耕，既学谋生又学做人。我省著名作家王文泸曾在《文明边缘地带》一文中作了如是描述："他们有礼貌地待人接物，用干净的语言和人交谈，自觉维护着一些约定俗成的文明规则，从而使得看起来稀松平常的乡村生活因为有了文明的骨架而变得法度井然。"

依山傍水，清秀旖旎。放眼望去，流水口村5队，错落有致地掩映在一片苍松翠柏之中，宛若一方世外桃源。"百年大计，教育为本"八个猩红大字，赫然题在村小的教学楼上，这八个大字在流水口村绝不是一句泛泛的口号。2011年，据相关调查，320户人家的流水口村竟然出了全乡一半的本科生，走出去了170多名各行各业的工作人员，尤其以藏族人口相对集中的流水口村5队，被誉为"大学生村"。

"巍巍峨峨祁连山，风刀雪剑烈骨寒；红旗指处峰让路，战士刀头血未干。"原中国工农红军西路军政治部主任李卓然的这首《祁连战歌》，写尽了祁连山的雄伟，也写尽了红西路军余部鏖战祁连山的艰苦悲壮。

1937年3月前后，青海反动军阀马步芳将在河西战役中被俘的红西路军将士6000余人陆续押送至青海，他们绝大多数是从张掖经民乐、祁连、门源、翻越大坂山途经流水口村到达西宁，少数是从武威取道永登、民和、乐都到西宁。途中，被俘红军遭受了敌人残酷迫害，行走困难的伤病员被杀害，年小体弱的被活埋，还有的被敌人活活烧死，最终5600余人到达西宁。

将士们衣衫褴褛，血迹斑斑，一路悲壮，在青海反动军阀马步芳匪兵的押解下，从甘肃民乐县的扁都口穿越祁连俄堡草原，翻越达坂山，夜晚在流水口村关押了一夜。已故的一些流水口村的老人们曾亲眼目睹过这一段悲壮的红色历史，并被后人记录整理入册，这段悲壮的西路军故事俨然构成了党史学习教育和全民爱国主义教育的一部分，让后人深深懂得了今天我们来之不易的幸福生活。

在采访活动即将结束的当天晚上，我们在村支书达世成的农家小院里纳凉交谈。热情的房东嫂子给我们每人端来了一大碗美食——牛初乳。牛初乳又叫奶豆腐，青海人叫胶奶。捧着手里的美食，儿时的记忆顷刻被唤醒。少品一口，霎时唇齿间被馥郁的奶香充盈，幸福留存在味蕾上。于是舍不得再下口了。李老师情不自禁地端起相机拍了又拍。我忍不住晒了一个朋友圈，瞬间，评论纷至沓来、赞叹不止。

两天来我们睡农家大炕，吃农家美食，在当下的新农村我们的采风活动紧张兴奋而富有收获。在流水口村许多美丽而令人感动的故事让人觉得纸短情长，在清凉夏日农家的温馨小院里，不知不觉已是醉意朦胧。

青山不改，绿水长流。

村前的东峡河涓涓流淌，水里鱼儿游动，河底砂石颤动，清晰可见。天蓝水清，山川锦绣。美丽的乡村是我们每一个出身农村人的精神故乡，是我们心中最美的地方。想牵着你的衣袖，在这青山绿水间。难怪一代散文大家沈从文先生也有此一呼。

如今，在蓝天白云下，在花草树木掩映的新农村，勤劳的流水口村民们依旧日出而作，披霞归家，看着自己丰硕的成果，守望着这片富裕文明和谐的新村庄，每个人脸上都绽开了幸福的笑颜，不同的乡村生活演绎着小康生活的美好图景。

行走在今天流水口村，家家户户窗明几净，庭院整洁，那些温馨的"感党恩，跟党走"的宣传栏格外引人注目，它包含着流水口村人对党和政府的由衷感激和拥戴。党的十九大提出的"产业兴旺、生态宜居、乡风文明、治理有效、生活富裕"的乡村振兴战略二十字总要求在今天的流水口村已经逐步实现。

这几年来，流水口村几乎家家都有了小轿车，硬化的村道，太阳能路灯、治安联防监控、移动基站、图书室、卫生室等基础设施逐一完善，新建的村委会办公楼前的文化活动小广场上鲜艳的五星红旗迎风飘扬，新时代美丽乡村在这里绽放着夺目的光彩，在这大山深处幻化出一道靓丽旖旎的风景。

抚今追昔，40多年来，在党的各项富民惠民政策的指引下，流水口村支部发挥基层战斗堡垒作用，引领全体村民，在国家下大力气脱贫攻坚，倡导新农村建设的伟大历史大背景下，锐意进取，不懈奋斗，村集体经济不断发展壮大，流水口村320余户村民由贫困落后到奋发图强同步走上全面小康，把昔日名不见经传的流水口村逐步发展成全乡的新农村翘楚。

芝麻开花节节高，14亿中华儿女同圆梦。今天流水口村人又信心十足，大踏步地在乡村振兴的康庄大道上奋力前进。

别了，我的流水口村！

别了，我勤劳朴实的乡亲们！

春和景明仙米村

逯敬霞

世外桃源，东峡镇仙米村

仙米是佛教用语，藏语音译，意为"禅定"。米在藏语中是人的意思。仙米村在大通县东峡镇风景秀丽的鹞子沟景区斜对面的山坳里，前往门源、大通县向化乡将军沟，这里是必经之路。

7月，大通县鑫荣家庭农场主人张吉武，从东峡镇政府接上来仙米村采风的我和摄影师李淑霞老师，向着门源方向一路向北前行。火红色的轿车疾驰在绿树掩映下平展的柏油路面上，头顶雪白的云朵打着卷儿在瓦蓝色的天空下向后翻滚着，路边垂柳婆娑，逶迤山水尽收眼帘，车子左转弯再左转，蜿蜒盘旋，过了清凉田家沟就是仙米村。这里有着得天独厚的自然生态环境，平均海拔2800米，两面青山环抱，山秀水丽。我急不可耐，打开车窗饱览路边挂着雨滴的绵绵绿植：墨绿色的洋芋叶子蓬勃生长；白色、紫色、还有粉色的洋芋花儿葳蕤开放；沉甸甸蓝茵茵的麦浪和黄色的油菜花儿交织着田野；大片大片脆生生的甘蓝正在铆足劲卷心；山坳里错落有致、白墙红瓦的民居背靠黛绿青山；缓缓向着高处蔓延的山坡绿草肥美；柠条在肆无忌惮地疯长；阳光下山头慢慢消散的云雾美轮美奂。在这里，听不到喧嚣，看不见杂乱；三三两两端坐在巷道口闲聊的农民淳朴憨厚的脸上没有浮躁和张扬；清一色做工考究，挂着绛紫色琉璃瓦的农家大门在骄阳下熠熠生辉。山麓一隅的村文化广场干净敞亮，各种健身器材应有尽有。远处，红砖砌筑的庄廓院边上，被主人固定了缰绳的母牛悠闲地啃食着嫩颤颤的青草，时不时甩一下尾巴拍打着脊背上面叮咬的蚊虫。蝴蝶缠绕着蜜蜂，围着花丛中亭亭玉立的莲蒿转着圈儿。白云蓝天陪衬下的梯田层层叠叠，青翠欲滴。阵阵和煦的微风送来泥土的清新和花草的馨香，午后的村庄蝉鸣鸟叫，安逸静谧，仙米村处处透着恬静与祥和，显然是今天原生态的世外桃源。

倏忽，载着我们的车戛然停在路边一栋二层小别墅门前宽阔的平台上。哇塞！仙米村农家的自建房俨然有着海滨城市度假山庄的气派，上台阶进入室内，眼前豁然一亮，里面的装修高端时尚，一楼足足有100多平方米，楼梯间装有采暖锅炉，上下将近200平方米的每个房间都装有暖气片。主人介绍，现在他们村大多数人家都安装了这种土暖锅炉，经济条件好了，人的生活质量也提高了。此院四周无遮挡，个个房间都是宽敞明亮的大窗户。这就是大通县鑫荣家庭农场主人在东峡镇仙米村的农家独院。窗外，晨雨洗刷过的草山一尘不染，层层叠叠梯田地的庄稼颗粒饱满，东、南、西、北，呈现在眼前的是四幅水墨丹青的油画。

朝气蓬勃，鑫荣家庭农场

午后，惠风和畅，天朗气清。我们赶到张吉武药材种植基地时，三十多人正在当归地里锄草。摄影师匆匆举着单反镜头狂摄水墨丹青下仙米村撩人的山川青空。

一位身材修长、皮肤黝黑、干活麻利的大姐打开话匣子和我拉起了家常，张吉武的家庭农场给她们提供了在家门口打工挣钱的好机会。不然她们五十出头的年龄，家里上有老下有小，到外面打工很不方便。如今每个家庭人口都不多，相应种的地不多，近几年坡地经过改良梯田后春种秋收都是机械化，几天工夫家里的农活干完了，就来农场打工，晴天在药材地里栽培、施肥、锄草、采挖，阴雨天在车间把晾晒好的药材挑拣分类，加工打包，一天八十元的工资，只要人勤快，天天有收入，一家人的开销足够，一个月下来女人们都有私房钱存着呢。大家都是用零散的时间叼空（抽空）出工，来去自由。乡亲们麻利地在当

生活篇：且将新火试新茶

293

归地里挥动着锄头，不停地拔出因春天突然间的降温，使当归苗受冻早早抽薹的苗子及杂草。大家你一言我一语拉着家常，暄着家里老人的健康状况与医疗保障，聊着在外地读大学的孩子们的学习生活情况，念着现在的农村以前做梦都不敢想的舒适的生活现状。乡亲们眉目间流露出对不断提高和改善的乡村幸福生活的知足和无限的发展希冀。

32个锄草妇女，一块地安排5个人，梯田不宽，分散在好几块地。她们来自仙米、田家沟、克麻、杏花庄和衙门庄等附近的村庄。这里打工的农民都是呼朋引伴三五成群地来，早晚张吉武和他的表弟按照不同的村庄分别开车接送，下班马上结账发工资。闲谈中我粗略计算了一下农场主一天的开支，当天加上专门放置老鼠弓的大叔共33人，支出2640元，相应锄草乡亲们的收入就是2640元。鑫荣家庭农场的活从过完年三月份就开始，春天育苗、种植。夏天锄草、施肥。秋天挖药、晾晒。冬天加工、打包。当归、黄芪的采挖必须要到霜降以后，农场里有一年四季干不完的活。不用卷铺盖出门，足不出镇，家门口打工挣钱，晚上回家，家人孩子热炕头，一家人的幸福感爆满。

收工，张吉武为年轻媳妇们微信扫码发工资，妻子给不会智能手机接收微信收款的大妈婶婶们发放现金。拿到当日工资的乡亲，夕阳的余晖照在她晒得红彤彤的脸上，满眼洋溢着掩饰不住的幸福。

晚上下榻农场主家中，饭后两口子讲起了他们的创业史。鑫荣家庭农场成立于2014年5月8日，位于大通县鹞子沟景区东峡镇仙米村223号。主人张吉武1986年生，朝气蓬勃，温和谦逊，举止言谈沉稳豁达，憨厚朴实，给人一种可靠踏实的信任感。当我介绍自己是湟中人时，张吉武脑膜中露出无法掩饰的自豪，微笑着幸福地透露：他媳妇也是湟中人，还是一名大学生呢！他的妻子李福娟年轻秀气，湟中区多巴镇人，大学毕业，说来我们还是乡亲呢。志同道合的张李二人2009年结婚，鑫荣家庭农场的"鑫荣"取自农场主两个女儿张鑫、张荣的名字，也是一种对美好生活的向往与憧憬。

张吉武初中毕业后到西安打工，之后又辗转去果洛从事工程操作装载机、挖掘机之类工作。一次偶然的机会，他接触到果洛野生唐古特大黄，当时已接受市场前沿信息的张吉武就有回家乡种植药材的想法。法国微生物学之父巴斯德说："机会偏爱有准备的头脑"。张吉武不失时机牢牢抓住了机遇。年轻、思想活跃、紧跟时代、不甘落后，都说一方水土养育一方人，在外辗转打工的张吉武心里一直深爱着大通县东峡镇这片广阔的黑土地。"为什么我的眼里常含泪水，因为我对这片土地爱得深沉。"他出生在东峡、成长在东峡，东峡有他的血脉亲情，有他童年的梦想，更有他对美好生活的希冀。他熟悉着这里的山山水水，他牵挂着这里的老老少少，他憧憬着在这片得天独厚的黑土地上带领乡亲们致富的梦想。

招牌药材，青海唐古特大黄

唐古特大黄盛产甘肃、青海、西藏、四川一带海拔 1600–3000 米高山沟谷中。青海果洛藏族自治州是唐古特大黄的原产地之一。据了解在果洛州的玛沁、甘德、达日等县的牧场上，曾广泛分布着野生唐古特大黄资源。唐古特大黄是一种多年生草本植物，高原上只要有足够的阳光和基本的水分，它就能生长。唐古特大黄叶片硕大，根茎饱满，植株挺拔，具有泻热毒、破积滞、行淤血的功效，是我国最早入药的植物之一。其药食同用，人畜共食，市场走向稳，需求量大。

2012 年春天，张吉武带着从青海果洛采购的两吨多野生唐古特大黄种子，在仙米村流转土地 70 多亩，利用这里独特的地理条件和早晚温差较大等气候环境，在这片生他养他的黑土地上种下了多年生唐古特大黄和一年生当归的中藏药材致富梦想。在这之前，张吉武早就在思想上萌生了种植中藏药材的宏伟蓝图，运筹帷幄，仔细调查市场，分析琢磨。得出结论：一年生中藏药材品种投入成本低，生长周期短，上货量快，但市场价格波动较大。而多年生中药材相比一年生中药材品种，具有投入成本高、周期长，价格波动较平稳等特点。因地制宜，他结合青海种植当归因早晚温差较大，药用价值比周边当归种植大省甘肃较高，相应青海当归销售价位也相对甘肃当归高出每公斤 4 元的市场价。愿望是美好的，收益却曲折渺茫。靠种植业在土里刨金，收益是一个艰难而漫长的过程。一年下来，因缺乏药材种植管理以及育苗栽培的专业技术经验，加上各类药材病虫害的侵扰，收获是渺无希望。但张吉武没有气馁，更没有放弃，而是在实践中认真摸索积累经验。

2013 年，张吉武的药材种植基地扩大到 120 亩，同步配套中藏药材粗加工程序，年终依然是只投资不受益。他是个有毅力并且很能吃苦的人。当时因资金短缺，为了减少开支，他们尽量不雇用外在劳动力，两口子白天黑夜地干。有时候晚上回家，太累了，实在没精力正正规规做饭，就煮个泡面，随便扒拉几口倒头就睡，第二天天不亮起来继续下地干活。此时，他的药材种植种类已经在多年生唐古特大黄的基础上，大面积增加当归，黄芪等多种当年生品种，反补多年生中药材占用的资金，防止资金链断裂，适当回笼周转资金，有效降低风险。2014年，他的药材种植基地继续扩大到160亩。因东峡镇仙米村靠近国家3A级森林公园鹞子沟景区，自然生态环境无污染，土质检测达标。同年五月，张吉武申请注册成立鑫荣家庭农场。农场的正式成立，使他的药材种植之路走上了正规化，并且得到了政府及相关部门的帮扶和推广。他和妻子分别多次参加政府部门举办的药材种植技术理论性学习及实践培训。在政府推荐下，走访省内外有经验的药材种植大户，学习、交流、借鉴实践经验。期间青海大学药材专家带领大学生来他的药材种植基地进行实践教学讲课，两口子比较专业系统地了解并掌握了药材种植的病虫害防治、不同药材的栽培技巧、起挖的最佳时间，基本的田间管理等。万事开头难，种植的当年生药材找不到销路积压在库房。恰好政府的惠民惠农政策雪中送炭，经过多方努力，为农场提供了无息周转贷款50万元，解决了燃眉之急。有了国家的帮扶政策，张吉武种植药材的信心倍增，种植实践经验也逐渐增加。他把不同品种的土地年年倒茬，当年生药材从来不会重茬种植，有效降低病虫害侵扰，提高药材的质量和产量。功夫不负有心人，2015年，种植面积160亩的第一茬四年生青海唐古特大黄为张吉武打开了销路。至此，他首次实现稳定收益，年纯利润达到了20万元。

锲而不舍，再接再厉。张吉武在药材种植的基础上，紧跟市场，不做单一品种发展，凭借几年来积累的实践经验和多次参加听取有关专家提出的相关建议，有效应对各种风险和危害。

鑫荣家庭农场开始青海唐古特大黄育苗，加工大黄片、大黄节子等。在征得农场主人的允许下，我翻看了一部分青海唐古特大黄切片、优质苗及种子2021的销售合同。一年下来，他向全国各地销售青海唐古特大黄干货400吨，鲜货1500吨。青海当归早已出名，2021年唐古特大黄通过了青海农产品地理标志品质鉴评，对青海产唐古特大黄走向市场奠定了基础。

2021年，张吉武在中藏药材种植的路上走过了整整十个年头，种植面积从最初的70亩自营，扩大到700亩的农场。年终纯利润也从刚开始盈利20万元达到如今的120万元。一方水土养育一方人，仙米这片黑黝黝的沃土致富了一个个勤劳睿智的新时代农民。

2022年春天，张吉武在东峡镇政府和衙门庄村两委的动员委托下，又流转衙门庄村160多亩比较偏远山顶的撂荒地，整理、施肥、购买种子、耗资7万余元，硬生生在这片撂荒好几年的山头上种上唐古特大黄。据科学印证，唐古特大黄粗壮的根系，能够吸纳和锁定土壤中的水分，对生态治理、土壤改良有很好的辅助作用。以德立身，凭才植业。改良土壤与经济效益相结合，等到六年的合同期满，张吉武准备把这片杂草丛生，土壤板结的山头坡地，养育成肥沃的良田交给政府，交给衙门庄村民，以他的实际行动守护好东峡这片广袤无垠神秘而富饶的家园。

鑫荣家庭农场主要以种植中药材青海唐古特大黄和当归为主，收购加工销售多年生中藏药材，以提高经济收入，辐射带动当地村民种植当年生、多年生各类中藏药材，雇佣农村剩余劳动力以增加家庭收入。同时为同行及周边村民提供优质的药材种子，种苗以及种植技术，努力争取让村民种一亩药材成功一亩，力求实效，达到共同富裕。

农场以良好的口碑，多年来坚持秋后回收村民药材，解决村民销售难问题，争取做到产销一条龙的服务，让当地的药材销售到全国各地。确切说，大通县鑫荣家庭农场已形成集唐古特大黄育苗，提供优质良种，回收中藏药材，切片粗加工，药材销售，附带种植新品种马铃薯、蚕豆，提供农村剩余劳动力再就业等多方面于一体的产业链，新农村农场的发展模式已开启。

了解到目前药材种植散户的最大难题是销售时，一个很敏感的话题顺着我的思维从我的口中蹦了出来：目前的药材种植大户会不会垄断市场呢？张吉武很坚定地说没有，后又补充说至少在他的身上不会发生，并例举：三年前，长宁镇孙家寨人种了两亩多唐古特大黄，整整五个年头，找不到销路，急得这位村民焦头烂额。村委会让此人联系在大通已小有名气的药材种植户张吉武，看能否帮忙销出去一部分。张吉武接到电话后匆忙撂下手头的事情，来长宁镇孙家寨村民的大黄地查看，在地头，不等张吉武说话，村民赶紧报价说给他 5000 元，药材全部挖走，请张帮忙把地腾出来他要种庄稼，药材种了五年，一分收入都没有，卖不掉啊。张吉武绕着那块大黄地转了一圈后说，我给你找辆挖掘机，挖工费你出，挖完大黄按市场价我收走，绝对比你要的 5000 元多，你放心。老农似信非信，勉强答应。第二天，挖好的大黄张吉武过磅按市场价收走，老农付完挖掘机费用，看到拿到手的钱还剩将近两万块，撂了句：遇到贵人了啊。我说，你是个实在人，你的路会越走越宽。张吉武说，他看了那块大黄长势很不错，应该让每个种地的人都挣点辛苦钱。有钱让大家挣，相信他的路会越走越顺。

美丽宜居，乡村振兴下的新农村

通过三天和农场主家人同吃同住，跟随他们走访田间地头，我看到了大通乡村各行业在建设新农村的惠民政策下飞速发展的丰硕成果。仙米村共 209 户，人口 882 人，藏族 2 户，耕地面积 2300 亩，撂荒地无，人均耕地面积 2.5 亩多。现有药材种植大户 5 户，药材种植散户 8 户，政府重点扶贫户 12 户。仙米村民在西宁市区、大通县城拥有商品房家庭达到 45% 以上。部分老年人夏天在世外桃源仙米村纳凉避暑，冬天在县城抑或西宁市区的商品房里取暖过冬。孕日子过得悠哉！爽哉！

2021 年，仙女村本科上线 9 人，2022 年本科上线也在 8 至 9 人（7 月份大学生正在录取阶段）。一个人口不到 1000 人的小村庄，本科能达到这个上线率，真是可喜可贺呀！教育从娃娃抓起。仙米村有二层楼的幼儿园，幼儿园接收邻近几个村庄的适龄孩子入园，早晚有专车接送，老师必须持幼师资格证上岗，入园儿童达到 70 人。仙米村幼儿园毕业的小朋友到邻村田家沟小学上完一、二年级，转到克麻小学直至毕业。克麻小学的学生早晚上下学都有校车接送，父辈们背着干粮徒步走山路去上学的经历已成为了历史。

我们在仙米的村子里随便转悠，见坐在门口小马扎凳子上缝鞋垫的老奶奶过去搭讪，身后奶奶家篷着塑料的温室猪圈里不时传来猪的哼哼声和公鸡的啼鸣声。应邀进入奶奶家的庄廓大院，花园里粉白色的芍药开得正艳，仿古全松木雕花的五间正房古雅气派，阳台为塑钢门窗玻璃全封闭式，客厅浅灰色的地砖上摆着红木沙发，两个孙女卧室兼书房的墙面上贴满了大大小小的各类奖状，厨房、卫生间的上下水一应俱全，好羡慕这新农村的温馨家园。

　　仙米村在乡村振兴的路上，正在张吉武等致富能人的带领下，充分利用当地得天独厚的生态优势资源，尤其是黑土地肥沃、当地雨水广等特点。在传统种植小麦、油菜、马铃薯等农作物的基础上，流转一小部分土地种植蔬菜和中藏药材，留住了农村人口，带动周边农民增收致富，增加家庭收入，提高生活品质和文化自信，彻底改变村风村貌，构建起人与自然和谐共生的美丽生态宜居乡村。

长江源头，幸福源头

文昌太

　　沐浴着冬日午后的暖阳，驾车沿着 109 国道向南，行至 10 公里处，长江源生态移民村就到了。首先映入眼帘的是一座富有民族特色的村庄大门，大门左侧一块山形的巨石上镌刻并描红着藏汉双语的字体——长江源村。大门前方两侧矗立着两个白色圣洁塔体的煨桑炉。大门样式是传统的藏族平顶托拱式建筑，大门横眉以上窄长的墙体上绘着一个个圆形的白点，象征着日月星辰。大门横眉上镌刻描金着藏汉双语村名，横眉下卯榫着木制的横梁，横梁上雕刻绘制着纹饰繁复的龙纹、花卉纹、雍仲纹等纹饰，民族元素浓厚，意蕴吉祥，极具视觉冲击力。大门左右的两个门洞上各挺立着两人合抱黄铜包裹的转经筒，上錾六字真言，顺时用力推动经筒，经筒悠悠地转动起来，瞬间让人觉得庄严肃穆。四方的门柱上镌刻着描金藏汉双语的标语，"共同团结奋斗，共同繁荣发展。"诠释着村民们的初心使命。

　　这一座大门在时空的光影中讲述着长江源村的前世今生。时光之轴缓缓打开，水是生命之源，也是文明之源。为了护佑中华水塔，确保一江清水向东流，使中华民族永续繁衍和中华民族文明世代延续，2004 年，128 户 407 名世代居住在长江源头的唐古拉山镇牧民群众虽有千般不舍万般离愁，但为了中华民族的千秋大业，毅然听从党和政府的号召，变卖了牛羊，虔诚跪拜了故乡的山水，悄然怀揣一包家乡的泥土，携儿带女，回眸凝望故乡的雪山，逶迤的沱沱河，一路向北，跨过楚玛尔河，穿过可可西里，翻过昆仑山，来到了格尔木，来到了新的家园——长江源村。

　　我缓缓穿过村子的大门，沿着宽敞平坦的柏油路走入村里。村庄道路两旁的新疆杨在深秋的阳光里蹁跹着一片片金色的翅膀，宛如万千的蝴蝶在跃跃欲飞。望着这些茁壮的树木，我又想起了2004年刚刚建成的长江源村，那时的长江源村在一片戈壁滩上，一排排房子孤零零地立在空旷的戈壁滩上。戈壁滩上没有一棵草，没有一棵树，大风吹过，漫天黄沙，天地之间混沌一片。风沙肆虐，村庄充斥着荒凉，毫无生气。村民们思念着故乡皑皑的雪山，清澈的河流，丰茂的牧草，袅袅的炊烟，虽然大家有思乡的情愫，但没有一个人有打道回府的念头，大家以开弓没有回头箭的决心，坚守在新家园。"一定要让新家园绿起来，美起来"，让故乡的绿在脚下延伸，这是每一个人心中的愿望，也是每一个人铮铮的誓言。在党和政府的支持下，放下牧鞭的手，第一次拿起了铁锹，亲手栽下了生命中的第一棵树，引来昆仑雪山融化的潺潺河水，细细浇灌着孕育希望的树苗。斗转星移，寒来暑往，村民们在政府的规划和指导下，用种树的那种决心和恒心建设自己的家园。转眼十余载，村里发生了翻天覆地的变化，修了硬化路，拉了自来水，通了天然气，修了学校，建了医院。今天的长江源村绿树掩映房舍，鸟雀林间啁啾，渠中溪水潺潺，夏日鲜花盛开。绿色是一个村庄的容颜，气质和灵魂，更是一种精神的寄托，今天的长江源村是一首绿色的诗歌，是一幅美丽的画卷，是一首幸福的歌谣，更是一张响亮亮的名片。

　　徜徉在村子中，路上邂逅了几位熟稔的村民，彼此嘘寒问暖，村民们操着流利的普通话，与我侃侃而谈，谈论着当前疫情的形势，孩子们上网课的情况，牛羊肉的行情等。我问他们现在生活过得怎么样，他们说："现在的日子像蜜一样的甜呀！过去，我们在山上住的是帐篷，烧牛粪，晚上点羊油灯、汽灯，盖羊皮袄，我们一年到头跟在牛羊的屁股后头转着，辛苦一年，收入很少，就像碗里熬茶中的茶梗一样，就那么几根，草场退化得厉害，如果赶上下几场大雪，牛羊就死得厉害，我们的生活就没有了保障。现在，我们住的是砖房、楼房、烧的天然气，用的自来水，看病、上学很方便，国家发放草原奖补资金，每家还安排了一名生态管护员或湿地管护员，一年下来收入多，腰包鼓鼓的，生活有滋有味，说一千，道一万，感谢习近平总书记，感谢共产党！"听了他们的话，我的脑海里浮现着习近平总书记2016年8月22日莅临长江源村视察时的亲切笑容，耳边萦绕着总书记的那句话：你们的幸福日子还长着呢！是啊，有党和政府的温暖，有村民们的勤劳和自信，未来的日子会更加幸福的。

话别了那几个村民，望着他们远去的背影，我突然想起了益西兰周在抖音上调侃的那句话："我们从小和牦牛一起长大，普通话好好的没有。"益西兰周是土生土长的唐古拉山镇牧民，他是电影《太阳总是在左边》的主演。益西兰周在抖音上调侃的这句话，比喻刚搬迁到格尔木的唐古拉山镇牧民群众，一点也不为过。没有搬迁到格尔木时，牧民群众住在山里的牧场，交通闭塞，与外界交流极少，也听不懂汉语。初到格尔木的牧民群众，因语言交流障碍，无法乘车、看病需要翻译，购物时无法讨价还价，尽吃哑巴亏，勉强说一两句普通话，舌尖上那仅有的几个汉语言词，犹如受了响雷惊吓的牦牛，找不到道。

在党和政府的关心下，村中小学实行了双语授课，语言及文化从娃娃抓起，村里举办了扫盲班，妇女汉语识字班。一旦找到了正确的方法，汉语的词汇犹如碗中的酥油炒面，熟稔地在舌尖上游走。一旦掌握了汉语，牧民的世界就大了，大家在窗明几净的家里，操控着天然气的灶具，烹饪着各种美食；用手机下单网购，仿佛与远方的距离就在股掌之间；在电视屏幕上解读着泱泱中华，知晓着外面的世界，感受着人间的烟火气；在汽车、火车、飞机上亲身体会着朝发夕至、一日千里的时代速度，领略异乡客地的风情。牧民一旦突破了语言交流障碍的瓶颈，就向往着更加美好的事物及远方，不再满足局限于交流，而是上升为追求文化、出路的层面。

牧民的孩子享受了双语教育，高考时成绩斐然，长江源村牧民的孩子跨进了北京大学、中国地质大学、河北大学、青海师范大学等一些高校大门，毕业了考上了公务员、教师、会计等职业，这些孩子书写着不同于父辈们一样的人生，他们带着父辈们的梦想，展翅翱翔，看外面精彩的世界，看远方璀璨的灯火。还记得总书记到村子里的那天，给习爷爷敬献哈达的那个可爱女孩吗？她叫次央拉姆，习爷爷亲切抱起她的那天她才 5 岁，现在她已经 12 岁了，是格尔木市中山路小学六年级的学生了。次央拉姆每每看到家里墙上自己和习爷爷的照片，就会受到激励，更加努力地学习，将来考上大学学到更多的本领回来建设家乡。次央拉姆的这种勤学进取的精神风貌也是当下村子里大多数孩子们的样子。回想过去，牧民们刚刚搬到村子里，对孩子们的学习并不上心，但随着时间的推移，村民们的思想也在发生转变，尤其是在孩子们的教育问题上，重视程度大大地提高了，用各种方式鼓励和帮助孩子们取得好成绩，甚至自己和孩子一起学习汉语和各种知识，一直进步，这种勤思好学的思想渐渐形成风气。

一代代来自雪山的牧民逐渐变为了城市的居民，曾经手中的牧鞭已成为了遥远的记忆。

看着一座座藏式特色的院落，屋顶上迎风飘扬的一面面五星红旗。我思绪蹁跹，我想他们为了保护"中华水塔"，远离了自己的故乡，但他们心里一定眷恋着故乡，故乡的雪山是他们心灵的家园，故乡的草原是他们一生的牵挂。俗话说："利刀难断东流水，天涯难隔家乡情。"这些牧民虽然离开了故乡，过上了舒适的生活，但心中依旧牵挂着故乡的一山一水，一雪一冰，一沟一壑，一草一花，一湖一沙，一兽一禽，那里曾有祖先的身影，那里曾有童年的欢笑，那里曾有悠扬的牧歌。故乡是长江的故乡，长江是中华民族的生命之源，养育着亿万苍生，保护好长江源头的故乡，就是保护着中华民族的幸福源泉，大家一致同意将新家园取名为长江源村。长江源村和其他村子的牧民积极响应国家的号召，每户家庭的一名成员成为了生态管护员，每一名生态管护员始终恪守着祖训，坚守着保护生态的信仰，牧民们开上自家的皮卡车，奔赴到离市区420公里的家乡，他们在家乡的草原上捡拾遗落的一切垃圾，清运收集的垃圾，劝阻外来过境游客进入草原，避免脆弱的高寒草甸的草被车辆碾压，防止野生动物被袭扰，监测草的长势等，涌现出了一个个感人至深的人物和故事，如沱沱河畔的"拾荒者"新文，班德山下的"环保大使"布扎西，班德湖的"雁爸爸"土旦丹巴等，他们用生命和热血诠释着对家乡和祖国的深深眷恋，不止他们，每一个唐古拉山镇的牧民都是爱护环境的践行者，他们皱皱的脸庞上盛开着高原阳光一样灿烂的笑靥，他们明亮的眼眸里荡漾着长江源头晶莹透澈的湖水，他们爱护着长江的源头，犹如珍爱自己的眼睛一样，他们依偎着长江的源头，犹如依偎在母亲的怀里一样，守卫着中华民族奔流不息的血脉。

牧民们搬迁到长江源村，享受国家的生态奖补，衣食无忧，幸福安逸。2017年，长江源村脱贫摘帽。脱贫后的大部分牧民仍存在小富即安及"等要靠"的思想，不自信的心里矛盾。党和政府因势利导，善教善导，让牧民发展后续产业，增加家庭收入，创造更加美好的生活。相继成立了藏毯加工厂、玛尼石雕刻厂，但创业的道路并不是一帆风顺，因技术不娴熟、销路不畅，相继夭折。牧民们抚慰好失败的伤痛，卸下心灵负重的包袱，重整山河再出发，他们重新审视自己，审视故乡的自然禀赋，理顺发展的思路。故乡的牛羊，长在骨头里的信仰，淌在血液里的歌谣，生在脚底的舞步，那是创业发展的乳汁。牧民们的角色慢慢发生了变化，他们成了创业的弄潮儿，第一个茶馆开张了，第二个也开张了，如星星之火燎原，多尔玛藏餐馆、努日巴藏餐馆、牧色茶馆、卡瓦噶蕃茶馆等雨后春笋般涌现，醇香的奶茶，美味的藏餐，动人的歌舞，虔诚的信仰，正在吸引着更多的游客前来品尝美食，领略藏家风情。

唐古拉山岗巴布民族手工艺专业合作社就是村民们改变生活生产方式、从牧民转变为城市居民、自力更生、自主创业的典型。成立于 2015 年 5 月的唐古拉山镇岗巴布民族手工艺专业合作社，是一家从发扬藏文化为使命，传承古老藏传技艺并兼顾传承人培养为目的，开发和传播藏族传统文化的合作中心。目前合作社成员中有市级非遗传承人 3 名，成员共 13 人。自成立以来，合作社紧紧围绕扶贫开发为中心，以市场为导向，助力精准扶贫，推广传统技艺，进一步解决唐古拉山镇低收入人群的就业问题，为唐古拉山镇脱贫攻坚事业添砖加瓦，2017 年合作社成员每人分红 2000 余元。目前，合作社年收入大概在 50 万元，净收入为 18 万元左右，其余用作发放工资，给社员分红等，其中手工技术员一个月 4000 元，石头画技术员一个月 5800 元，两名卡片编制员每人一个月 1200 元，卫生清洁工一个月 1500，会计一个月 600 元，都是按月分发。为进一步提升合作社发展生产规模和拓宽经营渠道，合作社延伸产业链条以"合作社 +N"的发展模式,重点挖掘和吸纳藏民族传统文化"氆氇毯编织制作技艺，雕刻石，石头画、刺绣、掐丝唐卡、传统美食糌粑"等具藏民族特色文化元素，创新打造成为集文化、旅游于一体的民族文化体验大平台，并联合海北"阿佳啦"、果洛"查姆岭"、玉树"牧织缘"、天峻"岗尖保姆"、成都"四川惠农小悦购信息科技有限公司"等企业，延伸拓宽服务领域，今年新增产品刺绣服装、特色藏餐、旅游纪念品等多项特色产品及服务，更加凸显唐古拉山镇藏民族文化特色和内涵，努力服务镇域经济发展和推广本地非物质文化遗产伟大事业。阿佳们在岗巴布合作社的小院里，继承着祖先们的衣钵，以云朵的洁白、大地的黄色、天空的蓝色、火焰的红色、江河的绿色编织着阳光一样的心情、蜂蜜一样的生活、架起了一座走向远方的幸福桥，一张张氆氇毯、一幅幅唐卡、一双双藏靴变成了一张张的人民币，合作社逐步壮大，岗巴布合作社的事迹上了中央电视台"直播长江"节目。

当我走到长江源村牛羊肉加工厂，脸庞黝黑、睿智干练的村党支部书记、村主任扎西达娃热情迎接了我。他以前也是走州过府的闯将，包工程，做生意，甚至跑到山西省拉煤跑运输，后来为了照顾年迈的父母，他回到了故乡，考上了镇政府的公益性岗位，成了我的同事，我们彼此非常熟悉。在镇政府工作两年后，因文化程度高，思想活跃，能力突出，经组织推荐，被村上党员和村民选举为村党支部书记、村主任，他也算是临危受命，当时的长江源村创业受挫，村民情绪低迷，创业热情不高。他敏锐捕捉到唐古拉牦牛、藏羊获得国家农产品地理标志认证，发展牛羊肉加工的市场前景，带领班子成员向上级申请牛羊肉加工项目，几经努力，牛羊肉加工厂建立起来了，找到了一条适合长江源村发展产业，增加群众收入的路子。

我跟着扎西达娃走进牛羊肉分割加工车间，十几个村民们在分割包装生产线上忙碌着，村民见我来了，热情和我打着招呼，手底下的活却一点也没有停下来。牛羊肉按照不同的部位分割被包装，一块块牛油黄澄澄，肉质鲜美的牛肉被分隔真空包装，装入印有长江源村牛羊肉加工厂 logo 标识的包装箱，包装好的牛羊肉在冷库里被整齐码放在一起。我问他今年的牛羊肉销售情况，提出自己也想买点牛肉。他笑着对我说："虽然近三年疫情对我们的销售有一定的影响，但我们转变了思路，不再进行粗放分割，改变了过去一条牛腿整块销售的模式，现在实行部位搭配 10 斤一箱的包装方式进行销售，深受市民们的欢迎，打电话订购的络绎不绝，包装好的早订完了。"我有些失望地对他说"看来今年长江源村的牛肉我们是吃不上了呗！""您在唐古拉工作了 10 年，唐古拉的牛肉没吃够吗？您放心，我哪怕去村民家借去，也一定让您吃到我们最美味的牦牛肉，您就等我的电话！"扎西达娃笑呵呵地说。唐古拉的牦牛肉是草膘牛肉，确实好吃，用一句青海话来说最是妥帖："美砸了！"他踌躇满志地对我说："通信科技这样发达，物流畅通无阻，未来我们的牛羊肉还要远销到更远的地方，让远方的朋友们也品尝到我们这来自三江源头的美食，品尝到我们三江源头的幸福生活。"

看着这些新牧民行远自迩，踔厉奋发的创业之路，我不禁感慨万千，他们的创业如大地的小草，虽然弱小，但却在不断地努力之下茁壮成长，我深信这些小草终将会成为疾风中的劲草，经得起风吹，经得起日晒，也经得起春夏秋冬的轮回。

　　离开长江源生态移民村的时候，脑海里依然浮现着村民们那一张张热情、快乐、洋溢着幸福的脸，那么亲切，那么生动。不得不让人心生感动，幸福的生活都是用勤劳的双手创造的，18 年前，村民们为了天更蓝、水更清、草更绿，放弃了自己的羊群和黑帐篷，搬迁到了格尔木。如今，他们用勤劳和智慧在这一方陌生的土地上创造出了另一种幸福的生活，这里是长江的源头，也是幸福生活的源头。今天，我在长江源生态移民村，在习近平总书记曾经走过的美丽乡村，以诗为名，诚邀四海朋友来长江源村，重温领袖的教诲，领略藏家的风情，品尝雪山的美食，感受幸福的味道。

　　　朋友啊，请到长江源村来
　　　总书记的谆谆寄语
　　　如明媚的阳光
　　　依然萦绕在每一个人的心头
　　　长江源村，总书记曾莅临
　　　这里有最真的心
　　　这里有最质朴的话
　　　这里有最醇的情
　　　这里有圣洁的哈达
　　　这里有源自天成舌尖的美食
　　　这里有虔诚的咏诵
　　　这里有翩翩起舞的婀娜多姿
　　　这里有豪迈洒脱的步履
　　　这里有打开心灵的钥匙
　　　这里有温暖感人的故事
　　　这里有寻找幸福的密码

这里有浩荡江河源头的牧歌

这里有心潮澎湃的脉动

朋友啊，请到长江源村来

看这里一街一巷的靓丽

摸这里一砖一瓦的温度

品这里一颦一蹙的倾城

这里有藏家儿女

从茹毛饮血到文明的历史

散发着岁月蹁跹的芬芳

这里有藏家儿女

从困苦走向幸福的印迹

奋力书写着脱贫致富的答卷

蜕变之后必成彩蝶

张 诚

"高原小江南"贵德县距离青海省会西宁 112 公里，交通便利，与外州县的公路四通八达，便利了人们出行，促进了贵德经济稳步快速发展。而位于县城西南四十公里处的新街回族乡，只有一条县城通往乡间的公路，再无别的路可以进出，就像进入了一条死胡同。四面巍峨的群山将这个狭长的乡镇团团围住，只在北边开了个豁口，莫曲沟河水从直亥雪山流出，穿过豁口，一路向北流向黄河。

这个海南州唯一的回族乡镇，十几年前还是省定贫困乡。这十几年来，它是靠什么脱贫致富，跟上全省乃至全国乡村振兴的步伐？在我国已经实现第一个百年奋斗目标，正在向第二个百年奋斗目标迈步前行的路上，这个乡镇会不会掉队？带着诸多的疑问，我来到了新街回族自治乡麻吾村。

麻吾村因北靠麻吾峡而得名，峡内山岩高耸兀立、怪石嶙峋，岩壁石洞千奇百怪、形态不一，属于典型的风蚀地貌，被贵德县列为待开发的县域旅游风蚀地貌探险观光项目。麻吾村是一个穆斯林聚居村，90% 为回族，全村 292 户中只有 5 户汉族、23 户藏族。2022 年 8 月，该村各民族团结互助、共抗洪灾的事迹在当地老百姓中传为佳话。这次百年难遇的洪灾威胁着 54 户人家和一百多亩耕地，还威胁着正在兴建的农产品仓储冷链基地和脱水蔬菜加工车间。89 岁的原村书记旦正听到消息后，每天几遍来到现场转一转，为救灾的干部群众出谋划策；上任书记才郎家的 10 亩耕地被水淹没，50 余亩林地受损，身为监委主任的他，紧跟村两委班子一起奔波在防汛一线，每天总是最后一个回家，回家后又和妻子一起抢收只露出穗头的小麦和油菜；村妇联主任张凤丽是个汉族，她傍晚正在收割油菜时下起了雨，眼看着油菜就要被雨淋了，这时附近七八户回族群众不约而同来帮忙，趁雨还没下大，油菜就被安全运回了家。

村委会一面墙上，挂满了二十几个奖牌，有青海省文化和旅游厅颁发的乡村旅游重点村，青海省爱卫会颁发的省级卫生村，海南州颁发的文明村镇、先进集体，贵德县颁发的科技示范先进村、清洁村庄，等等。这些奖牌，见证着麻吾村这些年的蜕变过程。

结构调整：蔬菜与牛羊占据主导

麻吾村土壤以红土为主，田地属盐碱地，比较贫瘠。以前种植小麦时，亩产只有 300 多斤，许多村民食不果腹。后来成为油菜种子培植基地，由于土质贫瘠、亩产过低而作罢，又尝试种植经济作物荷兰豆，受销路限制，不到三年又失败，之后尝试改种杏树和桃树，两三年都接不了果，土地反而荒废了，村民没有任何农业收入，日子过得紧巴巴的。

土地是农民的根，农民是他们的子女，土地养不活农民，这可是个让人心焦的事情。随着近几年的乡村振兴，农产品结构调整，一村有一品，一品带一村，麻吾村有了自己的种植业，多次试验，屡次失败，让他们明白了一个道理，只有彻底蜕变，像蝴蝶一样飞出麻吾峡，他们才能摆脱贫困，走上富裕之路。

这几年麻吾村将村土地以每亩 500 元承包给蔬菜种植商，到 2022 年，村里土地承包达到 1170 亩，按户均计算，每户将近有两万元收入。这些地全部种植了红笋，长势良好。从红笋种植到成熟，再到铲挖、装车，本村将近有八十多名劳务人员在地里打工挣钱，翻地、植苗、培土、浇水、除草、施肥，每个环节都由村民负责完成，不用远出他乡打工，在家门口就能挣钱补贴家用，对文化知识、年龄性别的要求也不大，所以许多人都能挣到一点钱。说到这事儿，村民张贵珠深有感触，他说，前几年，由于他身体残疾，外出打工没人要他，有人要工资也是很低，家里条件十分艰苦，这几年种植了红笋之后，可以经常到地里打工赚钱，活又不累，还能赚到钱，再加上其他收入，孩子上大学困难不大了，家庭情况也有好转，再也不用像以前一样靠救济款供孩子上学了，"确实，现在的土地终于可以养活我们了，蔬菜种植改变了以往的粮食种植，其实也在提高我们的生活水平，让我们的日子越过越好了。"

"红笋有销路吗？"我问乡上负责农业的马主任。

"蔬菜种植商是外地人，他们有眼光，也有销路，只要走出这个山沟，红笋的销售前景依然是非常广的。另外，我们正在麻吾村一社建设一座农产品仓储冷链基地，建成后，我乡1.1万亩蔬菜种植将改变以往低价销售的弊端，红笋等蔬菜放到冷库进行贮藏，保质保鲜，延长保存期，再根据市场供需状况，灵活售出，这样就能提高蔬菜价值。"马主任说。

基地建成后，最多可贮菜300余吨，基地外租所获得的收益全部归村集体所有，预计年收益20万左右，还可以为麻吾村剩余劳动力提供20余人的就业岗位，年人均增收可达1万左右。

我在二社看到，已经建成三年之久的青海成良财农牧有限公司麻吾村惠民养殖厂，100多头牦牛正在牛棚里悠闲地吃草，饲养员小马在另一个牛棚里正在给牛添草，现在总共有200多头牦牛。养殖场老板马贵虎告诉我，牦牛最多时可达300多头，一般销往省城和甘肃兰州一带，承包费他每年给村里8万元，每家平均约2600元。同时在麻吾村一社在建的还有特色化产业养殖基地，共建羊舍三座，年预计养殖藏系羊规模400只，产仔300只，6个月出栏，每只预计1000元出售，年收入约30万。这个养殖场建成后，将由村股份经济合作社自主运营，村民分红。这两个养殖场，将为村里解决近16个就业岗位，人均年收入1万元左右。

村民张贵珠兴奋地说，他家正好位于一社养羊场和二社养牛场中间，平时有个婚丧嫁娶等事情，牛羊肉就不用再去县城买了，自己村里就有，新鲜还放心，价格还会低一些，可方便了。

麻吾村良好的自然生态环境，为特色化养殖提供了依托，东边有水草丰盛的东山，村子西边紧靠巍峨连绵的西山，还有莫曲沟流出的清澈纯净的河水滋养，麻吾村的牛羊必定会为村民带来巨大的收益。

乡村旅游：避暑和民宿双翼齐飞

从前，麻吾村通往县城的路坑坑洼洼，崎岖不平，夏季通过麻吾峡，要蹚三四道河水，好不容易修的砂石路，一场大雨就被洪水冲毁了，曾经由于涉水过河，有人还被河水夺去了生命，这在村民心里留下了阴影。71岁的村民马乃记忆犹新，有一年冬天他和弟弟徒步去县城，经过麻吾峡一段结冰的河面，弟弟不小心滑倒，结结实实摔了个四仰八叉，头被摔破，冰面上留下的鲜红血迹让他至今难忘。如此差的路况，谁还敢冒着生命危险来旅游，更不要说开发当地的各种资源了。

在这样的条件下，当地人引以为豪的麻吾林就像"养在深闺人未识"的大家闺秀，不被人们发现利用，它只是作为新街乡本地人踏青的好地方，外人根本来不了，也不愿来。麻吾林，像是自然赐予这块贫瘠之地的世外桃源，它位于麻吾村东边河滩，是一片天然林地，林内树种众多，溪水淙淙，绿草如绒，野鸟啁啾。高大的野杨和低矮的灌木相间，错落有致，再加上溪边的小野花，草丛里跳跃的蚂蚱，娇小灵动的大豆鸟，生动极了。

马少元书记给我讲了他读书时候的事情。小时候在新街乡上初中时，每到夏季周末，便与三五同学到麻吾林里采摘野果。野樱桃虽小但有点酸甜；黑刺颗粒酸到牙疼，能驱除写作业时的睡意；印象最深的当属一种叫"娃碎"的野果子，小拇指尖样大小，橙黄色，一串一串地挂在一人多高的树上，摘下来吃，酸涩酸涩的，需得拿回家晾晒在房檐上，经几次早晨的霜杀，拿下来吃时，甜甜酥酥，挺好吃，酸涩味儿都被霜带走了。

马书记越说越有兴致，滔滔不绝地给我讲了许多有趣的往事，他是村里长大的，对这片林子的了解比自己的孩子还清楚。他说，以前，这么漂亮的天然林，可惜只是村里或乡里孩子的天堂，由于交通闭塞，外人无法到来，也无法享受自然赐予的美景，这在上一辈村民心中是个遗憾。

如今，交通非常便利，再也没有蹚水之虞，原来到县城要走半天的路程，现在驱车半个多小时就到了。这几年，到麻吾林踩青旅游的人越来越多了，都说这是个盛夏避暑的好地方。经过几块庄稼地，我们来到林地边，只见黄色的木篱笆围墙伸向林地深处，走进写有"避暑乐园"的木门，是一条正在修建的木走廊，旁边小径通向亭子，亭子里是彩色砖块铺就的地面，木制长条座椅。再往林子深处，是人工开挖的水池，绿水倒映着树木，碎块的蓝天在水里浸着，水汪汪的。

马书记告诉我，作为贵德县避暑胜地的麻吾林旅游点建成后，将为村里安置十几个就业岗位，人均年创收 2 万左右。

为解决游客就餐问题，村里在二社和四社各修建了两处民宿，极具穆斯林特色的氛围，肯定会让游客有宾至如归的感觉。这四个民宿，为村里十几个人提供了就业岗位。回族的油馍馍、酿皮、甜醅、酸奶，还有手抓羊肉、手工面片、时令蔬菜、特色风味都能派上用场，谁家擅长做什么食物就做什么，按照民宿游客的需要供应，这样，也增加了村民收入。村民马占海高兴地说，以前，想去打工挣钱找不到地方，如今，坐在家门口也能挣上钱了。我问他能挣到多少钱，他说村干部已经在村民大会上说了，这四个民宿是村民集体分红，再加上像他这样 60 岁左右的村民干零工、做饭菜，他和妻子可以有 1 万多元的收入，"再加上其他收入，人均一万三四，这就足够了，我们已经非常满足了。"

从二社的民宿出来，我表达了我的担忧："有游客会住这儿吗？"马书记说，你别看现在冷冷清清，到了春末和夏季，游客就会多起来，人们的生活水平提高了，都想着住农家院，吃农家菜，睡农家土炕，不用担心没人住，就像今年夏天的高温天气，麻吾作为贵德县的避暑胜地，当时的游人可多了，麻吾林里到处是外地来的游客，明年夏季这几个民宿营业之后，肯定会游客爆满。

麻吾峡虽然狭窄，但春风已经吹开了峡谷，把外地烦躁、燥热的游客带了进来，让他们在自然风光与民俗风味中愉悦心情，陶冶情操，提高精神境界。

回族美食：油馍和麦茶方兴未艾

以前，麻吾村每家种植约三四亩小麦，仅能供几人果腹，歉收之年甚至食不果腹，只能多买油菜和洋芋、豌豆等农作物，再从县城买小麦维持生计，那时候的村民一年到头只能吃一次油馍馍，那便是开斋节的时候。油馍馍全凭菜籽油炸成，但当时没有过多的菜籽油，大多半都卖了以补贴购置其他家用物品，开斋节上能吃三天油馍馍就不错了，还要省着吃，不能一下子吃完，吃完就没了。那时候的人们说肚子里油水少，一个是指很少吃肉，没荤腥；一个是说食用油摄入量过少。

随着农业产业结构调整，一部分人有了空闲时间，便想方设法自谋他路，有一部分青年外出打工，有的头脑活泛者开始做买卖。除了二十几个外出开牛肉面馆发家致富的人之外，在本村里靠自己赚大钱的，当属麻吾四社的马学忠和村支书马少元了。他俩都是靠回族美食发家致富奔小康的。

马学忠有一次空闲时间帮乡政府食堂大师傅做油馍馍，乡书记马林圃尝了以后觉得手艺不错，便鼓励他在自家做油馍馍出售，他开始在家做少量油馍馍四处推销，当时的油馍馍是散装的，没有正规包装，也不美观，他没少碰壁，也有过气馁。后来，乡领导知道此事，多处给他找门路，还给他创业基金贷款，让他到甘肃省夏河县观摩学习油馍馍制作技术。之后，马学忠扩大生产规模，细化精华制作技术，改进和完善油馍馍包装，再加上用自己种的菜籽油做原料，油馍馍加工更上一层楼，销路开始扩大了。他的油馍馍制作也从原来的家用厨房改变成了小作坊，种类也由原先的四五种增加到了12种。今年，又争取农业项目资金30万元，将原来的小作坊扩建成了260平方米的标准作坊，包括衣帽间、化验室、留样室、储物室、加工车间、包装车间等等，一应俱全，今年年底建成后，预计油馍馍每年销量将突破3000箱，收入将达到12万。他的"麻吾油馍馍"也已经申请了商标，今后，将会投放到省内部分商场、超市出售，前景可观。

一人致富，带动大家。马学忠开始制作油馍馍时，招收了两三个村民，现如今，每年淡季有四五个村民打工，旺季至少有10名村民在这里打工挣钱，其中有6名是原先的贫困户，现已脱贫，7名是女性。每人每年工资约1万，极大地带动了本村的经济，提高了村民的收入。他说，我们村子虽然贫困，但我打小在村子里长大，是村子养育了我，我不能忘本，不能自己往前冲，把大家丢在身后。

马少元 50 多岁，已经当了 13 年村支书，看着虽然瘦小，但很精干。他在村里开了个小卖部，除了村民日常用品外，还出售自己加工的麦茶。麦茶有简装和精装之分，100 克或 200 克麦茶，出售价 20 元、50 元不等，除了在村子里销售之外，已经逐渐销往县城农家院和饭馆，赢得人们喜爱。

我问麦茶的制作方法，马书记笑了笑："主要原料是大麦，将大麦炒熟，粉碎成小颗粒，再加适量的茶叶粉和少量的牛骨粉，当然还得加一点食用香料，搅拌均匀之后就可以冲茶喝了。"马大爷接着话茬说："他的麦茶不简单，有他自己的制作诀窍。可以减轻腹泻等疾病，口感可好了，比那个高价的咖啡好喝多了。"

"我正在谋划着让我的麦茶也像马学忠的油馍馍一样走出麻吾峡，扩大经营范围，再带几家村民一起制作，争取形成一定的规模，扩大影响力。我们村户数不多，我想用油馍馍和麦茶打开一条更加广阔的路，鼓励和带动更多的村民发挥特长，制作像我们回族的白圆帽、盖头、礼拜服、盖碗茶等物品，进一步创收，提高生活水平。"马书记说。

麻吾村是新街乡的北大门，是新街乡离县城最近的一个村，乡村振兴它要起带头作用，农牧业结构调整它要率先垂范。我想起上午在村委会听到的话，当时，村第一书记、海南州法院副院长孟祥奎不无自豪地说："2022 年，上级拨款两千万元用于麻吾村乡村振兴，这个投资数目在新街乡从没有过，作为驻村第一书记，我也正在见证麻吾村发生的巨大变化，村容村貌的改观，村民整体素质的提高，让我觉得有一定的成就感。"

再回到村委会，院子里一面五星红旗正在微风中飘扬，哗哗轻响。几个老人正围坐北墙根下下着象棋，温暖的深秋阳光下，他们脸上洋溢着微笑，显得很自在惬意。透过低矮的木制围栏，马路边芫荽梅开得正旺，五颜六色的，它们一点都不怕秋霜肃杀，反而映衬着身后的红墙绿门，愉悦着人们的心情。不远处的麻吾峡巍然耸立。相传麻吾峡内有五个将军化为山峰在守护新街人民不受侵扰，现在，他们应该放下了手中的剑戟，举着双手欢迎游人，也在欢送新街人民外出创业。

蜕变之后，勤劳智慧的麻吾村民会成为一只只美丽的彩蝶，它们会飞出麻吾峡谷，去领略更加美好的世界。

后 记

　　新中国成立初期，农业合作化运动在中国大地上如火如荼展开。这场在农村开展的农业社会主义改造，把汪洋大海般的农业个体经济改造为集体经济，使农业生产关系发生了根本性变化。这在中国几千年农耕文明发展史上是一次伟大而深刻的变革。1954 年，曾聆听过毛泽东同志延安文艺座谈会讲话的作家周立波，回到阔别多年的家乡湖南益阳清溪村，自此深扎故乡近十年时间，参与着、见证着、记录着这场变革。数年后，创作出以清溪村为原型，反映农村合作化运动的长篇小说《山乡巨变》。

　　自此，"山乡巨变"成为最能高度概括农村变革与发展的特定词汇。

　　历史的巨轮驶入新时代。经过全党全国各族人民持续奋斗，在迎来中国共产党成立一百周年的重要时刻，我国脱贫攻坚战取得全面胜利，历史性地解决绝对贫困问题。同时，乡村振兴战略实施，2035 年基本实现农业现代化，到 21 世纪中叶建成农业强国的战略部署，在广大农村渐次显影、成形、生辉。新时代与山乡巨变两个词汇很自然地融合到一起，成为对当下农村正在发生的深刻变革和取得的伟大成就的诗性表达。

　　新时代山乡巨变作为文学评论的描述性语言，最早出现是在一些评论文章中。作为一项有组织、有目标、有措施的创作行动，自 2021 年 12 月召开的中国作家协会第十次代表大会工作报告中首次提出"新时代山乡巨变创作计划"后，在中国作协和各省级作协层面以及出版社等相关机构得到强力推进。

青海省作家协会处于全力推动这项创作计划的第一阵列。2022年10月，省作协启动"新时代山乡巨变"主题采访创作活动和"新时代山乡巨变 文学与你同行"主题志愿服务活动，中青年作家读书班也以"奋力书写青海新时代山乡巨变"为主题，引领学员开展"深扎"创作。2023年，省作协与玉树州文联（作协）、大通县文联（作协）、湟中区文联（作协）、互助县文联（作协）共同主办多次"新时代山乡巨变"主题采访创作活动，西宁市文联（作协）、海西州文联（作协）、湟源县文联（作协）等也多次组织主题采访创作，共同将这一主题创作活动不断推向深入。

青海农村的广阔天地赐予了每一位虔敬采访的作家以喷涌的创作灵感，一篇篇倾注了作家心血和智慧、充盈着生活质感、奔涌着时代脉动的作品先后创作完成。省作协设立的投稿邮箱每天都会接收大量来稿，我们始终被各地各行业作家的创作热情鼓舞着。

诚然，基于我省作家创作实际，我们实事求是，将创作体裁确定为报告文学、纪实散文，这与中国作协"新时代山乡巨变创作计划"确定体裁为长篇小说有所不同，但引领作家深入生活、书写农村巨变的主旨和要求都是高度一致的。我们期望，作家们在"深扎"中习得的采访创作方法、采访的人物故事、接受的教育、收获的感悟，在创作出报告文学、纪实散文的同时，也能孕育成长，有朝一日生发为长篇小说，与中国作协推进的这项宏大创作行动实现对接，做出青海作家的努力与贡献。

愿各位作家为这一目标持续努力。

在编辑来稿中，我们既关注作品质量，也注意培养新作者。在与许多作者的交流沟通中，反复修改作品也成为核心内容，确保了作品内容真实可靠，同时也尽可能体现文学性这一要求。作者中有笔力雄健的成名作家，也有奋战在乡村振兴一线的第一书记。选进本书的所有作品，不是作家们在书斋凭空想象的产品，而都是他们深入到农村田间地头，实实在在踩在田野上，在与大自然、与农民深度互动中油然而生的美好情愫，通过一行行文字自由流泻。

根据乡村振兴"产业兴旺、生态宜居、乡风文明、治理有效、生活富裕"总要求，我们按每篇作品叙写方向的侧重性，共分为产业篇、生态篇、乡风篇、治理篇、生活篇五辑，每辑选一句古诗句作题，向中华优秀传统文化致敬。

感谢各基层文联、作协组织的鼎力支持！

感谢广大作家响应倡议，投身田野的文学实践！

感谢广大读者的阅读与传播！

由于水平有限，加之时间仓促，书中错误与疏漏之处在所难免，欢迎广大读者批评指正！

编　者

2023 年 10 月